本书为国家出版基金资助项目
国家"双一流"拟建设学科"南京大学中国语言文学艺术"资助项目
江苏高校优势学科建设工程"南京大学中国语言文学"资助项目
江苏省2011协同创新中心"中国文学与东亚文明"资助项目
南京大学中国新文学研究中心资助项目

中国当代文学批评史料编年

第八卷 1996—1999

本卷主编 刘莹

总主编 吴俊
总校阅 黄静 肖进 李丹

国家出版基金项目

华东师范大学出版社

编纂说明

文学批评史尤其是中国古代文学批评史，本是文学研究中的大宗。但从20世纪90年代开始，批评史退出了学科设置体系，由此对相关的教学和研究都有影响。较之于古代文学批评史，现当代文学批评史显然薄弱，或可说当代文学批评堪称发达，而当代文学批评史的研究却最弱。这从学术上看倒也是正常现象。只是所谓当代的时间范畴一直在无限扩展，恍惚间已达到了六十年，是一般概念中的现代文学时间的两倍。其他不谈，如果现代文学史、现代文学批评史方面的学术成果足以令人惊艳的话，当代文学批评的历史及内涵体量应该也完全能够支持当代文学批评史的研究开展。

或许受到20世纪80年代早期我在复旦大学读书时上过的现代文学文论课的影响，90年代末期我在华东师范大学开设过当代文学文论、当代文学批评史专题之类的课程，大概算是较早的同类课程教学和研究。调南京大学工作后，当代文学批评史方向的研究，我也一直在继续。2010、2011年间，我任首席专家的"中国当代文学批评史"项目竞标成功，立项为教育部重大课题攻关项目。这促使我必须在近年完成至少两项任务：一是结项项目专著《中国当代文学批评史》的撰写，二是原定计划中包括正在进行的《中国当代文学批评史料编年》等的文献整理及研究课题。在我看来，当代文学批评史的研究开展及其学术保障，必须依赖并建立在后者之类的专业史料和文献研究的基础之上。这可以说就是我从事这项具体工作的初衷。

感谢我的合作者多年来的精诚团结,终于完成了这套丛书的编纂。付梓之际,既感欣喜和放松,但也不乏遗憾和不安。毕竟凡事总不能做到尽善尽美。我视这套书为中国当代文学批评的历史图标集成,它应该是将历史的散点集合而成的一种逻辑系统。所以准确性和系统性是它的基本要求,也是它的基本特点,它对专业研究的学术价值也将视此而定。这套书的收录对象主要是狭义的文学批评史料,但也有与文学批评相关的一般当代文学理论史料,甚至包括了一些古代文学研究、外国文学研究等方面的史料;之所以如此,从宏观上简单说是因为中国当代文学批评的开展和理论建设往往与"古为今用,洋为中用"的思想指导相关,在古今、中外研究中,互相间的影响和互动互渗是一种历史的常态。这其实也就给这套书的编纂带来了显见的困难,如何取舍既难轻断,且常易断错。另一方面,失之疏漏、错失的地方又几乎在所难免。尤其是在定稿成书之后,诚惶诚恐就是我现在的真实心理。不管怎样,作为总主编我须为这套书的质量和水平负责。希望学界同道不吝赐教。

感谢丁帆教授慨赐墨宝为本书作书名题签。这套书除了已经署名的主编者、校阅者之外,还有我的研究生吴倩、郭静静参与了资料补充、核查工作,谨表感谢。对于华东师范大学出版社王焰女士、庞坚先生诸位多年来的宽容和照应,特别是他们为这套书的出版所付出的劳动,再次深表由衷的感谢。

吴　俊
2017 年 8 月 8 日
写于南京东郊仙林和园

目 录

1 1996年	66 11月	130 8月
3 1月	74 12月	135 9月
12 2月		143 10月
16 3月	81 1997年	147 11月
25 4月	83 1月	155 12月
30 5月	91 2月	
38 6月	95 3月	161 1998年
43 7月	104 4月	163 1月
51 8月	109 5月	171 2月
56 9月	117 6月	176 3月
63 10月	123 7月	185 4月

190	5月	239	1999年	285	8月
197	6月	241	1月	291	9月
202	7月	248	2月	301	10月
209	8月	252	3月	305	11月
214	9月	260	4月	314	12月
221	10月	264	5月		
226	11月	272	6月		
234	12月	278	7月		

1996年

1996年

1月

1日,《山西文学》第1期发表王春林的《石舟小说论略》;郝亦民的《与你共享爱的狂飙》。

《广州文艺》第1期发表陈晓明的《无法整合的现实——对90年代一种文化推论实践的历史描述》;王宁的《文化研究语境下的中国当代文学批评》。

《文论报》发表张东焱的《"洼地"中的隆起》;林斤澜的《小说的散文化和散文的小说化》。

《电影评介》第1期发表张凡的《悲剧应当溯源》;黄敏的《走出象牙塔》;刘金星的《感受英雄,走近英雄》;赵虹的《立一块丰碑》;杨朴的《〈焦裕禄〉的显对比与潜对比》;黄兴团的《浓墨重彩绘崇高》;京秋的《忘不了那双眼》;袁宁的《真心真情真英雄》;张启义的《不可更易的银幕形象》;杨贵和的《巨变尽在不言中》;田爱群的《生命之树常青》。

《作家》第1期发表谢有顺的《不信的世代与属魂人的境遇——论北村小说的人学立场》。

《诗歌报月刊》第1期发表杨远宏的《中国现代诗的悲剧性处境——再谈"重建诗歌精神"》;洪迪的《诗:追问与求索》;程光炜的《"作品一号"短评》;石天河的《从诗的浓淡说到隐身术》。

《滇池》第1期发表闻树国的《叙事的魅力》;蔡毅的《为什么写作》。

3日,《人民文学》第1期发表牛玉秋的《想起了白居易》。

5日,《飞天》第1期发表邵振国的《面对世俗化》;刘成的《漫谈新时期中国散文》。

《文艺报》发表林白的《散漫的评说》。

《小说月报》第1期发表兴安的《新体验小说:作家重新卷入当代历史的一种方式》。

《东海》第1期发表卢敦基的《洗尽铅华 当行本色——评〈我为什么要结婚〉》;古华城的《无法燃烧的火花——评〈陈先和〉》。

《作品》第1期发表王家新的《"修辞分析"与批评的转型》;张闳的《〈酒国〉的

修辞分析》。

《延河》第1期发表鲁之洛的《在他那一方水土中——姜贻斌小说印象谈》；李星的《危机与拯救——当前文化文学论争感言》。

《青海湖》第1期发表彭斯远的《我读邢秀玲》。

《朔方》第1期发表张怀武的《弘扬民族优秀文化　繁荣中华诗词创作》；洪声的《张承志其文》。

《短篇小说》第1期发表刘海涛的《叙述时空与叙述结构——当代小说叙述技巧论之六》。

6日,《电影创作》第1期发表邵牧君的《陷身在困境中的中国电影》。

7日,《小说选刊》第1期发表王雨的《居高声远,非借秋风——浅谈叶广岑近期的两篇小说》。

《天津文学》第1期发表刘大枫的《人文精神驳难》；查舜的《你本该是一条汉子》。

10日,《中国西部文学》第1期发表陶世义的《奉献者的颂歌——长篇报告文学〈超越〉读后》。

《宁夏大学学报(社会科学版)》第1期发表胡光璐的《〈白鹿原〉女性形象与妇女解放问题》。

《写作》第1期发表周颖菁的《在传统文化与现代文明的交接点上——白灵诗歌简评》；安尚育的《小说创作发展的新态势》；峻冰的《国产电影的创作误区》；江之水的《质朴淳厚　昂扬清新——评〈绣鞋垫〉、〈牧羊〉》。

《边疆文学》第1期发表杨振昆的《微型小说的艺术结构》。

《芒种》第1期发表季红真的《刘震云：追问历史》。

《电影文学》第1期发表郭秉刚的《略论中国女性电影的可能性》；峻冰的《艺术形式的审美营造》。

《电影艺术》第1期发表李奕明的《世纪之末：社会的道德危机与第五代电影的寿终正寝(上、下)》；孙绍振、颜纯钧等的《"西风东渐"：关于"第五代"电影变化的评说》；张莹的《当代电影的世俗化倾向——关于中国娱乐片》。

《江海学刊》第1期发表李郁的《对世纪末文化的思索——评高小康的〈世纪晚钟〉》。

《戏剧文学》第1期发表尔东的《80年代戏剧形象创造的嬗变发展与不足

（上）》。

《花城》第1期专栏"花城论坛"以"当代中国文学的问题（一）"为总题，发表王蒙的《不要泡沫，要真的文学》，史铁生的《熟练与陌生》，耿占春的《当代写作的历史语境》，墨哲兰的《记忆，为重复，还是为创新》。

《松辽学刊》第1期发表郑春凤的《试论十七年文学女性意识的自我消解》。

《理论与创作》第1期发表张毓书的《当代文学的四种话语》；杨彬的《商品经济冲击下小说的选择——1986年至1995年小说概述》；刘成友、徐清的《新历史小说的哲学困境》。

《读书》第1期发表屈长江的《重造"良心"》(讨论何怀宏新著《良心论》)；马少华的《反诘"正义"》(讨论罗尔斯的《正义论》和诺齐克的《无政府、国家与乌托邦》)；舒昌善的《电脑革命的经纬》；程亚林的《历史不是神话》。

《福建文学》第1期发表朱水涌的《南国女儿的叙事世界》。

广东丘逢甲研究会在广州成立。

12日，《中国贸易报》发表冷成金的《大俗大雅　似幻似真：金庸小说的现实意义》。

《文艺评论》第1期发表季水河的《九十年代文学的四脉流向》；兰爱国的《女人的命运》；厉力的《超越黄昏》；张葆成的《黑土的旋律——黑土戏剧的时代特色》；林焱的《二十世纪中国文学与民族文化精神》；庞壮国的《大庆长篇小说创作新收获》。

15日，《大家》第1期发表戴锦华、王干的《女性文学与个人化写作》。

《上海文学》第1期发表周毅的《心如明镜台——刘醒龙作品联想》；何西来的《文化效应和民间空间》。

《文艺争鸣》第1期发表王晓明的《批判与反省——〈人文精神寻思录〉编后记》；王彬彬的《错开的药方》；靳大成、陶东风的《对"人文精神"寻思的寻思》；孙中田的《文学：迎接新世纪的挑战》；祁述裕的《杂语与杂体——1985年以后文学话语和文体的变革及其评估》；李振声的《既成言路的中断——"第三代"诗的语言策略，兼论钟鸣》；王光明的《不断破碎的心灵碎片——论"新生代"诗》；臧棣的《后朦胧诗：作为一种写作的诗歌》。

《文学评论》第1期发表许明的《人文理性的展望》；吴炫的《张炜小说的价值取向》；张柠的《裸舞的精灵——论杨克诗歌的几个基本意象》；李洁非的《迷羊之

图——刘继明的小说创作》;孔庆东的《通俗小说的流变与界定》;朱向前的《九十年代:长篇军旅小说的潮动》。

《文论报》发表张颐武的《告别1995:走向成熟的智慧》;申身的《作家、作品、生命》;张法的《90年代会不会出现"故事"》。

《中州学刊》第1期发表陈元胜的《自然声律之树常绿——兼论中国新诗形式及其民族化方向》。

《中国图书评论》第1期发表马石利的《我看长篇小说的商业运作》;周兴华的《苦难孕育的生命强音——读长篇小说〈七月〉》。

《当代文坛》第1期发表张国俊的《回顾与展望——90年代与21世纪的艺术散文》;文学武的《论汪曾祺散文的文化意蕴》;邓时忠的《世纪末的对话——新状态小说与后现代主义》;张凌江的《无梦的哀歌——评叶文玲长篇小说〈无梦谷〉》;葛红兵的《解读何顿——从〈就这么回事〉说开去》;毛毛的《镜子里的影子和天空——陈染小说的自恋情景》;许霆的《我国新诗诗组的结构类型》;侯洪的《诗的N度空间——看台湾诗人罗门诗歌的双重吸收》;张小元的《当代文学的语言探险》。

《当代电影》第1期发表李迅的《〈阳光灿烂的日子〉:在分裂的叙事背后》;邓新文的《张艺谋的"外婆"情结》。

《当代戏剧》第1期发表杨锋的《论儿童剧的语言》。

《江苏社会科学》第1期发表丁柏铨、王树桃的《九十年代小说思潮初论》;丁进的《中国大陆新武侠小说述评》。

《西藏文学》第1期发表罗嘉慧的《迷惘·寻找·象征——浅谈西藏近期小说》。

《社会科学》第1期发表董德兴的《大潮涌动中的艺术嬗变——对近二十年来小说的精神审视》。

《戏剧艺术》第1期发表徐贲的《能动观众和大众文化公众空间》。

16日,《中国人民大学学报》第1期发表杨英杰的《"新体验"小说:文化转型期小说文体地位的昭示》;袁同楠的《"先锋文艺"的形式探索与当代文艺的本体问题》;马相武的《跨世纪的文化整合——"面向21世纪的华人文化"国际研讨会综述》。

《特区文学》第1期发表宫瑞华、林晓东、胡滨的《文学的"现代性诉求"与作家的"现代意识"》；王桂亮的《"新都市文学"的后现代文化语境》；丁芒的《大视野·大意象·两级结构》。

17日，《人民日报》发表张炯的《新时期河南小说创作的特色》；李炳银的《追寻与迷失——读杨黎光报告文学〈灵魂何归〉》。

《作品与争鸣》第1期发表石生君的《这是我们身边的生活》。

18日，《文学报》以"'95文坛：风姿与印象"为专题，发表周介人的《都市、地域与文化寻踪》，张新颖的《散文"繁荣"的联想》，顾晓鸣的《文坛"奇观"：你炒，我炒，大家炒》。

《中国戏剧》第1期发表周传家的《难得的艺术精品——京剧〈曹操与杨修〉》；童道明的《自然、质朴、真挚——看话剧〈孔繁森〉》；章诒和的《一出属于美学范畴的喜剧——看福建安溪高甲戏〈玉珠串〉》。

19日，《文艺报》发表任青的《正义·责任·良知——〈苍天在上〉读后》；古远清的《反映伟大时代的变动——评以香港"九七"为题材的小说》。

20日，《儿童文学选刊》第1期以"温州笔会五人谈"为总题，发表庄大伟的《"窄化"自己的创作》，朱效文的《写儿童小说需要"境界转换"》，魏滨海的《给少年儿童一个真实的世界》。

《小说评论》第1期以"世纪之交的文学：反思与重建"为总题，发表旷新年的《从〈废都〉到〈白夜〉》，许明的《研究知识分子文化的严肃文本》；同期，发表孙绍振的《〈欲望〉：痛苦的写作》；谢有顺的《小说：回到存在》；张德祥的《长篇创作：繁荣与危机》；贾平凹的《答陈泽顺先生问》；任一鸣的《九十年代：女性文学对女性命运新的关注与探索》；张炯的《深入反映城乡之间的历史脉动——兼评刘醒龙、何申、关仁山的若干小说》；吴义勤的《拷问灵魂之作——评张炜的长篇新作〈柏慧〉》；王春林的《苍凉的生命诗篇——评李锐长篇小说〈无风之树〉》；党圣元的《说不尽的〈废都〉——贾平凹文化心态谈片》；於可训的《愚昧与野性的悲剧——〈威风凛凛〉漫论》。

《上海文化》第1期发表顾晓鸣的《人在文学在：文学不只是幸存——论文化技术新时代中文学的地位》；倪伟的《张爱玲：没点灯的灯塔》；林继中的《文化对撞中的林语堂》。

《长城》第1期发表杨秀实的《何玉茹小说的文化批评》；杨振喜的《英雄的历史留影》。

《钟山》第1期发表邵燕祥、钱竞等的《历史转型与知识分子定位》；王绯的《中国女性文学书写的划时期流变》；杨扬的《城乡冲突：是文化冲突，还是一种权利秩序》。

《清明》第1期发表潘小平的《现实与关怀》；赵成富的《碧血丹心话宦海》。

21日，《文艺研究》第1期发表艾斐的《商品社会的意识驱动与改革时代的审美选择：论大众文化及其影响下的艺术创作》。

22日，《啄木鸟》第1期发表宋安娜、黄泽新的《中国侦探小说发展的历史回顾》。

22日—26日，全国宣传部长会议在京举行，会议总结了党的十四大以来宣传思想工作的基本经验，规划了"九五"期间的目标任务，部署了1996年的重点工作。

23日，《天津社会科学》第1期发表孟繁华的《启蒙角色再定位——重读"寻根文学"》。

24日，《文艺理论与批评》第1期发表顾祖钊的《评龙彼德近作及其诗探索》；赵遐秋的《评台湾文学中的分离主义倾向》。

江泽民在全国宣传部长会议上强调必须切实加强对宣传思想工作的领导，为经济建设和社会进步提供有力保证，中央确定把精神文明建设主要是思想道德文化建设作为十四届六中全会的主要议题。

25日，《文艺理论研究》第1期发表曹元勇的《中国后现代先锋小说的基本特征》；胡晓明的《读〈文化苦旅〉偶记》。

《山西师大学报（社会科学版）》第1期发表卢燕的《生命的写真与媚俗——试论新写实小说的价值取向》；刘定恒的《现实·人物·激情——论张平的四部长篇作品》。

《四川戏剧》第1期发表廖全京的《选择的痛苦与阐释的艰难——话剧〈春秋魂〉漫论》；晓舟的《为了秋天的收获——评话剧〈沙洲坪〉》；肖钢的《生活无处不飞花——评凌宗魁谐剧创作》。

《北京师范大学学报（社会科学版）》第1期发表樊洛平的《台湾新女性主义文学现象研究》；周晓燕的《平民化与平俗化——当前文学发展的两种趋向》。

《光明日报》发表朱辉军的《走向现代都市文学》；崔光祖的《关于提高长篇小说创作质量的几个问题》。

《当代作家评论》第 1 期发表潘凯雄的《实力派作家竞献长篇创作新因子——读 1995 年的部分长篇小说》；林为进的《显示出成熟的自信与亮丽——1995 年的长篇小说》；朱向前的《旋转在当代文学天空的"雷达"——关于雷达评论的提纲》；贾平凹的《读雷达的抒情散文》；雷达的《为谁写作》；谢有顺的《忧伤而不绝望的写作——我读迟子建的小说》；王干的《冰洁：透明的流动和凝化——评迟子建的散文集〈伤怀之美〉》；迟子建的《必要的丧失》；刘兆林的《不矮的一棵刺槐树——鲍尔吉·原野〈善良是一棵矮树〉读后》；鲍尔吉·原野的《一些片段》；朱珩青的《生命本体性的苏醒——读胡希久的〈七月〉》；周介人的《谈谈"新市民小说"》；牛玉秋的《说不尽的'95 中篇》；孙绍振的《抒情和幽默冲突——当代华人散文考察》；韩石山的《散文的热与冷——兼论余秋雨散文的缺失》；何清的《从红卫兵到知青的民间转化——张承志创作的民间化趋向研究》；李咏吟的《文体创造与张承志的小说体诗》；张远山的《张承志，一个旧理想主义者》。

《社会科学战线》第 1 期发表朱自强的《二十世纪中国儿童文学理论走向——中西方儿童文学关系史视角》。

《晋阳学刊》第 1 期发表黄发有的《论台湾女性文学的父亲主题》。

《解放军外语学院学报》第 1 期发表朱青的《新写实主义的误区》。

26 日，《文艺报》、中国报告文学学会、作家出版社、《当代》杂志社、二炮政治部文化部等五家单位，在京联合召开徐剑长篇报告文学《大国长剑》研讨会。

《文艺报》发表刘甫田的《读何申〈年前年后〉》；黎岑伟的《评〈台湾当代文学史〉》。

27 日，《华中师范大学学报(哲学社会科学版)》第 1 期发表朱立元的《人文精神：当代美学建设之魂》；马元龙的《重返大家气象：秋雨散文的超越》。

28 日，《上海戏剧》第 1 期发表东方菁的《独立的批评与批评家的独立人格》；白桦的《我看广场话剧〈无事生非〉》；唐春烨的《一曲优美的悲歌——评昆剧〈夕鹤〉》。

《兰州大学学报(社会科学版)》第 1 期发表刘俐俐的《世纪之交的中国小说艺术精神》。

《名作欣赏》第 1 期发表周文萍的《学者机智　女性心情——谈〈洗澡〉对情节高潮的淡化》；吴周文的《荒唐的假设　辛辣的鞭击——余光中〈给莎士比亚的

一封回信〉赏析》。

《剧本》第1期发表李仲才的《现实感·戏曲味·文学性——关于戏曲现代戏创作的思考》；李东才的《谈谈〈生为男人〉的戏剧结构》。

29—31日，中华全国台湾同胞联谊会、中国社科院文学研究所、厦门大学台湾研究所联合发起召开的"台湾文学研讨会"在京举行。

30日，《西北师大学报(社会科学版)》第1期发表党鸿枢的《通俗文学的三重奏——琼瑶、亦舒、梁凤仪言情小说系列论略》。

《中国文学研究》第1期发表李阳春的《由奇峰突起到平落沉寂的寻根文学》；万莲子的《生命的大策略：消解双性的冲突——杨绛小说侧论》；门岿的《论方红蔚的典型性——读柳溪的力作〈战争启示录〉》；钟友循的《姜贻斌小说中的"密码"》。

《浙江师大学报(社会科学版)》第1期发表金文野的《典型化与新写实小说价值取向》。

本月，《山花》第1期发表戴锦华的《徐坤：嬉戏诸神》。

《文学世界》第1期以"长篇小说创作笔谈"为总题，发表蔡葵的《长篇现象观照》，吴秉杰的《长篇小说的现阶段》，白烨的《一切尚在过渡中》，林为进的《三点印象》，胡平的《长篇的活法》，张德祥的《长篇小说：说古道今》；同期，发表黄国柱的《关于人生意义和人类本质的永恒思考——兼论多卷本长篇小说〈新战争与和平〉》；金水的《战争文学的一枝奇葩——读〈长城万里图〉》；任孚生的《执著于儿童文学的卢振中——读〈卢振中作品自选集〉》；刘继明的《涉过理性和激情的河流——读张炜的〈散文与随笔〉》。

《文学自由谈》第1期发表张颐武的《〈家族〉，疲惫而狂躁的挣扎》；赵毅衡的《虹影打伞》；戴小华的《序〈金蜘蛛丛书〉》；张典婉的《台湾男女两性拔河》。

《语文学刊》第1期发表陶长坤的《字字声声总关情——谈江天先生的〈旅华诗抄〉》。

《红岩》第1期发表邹平的《〈老灯〉隐喻：女性的悲剧？》。

《南方文坛》第1期以"天真的时代译解：论'伤痕文学'——理论视界中的八十年代中国文学论之一"为总题，发表贺志刚的《"伤痕文学"的修辞策略》，宗匠的《穿越主体性承诺：一种普遍法则》，李建盛的《意识形态话语中的文学文本》，陈赜的《分裂与颠覆：独白语言的暴力》；同期，发表王耀辉的《执木驭篇，似善弈之穷数——读张业敏先生著〈古苑文心〉》;蒋登科的《领悟一种生命豪情——萧瑶诗歌印象》;艾平的《从困惑中走出来的新一代农民——读柳乾的长篇小说〈大鹏的困惑〉》。

《青春》第1期发表李传和的《给你一次大震撼》。

《海燕》第1期发表陆文采的《〈海燕〉'95征文中篇小说的创作实绩》。

《绿洲》第1期发表上官玉的《倾国宜通体　谁来独赏眉:读中篇小说〈弃婴〉》。

湖北省作家协会、湖北少年儿童出版社在武汉联合召开徐鲁作品研讨会。

中国社科院少数民族文学研究所、中国青年出版社和中国文联出版公司等八家单位联合举办藏族女作家央珍、梅卓长篇小说讨论会。

中国微型小说年会第三次年会暨理论研讨会在广东佛山市举行。

刘醒龙小说《分享艰难》发表于《上海文学》第1期,谈歌小说《大厂》发表于《人民文学》第1期,与同期关仁山《大雪无痕》、《九月还乡》,何申《信访办主任》,尤凤伟《生存》被称为"现实主义冲击波"。

本月,光明日报出版社出版丁东、孙珉选编的《世纪之交的冲撞:王蒙现象争鸣录》。

百花文艺出版社出版贺立华的《文学艺术与当代中国》。

学林出版社出版王彬彬的《在功利与唯美之间》,夏中义的《思想实验》,薛毅的《无词的言语》,李东的《风中飘逝的女人——三毛的人生和艺术》,曹正文的《武侠世界的怪才——古龙小说艺术谈》,林青的《描绘历史风云的奇才:高阳的小说和人生》,罗立群的《开创新派的宗师:梁羽生小说艺术谈》,曹正文编的《金庸小说人物谱》。

黑龙江教育出版社出版于万和的《论鲁迅》。

长江文艺出版社出版李旭初、江少川等的《台港文学教程》。

广东人民出版社出版费勇、钟晓毅的《古龙传奇》、《金庸传奇》、《梁羽生传奇》。

2月

1日,《广州文艺》第2期发表孟繁华的《自由与危机——九十年代的精神处境与作家心态》。

《文论报》发表程光炜的《文学史写作:怀疑、转向、可能》;石虎、杨炼、唐晓渡的《当此关口:并非仅仅关于诗的对话》。

《作家》第2期发表邵建的《知识分子写作——徐坤小说的读解之维》。

《草原》第2期发表李怡的《苍生的磨难与好光景的企盼》。

《滇池》第2期发表闻树国的《叙事的从容》;张倩的《活出真性情 写出真性情——评黄晓萍长篇小说〈绝代〉》。

《解放军文艺》第2期发表朱向前的《中国军旅诗:1949—1994》。

2日,《文艺报》发表钟晓毅的《表现欲望,守护诗情——当前广东部分作家的一种创作选择》。

5日,《飞天》第2期发表何皓的《浅论贾平凹的"大散文"观念》。

《小说月报》第2期发表王干的《新状态的多种可能》。

《长江文艺》第2期发表王岳川的《语言转向与理想危机——近十年中国文化精神的价值迷失》。

《东海》第2期发表吴秉杰的《陈军的创作追求——兼谈吴越风情小说》;连连的《寻找英雄的历程——〈禹风〉读后》。

《作品》第2期发表程文超的《我看第三种批评》。

《松辽学刊(社会科学版)》第1期发表吴秀英、李学恩的《从〈京华烟云〉看林语堂的复杂思想》。

《延河》第2期发表苑湖的《携取旧书归旧隐——李弘及其小说唤起的感觉》。

《青海湖》第2期发表张德明的《跟往事干杯,绝不轻松——漫议〈青海湖〉94年两个中篇》。

《朔方》第2期发表白军胜的《论葛林诗歌的审美倾向》。

《湖南文学》第2期发表张德祥的《社会转型与人文精神追寻》。

《短篇小说》第2期专栏"新时期小说发展与流变"发表王本朝的《历史的心迹——伤痕文学的意义》。

6日,《台港文学选刊》第2期发表郑向鹏的《集思广益 共同参与》。

7日,《天津文学》第2期发表张圣康的《创作历程的心态演变轨迹》。

8日,《文学报》发表汪浙成的《隧洞前方的一缕光明——读长篇小说〈苍凉年轮〉》。

《光明日报》发表胡良桂的《现实题材:长篇小说创作的沃土》。

中国文联在京举行迎春座谈会,就中国文联如何更好地发挥"联络、协调、服务"的职能、为社会主义精神文明建设作出新的贡献进行讨论。

9日,《文艺报》发表刘纳的《诗:评价尺度的缺失》;张东的《王晓棠谈〈大转折〉、〈大进军〉》;张群力的《从屏幕整合效应看纪实性电视剧》。

《文艺报》在京召开杂文创作座谈会,首都部分杂文作家就如何提高杂文思想艺术质量的问题展开讨论。

10日,《中国西部文学》第2期发表周政保的《景俊小说漫谈》;王珂的《回归家园的历程——读林染的抒情诗〈西藏的雪〉》;乐然、天忌的《人生的开拓——关于路平和他的小说》。

《山西大学学报(哲学社会科学版)》第1期发表张培华、李德的《幽默·中西文化合流与社会进步:为纪念林语堂先生诞辰100周年而作》。

《山东社会科学》第1期发表高航的《余秋雨散文特色浅析》。

《写作》第2期发表高航的《余秋雨散文的写作特色》;赵怡生的《双重选择,观照视角与写作视角的变动——邓一光小说粗揽》;鲍风的《贾宝泉散文印象》;邵德怀的《我手写我心——评戴小华的散文创作》;生晓清的《关于小小说的人物塑造与小小说的品格》。

《电影文学》第2期发表峻冰的《大众艺术的定位和认同》。

《芒种》第2期发表季红真的《余华:逃避杀戮》。

《戏剧文学》第2期发表尔东的《80年代戏剧形象创造的嬗变发展与不足(下)》;叶志良的《当代戏剧形态的新格局》;冯延飞的《王琦作品初探》;颜长珂的《飞入寻常百姓家——关于戏剧走向市场的点滴思考》。

《诗刊》第2期发表吴开晋的《新时期诗歌的聚变与再生》。

《读书》第2期发表谷林的《罗尔纲与卢逮曾》;李天纲的《"景风东扇"第一

叶》；唯易的《道德的血腥》；马少华的《经济学的道德判断》；陈宁的《释史新解》；徐鲁的《诗与真》。

《福建文学》第2期发表王炳银的《故事的变化》；南帆的《土地的启悟》；余禺的《"盲者"：在身内守望》。

中国作协创研部、文艺报社、光明日报文艺部在京联合召开陆天明长篇小说《苍天在上》研讨会。

12日，《中流》第2期发表余飘的《阅世冷眼　报国热肠——评〈流云集〉》。

14日，《人民日报》发表雷达的《坚守家园与寻找突破——当代文学格局中的河南作家群》。

15日，《广东社会科学》第1期发表董馨的《试论文学形式的自足性》。

《上海文学》第2期发表倪文尖的《欲望的辩证法——论邱华栋的写作姿态》；罗岗的《重复的梦魇——张欣小说的文本内外》。

《文论报》发表张锦贻的《董天抽的农村题材儿童小说》；王力平的《〈无雨之城〉：好读与耐读》；桑木的《崇高之爱——关于〈圆梦〉》。

《文学报》以"长篇小说的歧途"为专题，发表曹维劲的《走向市场需把握好"度"》；许纪霖的《假作真时真亦假》。

《文教资料》第1期发表古远清《台湾当代文学理论批评史大事记（一）(1970—1980)》。

《山花》第2期发表谢有顺的《与虚无相遇——谈韩东的小说及其观念》；洪治纲的《告别·跟踪·突围——'95山花"跨世纪星群"读后》。

《台湾研究集刊》第1期发表朱双一的《台湾文学中的"新女性"角色设计》。

《诗探索》第1期发表子诚的《"重写诗歌史"？》；吴晓东的《期待21世纪的现代汉语诗学》；许霆的《新诗在开放中走向现代化》；李怡的《传统：误读中的生长》；五昌、旭光的《罗门、蓉子创作世界学术研讨会在京举行》。

《民族文学研究》第1期发表黄薇的《后草原小说概观》；木霁弘、王可的《中国民间文学的生命亮点》。

16日，《文艺报》发表王山的《辉煌与疏失：漫谈95年的3部长篇小说》；谭湘的《地上的人，天上的云——读铁凝〈风筝仙女〉》。

17日，《作品与争鸣》第2期发表李京盛的《神圣公民》；刘晓川的《我们要想到他们》；马嘶的《人生何以如此荒谬？》。

18日,《中国戏剧》第2期发表徐恒进的《我看〈徐九经升官记〉》;司达的《声声鼓响总关情——评话剧〈鼓王〉》;欧阳逸冰的《好一匹圣洁的白马——看〈白马飞飞〉》。

20日,《学术研究》第2期发表韩莓、田蔓丽的《历史的透视——谭元亨〈客家魂〉评介》。

《福建论坛》第1期发表陈巧云的《陈染小说的一种解读》。

22日,《新文学史料》第1期发表犁青的《从"南来作家"到"香港作家"》。

25日,《山西师大学报(社会科学版)》第1期发表刘定恒的《现实·人物·激情——论张平的四部长篇作品》;卢燕的《生命的写真与媚俗——试论新写实小说的价值取向》。

《江汉大学学报(社会科学版)》第1期专栏"武汉作家作品研究"发表王先霈的《邓一光与"父辈军人"》,昌切的《血性之诗——邓一光小说的人格魅力》,鲍风的《重构一种人生的法则——邓一光的小说及其意义》;同期,发表刘守华的《试论贱三爷故事的历史文化价值——读沈远义〈贱三爷故事集〉》;熊和平的《流民阶层理想的化身——浅析贱三爷形象的文化内涵》;廖超慧的《"其即其离,皆出自然"——鲁迅林语堂比较论》。

《西南民族学院学报(哲学社会科学版)》第1期发表袁智忠的《试论中国当代少数民族电影》;徐其超的《唱出大凉山奴隶解放时代的强音——论新中国第一个彝族诗人吴琪拉达》。

《语文学刊》第1期发表陶长坤的《字字声声总关情——谈江天先生的〈旅华诗抄〉》。

《通俗文学评论》第1期发表彭迎春的《论新时期通俗文学的崛起与发展》;欧阳明的《能人式的叙述者:在细敲历史想象本真中把握历史——评长篇纪实文学〈温故戊戌年〉》;严伟英的《我弹古龙》;周保欣、吴秀明的《精神经典的裸示与溃灭——评长篇历史小说〈曾国藩〉》;宁宗一的《〈卧龙生作品集〉序》。

28日,《光明日报》发表阎延文的《〈苍天在上〉与世纪之交的中国文学》。

《中国文化研究》春之卷发表高文升的《人类梦、民族魂:浅论赵淑侠散文的文化精神》。

《剧本》第2期发表胡世钧的《戏曲剧本的结构和节奏》;廖全京的《阳晓的戏剧之旅》;余大洪的《寻找戏剧的新视角——豫剧〈岸上的妹妹〉观感》。

29日,《湘潭大学学报(哲学社会科学版)》第1期发表万莲子的《关于"这一代"的女性立言——张欣与毕淑敏中篇小说创作精神四题》。

中国作协工作会议在京召开,主要议题是讨论修订《中国作协1996年工作要点》和《关于繁荣社会主义文学的五年规划》。

30日,《戏剧》第1期发表王胜华的《扮演:戏剧存在的本质——对戏剧本质思考的一种发言》。

本月,《创作评谭》第1期以"《长河丰碑》六人谈"为总题,发表凌佐义的《论〈长河丰碑〉的艺术品味》,吴松亭的《从曲折走向辉煌》,罗龙炎的《〈长河丰碑〉的文体意识及特点》,李宁宁的《凝重的历史与艺术的凝重》,杨廷贵的《流淌在过程中的意蕴》,梅俊道的《〈长河丰碑〉的文化特征》;同期,发表陈墨的《严丽霞言情小说漫评》。

《海燕》第2期发表叶纪彬的《风云际会 时代记录》;于立极、赵振江的《情结:醇化与倾诉》。

《海峡》第1期发表高少锋的《庄严与卑劣并存——读周梅森的长篇新作〈沦陷〉》。

本月,文汇出版社出版王晓明编选的《人文精神寻思录》;萧朴的《感觉余秋雨》;陈子善编的《作别张爱玲》。

重庆出版社出版万平近的《林语堂评传》。

3月

1日,《山西文学》第3期发表杨品的《寻找"焦点"》;赵俊英的《现实的无奈与困惑》。

《广州文艺》第3期发表艾晓明的《钻石玫瑰》;程文超的《说不尽的小女子》;杨苗燕的《重新发现"小"的美丽》;姚玳玫的《个人与规则:专栏作家的纯情与尴尬》;陈虹的《边缘的姹紫嫣红》。

《文艺报》发表殷白的《抗战文学的新丰收》。

《文论报》发表王彬彬的《精神立场的分化》;萧夏林的《95年风起云涌下的长篇小说》;左建明的《我们的文学还缺少什么》。

《电影评介》第2期发表吴卫华的《走出"教师神话"》;陈绍谟的《从痞子文学到流氓电影》;林小明的《编剧痕迹明显　英豪气概欠缺》。

《作家》第3期发表余华、潘凯雄的《新年第一天的文学对话》。

《草原》第3期发表郭培筠的《"做官"二字好辛苦——评中篇小说〈新县长〉》。

《诗歌报月刊》第3期发表于坚的《棕皮手记》;南野的《道德理论情绪与诗歌本体精神一辨》。

《解放军文艺》第3期发表王绯的《周涛:半个胡儿》;古远清的《理论思辨与直觉妙悟相融合》。

3日,《人民文学》第3期发表朱文的《二三十年代的吴晨俊》。

3—4日,全国文学创作中心座谈会在京召开,陈昌本在会上作题为《加强创作引导　奋力推出精品》的报告。

5日,《飞天》第3期发表舒洁的《林染,额济纳原野里的心灵》;鲁东的《中国女性形而上的文学思考》。

《小说月报》第3期发表李师东的《一个新的文学层面——"六十年代出生的作家群"概说》。

《长江文艺》第3期发表夏瑞虹的《独特的魅力——评李传锋的动物小说》。

《东海》第3期发表赖春媚的《一列穿越历史表象的火车——〈棚车〉略论》;洪禹平的《活出意义来——略谈〈锡壶〉及其他》。

《芙蓉》第2期发表龚曙光的《印象与随想——95年〈芙蓉〉浏览》。

《延河》第3期发表夏子的《"活着"的凶险——杨天曦小说读后》;孙豹隐的《文学的困顿与出路》;李建军的《小说的精神及当代承诺》。

《河北师范大学学报(哲学社会科学版)》第2期发表倪宗武的《当代话剧透视》。

《陕西师范大学学报(哲学社会科学版)》第1期发表张国俊、常效东的《艺术散文自身的局限性》;李继峰的《真实的生机和虚构的尴尬——关于当代公仆文学创作的美学思考》。

《莽原》第 2 期发表乔美丽的《描述对象的转型》。

《短篇小说》第 3 期专栏"新时期小说发展与流变"发表王本朝的《沉思的精魂——"反思文学"的美学追求》。

6 日,《电影创作》第 2 期发表杨国还的《电影创作主体:走出"无意识"》;王迪的《生命憧憬与悲凉——电影剧本〈还魂山情录〉读后》;李正伦的《白衣天使创造辉煌——谈日本电影〈复活的早晨〉》。

《台港文学选刊》第 3 期"林燿德纪念专辑"发表徐学的《两岸同悲》,黎湘萍的《痛失燿德》,朱双一的《资讯文明的焦点审视和深度观照》。

7 日,《人民日报》发表仲呈祥的《积极开展健康的文艺评论》。

《天津文学》第 3 期发表吴开晋的《世纪之交的中国新诗》。

8 日,《文艺报》发表云德的《撼人肺腑的正气歌——读陆天明长篇小说〈苍天在上〉》。

10 日,《中国西部文学》第 3 期以"复苏与繁荣:诗歌新生界的再度检阅——第二届新疆青年诗人创作座谈会发言辑要"为总题,发表王仲明的《建设一个跨世纪的诗人群》,沈苇的《我所理解的诗与诗人》,王广田的《诗歌并没有死亡》,孤岛的《谁是诗人》。

《写作》第 3 期发表陈南先的《爱的讴歌　情的礼赞——简评张晓风的抒情散文》。

《边疆文学》第 3 期发表彭荆风的《有新意的考证——评马旷源〈西游记〉考证》;芮增瑞的《话说〈土船〉》。

《电影文学》第 3 期发表郭踪的《走向世纪之交的中国电影》;李超的《长影近年来主旋律影片创作》。

《芒种》第 3 期发表季红真的《格非:质询主体》。

《戏剧文学》第 3 期发表曹保明的《关东大地又一枝——评〈"罗锅"御史〉》。

《江海学刊》第 2 期发表刘红林的《台湾现代派诗歌独特的文化内涵》。

《花城》第 1 期专栏"花城论坛"以"当代中国文学的问题(二)"为总题,发表赵毅衡的《1995 重建文化批判之年》,陈晓明的《文学的问题:抓住中国的"当代本质"》,南帆的《冲破慵懒》,张颐武的《在分裂中重新抉择》。

《理论与创作》第 2 期发表张恒学的《眩目的文学风景线——近年文学旗号之我见》;栾保俊的《刘绍棠小说的历史感》;唐宜荣的《应该重视创作当代的乡村

史诗》。

《读书》第 3 期发表马钦忠的《换一个视角》(讨论韩林德的《境生象外》);何方平的《自由与繁荣》;尉天骄《忧郁的底蕴》(讨论黎湘萍的《台湾的忧郁》);伍立杨的《系恋生命的趣味》(讨论张恨水小说)。

《福建文学》第 3 期发表朱必圣的《欲望的文学》。

11 日,《青年文学》第 1 期发表李松樟的《电影现象与现实批判》。

12 日,《中流》第 3 期发表宁松勋的《击水中流唱大风——评诗集〈每一滴水里都有你的影子〉》。

《文艺评论》第 2 期发表凤群、洪治纲的《丧失否定的代价》;赵林的《第三代诗人与第四层人生》;张同吾的《诗的人文精神与文化内蕴》;周晓燕的《新时期文学的写实趋向》;张葆成的《黑土的萌动——黑土戏剧的观念、意识》。

13 日,上海召开文艺工作交流座谈会。

14 日,《文学报》发表雷达的《当前文学的形而上追求》;鲁枢元的《文学丛林中的生态平衡——我观当前的文坛纷争》。

《光明日报》发表雷达的《城市景观与乡村况味》。

15 日,《大家》第 2 期发表刘心武、张颐武的《九十年代文坛的反思与回顾》。

《山花》第 3 期发表汪政、晓华的《虚说汉语小说——致毕飞宇》;陈旭光的《文化的转型与主体的移置——"后朦胧诗"的文化诗学阐释》。

《上海文学》第 3 期发表白烨等的《现时态的长篇小说:多元与失范》。

《文艺争鸣》第 2 期专栏"文学艺术消闲功能"发表童庆炳的《现实·历史·品位——当前文艺的娱乐消闲功能之我见》,贺兴安的《其势难挡的两个涌动》;同期,发表曹顺庆的《文论失语症与文化病态》;邵燕祥等的《理性与启蒙》;兰爱国的《从现代狂人到后现代白痴——20 世纪中国文学精神论》;祁述裕的《生存境遇、性与人的面孔——80 年代末到 90 年代中国文学中的人》;胡星亮的《论新时期的"戏剧观"论争》;刘康等的《中国 90 年代文化批评试谈》。

《文艺报》发表李敬泽的《〈大厂〉的意义》。

《文论报》发表张颐武的《"世俗关怀"与理想的光芒》;李祝尧的《虚假——〈苍天在上〉的致命弱点》;张东焱的《时代的寓言——电视剧〈苍天在上〉观后》。

《文学评论》第 2 期发表谢冕的《论中国当代文学》;洪子诚的《关于五十至七十年代的中国文学》;於可训的《小说界的新旗号与"人文现实主义"》;刘海涛的

《世界华文微型小说创作研究》。

《中州学刊》第 2 期发表陆耀东的《中国现代主义诗歌及其研究的反思》。

《中国图书评论》第 3 期发表陈墨的《"高保真":敏锐与真诚——读吴海民长篇纪实系列》;张振忠的《散文品格定位与社会价值系统错位》。

《中山大学学报(社会科学版)》第 2 期发表王剑丛的《香港学院派作家梁锡华论》。

《台声》第 3 期发表紫枫的《"诗人兴会更无前"——北京举办首次台湾文学研讨会》。

《北方论丛》第 2 期发表罗振业、李宝泰的《朦胧诗的争鸣与价值重估》;王鸿雁的《争取生存的人权宣言——〈趟过男人河的女人〉道德评估》。

《当代文坛》第 2 期发表贺仲明的《独特的农民文化历史观——论刘震云的"新历史小说"》;黄书泉的《拷问灵魂——读梁晓声三部长篇近作》;颜敏的《苦难历程与精神定位——〈家族〉与〈柏慧〉对知识分子命运的思索》;徐德明的《〈柏慧〉:当代知识分子的处境与选择》;陈冰的《当代中国女性文学的审美特点》;王尧的《生命由梦想展开——论史铁生散文》;叶作盛的《理性与智性——余秋雨散文点滴谈》;蒋登科的《关于徐建成的散文诗》;唐荣尧的《时间之岛:吟唱着的微风与善良——孙建军诗歌创作的文化性评断》;吴义勤的《为了告别的聚会——评陶然的长篇新作〈与你同行〉》;陈岚的《都市与女性的文学二重奏——张欣小说浅析》;邓宾善的《有感于梁晓声的批评》。

《当代电影》第 2 期发表范志忠的《新历史主义视野下的当代电影》;吴迪的《媒介批评:现状与对策》;蔡洪声、杨德建的《李安的新都市电影》。

《西藏文学》第 2 期发表沈奇的《终结与起点》。

《学习与探索》第 2 期发表朱立元的《试论当代"人文精神"之内涵——关于"人文精神"讨论之我见》。

《作品与争鸣》第 3 期发表熊元义的《"搬家"神话的终结》;王侃的《尺有所短 寸有所长——评〈我爱美元〉及其评论》。

《语文学习》第 3 期发表钱虹的《笔路清畅、学养丰足的小品妙手——香港学者潘铭燊和他的散文小品》。

《特区文学》第 2 期发表杨苗燕的《摇动的风景》。

《华侨大学学报(哲学社会科学版)》第 1 期发表黄万华的《从华族文化到华

人文化的文学转换——对东南亚华文文学发展趋势的一种考察》；朱立立的《论新加坡五月诗人的诗歌创作》；岳玉杰的《新加坡新生代小说两作家论》；李新宇的《他从深厚的现实主义传统中走来——论云里风的文学创作》；钟帜的《世界华文文学研究的新进展》；黄万华的《著名海外华文作家简介——黄孟文》。

15日—18日，1996年全国文联工作会议在京召开，中共中央政治局委员、中宣部部长丁关根看望与会代表。

16日，《中国人民大学学报》第2期发表陈传才的《论世纪之交的文学精神》；周晓燕的《新时期现实主义文学发展中的几个问题》；马相武的《新近长篇小说的艺术进展》；高文升的《评马德俊的长篇叙事诗〈穆斯林的彩虹〉》。

17日，全国文联工作会议召开，中国文联党组书记高占祥作了题为《热心服务　开拓进取》的报告。

18日，《中国戏剧》第3期发表余思的《一方水土一方戏——〈水墙〉随笔》；钟韬的《样式转换贵在创新——评川剧现代戏〈山杠爷〉》；肖平的《人心上的丰碑　生活中的巨人——京剧〈圣洁的心灵——孔繁森〉评述》。

20日，《小说评论》第2期发表谢有顺的《小说：回到精神性》；孙绍振的《〈水土不服〉：绝望的写作》；雷达的《关于两部写人欲的长篇》；洪治纲的《先锋精神的还原与重铸——兼论九十年代先锋文学存在的必要性》；刘心武、邵燕祥等的《关于"人道主义"的对话》；舒文治的《在边缘活着——从〈活着〉〈边缘〉考察先锋小说对生存境态的演述》；周成建的《历史情态下的人情之谜：尤凤伟近年小说简论》；王安的《从"恋爱"到"失态"——王蒙〈恋爱的季节〉〈失态的季节〉研讨会纪要》；刘俐俐的《流浪汉小说：由浪漫到深沉——立足于西部流浪汉小说的历史回顾》。

《上海文化》第2期发表黎慧的《个人、性别、种族：九十年代女性写作》。

《北京大学学报（哲学社会科学版）》第2期发表郑振伟的《黄国彬旅游散文的崇高感——评〈华山夏水〉和〈三峡蜀道峨眉〉》。

《钟山》第2期发表谢冕、雷达等的《状态·理想·过渡》；张韧的《人文精神·新启蒙文学》。

《台湾研究》第1期发表徐学的《80年代台湾政治文化与台湾散文》。

《剧作家》第2期发表傅丽、刘红的《东北地方戏的审美文化透视》。

《重庆教育学院学报》第1期发表敖忠的《诗人气质　赤子情怀：王一桃其人

其诗》。

21日,《人民日报》发表朱向前的《梦里飞翔者说——张锲散文的精神理想》;朱学文的《留学生汇聚的青春方阵——读报告文学〈中国留学大潮纪实〉》。

《文艺研究》第2期发表南帆的《抒情话语与抒情诗》;杨匡汉的《色彩与情愫——当代诗学笔记》。

22日,《啄木鸟》第2期发表荒煤的《关于法制文学》;古耜的《〈风尘客〉:别有寄寓的都市众生相》。

24日,《文艺理论与批评》第2期发表渝生的《有幸于茅盾被除名》;梵杨的《一部完整的史诗式作品》(讨论欧阳山的创作);郭正元的《略论〈一代风流〉的大众化美学特征》;李天平的《气质·风度·美及其他:论欧阳山〈一代风流〉的周炳》;栾保俊的《民族文化在刘绍棠作品中的积淀》;田海蓝的《艰难的磨砺——评何守礼形象的典型意义》;周可的《试论丁玲新时期散文创作的风格特征》;山城客的《"新生代"("第三代")诗歌的评说——"新潮诗"论之一》;段登捷的《论张志民的诗歌创作》;华济时的《邓中夏对中国新文学运动的贡献》;《殖民文化现象与文化殖民主义——中山大学中文系部分师生座谈》。

25日,《山东师范大学学报(人文社会科学版)》第2期发表周成建的《郭保林散文的语言艺术》;李鲁祥的《追问生命——张艺谋电影的哲学思考及美学表现》。

《文艺理论研究》第2期发表陈圣生的《也谈现代诗的出路》。

《四川戏剧》第2期发表沅蔷的《诗思在人生价值的转换——关于杜兰朵公主回归自然的思考》;田步山的《刘怀叙笔下的女性试析》。

《内蒙古社会科学》第2期发表丰岚的《"游子"文学略论》。

《当代作家评论》第2期发表张柠的《格非与当代长篇小说》;谢有顺的《最后一个浪漫时代——我读〈欲望的旗帜〉》;沈嘉福的《〈欲望的旗帜〉:反讽与对话》;张德林的《为普通人、小人物"立传"——评陆文夫长篇小说〈人之窝〉》;范小青的《安得广厦千万间》;陆文夫的《文以载人》;黄国柱的《感觉朱向前》;周涛的《评论朱向前及其它》;王久辛的《理想的批评与批评的理想——军旅文学批评家朱向前浅论》;肖显志的《吴梦起童话论》;吴秀明、孙凯风的《历史剧变的重构与名士精神的写真——评颜廷瑞的长篇历史小说〈汴京风骚〉》;钟本康的《洪峰小说的个体意识——评〈东八时区〉》;洪治纲的《逼视与守望——从张炜、格非、余华的三部长篇近作看先锋小说的审美动向》；谢永旺的《〈成吉思汗〉得失谈——在一次座谈会上的发言》；蔡毅的《情死——人性光辉的闪烁》；韩毓海的"理论还有什么用？"——我看"当代理论"》；胡平的《1995年短篇小说佳作概述》，顾海燕的《于局限处诞生——吴炫和他的〈否定本体论〉》；樊星的《北方文化的复兴——当代文学的地缘文化研究》；蔡江珍的《在恒常中追寻新的可能——关于简媜散文》。

《台港与海外华文文学评论和研究》第1期发表《路在脚下——江苏台港暨海外华文文学研究回顾》；黄万华的《从华族文化到华人文化的文学转换——对东南亚华文文学发展趋势的一种考察》；林承璜的《世纪之交，世界华文文学的回顾与展望》；张新的《蝴蝶的文化——淡莹诗歌〈蝶恋花〉〈曾经〉及其他》；陆士清的《笔卷当代风云——略论戴小华的创作》；公仲的《"我，也是一颗下凡的星……"——读吕大明散文札记二则》；林青的《移民的困惑和青春的炽热——周蜜蜜小说研究》；徐志啸的《丛甦小说简论》；钱虹的《都市里的浪漫与抒情——谈陶然的诗化散文兼及小说》；赵淑敏的《与姊偕行偕行——赵淑侠创作生命的成长》；何飞的《生命不息　攀登不止——林承璜速写》；李子云的《从〈七色花水〉到〈春秋流转〉——从商晚筠到李忆莙》；刘会文的《柏杨杂文的幽默性》；宋永毅的《神思与沉思——论诗人、学者陈慧桦的写作道路》；陈辽的《深沉的祖国之恋——读王尚政文集〈恋〉》；王金城的《女性与历史的和鸣——冯青诗论》；尉天骄的《台湾文字研究的新突破——评黎湘萍〈台湾的忧郁〉》；刘红林的《荟萃精华锐意创新——评〈台港散文四十家〉》。

《山西大学学报（哲学社会科学版）》第1期发表张培华、李德的《幽默·中西文化合流与社会进步：为纪念林语堂先生诞辰100周年而作》。

《海南师院学报（人文社会科学版）》第1期发表王澜的《落日余晖的笼罩——乌热尔图小说中的文化思考》；徐永龄的《大都会中的田园梦——论陈少华散文的审美特征》。

27日，《华中师范大学学报（哲学社会科学版）》第2期发表尹均生、徐新民的《展现神州大变革的历史性画卷：中国新时期报告文学发展巡礼》。

28日，《文学报》以"诗国沉寂了吗？"为专题，发表白桦的《诗的逃避与被逃避》，邵燕祥的《诗失而求诸野》。

《上海戏剧》第2期发表傅骏的《戏曲改革五十年——一个值得总结的

话题》。

《四海—台港澳海外华文文学》第 2 期总发表古继堂的《一个正气凛然的中国人——访台湾作家陈映真》；曾敏之的《香港作家文丛：紫荆花书系总序》；薛智的《"寻求点燃整个民族的心火"——推荐台湾文学研究的一部力作》；黄孟文的《纪念新加坡作家协会创会 25 周年献词》；马相武的《共探中华文化学术之会通和合——台湾文学研讨会综述》。

《剧本》第 3 期发表武新宏的《论刘鹏春戏曲人物的文学价值》。

《名作欣赏》第 2 期发表步永忠的《在灵魂的审判台前——巴金散文〈小狗包弟〉赏析》；高健的《读林语堂辜鸿铭》；朱常柏的《生存的哲理感悟：罗兰散文〈写给秋天〉赏析》。

30 日，《中南民族学院学报（哲学社会科学版）》第 2 期发表杨彬的《90 年代作家的选择》。

《西北师大学报（社会科学版）》第 2 期发表卫朝的《中国当代文学爱国主义主题的嬗变》。

《浙江师大学报（社会科学版）》第 2 期发表刘宏球的《"后退"：谢晋的女性叙事策略》。

本月，《中华文学选刊》第 2 期发表雷达的《论当今小说的谨慎走向》。

《文学世界》第 2 期发表子干的《正常年景——'95 短篇小说杂议》；贺绍俊的《一九九五年有好小说》；鲁枢元的《生态时代与乌托邦》；何向阳的《立虹为记——从生态角度论及新时期文学》。

《华文文学》第 1 期发表黄孟文的《献词》、《新加坡作家协会简史》、《新加坡作家协会 25 年来重要活动汇报》；梦莉的《泰华文学的现状与展望》；今富正巳的《华文文学在新加坡和马来西亚的政治作用》；赵顺宏的《中国现代作家对东南亚华文文学的影响论略》；陈慧桦的《都从故国梦中出发——林幸谦的散文》；彭志恒的《点式化——柔密欧·郑小说与诗的联接点》；灵真的《海内外张爱玲研究述评》；孙立川的《张爱玲的文学年表》；莫渝的《60 年代的台湾乡土诗》；袁良骏的《想象与激情：黄维梁散文简论》；黄维梁的《精致高华的"另类散文"——黄国彬的〈琥珀光〉、〈像她这样的一个姑母〉》；蔡益怀的《永远的契诃夫（外一篇）》；马念生的《世纪末华丽苍凉消逝之后》。

《百花洲》第 2 期发表陈墨的《90 年代文学概观》。

《青春》第 3 期发表王韬的《现实主义并未过时》。

《海燕》第 3 期发表毛志成的《文学的明白与糊涂》。

《绿洲》第 2 期发表徐亮的《文学的隐喻及其特征》。

本月,中国社会出版社出版刘纳的《诗:激情与策略:后现代主义与当代诗歌》。

东北师范大学出版社出版孙中田的《历史的解读与审美取向》。

宁夏人民出版社出版杨继国的《杨继国评论集》。

江苏教育出版社出版朱栋霖的《文学新思维》。

河南大学出版社出版刘增杰、王文金的《迟到的探询》。

新疆大学出版社出版夏冠洲的《用笔思考的作家——王蒙》。

漓江出版社出版黄云生的《黄云生儿童文学论稿》。

当代中国出版社出版王连登、秘进主编的《高扬爱国主义主旋律:〈新战争与和平〉第二次研讨会评论集》。

山东教育出版社出版王剑丛的《二十世纪香港文学》。

4 月

1 日,《山西文学》第 4 期发表周政保的《潇洒与机智》。

《广州文艺》第 4 期发表杨匡汉、孟繁华的《1997:"大中国文学"——香港/内陆文化的现状与差异》。

《文论报》发表樊星的《呼唤中国的文化评论》;郜元宝的《95 长篇一瞥》;朱鸿召的《精神的负载——'95 散文述评》;苗雨时的《创构自己的诗学话语——读〈生命诗学论稿〉札记》;吴开晋的《情思巧注于物象——读申身的诗》;刘永典的《于平淡中见人生——读魏新民小说集〈平淡人生〉》;韦野的《质朴俊美的乡情——谈曹继铎的散文》;周政保的《寻找跨世纪精神——长篇报告文学〈跨越苍茫〉读记》;古耜的《葱翠的诗心——说石英的诗歌近作》。

《诗歌报月刊》第4期发表张峻鹏的《审视与期待》。

《滇池》第4期发表胡岩的《文化的溃退与精神的自渎》;吴文光的《买一本〈家族〉读不进去》;闻树国的《叙事的复述》。

《解放军文艺》第4期发表吴然的《仰望灵魂的灵魂》。

4日,《人民日报》发表杨伟光的《坚持正确导向 多出电视剧精品》。

5日,《飞天》第4期发表刘俐俐的《走进儿童文学这片净土》;恩广智的《无声的诗 有形的画》。

《小说月报》第4期发表周介人的《谈谈"新市民小说"》。

《文艺报》发表李玲的《温和迷人的新景观——近年来少儿小说述评》。

《东海》第4期发表袁明华的《再生的马原和再生后的第一篇小说——读〈平凡生活的魅力〉札记》;李宪国的《乡村人的生存与乡村人的叙述——评〈来歪头〉和〈胡琴痴〉》。

《作品》第4期发表李陀的《当代中国文学批评的困境》;陈虹的《激情和写作——张梅小说印象》。

《延河》第4期发表冯积歧的《惊讶地叫出了声音——从刁斗的两篇小说谈起》;刘醒龙的《信仰的力量》;李继凯的《人文学说影响下的文学》。

《河北师范大学学报(哲学社会科学版)》第2期发表刘明馨的《呼唤信仰的壮丽篇章——谈张炜〈家族〉的思想底蕴》。

《朔方》第4期发表郎伟的《沉潜与积聚——1995年度〈朔方〉中短篇小说漫评》;荆竹的《海恋与诗人之魂——贾长厚诗集〈海恋〉漫论》。

《短篇小说》第4期专栏"新时期小说发展与流变"发表王本朝的《应时而生的改革文学》。

6日,《台港文学选刊》第4期发表钟玲的《女性主体的形成》。

北京市文艺学会、《新文化史料》编辑部、北京社会科学院文学所联合举办的"华北沦陷区文学暨专著《沦陷时期北京文学八年》学术座谈会"在京举行。

7日,《天津文学》第4期发表李运抟的《十年小说精神形态论》。

7—10日,"华文文学与中华人文精神国际学术研讨会"在杭州举行,来自海内外的专家学者围绕中华人文精神的内涵、特征与当代价值等问题展开研讨。

10日,《中国西部文学》第4期发表王有生的《边关军魂的真切表现——评樟楠报告文学〈月圆月又缺〉》。

《宁夏大学学报(社会科学版)》第2期发表郎伟的《回归传统的吟唱——孙犁新时期散文创作散论之三》;王韶华的《丁鹤年诗歌的悲剧性初探》;胡玉冰的《回族学者马欢以及〈瀛涯胜览〉》;李丽中的《独具面容的回族史诗——评马德俊诗集〈穆斯林的彩虹〉》。

《读书》第4期发表杨雪冬的《寻绎"民间"变迁》;郭银星的《罗蒂与"文化左派"》;宋红的《孤独徘徊》。

《边疆文学》第4期发表朱先树的《鱼与熊掌兼得》;王志清的《摒弃孱弱》;吴崇信的《小说,我心灵的港湾》。

《山东社会科学》第2期发表丛晓峰的《近年新写实小说述评》;阎奇男的《论〈迷舟〉的艺术魅力》。

《电影文学》第4期发表姚力的《视角·线索·矛盾冲突》;杨卓的《直面现实生活焦点的〈苍天在上〉》。

《戏剧文学》第4期发表叶志良的《世俗神话——九十年代戏剧现象刍议》。

《芒种》第4期发表季红真的《王朔:超越自卑》。

《诗刊》第4期发表耿建华的《新时期诗歌的意象变革》。

《福建文学》第4期发表林焱的《为当代"大禹"立传》;戈戎的《倾心的赞美与深沉的忧思——漫析〈沿江吉普赛人〉》。

11—12日,中国作协四届主席团第十次会议在京举行,中共中央政治局委员、书记处书记、中宣部部长丁关根出席会议并讲话。

12日,《文艺报》发表丁关根的《多出优秀作品 繁荣电影事业》;王恩宇的《殷殷真情谱华章——读高占祥诗选〈微笑〉》;王一桃的《香港历史的见证——读刘以鬯〈岛与半岛〉》。

《中流》第4期发表胡昭衡的《〈是是非非集〉序言——浅谈当代北京杂文优良传统的继承与发展》。

《河南日报》发表樊洛平的《台湾女性问题作家廖辉英》。

15日,《文论报》发表吴野渡的《反腐倡廉的好教材——序长篇报告文学〈黑脸〉》;陈冲的《"人文精神"插话》;郑熙亭的《一曲伟大民族精神的壮歌——读〈新战争与和平〉笔记》。

《山花》第4期发表陈仲义的《从"人学"、"女权"中独立出来的特殊版本——女性诗学》。

《广东社会科学》第 2 期发表张绰的《澳洲华文文学透视》。

《上海文学》第 4 期发表李劼的《王朔小说和市民文学》；肖云儒等的《文学视野中的"最后"景观》。

《文教资料》第 2 期发表古远清《台湾当代文学理论批评史大事记（二）(1981—1992)》

《社会科学》第 4 期发表杨文虎的《九十年代爱情描写的非道德化》。

《台声》第 4 期发表古远清的《西瓜寮下的诗情——读台湾诗人詹澈的诗》。

《南方文坛》第 2 期以"生命冲动的隐喻：论反思文学——理论视界中的八十年代中国文学之二"为总题，发表李广仓的《主体的迷失与反思的矫情》，丁淑文的《女性主义文化视域中的反思文学》，李建盛的《生命意识的敞亮与遮蔽》，宗匠的《存在的尴尬：界限穿越与理想遏制》；同期，发表邹德胜的《文艺创作中的民族化与现代化》；唐刃的《近年六部长篇的文体简评》；姚思源的《长篇小说与"精品意识"》；钟西茜的《"新状态"与当下生活状态》；欧宗启的《平流层的诗歌——广西九十年代初诗歌创作扫描》；商殇的《结构的隐秘——兼评李冯近期几个中短篇》；龚长栋的《追求一份静穆与祥和——彭匈散文随笔论》；刘锡成的《晓雪：朴素中见深刻》；杨昌雄的《山水美学研究的里程碑——简论〈山水美论〉》。

《作品与争鸣》第 4 期发表欧阳明的《命门深处掘精品》；张培英的《一个怯懦的选择者》。

18 日，《中国戏剧》第 4 期发表钟艺兵的《高扬公仆精神——看话剧〈好人润五〉》；曲六乙的《关东汉子、关东娘们的风采——吉剧〈关东雪〉掠影》；吴乾浩的《困惑与选择——话剧〈生为男人〉引发的思考》。

邓友梅长篇小说《凉山月》研讨会在凉山彝族自治州首府西昌举行。（据《文艺报》26 日消息）

19 日，《文艺报》发表陈映真的《在台湾读周良沛的台湾散记》；戴翊的《真挚的感情　强烈的爱憎——读〈巴金全集〉第十七卷〈序跋编〉》。

20 日，《当代》第 2 期发表王干的《历史的碎片与状态之流——评王蒙的长篇小说〈失态的季节〉》。

《福建论坛》第 2 期发表黄黎星的《林清玄：禅思散文探析》；张应辉的《多元建构的"东方神话"：论张艺谋电影及其文化》；袁勇麟的《变异与传承——建国十

七年杂文理论管窥》。

《学术研究》第 4 期发表马相武的《近期台湾文学思潮的变动》。

22 日,中国通俗文艺研究会和中国民间文艺家协会主办的国际民间叙事文学学术研讨会在京召开。

23—25 日,"第八届世界华文文学国际学术研讨会"在江苏南京召开。

25 日,《文学报》发表张颐武的《当下的写作——徐坤小说的意义》;杜宣的《一位知识分子的人生轨迹——读陈迟的诗文集〈少年子弟江湖老〉》;宋明炜的《世上的光——读"世界伟人生命之旅"丛书》;葛乃福的《"一种美感的满足"——读〈洛夫评传〉》。

《江汉大学学报(社会科学版)》第 2 期专栏"武汉作家作品研究"发表蔚蓝的《武汉作家近期创作纵论》;戈雪的《后新时期小说创作的两大阵营——武汉作家群与江浙作家群比较》。

《光明日报》发表张韧的《人文精神讨论余墨》。

25—27 日,中宣部出版局和新闻出版署图书司在福州联合召开繁荣长篇小说出版专题研讨会,人民文学出版社、中国青年出版社等 12 家文艺出版社的负责人参加了会议。(据《文艺报 5 月 17 日消息》)

28 日,《兰州大学学报(社会科学版)》第 2 期发表赵学勇的《路遥的乡土情结》。

《剧本》第 4 期发表章诒和的《写在落幕之后——'95 全国现代戏交流演出之我见》。

《厦门大学学报(哲学社会科学版)》第 2 期发表徐学的《司马攻与近十年的泰华文坛》。

30 日,《南京大学学报(哲学社会科学版)》第 2 期发表刘佳林的《仿构与自觉》。

《镇江师专学报(社会科学版)》第 6 期发表刘小新的《余光中散文创作初论》。

《中国文学研究》第 2 期发表刘良初的《当代小说现代时空建构艺术的价值判断及前景》;田中阳的《论齐鲁小说的"好汉"精神——从区域自然地理环境对文学的影响观山东当代小说的一个侧面》。

《湘潭大学学报(哲学社会科学版)》第 2 期发表田中阳的《论吴越小说的"才

子"气质——从区域自然地理环境对文学的影响观江苏、浙江当代小说的一个侧面》。

本月,《创作评谭》第2期发表曾奕禅、曾毓琳的《画时代的风云 显生活的本色——评蒋石麟的〈尘海波澜〉》。

《文学自由谈》第2期发表彭荆风的《〈丰乳肥臀〉:性变态的视角》;李明泉的《戏说家史与玩弄感觉》;汤溢泽的《〈文化苦旅〉:文化散文衰败的标本》;王英琦的《上帝的灵魂 凡人的日子》;燎原的《批评的冒险与失态》。

《海燕》第4期发表高松年的《读者创造文本》。

本月,上海文艺出版社出版龙应台的《龙应台评小说》。

天津人民出版社出版李何林的《关于鲁迅及中国现代文学》。

岳麓书社出版张文初的《死亡·悲剧与审美》。

河南大学出版社出版田锐生的《台港文学主流》。

云南大学出版社出版杨振昆、胡德盛、查大林主编的《世界华文文学的多元审视——第七届世界华文文学国际学术讨论会论文集》。

5月

1日,《山西文学》第5期发表段崇轩的《关于农村题材小说的备忘录》。

《文论报》发表安希孟的《"人是谁"及人的处境》;管卫中的《批评家也要创造——〈理论视野中的作家张俊彪〉读后》。

《出版广角》第5期发表中伟的《开创女性文学新天地——作家专家评"金蜘蛛丛书"》。

《电影评介》第3期发表张启义的《新铸民间古铜镜》;王宝林的《浅谈〈苍天在上〉的不足》;罗九湘的《晚会:春节文化的主食》;万年春的《苍天在上应无语》;平仑的《电影,就是要来真格的》。

《作家》第5期发表胡彦的《当代人本诗歌的语言特征》。

《草原》第 5 期发表孟和博彦的《不泯的童心——评〈杨啸作品选〉》;王艳凤的《沉重的回眸——评〈空空的青春之碑〉》。

《诗歌报月刊》第 5 期发表岳力的《对中国诗坛的反省》;伊沙的《为阅读的实验》;十品的《现代诗歌语言的认识》。

《鸭绿江》第 5 期发表李劼的《韩东其人其事其诗其文》。

2 日,《人民日报》发表张同吾的《时代风情与文化观照——谈近期诗歌的审美形态》;黄毓璜的《生活赐予作家激情——读〈张家港人〉漫笔》。

3 日,《文艺报》发表吴秀明、周保欣的《杨书案和他的文化历史小说——兼谈当前历史题材小说创作中的有关历史观问题》。

5 日,《飞天》第 5 期发表毛志成的《轰动兴衰论》。

《小说月报》第 5 期发表宫瑞华的《新都市文学:开放的现代文学语境》。

《长江文艺》第 5 期发表李运抟的《八方来风的土地——1995 年〈长江文艺〉小说述评》。

《作品》第 5 期发表罗宏的《教化批评再回首》。

《延河》第 5 期发表马奇的《接受与承诺——夏放其人其文》;陈虹的《中国新时期女性主义文学概观》。

《短篇小说》第 5 期专栏"新时期小说发展与流变"发表王本朝的《倾听改革浪潮的回声——改革文学的叙述视角》。

6 日,《台港文学选刊》第 5 期发表陈德锦的《香港诗坛的新生代》;张大春的《污蔑小说,也污蔑色欲》;杨正犁的《寻求台湾文学研究的更高层次》。

7 日,《小说选刊》第 5 期发表张德祥的《一部不掺水的小说——陆文夫〈人之窝〉读识》。

《天津文学》第 5 期发表查舜的《虚实体验》。

10 日,《小说林》第 3 期发表刘树声的《浪漫与推理——读中篇小说〈遗孩〉》。

《中国西部文学》第 5 期发表韩子勇的《散文的大光明》。

《写作》第 5 期发表邵荣霞的《余秋雨散文的魅力》;焦鹏的《新的视角 新的发展——评几部改革题材的长篇小说》;邵德怀的《钟子美微型小说概说》。

《边疆文学》第 5 期发表吴崇信的《文坛宿将·仁者风范》;杨荣昌的《平凡人生的感悟》。

《电影艺术》第 3 期发表张同道的《跨越喧哗——一九九五年中国电影回

顾》;林黎胜的《九十年代中国电影的经济变更和艺术分野》;贾磊磊的《电影的商品化及其"语境意义"》。

《电影文学》第5期发表姚力的《新时期电视剧结构的多元形态》;陈向春的《从作品到公众:难以沟通》。

《芒种》第5期发表丁临一的《欣赏周涛》;洪凤桐的《"市场人"形象的文化内涵——读长篇新作〈五爱街〉》;翟丽莉的《"临去秋波那一转"》。

《戏剧文学》第5期发表何云波的《后现代主义与中国当代戏剧策略》。

《花城》第1期专栏"花城论坛"以"当代中国文学的问题(三)"为总题,发表李陀的《如何讨论》,张玞的《绝望与信心——文学的问题在哪里?》,王鸿生的《话语风格,或言说的态度》,戴锦华的《文学·命名与语词旅行》;同期,发表王蒙的《世纪之交的文学选择》。

《理论与创作》第3期发表胡培德的《商潮冲击与文学分流》;向云驹的《灵魂的价值取向——读石英〈透视灵魂的世界〉》;周晓波的《经济大潮冲击下的九十年代少年小说的新视点》;陈辽的《从'95中短篇小说看当今社会》。

12日,《文艺评论》第3期发表凤群、洪治纲的《乌托邦的背离与写实的困顿》;吴义勤的《新潮小说的主题话语》;张景超的《独标高格的创造和背反的律动》;宋晓萍的《女性情谊:空缺或叙事抑制》;郎学初、邢海珍的《论李琦诗歌的母性话语》;张葆成的《黑土的厚重——黑土戏剧的形态》;汤学智的《十年辛苦不寻常——新时期文学研究评略》;汪民安的《都市与精神分裂症》。

15日,《大家》第3期发表苏童、叶兆言、王干的《没有预设的三人谈》。

《上海文学》第5期发表许纪霖等的《批评的道德与道德的批评》。

《文艺争鸣》第3期专栏"文学艺术消闲功能"发表何西来的《文艺的消闲、娱乐功能及其格调》,杜书瀛的《消闲与文化和审美》;同期,发表何清的《民间宗教:心灵的寻找与皈依》;程戈的《丧失彼岸的迷津——1985年以来中国小说的道德问题》;徐贲的《影视观众理论和大众文化批评》;唐韧的《百年屈辱 百年荒唐——〈丰乳肥臀〉的文学史价值质疑》;张军的《莫言:反讽艺术家——读〈丰乳肥臀〉》。

《文论报》发表张颐武的《分享艰难的文学》。

《文学评论》第3期发表雷达的《昨日风 今朝雨——关于批评的价值、困境与出路》；严家炎的《论金庸小说的现代精神》；程文超的《欲海里的诗情守望——我读张欣的都市故事》；陈映真的《台湾文学中的环境意识——以马以工、韩韩、心岱和宋泽莱为中心》；李兆忠的《不同的思路　共同的心愿——台湾文学研讨会纪要》。

《中州学刊》第 3 期发表杜福磊的《崇高丰厚的精神境界——当代散文发展观》。

《中国图书评论》第 4 期发表马石利的《悲壮的呐喊——评〈苍天在上〉兼谈当前小说逃避现实的现象》。

《中山大学学报（社会科学版）》第 3 期发表艾晓明的《混杂之美：读张爱玲的香港传奇》。

《台湾研究集刊》第 2 期发表何笑梅的《从小说看台湾女性价值观的嬗变》。

《长城》第 3 期发表赵英华的《"鲨鱼"究竟吞噬了什么？——小说〈回家〉文本解构与它的象征意蕴》。

《民族文学研究》第 2 期发表徐文海的《成吉思汗·战争·女人——巴根长篇小说〈成吉思汗〉分析》。

《当代文坛》第 3 期发表毛克强的《面对欲望——当代城市小说的价值取向》；王琳的《女性经验与女性叙事——解读〈长恨歌〉、〈游行〉、〈守望空心岁月〉》；张洪德的《迟子建小说创作的三元构架》；徐其超的《意西泽仁创作论——兼论艾特玛托夫小说对意西泽仁的影响》；廖全京的《为了人的诗意地栖居——关于小说〈梦断源头〉的随札》；向宝云的《灵魂的飞翔与精神的苦旅——简评郭彦的小说创作》；胡彦的《女性写作：从身体到经验——兼论当代女作家的创作》；李东芳的《寻梦旅人——斯妤散文读解》；十品的《飞翔与凝视——对现代抒情长诗的几点思考》；孙建江的《儿童文学层次的划分及其研究》；黄书泉的《您为何写作——对当代作家创作动机的一次透视》。

《当代电影》第 3 期发表李兴发的《对电影市场中"直销"行为的思考》；李亦中的《中国电影 90 年六大卖座片探析》；庄宇新的《当代中国大陆电影的经济问题（上）》。

《当代戏剧》第 3 期发表李斌的《世纪末戏剧：对时代精神的趋赴与疏离》；康宇的《剧作家的心态与决策者的眼光——浅谈当前戏剧创作中的两个问题》。

《学习与探索》第3期发表孙立峰的《文学与电影的百年匹配与折磨——文学影像化的跨世纪回溯》；李运抟的《历史悲歌几时休：当代农村小说女性婚姻悲剧论》。

《特区文学》第3期发表胡滨的《当下视野中的"原创——模仿"等级论》。

《青岛大学师范学院学报》第2期发表李孝佺的《女性天空与女性文学的新空间——评袁琼琼〈自己的天空〉》。

《诗探索》第2期发表孙玉石的《寻梦的回响：东方民族的现代诗》；辛笛、王圣思的《关于新诗的发展、诗的回归及其他》；王光明的《回望百年中国诗歌》；石天河的《诗学面临的挑战》；吴晓的《冥思者的理性之光——当代诗歌的品位和指向》；姜耕玉的《当代诗的隐喻结构》；陈超的《唐晓渡的诗歌批评》；孙基林的《陈超生命诗学述评》；晓铎的《李震的选择：诗歌批评》。

16日，《人民日报》发表张未民的《复活了英雄的精神世界——读长篇小说〈雪殇〉》。

17日，《文艺报》发表刘道生的《工业题材小说创作大有作为》；罗守让的《我看性爱描写》。

《作品与争鸣》第5期发表洛杭的《艰难之后是坦途》。

18日，《人民日报》发表刘忠德的《努力创作更多的无愧于伟大时代的艺术精品》。（此文为作者在1996年全国艺术创作会议上的讲话，发表时有删节）

《中国戏剧》第5期发表罗怀臻的《昆剧〈司马相如〉所见所思》。

20日，《小说评论》第3期发表王西平的《路遥小说中的时代意识与政治意识》；吴义勤的《生存之痛的体验与书写——陈染小说论》；陈晓明的《无限的女性心理学：陈染论略》；张清华的《历史话语的崩溃和坠回地面的舞蹈——对当前小说现象的探源与思索》；张学军的《形式的消解与意义的重建——论先锋派小说的历史转型》；鲁枢元的《现实与主义——读〈海口干杯〉》；谢有顺的《小说：回到冲突》；孙绍振的《没有流派的文学时代》；白桦的《当前文化论争的长与短》；谢冕等的《〈我的菩提树〉读法几种》；周政保的《〈末日之门〉印象》；孙晶的《跨越世纪的门槛——新时期通俗小说发展刍论》；李星的《狼坝世界：王朝末期的社会缩影——长篇小说〈狼坝〉小论》；张丕让的《乱世风流与道家情怀——读赵熙长篇小说〈狼坝〉》。

《上海文化》第3期发表郜元宝的《两个俗物，一对雅人——王朔、贾平凹、张承志、张炜合论》。

《东北师大学报(哲学社会科学版)》第3期发表姚力的《分解性、纪实性与影像化——论新时期电视剧情节的演变与发展》。

《南开学报(哲学社会科学版)》第3期发表张学正的《九十年代中国大陆文学思潮扫描》;乔以钢的《二十世纪中国女性的文学选择》。

《河北学刊》第3期发表贾焕亭的《九十年代散文主题的思考》;张鹰的《艰难的蜕变——新时期中年剧作家剖析》。

《学术研究》第5期发表伍方斐的《生命与文化的诗性转换——任洪渊的诗歌创作与文人后现代主义》。

《钟山》第3期发表吴炫等的《关于批评和批评者的对话》。

《剧作家》第3期发表厉震林的《论当前话剧的主体自省与样式突围》。

《清明》第3期发表李泽华的《可喜的变化和发展》。

21日,《文艺研究》第3期发表胡星亮的《论中国话剧的民族化历程》。

22日,《文汇报》发表江曾培的《繁荣长篇小说　重在多出精品》。

《啄木鸟》第3期发表刘恩启的《壮哉!公安战线上的大智大勇者》;胡小伟的《又见陈龙》;李兆忠的《限定中的天地》。

23日,《光明日报》发表汤锐的《走向成熟——九十年代儿童文学概观》;林为进的《简说儿童小说》。

24日,《文艺报》以"虽九死其犹未悔——清子诗集《涅槃》笔谈"为总题,发表雷抒雁的《一本奇异的书》,张同吾的《生命的涅槃与诗意的升华》;同期,发表熊元义的《走出文学的沼泽——再论当前文学的审美倾向》;刘勇、马云等的《信念:无法躲避——关于张炜、张承志等作家创作倾向的笔谈》。

《文艺理论与批评》第3期发表高松年的《文学不能逃避责任》;何标的《对厘清台湾新文学运动一些问题的思考》。

25日,《文艺理论研究》第3期发表尹鸿的《大众义化时代的批判意识》;徐中玉的《当代文学随想》。

《四川戏剧》第3期发表庞越的《1995年四川剧坛回顾》;胡邦炜的《沉重苦涩的人生悲歌——论电影文学剧本〈变脸〉》;农冠品的《评〈血虹〉》。

《内蒙古社会科学》第3期发表刘荣林的《论象征及象征的品格——兼谈新时期小说的象征艺术》。

《当代作家评论》第 3 期发表余华的《长篇小说的写作》；格非的《长篇小说的文体和结构》；张炜的《写作〈柏慧〉、〈家族〉随感——长篇小说创作札记》；郜元宝的《豪语微吟各识帜——漫议 1995 年的几部长篇小说》；马加的《谈〈论辽宁作家群〉》；缪俊杰的《评长篇小说〈隋炀帝〉》——在王占君作品研讨会上的发言》；聂振斌的《语言·意象·意境——谈诗集〈太阳雨〉中意象的作用》；孙郁的《晚钟声里的预言》；蓝翎的《体验"体验"——读〈世纪预言〉随感》；许谋清的《旋涡中的思考——关于〈世纪预言〉》；戴锦华的《陈染：个人和女性的书写》；孟繁华的《忧郁的荒原：女性漂泊的心路密史——陈染小说的一种解读》；贺桂梅的《个体的生存经验与写作——陈染创作特点评析》；彭志明的《世纪末的苦魂——读夏中义〈倾听生命〉》；铁舞的《思辨与诗性——论夏中义的学术文体》；周海波、王光东的《守望者的精神礼仪——张炜创作论》；潘吉光的《聂鑫森小说论》；韩子勇的《都市梦境与中产阶级写作——张欣小说谈片》。

《苏州大学学报（哲学社会科学版）》第 3 期发表石杰的《王充闾及其散文中的道家生命意识》。

《浙江学刊》第 3 期发表李小江的《背负着传统的反抗——新时期妇女文学创作中的权利要求》。

《华侨大学学报（哲学社会科学版）》第 2 期发表黄万华的《我们必须养活文学——近 30 年新加坡华文文学的一种侧影》；黄红娟的《海外华人女性文学综论》；刘小新的《当代马华诗歌的两种形象》；郭建军的《世纪末回首——论作为南洋反思文学的小黑小说》；黄万华的《方北方》。

《贵州社会科学》第 3 期发表古远清的《李辉英："中国现代文学史"学科在香港的开拓者》。

《通俗文学评论》第 2 期发表栾保俊的《古典作品和民间文学对刘绍棠作品的影响》；刘心武、张颐武的《媒体的兴盛及其功能》；王剑丛的《倪匡科幻作品论》；程南的《用智慧梳理历史——评〈80 年代中国通俗文学史〉》；赵天才的《〈胡雪岩〉的意义》。

《湖北大学学报（哲学社会科学版）》第 3 期发表沈嘉达的《历史寓言与个人话语——评〈故乡天下黄花〉兼及其它》；梁艳萍的《陈应松小说片面观》。

27 日，《华中师范大学学报（哲学社会科学版）》第 3 期发表昌切的《走出 19 世纪 走进 20 世纪——人文背景的置换与当代文学研究》。

28日,《上海戏剧》第3期发表卢昂的《昆剧〈司马相如〉与中国文人的灵魂》;傅骏的《正气谱悲歌 新秀演好戏——评越剧〈金殿赐鸩〉》。

《四海—台港澳海外华文文学》第3期发表喻大翔的《一个学者作家的文学追求——梁锡华教授访谈录》;易明善的《抗战时期的刘以鬯》。

《剧本》第5期发表蠢芳的《罗怀臻的"悲剧史诗"探求》;赵宁宇的《小剧场戏剧的兴起》。

《名作欣赏》第3期发表熊玉鹏的《且慢祭奠——评余秋雨的〈文化苦旅·笔墨祭〉兼论中国文化研究中的一种倾向》;胡亭亭的《道是"有情"却"无情"——读蒋晓云的〈无情世代〉》。

《光明日报》发表邵牧君的《呼唤健康的电影评论》。

30日,《中国图书评论》第5期发表王科的《大视野:一部崭新的当代文学史作——读〈二十世纪中国两岸文学史·续编〉》。

《戏剧》第2期发表金陌的《男权文化视角与法律意识盲区——析〈同船过渡〉》。

云南当代作家文学研究会日前举行专题研讨,对《丰乳肥臀》提出尖锐批评。

本月,《文学世界》第3期发表王凤莲的《且看这回黄转绿——九十年代女性小说艺术空间的动态考察》;董之林的《论90年代文学与"文化保守主义"》。

《北京文学》第5期发表楼肇明的《营造心灵诗意的居所》。

《电视研究》第5期发表徐敏的《社会呐喊与社会视听——试评电视剧〈苍天在上〉的创作辩证法》;尹鸿的《电视媒介:被忽略的生态环境——谈文化媒介的生态意识》。

《青春》第5期发表包忠文的《诗,还得走进人民的心中》。

《台港文学选刊》第5期发表陈德锦的《香港诗坛的新生代》。

天津市作协召开长篇小说研讨会,与会者对近年来天津作家肖克凡、宋安娜、牛伯成等人的新作进行了研讨。

本月,人民文学出版社出版季红真的《众神的肖像》。

广州高等教育出版社出版罗宏、周建平的《都市的眼睛:伊妮创作论》。

百花洲文艺出版社出版陈墨的《金庸小说情爱论》、《金庸小说之武学》。

接力出版社出版彭洋的《视野与选择》。

解放军文艺出版社出版汪守德的《遥望星辰:汪守德文艺评论集》;云德的《期待的视野》。

宋强、张藏藏等的《中国可以说不》,由中华工商联合出版社出版,引起了一股"说不"旋风。

6月

1日,《山西文学》第6期发表周政保的《作家的质量》;侯文宜的《于平淡中见意味》。

《文史杂志》第3期发表叶润桐的《百般红紫斗芳菲——海外华文文学一瞥》。

《广州文艺》第6期发表张柠的《诗论的世界眼光和殖民心态》;熊元义的《走出文学的沼泽地——再论当前文学的审美倾向》;毛志成的《有感于"经不起批评"》。

《文论报》发表奚学瑶的《山野性灵与山民情怀——读刘章的散文》;刘乐群的《读李文岭小说集〈蒲草·蒲根〉》;尹振华的《刘玉林的报告文学》;刘治平的《文学之约——毕淑敏其人其文》;龚昕的《阅读陈染》。

《作家》第6期发表王必胜的《邓拓和他的散文》。

《草原》第6期发表李树榕的《对生命野性的哲学思考》;付中丁的《审美的现实感和创造定势》。

《诗歌报月刊》第6期发表席云舒的《现代诗:时代的选择》;宋客松的《诗与时代》;陈仲义的《乡土诗歌走向何方》。

《鸭绿江》第6期发表格非的《情欲的发现:读王彪小说》。

《滇池》第6期发表闻树国的《叙事的角色》。

《解放军文艺》第6期发表廖肇羽的《让艺术之鸟翩然起飞》。

5日,《飞天》第6期发表余弦的《诗歌中的声音》;王珂的《欣喜与无奈——论诗人串行散文》。

《东海》第6期发表陈建新的《鸟瞰俗世》;范志忠的《边缘状态下的文学创作》。

《作品》第6期发表金岱、温远辉、陈少华的《可能的误区:"人文"与"后学"——再谈文学逃亡与意义的先锋》。

《延河》第6期发表王愚的《恨无消息到今朝——陈香梅女士小说四题小议》。

《青海湖》第6期发表角巴东主的《当代藏族文学管窥》;梁新俊的《历史悲剧的艺术再现——读〈太阳部落〉》。

《短篇小说》第6期专栏"新时期小说发展与流变"发表王本朝的《军旅小说创作轨迹描述》。

6—8日,由天津社会科学院和宁河县政府联合主办的"罗兰作品研讨会"在宁河县举行。

7日,《小说选刊》第6期发表池莉的《虚幻的台阶和穿越的失落——关于小说的漫想与漫议》。

《文艺报》发表钟晓毅的《走向二十一世纪的香港女性小说》。

10日,《中国西部文学》第6期以"沈苇诗歌五人谈"为总题,发表周涛的《诗人是幸运和偶然的产物》;昌耀的《心灵率真的笔记》;章德益的《灵魂在瞬间逗留》;陈旭光的《沈苇:人与诗随感》。

《文史杂志》第3期发表叶润桐的《百般红紫斗芳菲——海外华文文学一瞥》。

《汕头大学学报(人文社会科学版)》第3期发表吴奕锜的《张扬与觉醒:"民族意识"与"民族文化意识":台湾乡土文学与大陆"寻根文学"之比较》。

《写作》第6期发表韩莓的《耐人寻味话威风——读刘醒龙的长篇小说〈威风凛凛〉》;黄绮冰的《精美有情 清雅透理——黄文山山水散文的艺术特色》;古远清的《中西兼善,自出机杼——评香港黄国彬的诗论》;胥岸英的《在传统与现代的交汇点上:余光中〈等你,在雨中〉赏析》。

《边疆文学》第6期发表张永权的《米切若张的诗》。

《电影文学》第6期发表祁海的《影片宣传的新闻效应》。

《芒种》第6期发表丁临一的《走近韩静霆》;王建中的《爱心童心的结晶》。

《读书》第6期发表王德威的《海派作家 又见传人》(评价王安忆);鲁卫群的《反思和误读》(讨论袁伟时的《晚清大变局中的思潮与人物》);李景林的《史家的关怀》(讨论《钱穆评传》);贺红亮的《小僧衣萍是也》(论章衣萍)。

12日,《中流》第6期发表吴继路的《跋涉者证词——读雷加散文》。

13日,《人民日报》发表何志云的《民族兴衰与时代变迁的聚焦——读长篇小说〈南方有嘉木〉》。

《文学报》以"小说与故事,谁主沉浮?"为专题,发表叶欣的《小说家们,还须努力》,黄霖的《有故事才有小说》,任一鸣的《"雅""俗"相与析》。

15日,《文论报》发表郜元宝的《"拟家族体"和"拟历史体"》。

《中国图书评论》第6期发表洪治纲的《历史与文化的双重寓言——读王旭峰长篇新作〈南方有嘉木〉》;木令耆的《文化拜金主义与当前长篇小说的性浊流——从〈废都〉和〈丰乳肥臀〉说开去》;纪众的《〈雪殇〉的历史叙述》;王鸿卿、刘刚的《栖居与平民历史——评长篇小说〈人之窝〉》。

《广东社会科学》第3期发表林炳熙的《论张我军与台湾新文学运动》。

《山花》第6期发表胡志毅的《成长的仪式:王彪小说读解》;洁泯的《品味人生——读王蒙〈搬家〉》。

《南方文坛》第3期以"双元模式的组构:论改革文学——理论视界中的八十年代文学之三"为总题,发表李静的《集体记忆中的历史悖谬》,张跣的《英雄神话与隐喻思维》,贺志刚的《独白走向对话》,陈赜的《话语形式与启蒙意图的拆解》,曹正文的《喧嚣后的观照——试论通俗文学的发展策略》,刘婵的《广西文坛的悠然笛音——广西女散文家创作散论》,潘琦的《正直做人 清白为官 扎实作文——从〈一个中国布尔什维克的幽默人生〉谈起》,庞慧敏的《真实生活的反馈——评陈爱萍的小说创作》,袁明光的《一个自我实现的人——评传记文学〈海武田飞的歌〉的唐楚三形象》,韦风敏的《洞穿世情,探索人生——评女作家陈玉清小说集〈人生之河〉》。

17日,《作品与争鸣》第6期发表韦高选的《〈我爱美元〉:一篇非常有害的小说》;毛晓波的《〈我爱美元〉向世人鸣响警钟》;文翊的《莫用浮光观世情》。

17—23日,中国作协文学理论研讨班在京开办。翟泰丰作《加强文艺批评力度 开展健康说理批评》的动员讲话。

18日,《中国戏剧》第6期发表唐晓白的《〈巴凯〉——幻觉的契合》。

20日,《光明日报》发表张德祥的《文学的现状与文学的真实性问题》。

《徐州师范学院学报(哲学社会科学版)》第2期发表赵江滨的《"雄心"与"野心"界限的消弭——简论新写实小说〈绝望中诞生〉》。

《台湾研究》第2期发表徐学的《定位台湾文学的三种方法》;黎湘萍的《被抛入历史的人们——重读陈映真、黄春明、王祯和的小说》。

《福建论坛》第3期发表刘登翰的《台湾新诗的当代出发》;曾心的《黎毅和他的"苦命小说"》;倪宗武的《八十年代戏剧探索得失谈》。

23日,《四川大学学报(哲学社会科学版)》第2期发表马睿的《徘徊于人文主义与历史主义之间——论"新写实主义"小说对历史的审视》。

25日,《人民日报》专栏《繁荣少儿文学 培育祖国花朵》发表束沛德、秦文君、高洪波等的文章。

《山东大学学报(哲学社会科学版)》第2期发表张学军的《新写实小说再评价》。

《华南师范大学学报(社会科学版)》第3期发表柯汉琳的《人文视野中的意义追询——论长篇小说〈侏儒〉和〈晕眩〉》。

《贵州师范大学学报(社会科学版)》第2期发表姚家芳的《直面世俗人生的新写实小说》。

《海南师院学报》第2期发表樊星的《而今迈步从头越——当代中国作家的政治观研究》;高红卫的《爱国主义:中国现代新诗的主旋律》;王海的《从爱情描写看路遥小说的现实主义精神》;叶良钧的《中国电影业的危机与对策》;宋剑华的《从历史与艺术的双重视角认识曹禺——评钱理群新著〈大小舞台之间〉》。

《海南大学学报(社会科学版)》第2期发表王琢的《"反英雄"人物与"性"冒险的意义——大江文学的创新意识或探索者的误区》;石杰的《史铁生散文的佛教意识》。

《台港与海外华文文学评论和研究》第2期发表许翼心、陈实的《作为一门新学科的世界华文文学》;文牛的《香港文学书目》;杨匡汉的《玉树临风 我观华文文学》;罗兰的《华文文学的成就与使命》;杜国清的《世界华文文学研究方法试论》;张典婉的《台湾客家文学中的女性角色》;东瑞的《从扎根、化整为零到出埠和融合——我看三十年来的印华文学》;孙彦庄的《宋子衡、小黑、梁放短篇小说试论》;姜建的《聚焦现实 纵横古今——论曾敏之的杂文创作》;曾敏之的《南京盛会——在第八届世界华文文学国际研讨会上的发言》;王一桃的《香港文学的今天与明天——第八届世界华文文学国际研讨会侧记》;王聿的《世纪的检阅与沉思——第八届世界华文文学国际研讨会述略》;周丽瑛的《孽海浮沉 企望归岸——浅谈白先勇长篇小说〈孽子〉》;朱立立的《苇鸣诗歌的精神境界》;邓逸群的《言近旨远 辞简意深——颜纯钩小说印象》;陈鸿祥的《漫说林语堂》;朱双一的《银碗的凹度酝酿着光的秒数——略论林燿德的诗创作》;马阳的《拓荒者的辉煌——记新加坡著名文学史家方修》;曹清华的《方修文艺观初探》;刘济昆的《李若梅印象》;李槟的《界牌边一朵咯血的杜鹃——读洛夫诗〈望乡边界〉》;杨帆的《"因为懂得,所以慈悲"——读刘俊〈悲悯情怀——白先勇评传〉有感》。

27日,《人民日报》发表郭杰的《公木的诗学世界》。

《文学报》发表雷达的《现实主义冲击波及其局限》;颜敏的《世纪末的追逐——析当代文学的易变现象》。

28日,《文艺报》发表汤锐的《〈男生贾里〉〈女生贾梅〉的启示意义》;樊发稼的《新时期少年儿童的心灵之歌:读秦文君的〈男生贾里〉〈女生贾梅〉》;孙武臣的《走进十四岁的心灵——读〈男生贾里〉〈女生贾梅〉随想》。

《西南民族学院学报(哲学社会科学版)》第3期发表邓时忠的《民族性的发掘、阐扬和批判——寻根小说与魔幻现实主义》;央宗的《大写的第一——藏族作家、学者降边嘉措》;罗庆春的《寓言时代:中国少数民族汉语诗歌当代形态》。

《剧本》第6期发表沈林的《什么是实验戏剧?》;王正的《漫谈邹安和的新作〈曾国藩〉》。

《河南日报》发表樊洛平的《台湾现代派文学旗手白先勇》。

30日,《同济大学学报(人文社会科学版)》第1期发表施建伟、汪义生、邵德怀的《举世瞩目——香港过渡期文学》。

《浙江大学学报(人文社会科学版)》第2期发表立言的《中华人文精神的新探索:"华文文学与中华人文精神国际学术研讨会"在浙江大学举行》。

30日—7月1日,瑞典举办"沟通:面对世界的中国文学"会议,多多、严力、芒克等中国诗人与会。

本月,《电视研究》第6期发表苏峰的《过程与结果——关于国产电视剧的辩证思考》;彭加瑾的《情节·人物·题旨——看电视连续剧〈金融潮〉》。

《北京文学》第6期发表楼肇明、老愚的《散文:从单调走向复调》。

《创作评谭》第3期发表许晶明的《韬奋精神永存人间》;周书文的《温柔倔犟的人生追求》;姜恭辉的《浅议民间文学的地位和作用》。

《青春》第6期发表陈辽的《作家:你为精神文明建设做了什么》。

《海燕》第6期发表毛志成的《品质崇拜的消亡——文学的潜消亡》;代一、延江的《走向女神的困厄与沉重》。

台湾举行"百年来中国文学学术研讨会"。

本月,东方出版社出版王尧的《乡关何处:20世纪中国散文的文化精神》。

百花文艺出版社出版王光东的《新时期小说情感类型论》。

华南理工大学出版社出版黄树红的《岭南作家论》。

北京大学出版社出版[荷兰]佛克马、[荷兰]蚁布思著,俞国强译的《文学研究与文化参与》。

南海出版公司出版王振科的《同根的文学》。

7月

1日,《山西文学》第7期发表孟绍勇的《现实的严峻和作家的责任》;周政保的《文境与心境》。

《广州文艺》第7期发表李汝伦的《巾帼胜须眉——从中国戏曲、小说看一个独特的文化现象》;杨宏海、尹昌龙的《市场经济下的文学新潮:打工文学》。

《文论报》发表戚真赫的《新市民小说的精神向度》;郝宇民的《失序的季节——评谈歌的中篇小说〈大厂〉》;闻树国的《独白:叙述之网与世相之网——读长篇小说〈蓝镇〉随笔》。

《电影评介》第4期发表陈晓明的《走出中国电视艺术批评的迷惘》;郭踪的《走向世界的中国电影》。

《作家》第7期发表徐坤的《女性写作:断裂与接合》;季红真的《寻找民族原始的思维方式》。

《草原》第 7 期发表乌力吉的《大气磅礴　慷慨悲歌》。

《鸭绿江》第 7 期发表刘心武、张颐武的《人文精神与宗教情怀》。

《滇池》第 7 期发表余斌的《〈情死〉索解》。

《解放军文艺》第 7 期发表周政保的《赵琪小说的"逸"与"不逸"》。

2 日,"纪念茅盾诞辰一百周年展览"在京举行。

4 日,首都文艺界在人民大会堂隆重举行"茅盾诞辰一百周年纪念大会",李瑞环、丁关根等出席,李铁映发表讲话。

4—8 日,茅盾研究国际学术研讨会在京召开,中心议题为"茅盾与中国现代文化"。

5 日,《飞天》第 7 期发表李万青的《脆弱的模式》;马永强的《报告文学的独立品格》。

《文艺报》发表陈登科的《季宇小说印象》;桑逢康的《茅盾启示录——纪念伟大的革命文学家茅盾诞辰一百周年》。

《辽宁大学学报(哲学社会科学版)》第 4 期发表唐韧的《论余秋雨散文的文体创建》。

《东海》第 7 期发表李杭春的《现在,你是想听琴还是听故事——评小说〈琴师〉》;徐亮的《欲望和道德的悖反——评中篇小说〈欲望〉》。

《作品》第 7 期发表张柠的《天地之心与文学境界——谈赵琪的小说创作》。

《芙蓉》第 4 期发表段崇轩的《"晋军":九十年代的分化与融合》。

《延河》第 7 期发表李星的《老道的阿成——关于阿成短篇的议论》。

《朔方》第 7 期发表王铎的《塞上孤烟甘寂寞——九十年代固原地区青年作家群的形成》。

《短篇小说》第 7 期专栏"新时期小说发展与流变"发表王本朝的《理想是面不倒的旗——重读知青小说》;同期,发表郑万鹏的《白鹿的迷失:论白灵——〈白鹿原〉人物论(一)》。

6 日,《台港文学选刊》第 7 期发表陈长房的《西方当代文论思潮在台湾》;廖炳惠的《理论与思潮的累积与扬升》;廖咸浩的《后现代风潮与本土创作》。

7 日,《小说选刊》第 7 期发表韩少功、李少君的《词语与世界——关于〈马桥词典〉的谈话及其他》。

《天津文学》第 7 期发表陈辽的《当代文学的估评和前景》。

10日,《宁夏大学学报(社会科学版)》第3期发表王岩森的《1995:中国杂文创作现在时》;田美琳的《张贤亮笔下的劳动妇女形象》;王锋的《论西北军旅作家杨闻宇的散文创作》。

《边疆文学》第7期发表汤世杰的《现代工业文明与文学的话语方式》。

《电影文学》第7期发表阿雨的《灵魂的呼号　命运的悲歌》。

《芒种》第7期发表丁临一的《遥望苗长水》;康启昌的《爱情沙漠中的精神贵族》。

《江海学刊》第4期发表葛红兵的《论"文学史规律"》。

《戏剧文学》第7期发表邹红的《悖论作为一种戏剧冲突——兼谈话剧〈北京大爷〉的冲突构成》。

《理论与创作》第4期发表雍文华的《关于当前的文学》;张清华的《历史的坚冷岩壁和它燃烧着激情的回声——读张炜的〈家族〉》。

《福建文学》第7期发表曾焕鹏的《新时期福建散文的创作风貌》。

12日,《文艺报》发表吴秉杰的《满川风雨看潮生——读三部反映现实生活的长篇》。

《文艺评论》第4期发表洪治纲、凤群的《欲望的舞蹈》;刘远的《论世纪之交的传记文学》;吴义勤的《新潮小说的主题话语》;何向阳的《朝圣的故事或在路上》;张景超的《独标高格的创造与背反的律动》;吕红的《从情感到欲望:女性文学的流向》;夏元佐的《"残忍":解剖灵魂的一种选择》;向荣的《独语:在苍茫时刻——我们时代精神流亡的反零度描述》。

《中流》第7期发表陶琬的《歪曲历史　丑化现实——评小说〈丰乳肥臀〉》;汪德荣的《浅谈〈丰乳肥臀〉关于历史的错误描写》;戚扬的《危险的"合谋"与"消解"》。

15日,《大家》第4期发表王干等的《小说家的道与德》。

《上海文学》第7期发表晓华、汪政的《有关短篇小说技术的断想》。

《文艺争鸣》第4期以"当代批评家论·谢冕研究专辑"为总题,发表孟繁华的《精神信念与知识分子的宿命——谢冕文学思想论纲》,程文超的《永远的独立思想者——谢冕与我们的时代》;同期,发表南帆的《躯体修辞学:肖像与性》;孟繁华的《民粹主义与20世纪中国文学》。

《文论报》发表朱小如的《新形势下文学批评及理论的建设》;何申的《我的小

说我的根》；何玉茹的《关于〈爱看电影的女孩〉》。

《文学评论》第 4 期发表李运抟的《新时期小说的变形艺术》；樊星的《当代文学与地域文化》；刘俐俐的《走向形式的西部人文情感》；孟繁华的《百年中国：作家的情感方式与精神地位》；吴秀明、陈择纲的《高阳历史小说论》。

《中国图书评论》第 7 期发表吴源的《张家港市何以能够迅速崛起——〈张家港人〉评介》；滕云的《贴近现实贴近百姓的文学思维——漫评〈五爱街〉》；孙绍先的《一个女人的心路历程——读〈私人生活〉》；纪众的《"女权"与"性别意识"问题——读长篇小说〈女人无归路〉》。

《中山大学学报（社会科学版）》第 4 期发表肖荣华的《转型期军旅文学的又一新的生长点——特区军旅文学漫谈》。

《山花》第 7 期发表何涛的《锦瑟无端五十弦——试论格非小说中的时间与记忆》。

《长城》第 4 期发表周政保的《难逃悖论的女性抵抗》；以忱的《向心中的高山攀登》。

《天涯》第 4 期发表南君的《九十年代诗何在》；余华的《谁是我们共同的母亲？》。

《北方论坛》第 4 期发表李丽芳的《"匮乏"和"耗尽"的"三新"小说——关于新写实、新状态、新体验小说的解读》；李建东、张振台的《理性烛照下的艺术感觉世界——新时期文学一面观》。

《当代文坛》第 4 期发表陈旭光的《九十年代：文化转型与先锋诗歌的"后抒情"》；王世城的《出走：无法抵达的返源之旅——邱华栋小说论》；傅瑛的《走向世俗：跨世纪中国散文的发展态势》；郭昭第的《新时期文坛的价值滑落》；汪政、晓华的《篱外新绿又两枝——关于马丽华钟鸣的阅读笔记》；赵英、半夏的《历史·人物·语言——评〈风流古镇〉的创作特色兼及川味小说》；刘大军的《风光旖旎绵阳女作家景观》；吴野的《精神家园守护者的苦涩与美趣——伍立杨〈梦痕烟雨〉品味》；冉云飞的《观察伍立杨随笔的三种方式》；阿来的《在新的高度自由歌唱——评远泰诗集〈阳光与人群〉》；中颉、付宁的《上官鲁氏的悲剧——〈丰乳肥臀〉人物浅析》。

《当代电影》第 4 期发表徐贲的《影视观众理论与大众文化批评》；黄怀璞的《影视受众环境和受众心理的比较分析——关于电影社会心理学的思考》；庄宇

新的《当代大陆电影的经济问题(下)》;谢玺璋的《1995:中国电视剧回顾》;陈飞宝的《台湾第五代导演及其艺术风格》。

《齐齐哈尔师范学院学报(哲学社会科学版)》第4期发表杜芳的《走出自我心灵的牢笼——对〈爱,是不能忘记的〉〈祖母绿〉〈方舟〉中女性形象的解读》;隋林的《寻求艺术符号:清雪和他的小说》。

《阅读与写作》第7期发表陈南先的《爱的讴歌　情的礼赞——浅评张晓风的抒情散文》。

《西藏文学》第4期发表张治维的《略论当代西藏文学的发展》。

《社会科学》第7期发表郑祥安的《独特的视角　独特的人物——评陆文夫的长篇新作〈人之窝〉》。

《求是学刊》第4期发表邓时忠的《魔幻现实主义和寻根小说之艺术比较》;肖鹰的《作为当代形象的今日先锋》。

《特区文学》第4期发表冬杉的《女性:拒绝物化》;胡经之的《感悟人生价值　提升艺术品位》;韩梅村的《历史转型期文化人心绪的独特表现》;曾绍义的《特区心灵的"文字雕像"》。

《烟台大学学报(哲学社会科学版)》第3期发表朱德发、邢富钧的《中国新文学六十年》。

16日,《中国人民大学学报》第4期发表石杰的《佛教与新时期文学的融合》。

16—19日,由中国丁玲研究会、中国社会科学院文学研究所、陕西省作家协会、中国长治市委、长治市人民政府联合主办的第七次全国丁玲学术研讨会在山西长治举行。(据《文艺报》26日消息)

17日,《作品与争鸣》第7期发表莫言的《〈丰乳丰臀〉解》;温克寒的《唤起作家的良知——读《〈丰乳肥臀〉解》有感》;彭荆风的《视觉的瘫痪——评〈丰乳丰臀〉》。

18日,《中国戏剧》第7期发表林毓熙的《川剧〈死水微澜〉"麻、辣、烫"!》。

《光明日报》发表张颐武的《分享艰难——谈〈社群文学〉的崛起》。

20日,《儿童文学选刊》第4期发表鲁枢元的《人与自然的沟通交流》;周介人的《可贵的"童年记忆"》;秦文君的《多一点"全球意识"》;班马的《小鬼与男孩》。

《小说评论》第4期发表殷实的《危机写作:〈家族〉作为长篇小说写作失败的病例》;赖大仁的《创作与批评的观念——兼论〈废都〉及其评论》;李建军的《景物

描写：〈白鹿原〉与〈静静的顿河〉之比较》；於可训的《池莉的创作及其文化特色》；邓牛顿的《戴厚英论》；何镇邦的《独特的观照视角　新鲜的艺术风貌》；朱青的《论程乃珊小说创作的女性风格》；刘荣林的《现代审美把握与民族精神的认同——何玉茹小说创作漫议》；余斌的《〈情死〉索解》；许莉的《死亡哲学：重返〈小鲍庄〉》；葛红兵的《韩东小说论》；林舟的《论韩东小说的叙事策略》；张德祥的《现实主义：从叙事到抒情——社会转型与现实主义衍变研究》；谢有顺的《小说：回到勇气》；孙绍振的《少数人可能有的写作》。

《文艺研究》第 4 期发表龙彼德的《文艺作品中的毛泽东形象》；张志忠的《当代性　文学观　人物图——当代历史小说三题》。

《学术研究》第 7 期发表陶原珂的《世界华文文学研究的学科形成与视野》；蒋风的《走向 21 世纪的香港儿童文学》。

《东北师大学报(哲学社会科学版)》第 4 期发表张向东的《文体解构：先锋文本的存在状态》。

《河北学刊》第 4 期发表周可的《反智主义与林语堂文化思想的人文偏全》。

《钟山》第 4 期发表胡宗健的《流变中的小说风景》。

《剧作家》第 4 期发表王金刚的《试论戏曲的市民文化属性》。

《读书》第 5 期发表王蒙的《陌生的陈染》；佚名的《奇异的文坛》。

23 日，《武汉大学学报(哲学社会科学版)》第 4 期发表陈卫的《凝眸华文诗歌——96 华文诗歌国际学术研讨会综述》；陆耀东的《再谈华文诗歌的我见》。

24 日，《文史哲》第 4 期发表袁良骏的《评台湾女作家赵淑敏的小说艺术》。

《文艺理论与批评》第 4 期发表吴秀明的《走下神坛与走下神坛以后：论近年来领袖传记文学创作的基本走向》；蔡师勇的《"娱乐片"——新潮电影的另一副面孔》；阎延文的《谈谈乡土文学》。

25 日，《文艺理论研究》第 4 期发表陈映真、黎湘萍的《谈台湾文学中的"后现代主义"问题》。

《山西师大学报(社会科学版)》第 3 期发表傅书华的《论张石山"家族文化小说"的文化意蕴》。

《四川戏剧》第 4 期发表滕伟明的《在死水中掀起情感狂澜——评川剧〈死水微澜〉》；王代隆的《让戏剧肩负起跨世纪历史使命》；山红的《倾注热情：时代对戏剧的要求》。

《当代作家评论》第 4 期发表陈思和的《关于长篇小说的历史意义》;余弦的《重复的诗学——评〈许三观卖血记〉》;倪伟的《"布"的分析——〈欲望的旗帜〉的一种解读》;韩石山的《雪山的阴霾与亮丽——评长篇小说〈无性别的神〉》;孙郁的《从杂感的诗到诗的杂感——邵燕祥与他的时代》;陶东风的《旷野上的碎片:关于知识分子的报告——读徐坤的知识分子题材小说》;张斤夫的《冲坚破阻追求——孙春平和他的近作》;李炳银的《对生死时刻的报告——读〈最后十九小时〉》;蔡葵的《艺术复活思想——评〈白门柳〉第一、二部》;张柠的《士的挽歌——刘斯奋的长篇历史小说试评》;刘斯奋、程文超、陈志红的《历史、现实与文化——从〈白门柳〉开始的对话》;朱向前的《中国军旅小说:1949—1994》;周政保的《战争不是"游戏"——〈穿越死亡〉读记》;范咏戈的《"中尉"高洪波和高洪波的"中尉散文"——高洪波军旅散文的漫论》。

《甘肃社会科学》第 4 期发表李香枫的《浅论"新写实小说"产生的渊源》。

《社会科学战线》第 4 期发表王培元的《沉重、痛苦而执著的爱——当代文学爱国主义精神概论》。

26 日,《文艺报》发表刘润为的《小说改革的先声——以九位青年作家为例》。

27 日,《华中师范大学学报(哲学社会科学版)》第 4 期发表刘安海的《通俗文学的趋众性与模式化》。

《文学自由谈》第 3 期发表徐坤的《陶然笔下的爱情》;陶洁的《小记加拿大的华人文学》。

28 日,《上海戏剧》第 4 期发表蒋星煜的《谈民族舞剧〈倾国倾城〉》;傅骏的《漫谈滑稽戏〈特别的爱〉》;任明耀的《新版〈贵妃醉酒〉还能走多远?》;徐柏森的《"唱不死"的老淮剧与"死不了"的太阳花》。

《四海—台港澳海外华文文学》第 4 期发表周可的《台湾当代散文研究的新视角——评徐学的〈台湾当代散文综论〉》;马相武的《让世界了解中华文化之伟大——第八届世界华文文学国际研讨会综述》;潘亚暾的《世界华文文学发展中未尽理想的几个方面》。

《剧本》第 7 期发表胡世钧的《戏曲剧本意境的创造》;黄国柱的《永远的兵歌——关于多场景话剧〈飘落的雪花〉的话题》。

《名作欣赏》第 4 期发表陈一水的《文学的失落——兼评莫言的长篇小说〈丰乳肥臀〉》。

30日,《浙江师大学报(社会科学版)》第4期发表蒋风的《走向21世纪的香港儿童文学》。

《中国文学研究》第3期发表龙长吟的《文学的逻辑延伸——论谭谈的报告文学》。

31日,《文汇报》发表郜元宝的《还能重建"不朽"的信念吗?——略谈当代作家的创作心态》。

本月,《中华文学选刊》第4期发表雷达的《不回避姿态与文化体验——近期小说述评》。

《文学世界》第4期发表刘锡庆的《弃"类"成"体"是散文发展的当务之急》;王富仁的《"文选"情结与文学的循环系统》;李咏吟的《地缘性文学的还原与超越》。

《中国比较文学》第3期发表姚申的《"海外华文文学":为何而命名——饶芃子、费勇对海外华文文学命名意义的寻究》。

《文学自由谈》第3期发表汤溢泽的《龙应台的"不顺"》;何国忠的《文章背后的张景云》;张颐武的《置身共同的社群之中》;王一川的《王蒙、张炜们的文体革命》;潘凯雄的《长篇小说"热"的实与虚》;张遇的《寻找失落的女性意识》;周政保的《斑斓的荒诞》;黄同的《深叩历史无意识之门》。

《华人时刊》第7期发表曹明《海外华文文坛才女——戴小华》。

《北京文学》第7期发表李陀、戴锦华的《面对挑战的文化批评——对几个电视剧文本的细读》;周政保的《我观长篇小说创作》;张志忠的《有感于长篇小说的结构问题》。

《中山大学研究生学刊》第7期发表陈持的《中华文化与20世纪华文文学》。

《红岩》第4期发表王忠勇的《探寻失落的精神——试论周忠陵小说品性》。

《青春》第7期发表陈永昌的《时代呼唤大诗》。

《读书》第7期发表李龙生《"后"的设计》;卢晓东《大学的功用》;刘景钊《中央意识何来?》。

《绿洲》第4期发表吴思敬的《诗与梦》;毛翰的《轻诗歌论纲》;贺海涛的《读刘亮程的散文》。

《广西教育学院学报》第2期发表卢斯飞的《寒凝大地发春华——论吴浊流的知识分子题材小说》。

本月，人民文学出版社出版陈思和的《理解九十年代》，王晓明的《无声的黄昏：当前的文学与时代精神》，许纪霖的《第三种尊严》。

广东人民出版社出版邝邦洪的《新时期小说研究》。

百花文艺出版社出版言行的《历史的沉重》。

接力出版社出版王泉根的《中国当代儿童文学文论选》。

孙静轩在四川组办"西岭雪山诗会"，牛汉、郑敏、西川、王家新、翟永明等诗人与会。

甘肃教育出版社出版牟豪戎、黄应涛主编的《邓小平文艺思想论稿》。

作家出版社出版《赵淑侠作品国际研讨会论文集》。

8月

1日，《广州文艺》第8期发表张德祥的《落尽繁华说文学》；张颐武的《新的"公共性"的追寻》。

《文论报》发表崔卫平的《回到文学本身》；王世诚的《物化时代的文学》；张志忠的《中州厚土的苦难和智慧——河南作家群谈片》；汤学智的《"寻求点燃整个民族的心火"——读〈扬子江与阿里山的对话〉》；丹晨的《研究海派之谜——读吴福辉〈都市漩流中的海派小说〉》。

《光明日报》发表洪治纲的《历史与文化的双重寓言》。

《作家》第8期发表［日］近藤直子的《吃苹果的特权》（论残雪创作）。

《草原》第8期发表王树青的《飞越州际的哲思》；黄薇的《自省小说的反省意识》；朱秉龙的《朴逵诗歌的抽象意味》；杨若飞的《佳作过眼自难忘》。

《诗歌报月刊》第8期发表刘春的《残酷的诗歌和苛求的批评》；南野的《生活情怀与思的品质》；唐河滨的《从表象返回心灵》；洪迪的《建构活性诗语言》。

《滇池》第8期发表彭荆风的《不受"纯"与"俗"约束》。

2日，《文艺报》发表刘增杰的《解放区文学研究走向：情绪化批评的消解》。

5日,《飞天》第8期发表何西来的《审美的功利性和非功利性》。

《延河》第8期发表赵之的《村里人　村外人——读陈继明的小说》。

《湖南文学》第8期发表石太瑞的《湖南儿童文学创作浅论》。

《短篇小说》第8期专栏"新时期小说发展与流变"发表王本朝的《文化与文学的"根"——寻根文学的意义世界》。

7日,《小说日报》第8期发表吴光华的《历史小说创作的新收获——读〈倾国倾城〉》。

《天津文学》第8期发表刘大枫的《关于文学本质、文学本体的"前问题"》;孙先科的《"新写实小说"中的市民与"新市民"形象及其意识形态》。

《光明日报》发表《开展健康说理的文艺评论—为繁荣文学做出贡献》,翟泰丰、毕淑敏、钱中文发表文章。

8日,《文学报》发表陈思和的《碎片中的世界和历史——'95小说创作谈》。

9日,《文艺报》发表李万武的《看文坛后现代批评策略》。

10日,《中国西部文学》第8期发表复盛的《诗思奇妙情亦深》;毛志成的《主流依从和主流排斥》。

《写作》第8期发表张厚明的《"风景"·叙事·意象——元平诗歌创作略论》。

《边疆文学》第8期发表刘鸿渝的《警营里有一条美丽的文学风景线》;张永权的《悠悠桑梓情　拳拳赤子心——读和国才散文〈啊,我可爱的玉龙第三国〉》;赵振玉的《不仅仅是一个部落的故事——罗汉小说集〈阿昌女人〉读后感》;徐岩的《有一双手在抹平我背后的虚空——杨佳富诗集〈生命的微笑〉读后》。

《电影文学》第8期发表李政的《悲壮的历程　超拔的风采——影片〈青年刘伯承〉艺术漫评》。

《芒种》第8期发表丁临一的《漫谈朱苏进》;包泉万的《乡土情结与精神贵族》;宋丹的《王聪颖和他的微型小说》。

《江淮论坛》第4期发表王海燕的《余华论》。

12日,《中流》第8期发表王之望的《他迈入"新的境界"——读〈白毛女和她的儿孙〉》;王树琛的《伟大的品格　多彩的人生——读长篇传记文学〈马永顺的故事〉》;熊炬的《一本讲政治的好书——王继忠〈杞忧录〉读后感》。

14日,《文汇报》发表周介人的《现实主义:再掀冲击波——今年小说流变》。

15日,《文论报》发表谢有顺的《写作的勇气》;黄毓璜的《"大众文化"一面观》;周政保的《王蒙散文印象》。

《上海文学》第8期发表南野、杨克等的《遭遇诗歌》。

《江苏社会科学》第4期发表葛红兵的《论文学史的空间结构》。

《民族文学研究》第3期发表耿予方的《央珍、梅卓和她们的长篇小说》;张雍德的《苗族当代文学刍议》。

《光明日报》发表于幼军的《全面正确地坚持"两为"方向和"双百"方针》;陈美兰的《寻找症结——谈谈当前长篇小说创作的突破问题》。

《山花》第8期发表王干的《路上 船上 马上——朱文的游走美学》;胡彦的《从形上之思到诗性之思——海男小说创作论》。

《诗探索》第3期发表苗雨时的《广博而深邃的"诗学工程"——评杨匡汉新著〈诗学心裁〉》;李庆立的《建构中国传统诗学体系之力作——评陈良运〈中国诗学批评史〉》。

《台湾研究集刊》第3期发表朱双一的《从文学看战后初期台湾社会矛盾和人民革命斗争——"50年代白色恐怖史"和二二八小说之比较》。

《广东社会科学》第4期发表李俏梅的《论中国当代作家的"宗教热"》。

《阅读与写作》第8期发表胡小宁的《都市与田园的痛苦乐章——罗兰〈声音的联想〉赏析》;卢斯飞的《触典生情,自然灵活:读余光中的〈飞将军〉》。

16日,《文艺报》发表吴元迈的《浅谈"有中国特色的社会主义文学"》。

16—19日,中国毛泽东诗词研究会和中国社科院文学研究所在京联合举行"首届毛泽东诗词国际学术研讨会"。

17日,《作品与争鸣》第8期发表鲁丁的《哀乐为什么太响了?》。

18日,《中国戏剧》第8期发表余思的《话剧——看"角儿"去!——话说〈冰糖葫芦〉》。

20日,《当代》第4期发表陈思和的《历史的另一种写法》;何西来的《评〈中国女杰刘志华〉》;屠岸的《灵魂升华的记录》;王一川的《通向人间圣殿之路》;秦丁的《追寻理想的人生境界》;李炳银的《文章歌哭皆动人》;马相武的《承受生命之文体变形》。

《学术研究》第8期发表温宗军的《第三代诗歌反文化的两种表现形式》;王

剑丛的《香港学院派作家创作的整体特色》。

《现代台湾研究》第3期发表包恒新的《一条充满栀子花香的小巷：台湾乡情文学鉴赏之四：林海音小说〈晚晴〉》；肖成的《闺怨与闺怨之外：台湾新女性主义长篇小说发展之一瞥》。

《福建论坛》第4期发表陈辽的《高阳的慈禧观和〈慈禧全传〉中的慈禧》。

23日，《小说选刊》杂志社、河北省委宣传部和河北省作家协会在京联合举办"河北三作家何申、谈歌、关仁山作品讨论会"。（据《文艺报》30日消息）

《文艺报》发表杨立元的《贴近现实 反映人生——谈河北的"三驾马车"》。

25日，《西南民族学院学报（哲学社会科学版）》第4期发表徐希平的《展示一个时代的美人风貌——论朱大录的散文》。

《通俗文学评论》第3期发表郭天和的《难逃俗套——评梁凤仪系列小说》；陈子平的《三部"翻案重构"类历史小说研究》；李杰的《文学转向与价值重建——近年文学与人文精神关系问题讨论述论》；陈跃红的《虚拟现实与反面乌托邦——电子信息时代的大众文化走向分析》；张学军的《旧时代天津卫的世情传奇——林希小说论》；罗戎平的《凡俗人生中的传奇图景——论马春阳的小说〈谁是妻子〉》。

26日，《文汇报》发表李少君的《个人与文化——读〈马桥词典〉》。

28日，《剧本》第8期发表袁荣生的《试论〈团圆之后〉、〈春草闯堂〉、〈嵩口司〉的形象创造和结构艺术》；林荫宇的《关于小剧场戏剧的闲谈》；吴然的《军旅戏剧：继续奋进的1995年》。

29日，《文学报》发表赵欣整理的《语言的追问——长篇小说〈马桥词典〉座谈纪要》。

《光明日报》发表胡良桂的《时代与历史背景的〈定位〉》。

30日，《文艺报》发表江哲文的《寻找中华民族内在的精神之光——王旭烽长篇小说〈南方有嘉木〉评述》。

《温州师范学院学报（哲学社会科学版）》第4期发表孙凯风的《试论林语堂小说中爱情题材的叙事构型及其文化意蕴》。

《殷都学刊》第3期发表彭燕彬的《试析欧阳子作品的心理写实》。

本月，《华人时刊》第8期发表李伟的《家住汉江边 思饮长江水——记韩国汉学家许世旭》。

《北京文学》第 8 期发表张志忠《当代知识分子的宿命与选择——从人文精神说开去》。

《台声》第 8 期发表王泉根的《美丽眼睛看世界——记台湾著名儿童文学作家桂文亚》；张默芸的《台湾女作家笔下的爱情小说》。

《华文文学》第 2 期发表陈贤茂的《海外华文文学与中国文学的关系》；彭志恒的《谈梁放的小说》；周可的《浓妆淡抹总含情——淡莹诗歌情感表现的三种境界》；吴奕锜的《骆明简论》；潘亚暾的《荷华才女的心声——读池莲子的诗与散文》；张国培的《论司马攻的微型小说》；母发荣的《"夺他人之酒杯，浇心中之块垒"——论梦莉散文创作中的诗词援引》；杜显志的《才情兼丽赵淑敏》；许燕的《从林泠诗歌看诗人的童话意识》；王一桃的《热带情·香港意·中国心——〈王一桃诗选〉自序》；陈辽的《从一个作家看台湾与海外华文文学——读〈悲悯情怀——白先勇评传〉》。

《创作评谭》第 4 期发表刘智扬的《着意刻画纯朴劳动者的真善美》；周崇坡的《读庄家新》；卢学英的《诗情·诗意·诗化》。

《海燕》第 8 期发表轶戈的《社会转型期生存状态的体味与表现》。

中国报告文学年会在京举办研讨会，围绕"深化改革开放与报告文学创作"的议题展开讨论。

本月，北京燕山出版社出版段宝林的《刘绍棠与运河乡土文学》。

西南师范大学出版社出版何火任的《当代文学论集》。

解放军出版社出版陈先义的《走出象牙之塔》。

鹭江出版社出版俞兆平的《批评的纵横》。

江苏教育出版社出版王干、楚尘的《迷人的语言风景》。

中国和平出版社出版王景山的《鲁迅仍然活着：纪念鲁迅逝世 60 周年诞生 115 周年》。

广东人民出版社出版广东鲁迅研究学会编的《世纪之交的民族魂》。

人民文学出版社出版潘亚暾的《海外华文文学现状》。

9 月

1日，《山西文学》第9期专栏"乡村小说自由谈"发表韩石山的《多点书卷气》、彭华生的《农村传统婚恋观的躁动》、傅书华的《农村题材小说创作断想》。

《广州文艺》第9期发表王宁的《后殖民主义与中国当代批评》；金岱等的《现代传媒与文学的命运》。

《文论报》发表陈映实的《创造富有艺术魅力的时代文学——何申、关仁山、谈歌小说创作给我们的思考》；雷达的《生活之树长青——何申与当代乡土文学》；封秋昌的《同中有异，各具特色——何申、关仁山比较谈》；秦巴子的《先锋诗歌：五年来的空缺》；何思玉的《送出建都意识——由读〈送行记〉而想到的》。

《电影评介》第5期发表李建强的《樱桃熟了》；张劲松的《战争的回响》；李秀芳的《两种构思得失谈》；莫锦铭的《回肠荡气民族魂》；张京的《走到悲剧的后面去》；洪开的《关于小说改编电视剧的一些探讨》；谢夏雨的《质朴清新的农村改革风情画》。

《作家》第9期发表王光明的《话语场地的开辟》。

《诗歌报月刊》第9期发表洪迪的《中国诗现代化是历史的必然》；张侠的《自设樊篱》；秦巴子的《先锋诗歌：五年来的空缺》。

《滇池》第9期发表闻树国的《叙事的细节》。

5日，《长江文艺》第9期发表李运抟的《抒情寻理天地间》；王浩洪的《创新：文学需要的精神》。

《延河》第9期发表李国平的《阅读邱华栋》。

《朔方》第9期发表刘必隆的《谈李方的小说创作及其发展方向》。

《湖南文学》第9期发表熊元义的《论当前文学的分化：三论当前文学的审美倾向》；白烨的《当前长篇小说的四大创作倾向》。

《莽原》第5期发表何弘的《铁肩担道义　妙手著文章》。

《短篇小说》第9期专栏"新时期小说发展与流变"发表王本朝的《走向个性写作的小说——寻根文学的叙述形态探索》；同期，发表郑万鹏的《阶级本位文化的化身：鹿兆鹏——〈白鹿原〉人物论（二）》。

6日,《文艺报》发表钟锐的《"文人"精神的"危机"和"重建"》。

《台港文学选刊》第9期发表万登学的《诗人·编辑·出版家——台湾著名诗人痖弦写实》。

《电影创作》第5期发表贾磊磊、解芳的《互映辉煌:影视一体化的新空间》;郑亚玲的《走向银幕的立体思维》。

7日,《天津文学》第9期发表黄科安的《九十年代随笔的崛起与兴盛》。

8—16日,"朱秀娟作品研讨会"在北京召开。

10日,《中国西部文学》第9期发表周政保的《西部的骄傲:马丽华》;师迅的《伟岸的雕像》。

《花城》第5期发表朱大可的《唐人街作家及其盲肠话语:关于海外汉语文学的历史纪要》。

《书与人》第5期发表周文彬的《世纪之交的澳门文坛》。

《写作》第9期发表吴尚华的《台湾当代环保文学刍论》;陈南先的《诗人本色 学者情怀——余光中散文艺术管窥》。

《江海学刊》第5期发表许志英的《回顾与前瞻——"二十世纪中国文学"两题》。

《电影文学》第9期发表王永江的《〈苍天在上〉的缺憾》;范亚菲的《精彩的细节 动人的情感——电视剧〈咱爸咱妈〉艺术谈》;杨新敏的《生命中不能承受之重——电视剧〈咱爸咱妈〉的启示》。

《电影艺术》第5期发表朱国梁的《一九九六年电视剧创作态势》。

《理论与创作》第5期发表张永健的《当代西部诗歌的人文品格》。

《读书》第9期发表洪越的《一种前行》(讨论夏晓虹的《晚清丈人妇女观》);盛禹九的《晚年情愫》(讨论谢冰莹)。

《福建文学》第9期发表孙绍振的《在悬浮的意象群中深思》。

12日,《中流》第9期发表赛时礼的《评小说〈丰乳肥臀〉》。

《文艺评论》第5期发表傅翔的《小说的方向及一种对话》;叶岗的《古典主义情怀与后新时期小说》;吴义勤的《新潮小说的主题话语》;何向阳的《朝圣的故事或在路上》;戴洪龄的《敞开心灵的空间》;杨春时的《文化转型中形而上的缺失及其代价》;刘文波的《再说等高线图景》。

13日,《文艺报》发表木弓的《有中国特色社会主义文学的概念的时代内涵》。

《河南大学学报(社会科学版)》第 5 期发表胡山林的《论史铁生小说的宗教性意蕴》;刘明馨的《"九叶"诗人辛笛创作历程中的得与失》。

15 日,《文艺争鸣》第 5 期以"文学世俗化批判"为总题,发表余开伟的《文学的蜕变》、萧元的《形而上的迷茫》;同期,发表周保欣的《疏离·缺失·寻求——关于"新时期"20 年文学批评的批判性回顾与反思》;王彬彬的《两种不同质地的文化——略论"通俗文化"与"大众文化"的差别》;摩罗的《论当代中国作家的精神资源》;毛崇杰的《民粹·启蒙·世俗化——人文知识分子与中国革命及文学》。

《文论报》发表樊星的《我们世纪的文化遗产——三谈告别 20 世纪》;沈奇的《间歇与重涉——关于 90 年代文学流向的几点认识》;周政保的《"无价之人"的"文"——韩少功散文读记》。

《文学评论》第 5 期发表戴锦华的《奇遇与突围——九十年代的女性写作》;王干的《告别八十年代的光荣与梦想——徐坤小说论》;张颐武的《何顿:在新的状态之中寻觅》;王达敏的《在边缘地域行走——许辉的小说创作》;姜振昌的《在整合和分化中嬗变发展—— 现代杂文流派漫论》;季红真的《中国现当代文学中的宗教意识》;徐贲的《从"后新时期"概念谈文学讨论的历史意识》。

《山花》第 9 期发表汪政、晓华的《选择与可能——毕飞宇小说前风格阶段》。

《上海文学》第 9 期发表邵建的《从"后学"到"人文"——关于"知识分子文化立场"》。

《中山大学学报(社会科学版)》第 5 期发表章文泓的《才子形象模式的文化心理阐释》。

《长城》第 5 期发表丁帆的《沉渣·新潮·遗老·后少》;费振钟的《谁看护文学》;王干的《关于"新状态"的三点说明》;徐兆淮的《创作个体化与作家形象》;吴炫的《丧失了的原创冲动》;黄毓璜的《位置问题》;邵建的《知识分子立场》;王世诚的《空虚的时代与诊断型批评家》;贺仲明的《谈"直面俗世"与"世俗关怀"》。

《当代文坛》第 5 期发表夏一鸣的《朱苏进和他的"非战争"军旅小说》;洪治纲的《寻找新的市民生存形态——论何顿的小说创作》;蓝露怡的《新时期文学文论对妇女深层解放的求索》;王毅的《语言操作的快感——对王蒙的〈暗杀〉所做的语言分析》;蒋登科的《对吕进诗学体系的简单理解——读〈吕进诗论选〉兼谈吕进诗论的学术品格》;沉沙的《任洪渊的诗歌世界》;王定天的《弥散的故乡——刘鸿渝〈那个时候〉读解》。

《当代电影》第5期发表金国的《八十年代以来中国电影的两个时代》;胡克的《从多角度理解中国无声电影——读〈中国无声电影史〉》;董新宇的《沉默或独语——新近中国电影中的女性》;张娅娅的《解放的太阳从东方升起——当代影视作品中女性形象的价值透视》;解玺璋的《新女性的神话:重新拥有自己——'95电视剧女性形象评述》。

《当代戏剧》第5期发表韩望愈的《时代需要更多的优秀艺术作品》;刘巨才的《试谈戏剧的雅俗共赏》。

《齐齐哈尔师范学院学报(哲学社会科学版)》第5期发表宋桂珍的《"第三世界文化"理论视域中的张艺谋电影》。

《西藏文学》第5期发表曾有云的《灵魂的拯救与康复——谈昌耀〈慈航〉日记》;德吉草的《辉煌道路将延伸于探索的笔端——次仁顿珠与他的小说创作》。

《华侨大学学报(哲学社会科学版)》第3期发表朱立立的《"第八届世界华文文学国际研讨会"综述》;刘小新的《解构与遁逃:马华新世代诗的一种精神向度》;陈旋波的《尼采与林语堂的文化思想》;朱立立的《港澳前卫诗人苇鸣诗歌综论》;倪金华的《余光中文学创作的启示》;黄万华的《田流》。

《特区文学》第5期发表尹昌龙的《"现代性"问题的基本考察》;黄少波的《拯救灵魂的歌》。

17日,《作品与争鸣》第9期发表高晓媛的《在悲剧中锻造崇高》。

18日,《中国戏剧》第9期发表陈云发的《深挚的爱 情浓的爱——评大型诗情话剧〈徐虎师傅〉》。

19日,《人民日报》文艺部、《求是》杂志社文教部、《光明日报》、《文艺报》、文艺报社、中华文学基金会、延安文艺学会等31家单位,在京联合召开柯岩作品研讨会。

20日,《小说评论》第5期专栏"世纪之交的文学:反思与重建"发表万莲子的《一切为了文化形态的完形——兼议女性文学及其研究、女性主义文学及其批评之关系》,王绯的《世纪之交的女性小说》,金燕玉的《从龙船到飞鸟——世纪之交女性文学断想》;同期,发表鲁枢元的《倾听言语的深渊——读〈马桥词典〉》;李万武的《好小说到底是一种精神——评孙春平的近期小说创作》;朱珩青的《"怀疑论"者的收获——读〈马桥词典〉》;方李珍的《秋天·黑夜·流浪:回望童年返归大地——张炜小说的时间经验》;李慧的《贵族军人:无望的梦——评朱苏进的人物塑造》；李建军的《压迫与解放：冯积歧小说论》；高秀芹的《重复与递变：从〈金牧场〉到〈金草地〉》；胡良桂的《当代都市文学的形态》；陈孝英的《九十年代陕西长篇小说评论之评论》；谢有顺的《小说：回到真实（上）》；孙绍振的《市民文学：旧梦不再繁华》。

《文艺报》发表阎延文的《论文学的时代精神》；段崇轩的《乡村与城市：趋向二元并存的文学格局》。

《学术月刊》第9期发表黄健的《华文文学的基本走向与中华人文精神："华文文学"与中华人文精神国际学术研讨会评述》。

《台湾研究》第3期发表黄丽梅的《从控诉、抗争到人格的重建——当代台湾女性文学历程考察》。

《学术研究》第9期发表王晓华的《"新状态"文学的诘难——兼评后现代主义》。

《剧作家》第5期发表刘邦厚的《戏剧的文化意识纵横谈》；陆蔚青的《文化的多元与戏剧的选择》。

23日，《四川大学学报（哲学社会科学版）》第3期发表张荣翼的《文学经典机制的失落与后文学经典机制的崛起》。

24日，《文艺理论与批评》第5期发表彭荆风的《视觉的瘫痪——评〈丰乳肥臀〉》；周良沛的《关于两岸文学交流的一些想法》；栾保俊的《王蒙缺少什么？》；艾斐的《向生活注入真诚——论振兴文学的前提与基础》。

24—25日，中宣部在京召开精神文明建设"五个一工程"第五届工作会议暨颁奖大会。

25日，《四川戏剧》第5期发表姚梅的《剧本文学品味与戏曲的兴衰》；周企旭的《对四川戏剧评论的评论》。

《当代作家评论》第5期发表孙郁的《当代文学与鲁迅传统——作于鲁迅逝世六十周年》；南帆的《〈马桥词典〉：敞开和囚禁》；墨哲兰、陈家琪、张三夕、萌萌、鲁枢元的《〈马桥词典〉的语言世界》；张新颖的《〈马桥词典〉随笔》；罗岗的《找寻消失的记忆——对王安忆〈长恨歌〉的一种疏解》；邓刚的《侃谈长篇创作》；李洁非的《实验和先锋小说（1985—1988）》；摩罗的《末世的温馨——汪曾祺创作论》；沈文元、高松年《长绿心河涓涓流——叶文玲散文品格印象》；王绯、华威的《方方：超越与品位——重读方方兼谈超性别意识与女性隐含作者》；吴义勤的《与诗同行——韩东小说论》；朱向前的《中国军旅小说：1949—1994（续）》；李晓虹的

《当代散文的读者召唤与审美期待》;王晖的《宏观视野与深入阐释——读於可训〈批评的视界〉》;李国涛的《重提小说文体的旧话》;朱必圣的《弱者的文学性格》。

《台港与海外华文文学评论和研究》第3期发表盛英的《属于秋天的作家:罗兰》;白舒荣的《望乡的云——〈岁月沉沙〉三部曲读后感》;庄若江的《罗兰的中国传统文化情结》;小薇的《蓟运河畔话罗兰——罗兰作品研讨会纪实》;陈学广的《人与自然的交响——读罗兰散文〈夏天组曲〉》;李献文的《试论台湾电视剧的通俗化走向》;曹明的《李国修及其屏风表演班》;张文彦的《东方好莱坞——香港电影业鸟瞰》;彭志恒的《谈小黑的小说》;刘介民的《深邃的哲理 醇厚的抒情——〈小黑一本正经〉的艺术风格》;尉天骄的《把教育的痛疾揭示给人看——论黄春明作品中的教育问题》;凌鼎年的《奇特的构思 厚实的底蕴——读泰国钟子美的科幻小小说》;王淑秧的《湄公河与澜沧江的写照——读〈泰华文学五人作品选〉》;古远清的《文体的自觉——论新加坡黄孟文的微型小说》;邵德怀的《徘徊于写实与写意之间——评曾沛的小说创作》;朱国华、范静晔的《林语堂幽默观新探》;高秀芹的《蓉子:在飞翔与降落之间》;沈荟的《论张系国的放逐系列小说》;庄园的《机械复制时代的诗人——刘以鬯和他的"酒徒"》;凌永康的《汉魂不朽——记印华作家黄裕荣》;曾心的《〈大自然的儿子〉自序》;王敏的《台湾文学研究的新收获:读〈台湾女作家散文论稿〉》。

《社会科学战线》第5期发表孟繁华的《文学批评的流失与存在》;丁言的《近年来小说创作中一些值得注意的问题》。

《郑州大学学报(哲学社会科学版)》第5期发表张冠华的《现实主义至上论的渊源及弊病》;王玉宝的《论文学的理想性与超验性》;高继海的《〈旧地重游〉的叙述艺术》。

《海南师院学报》第3期发表毕光明的《文体家:修筑"散文"的篱墙——刘锡庆的散文研究》;韩捷进的《世纪末文坛的自醒与重铸》。

《湖北大学学报(哲学社会科学版)》第5期发表何鲤的《论余华的叙事循环》。

《晋阳学刊》第5期发表严三九的《文学要坚守大地——关于目前文学的价值、走向的思考》。

27日,《文艺报》发表贾漫的《诗人,你并未白白苦吟——论柯岩精神和她的艺术》。

28日,《上海戏剧》第5期发表陈煜的《都市爱情:现代人的泡泡?》;桂荣华的《关于小剧场戏剧〈爱情泡泡〉的文化思考》。

《四海—台港澳海外华文文学》第 5 期发表津辰的《文心乡情铸国魂——罗兰作品研讨会纪要》；文治的《如果渐成事实——大陆诗评家对台湾诗所作评论的几个现象》。

《名作欣赏》第 5 期发表崔宝国的《五味生活　七色阳光——读贾平凹的〈五味巷〉》；冯望岳的《〈五味巷〉："平凹体"美文力作》；蔓子的《长篇小说〈赛金花〉的悲剧内涵（上）》。

《剧本》第 9 期发表安葵的《结与解——戏曲编剧技巧漫谈》；袁荣生的《试论〈团圆之后〉、〈春草闯堂〉、〈嵩口司〉的形象创造和结构艺术（续）》。

29 日，《社会科学辑刊》第 5 期发表徐迺翔的《魂系中华、心连祖国的情结——评黄运基的〈奔流〉》。

《湖北大学学报（哲学社会科学版）》第 5 期发表刘成友的《并不浪漫的"后期浪漫派"——徐訏、无名氏》。

本月，《文学世界》第 5 期发表王世诚、丁帆的《"个人"的群像——"晚生代"创作论纲》；王干的《游走的一代》；周海波、王光东的《当今小说的"个人化"倾向》。

《青春》第 9 期发表叶庆瑞的《散文的脱俗》。

《海燕》第 9 期发表银沧的《商旅文心绽奇葩》。

《绿洲》第 5 期发表韩子勇的《当代西部文学：偏远省份的文学写作》；红柯的《韩天航小说创作初探》。

本月，广州出版社出版罗田的《面对潮汐的思索》。

江苏文艺出版社出版陈仲义的《中国朦胧诗人论》。

河南大学出版社出版白万献、张书恒的《南阳当代作家评论》。

陕西人民教育出版社出版王富仁的《历史的沉思：鲁迅与中国现代文学论》，林非的《中国现代小说史上的鲁迅》，王乾坤的《由中间寻找无限：鲁迅的文化价值观》，袁良骏的《现代散文的劲旅》，卢今的《呐喊论》，李继凯的《民族魂与中国人》，任广田的《论鲁迅艺术创造系统》，朱晓进的《鲁迅文学观综论》，汪毅夫的《鲁迅与新思潮：论鲁迅留日时期的思想》，闵抗生的《鲁迅的创作与尼采的箴言》，阎庆生的《鲁迅创作心理论》，《空前的民族英雄：纪念鲁迅 110 周年诞辰学术讨论会论文选》，黄健的《反省与选择：鲁迅文化观的多维透视》，张梦阳的《阿Q 新论：阿 Q 与世界文学中的精神典型问题》。

北京师范大学出版社出版杨联芬的《中国现代小说中的抒情倾向》。

10月

1日，《山西文学》第10期专栏"乡村小说自由谈"发表成一的《丢失的通灵宝玉》，何申的《躲开繁华 深入农村》，关仁山的《理解乡村》，谭文峰的《乡村小说的新风景》，王祥夫的《小说与农村》。

《广州文艺》第10期发表杜书瀛的《提高娱乐文化的审美含量》；靳大成的《弗洛姆的启示》；孟繁华的《传统处境与文化心态》；毛崇杰的《文化的"俗"包装与批评的迷误》。

《文论报》发表韩小蕙的《一场文学批评引出的话题》；毛崇杰的《后现代幽默混沌与"世俗欢乐"》；章德益的《对"新市民文学"的再质疑》。

《作家》第10期发表张颐武的《走向"公共性"》；李敬泽的《公共空间》；李震的《王小妮："活着"及其方式》；林宋瑜的《个人舞步的动人与疲软》。

《草原》第10期发表黄锦卿的《王磊和他的诗》。

3日，《文学报》发表李少君的《九十年代诗歌一瞥》。

4日，《文艺报》发表饶芃子的《澳门散文角——〈澳门散文选〉序》。

3—6日，当代文学研究会第九届年会在京召开。会上进行了第五届中国当代文学研究会优秀成果奖的评选。（据《光明日报》10日消息）

4日，《文艺报》发表朱辉军的《当今现实主义文艺的新发展》，钟闻言的《关于张承志的话题》。

5日，《飞天》第10期发表毛志成的《文学，谁为它殉身？》。

《小说月报》第10期发表段崇轩的《关于农村题材小说的备忘录》。

《大家》第5期发表陈思和、郜元宝、张新颖的《逼近世纪末小说：碎片中的世界》。

《当代外国文学》第4期发表肖明翰的《美国南方文艺复兴与现代主义》。

《延河》第10期发表李思的《信仰的意义——读〈党员〉〈警卫员〉的思索》。

《青海湖》第10期发表古继堂的《明朗、健康、写实的中国精神》。

《朔方》第10期发表王锋的《真情的流露与真诚的探寻》(讨论《杨继国评论集》);罗昼的《不断飞翔的风景》(讨论马瑞麟的《诗的沉思》);王正鹏的《文人精神·人文精神·失落与重建》。

《短篇小说》第10期专栏"新时期小说发展与流变"发表王本朝的《市井风俗小说》,同期,发表郑万鹏的《我们都是黑娃——〈白鹿原〉人物论(三)》。

7日,《天津文学》第10期发表席扬的《散文·回忆·经验》;乔再芳的《关于艺术家与创作的断想》。

中国作家协会、陕西作家协会、中国赵树理研究会、中国解放区文学研究会等单位,在京联合举行纪念赵树理诞辰90周年座谈会。(据《文艺报》11日消息)

9日,《文汇报》发表方全林的《略论文艺在精神文明中的地位与作用》。

《中国文化报》发表王兆胜的《林语堂与北京文化精神》。

10日,《中国西部文学》第10期发表周政保的《重读〈命运之书〉》;樊星的《西北的雄奇》。

《写作》第10期发表古远清的《刻意求新之作——评泰国司马攻的小小说集〈独醒〉》;李素珍的《澳门新生代诗的文化精神》。

《边疆文学》第10期发表国珧的《方寸之间 气象万千》;李开义的《大山之子的心灵史》;孟祖能的《神性与人性》。

《戏剧文学》第10期发表张振海的《商演特性中的文化景观——〈黑妹〉的价值系统判断》;刘平的《突破与回归——对近年来话剧演出市场的思考》。

《松辽学刊》第4期发表栗华的《论刘绍棠小说的民族特色》。

《读书》第10期发表马少华的《知识结构与人文关怀》;覃召文《一本有史料价值的书》(谈日本宫崎寅藏的《三十三年落花梦》);梅墨生《不朽的平民性》;肖立的《为"人文"一辩》。

10—13日,"全国高阳学术研讨会"在武汉华中师范大学召开。

15日,《江苏社会科学》第5期发表胡星亮的《新时期"新现实主义"戏剧思潮论》。

《上海文学》第10期发表蔡翔的《变化的世界与不变的社会良知》;陈思和的《共名与无名:百年中国文学发展管窥》。

17日,《作品与争鸣》第10期发表周玉宁的《阿三:一种言述方式》;张忆的《人性的悲悯与文化的反省》;谢冕、林祁等的《小女人散文大家谈——"北大批评家周末"研讨会发言摘登》。

18日,《文艺报》发表洪治纲的《美是文学的生命——叶文玲和她的创作》;黄力之的《人文精神的建构与知识分子的责任》;曲六乙的《世纪之交的香港话剧印象》。

19日,中国作协、中国鲁迅研究会等5家单位在沪联合举行鲁迅先生逝世60周年纪念大会,中宣部副部长翟泰丰作主题报告。

20日,《学术月刊》第10期发表朱寿桐的《香港现代主义文学简论》。

《福建论坛》第5期发表谢朱景的《论新潮散文语言的反常规现象》;郑昭红的《古典理想的现代重构——评汪曾祺散文创作》。

《天津师大学报(社会科学版)》第5期发表宋安娜、黄泽新的《中国侦探小说的发展趋势》。

《当代》第5期发表唐达成的《拨动这根痛苦的弦》。

20—21日,纪念鲁迅逝世60周年全国鲁迅研究学术研讨会在上海国际文化交流中心举行。

24日,《光明日报》发表雷达的《强化时代的精神体验》。

《文艺理论与批评》第5期发表曾镇南的《论鲁迅与林语堂的幽默观》;周良沛的《关于两岸文学交流的一些想法》。

25日,《文艺报》发表潘知常的《当代大众审美文化的误区》;郝宇民的《共同的"回家"》;曾敏之的《〈香港当代文学批评史〉序》。

27—29日,中宣部、中国作协邀请全国六个文学创作中心负责人和部分作家、理论家召开文艺界学习贯彻党的十四届六中全会精神座谈会。

28日,《剧本》第10期发表金芝的《论戏剧"三还"》。

30日,《武汉冶金管理干部学院学报》第5期发表古远清的《为香港文学的发展铺平道路——五、六十年代〈中国学生周报〉的文艺评论》。

《中国文学研究》第4期发表杨经建的《论90年代的散文复兴运动》;张鹄的《一个云霞霓虹变幻无穷的天空——〈吹箫说剑〉的语言"陌生化"现象透视》;余三定的《"苦涩"里的"温馨"——评刘鸿伏〈绝妙人生〉》。

本月,《创作评谭》第5期发表吴松亭的《论罗旋革命历史题材小说创作》;吴海的《俞林小说的审美风貌》;熊大材的《〈浴血罗霄〉的艺术成就》;公千里的《井冈烽火入画图》;杨佩瑾的《美在曲径通幽处——从"天意"三部曲到〈黑眼睛天使〉》;胡辛的《红土地小说与革命精神杂谈》;周劲馨的《升华"女神"情结 呼唤"日神"朗照——江西革命历史题材创作漫议》;江冰的《略论江西革命历史题材创作的几个问题》。

《中国比较文学》第4期发表饶芃子、费勇的《海外华文文学的中国意识》;夏景的《一位香港比较文学家的思考——袁鹤翔谈"中国学派"及其他》。

《文学自由谈》第4期发表张颐武的《在恐惧者面前》;王岳川的《诗人,背靠虚无还是直面虚无》;赵为民的《也谈〈情爱画廊〉》;董兆林的《我爱比尔,米妮呢?》;王平的《人的自救和诗的再生》。

《青春》第10期发表黄毓璜的《就〈瞧那顶帽子〉而说》。

《海燕》第10期发表毛志成的《社会大嬗变中女性的多元祈祷——素素散文概评》。

中国当代义学研究会在京举行第九届年会,朱寨为中国当代文学研究会会长。

张继作品研讨会在枣庄举行。(据《光明日报》10日消息)

本月,北岳文艺出版社出版杨品的《面对市场经济的文学》,闫晶明的《批评的策略》;段崇轩的《永驻的厚土》。

解放军出版社出版李炳银的《生活·文学与思考》,陈骏涛的《文坛感应录》。

海燕出版社出版浦漫汀的《浦漫汀儿童文学评论集》。

福建少年儿童出版社出版班马的《前艺术思想:中国当代少年文学艺术论》。

上海社会科学出版社出版袁进的《中国文学观念的近代变革》。

广东人民出版社出版钟晓毅的《亦舒传奇》,费勇的《林燕妮传奇》。

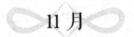

11月

1日,《山西文学》第10期专栏"乡村小说自由谈"发表田中禾的《乡村——原生态的文化标本》，张石山的《叙述的乐趣》，马骏的《农耕文明话悲喜》，张继的《乡村小说：永远的风景》，丁帆的《乡土小说：多元化下的危机》。

《广州文艺》第 11 期发表严昭柱的《批评无须忏悔》；熊元义的《神圣与亵渎》。

《山东文学》第 11 期发表杜书瀛的《面对传统：继承与超越》；钱竞的《讨论我们自己的问题》；何西来的《灵感在现实的沃土之中》；李洁非的《感受力之于批评家》。

《文艺报》发表张炯的《论二十世纪的中国革命与中国文学》；冯亦同的《为诗国编织彩虹的人——香港诗人犁青印象记》。

《电影评介》第 6 期发表思勤的《江声不尽英雄泪》；明水的《历史，不能忘却》；梅燕、蓝立青的《民族生死场上的血性光辉》；张明的《战争——人类的一幕喜剧》；王久平的《在毁灭中震撼心灵》；戎国彭的《强权·道德·悲剧》；文安忠的《悲剧中的审美冲撞》；高苏的《需要尊重的不仅是生命》；商艳霞的《美，在战争中消逝》；春雨的《大地上那颗红樱桃》；覃玉秋的《典型细节构筑人物形象》。

《作家》第 11 期发表高原新的《在人的延线上放大人自身》；杨鹏的《幻象里的真实》；李虹的《梦中的醒者》。

《滇池》第 11 期发表闻树国的《叙事的渴望》。

5 日，《飞天》第 11 期发表雷建政的《小说语言的陌生化》；杜宁的《对于"混乱"的审美》。

《作品》第 11 期发表臧棣的《回到伟大的标准?!——关于当代诗歌的批判尺度的一种看法》。

《延河》第 11 期发表陈同刚的《面对真实的人生》。

《青海湖》第 11 期发表宋执群的《纯洁的抵抗——我读〈锅庄〉》。

《朔方》第 11 期发表郎伟的《小说创作的另一种可能性》。

《短篇小说》第 11 期专栏"新时期小说发展与流变"发表王本朝的《文化转型与先锋小说》；同期，发表郑万鹏的《"有幸与不幸"的小娥——〈白鹿原〉人物论（四）》。

6 日，《电影创作》第 6 期发表翁睦瑞的《从历史的辉煌到银幕的辉煌——新时期革命历史题材故事片创作述评》；樊丽的《谈谈电影的叙事特征》。

《台港文学选刊》1996 年第 11 期发表朱双一的《金门乡土蕴育的乡土哲

学——黄克全论》；潘铭燊著、钱虹点评的《杂感八题》。

7日，《小说日报》发表雷达的《生活之树长青》；阎连科的《仰仗土地的文化》；朱向前的《我读〈马桥词典〉》。

《光明日报》发表路侃的《经济小说与文化精神》。

8日，《文学世界》第6期发表张清华的《在何种意义上论保守——关于文化保守主义的几个基本问题》；吴义勤的《现实主义：当下写作的魅力》。

10日，《小说林》第6期发表彭放、郭淑梅的《遭遇挑战：转型期的人文关怀——评蒋巍的长篇小说〈海妖醒了〉》。

《中国西部文学》第11期发表北野的《微醺的诗意》。

《写作》第11期发表黄黎星的《激情的论辩与冷静的思辨——论龙应台的社会评论》；李漫天的《温馨中的一瓣心香——琦君眼中的浙东民情风俗画》；吴尚华的《树人与树木的双向互动——评台湾诗人渡也〈落地生根〉》。

《电影文学》第11期发表朱晶的《电影剧作：艺术观与人物创造》；封宇一的《中国电影在希望的田野上》。

《电影艺术》第6期发表张东的《世纪最后的"战火"：探寻九十年代军事电影走向》。

《芒种》第11期发表丁临一的《重读乔良》；木弓的《"文革"后重要的小说作家》；林金水的《暗示即梦幻》。

《戏剧文学》第11期发表杨朴的《从虚假返回本真——简评栾淑芳的小品〈朋友〉》。

《花城》第6期发表陈思和的《碎片中的世界——新生代作家小说创作散论》。

《理论与创作》第6期发表刘起林的《长篇历史小说热：转型期的尴尬与辉煌》；胡良桂的《家族母题与个人身世——当代长篇小说形态研究之六》；石太瑞的《儿童文学创作谈片》；刘文华的《何顿的乖张："葵花"与然后——解读小说〈我们像葵花〉》。

《读书》第11期发表阎晶明的《批评：打开广阔的视野》。

《福建文学》第11期发表江枫的《阳光的鼓手——刘永乐〈阳光的声音〉读后》。

11日，《文艺报》发表孙建江的《从海峡两岸儿童文学整体格局的消长演变看中国儿童文学的未来》。

12日,《中流》第11期发表闻道的《长篇小说新作中的两个问题》。

《文艺评论》第6期发表张德祥的《九十年代:社会转型与现实主义衍变》;代迅的《论中国当前文学转型》;洪治纲的《叙事的挣扎》;刘蓓蓓、李以洪的《母神崇拜与"肥臀情结"》;马伟业的《历史剧变与文学欠收——二十世纪中国文学的历史反思》;郭力的《喧嚣与平静:——80年代后期文学现象评析》;黄书泉的《热闹的批评与沉寂的创作》;张春宁的《散文散议》。

14日,《文学报》发表叶兆言的《写作是一种对话——〈一九三七年的爱情〉后记》。

15日,《文艺争鸣》第6期以"当代批评家论·洪子诚研究专辑"为总题,发表孟繁华的《当代中国文学研究的学术化——洪子诚的意义与启示》,旷新年的《君子儒:洪子诚的意义》;同期,发表戚廷贵的《对话:文艺批评走出贫困的抉择》;陶东风的《文化大款:从文化资本的观点看》;王彬彬的《当前文学中的现实主义问题》;摩罗的《由从势者到求道者的位移——20世纪中国知识分子的精神历程》;陆祺的《后新时期文学的沦陷与救亡》。

《文艺报》发表阎延文的《灵魂私语与价值失重——由女性私人小说引发的若干思考》。

《文论报》发表张东焱的《关仁山小说新作中的人物》;晏宁的《风烟图外的悲歌——读〈萧萧华亭泪〉》;朱珩青的《化为血肉 化为灵魂——读〈马桥词典〉》;陈惠芬的《文学·性别·话语——〈女性主义文学批评在中国〉读后》。

《文学评论》第6期发表方伟的《当代文学的窘迫与选择》;丹麦奥尔胡斯大学汉学系教授魏安娜的《一种中国的现实:阅读余华》。

《山花》第11期发表刘嘉陵的《关于小说的非正式发言》。

《上海文学》第11期发表姚育明的《聪明的兔子》;张新颖的《都市未央歌》;王雪瑛的《爱情如何在生命中存活?》;张柠的《欲望的旗帜与诗学难题》。

《中州学刊》第6期发表张兵娟的《论新时期女性文学创作中女性意识的演变》。

《中国图书评论》第11期发表鲁枢元的《重塑西施——读〈浣纱王后〉》。

《长城》第6期以"李文珊评论小辑"为总题,发表周申明的《魂系高原 情注雪山》,崔志远的《现代性和民族性的结合》,范川凤的《谈李文珊创作的艺术风格》；同期，发表陶东风的《提升私人化写作》；李焱、余世存的《人文精神蕴含在日常生活中》；安黎的《吃上葡萄葡萄也不甜》；汤吉夫的《文学的还俗和还俗后的文学》；张东焱的《小说杂识》；孙国卿的《读书情结》。

《天涯》第 6 期发表陈晓明的《在文学创新中被悬置的身份》。

《民族文学研究》第 4 期发表李丛中的《两个世纪交接时的文学思考——对西南少数民族文学的回顾与展望》；梁庭望的《寻觅深邃广阔的世界》；朱双一的《"原"汁"原"味的呈现——略论高山族作家田雅各的小说创作》。

《当代文坛》第 6 期发表易光的《消失的男性——近期女性文学一个重要主题的演变》；吴义勤的《遥望废墟中的家园——斯妤小说论》；唐云的《李晋西小说刍议》；刘海涛的《抒情范式与叙述分离——赵冬小小说创作论》；雷业洪的《对一种诗评质疑》；马立鞭的《蓝天飘着一朵洁白的云——读诗集〈三里原〉》；陈朝红的《热血豪情铸丰碑——论周纲的报告文学创作》；许霆的《马安信：情意绵绵的独白——读〈马安信十四行情诗精选〉》；洪治纲的《历史与文化的双重寓言——读长篇新作〈南方有嘉木〉》；曾艳兵的《东方后现代景观一瞥》。

《当代电影》第 6 期发表张颐武的《全球化与中国电影的二元性发展》；尹鸿的《国际化语境中的当前中国电影》；王德胜的《当前中国电影中的文化分析》；宋林生的《"家世"与"出现"——本文互现的中国电影》。

《当代戏剧》第 6 期发表李晓的《高度的政治热情激发出丰富的艺术创造力——谈谈〈艰难岁月〉成功的审美经验》。

《戏剧艺术》第 4 期发表张鹰的《人性的失落与回归——八十年代话剧主题探讨》；吴戈的《当代中国的"先锋戏剧"》。

《诗探索》第 4 期发表刘士杰的《东方古典美和西方现代美交相辉映的"彩色世界"——评张烨的诗》；何锐、翟大炳的《执着社会人生的咏叹调》；赵毅衡的《且说"海外大陆诗"》。

《华侨大学学报（哲学社会科学版）》第 4 期发表黄万华的《新加坡华文小说：自觉的文体选择》；朱立立的《爱·诗性·时间之伤——新加坡女诗人淡莹诗歌论》；陈红妹的《关于海外华文文学研究中的标准选择和资料搜集刍议》；郭建军的《沧桑女人心——南洋才女李忆莙散文品评》。

《西藏文学》第 6 期发表刘泽球的《面具·虚伪的手——关于严肃写作与时代生存关系的一次讨论》；嵇庄的《读解马丽华》。

《学习与探索》第6期发表代迅的《中国当前文学转型的若干特征》。

《特区文学》第6期发表黄树红的《炽烈·浓郁·精湛·铿锵》。

上旬，中国当代文学研究会第九届年会在京举行，此次年会以"九十年代文学的检视与研讨"为主题，从小说、诗歌、散文和批评等多个角度，研讨了新时期之后的文学走向和基本特色。（据《文艺报》1日消息）

17日，《作品与争鸣》第11期发表杨立元的《写出农民的真实心态》；季余的《人们可以从这里受到启迪》；老槐的《物以类聚　人以群分》。

18日，《中国戏剧》第11期发表平仄的《真情、豪情、诗情——话剧〈女兵连来了个男家属〉琐谈》。

19日，中国当代文学研究会、作家出版社、《文学评论》编辑部等单位，在京联合举行"当前现实主义文学问题讨论会"。

20日，《儿童文学选刊》第6期发表汤锐的《从桂文亚的儿童散文想到的》。

《小说评论》第6期专栏"世纪之交的文学：反思与重建"发表李继凯的《秦地小说与三秦文化片论》，何西来的《谈文学鉴赏中的地域文化因素》；同期，发表丁帆的《漫论当前乡土小说走向》；刘乐群的《从不同角度反映现实——何申、谈歌、关仁山小说创作漫议》；鲁枢元的《文学与童心——读张品成的〈赤色小子〉》；吴义勤的《超越与澄明——格非长篇小说〈边缘〉解读》；汪政、晓华的《鲁羊创作说略》；韩子勇的《都市梦境和中产阶级写作——张欣小说读后》；张业松的《反讽：泻药和双刃剑——芒克〈野事〉估》；董大中的《忠于生活，而落于沉重——读谭文峰的小说》；闫建滨的《那个最后的父亲离我们多远——读蒋金彦的长篇小说〈最后那个父亲〉》；谭学纯、唐跃的《小说语言的顺应显象和偏离显象》；王毅的《王蒙的语言感——快感：以〈暗杀〉为例》；谢有顺的《小说：回到真实（下）》。

《文汇报》发表陈惠芬的《都市风景——女性笔下的女性》。

《学术研究》第11期发表古远清的《余光中香港时期的文学评论》。

《河北学刊》第6期发表张弘、夏锦乾的《学术向度上的人文精神：世纪末学术文化对话录之二》。

《青海师范大学学报（哲学社会科学版）》第4期发表廖小云的《论林语堂对中西文化交流的贡献》。

《昆仑》第6期发表周政保的《关于报告文学创作的六封信》。

《钟山》第6期发表郜元宝的《在新的"名教"与"文字游戏"中穿行》；丁帆等

的《个人在写作：可能与极限》；周小明、昌切等的《新保守主义与新批判主义》。

21日，《文学报》以"书里书外：关于情爱的话题"为专题，发表骆玉明的《平庸故事中的复杂问题》，唐颖的《现代人爱的困惑》，赵长天的《传媒和文学的不同职责》。

《文艺研究》第6期发表王柏华的《中国比较文学学会第五届年会暨国际学术讨论会综述》；潘秀通的《当代形态的电影及其美学观念》。

22日，《新文学史料》第4期发表刘流的《香港作家魏中天和我的友谊》；张光正的《张我军与中日文化交流》；周汉萍的《尹雪曼的生平与创作》；古继堂的《胡秋原与中国现当代文学——台北访问胡秋原》；李家福的《陈映真创作系年表》。

23日，《天津社会科学》第6期发表王光明的《女性文学：告别1995——中国第三阶段的女性主义文学》。

24日，《文史哲》第6期发表刘克宽的《由对话方式看新时期小说的艺术转型》。

《文艺理论与批评》第6期发表孙先科的《作者的在场与退场——新时期小说非全知叙事思潮的文化背景及其意识形态》。

25日，《山东师大学报（社会科学版）》第6期发表张清华的《历史神话的悖论和话语革命的开端——重评寻根文学思潮》；仵从巨的《余秋雨散文得失评说》。

《文艺理论研究》第6期发表王纪人的《对文艺批评现状的反思》；孙绍振的《论台港和大陆散文中之软幽默和硬幽默》。

《内蒙古社会科学》第6期发表鲍云峰的《从中国文学传统看新写实小说》。

《当代作家评论》第6期发表［日］伊藤虎丸的《鲁迅与异文化的接触——以明治时期的日本为舞台》；摩罗的《孤独的巴金》；刘强的《中国式的现代派艺术——对九叶诗派及其创作的研究》；孙绍振的《超越审丑　超越抒情——楼肇明的散文对当代散文的意义》；李炳银的《李鸣生报告文学的意义》；李咏吟的《智者的背影：冯牧、阎纲、雷达的批评论》；徐坤的《短篇小说创作概述》；潘凯雄的《在"弱"与"强"的对峙中——评孙春平的三部中篇新作》；彭定安的《现代寓言：现实的世界与艺术的世界——读韶华〈寓言、故事、笑话、幽默小品集萃〉》；孟繁华的《逃离意识与女性宿命——徐小斌九十年代的小说创作》；张志忠的《在智慧的迷宫里徜徉——〈敦煌遗梦〉的结构艺术》；刘康的《末世的喧哗》；徐小斌的《逃离意识与我的创作》；周政保的《世事洞明与人情练达之后……——韩石山散文读感》;韩石山的《散文的器与用》;洪治纲的《世俗欲望的挣扎与迷失——再读何顿》;张德明的《关于苦难时空的现时回访——评何顿长篇小说〈我们像葵花〉》。

《晋阳学刊》第6期发表董竞成的《演绎化倾向——"先锋派"小说的缺陷》。

《通俗文学评论》第4期发表孙正国的《超越与回归——论通俗小说的"民间模式"》。

《浙江学刊》第6期发表陈建新的《精英立场与民间意识——叶文玲小说创作浅论》。

《湖北大学学报(哲学社会科学版)》第6期发表何凌枫的《新写实小说再论》。

28日,《上海戏剧》第6期发表刘邦厚的《戏剧文化意识纵横谈》。

《文学报》以"新生活浪潮中的新文学现象"为专题,发表马驰的《东西文化中的市民概念与市民文学》,毛时安的《〈文学大众〉现象与大众文学的定位》,袁进的《市民小说从旧到新》。

《四海—台港澳海外华文文学》第6期发表骆明的《从〈新加坡文艺〉到"新加坡文艺协会"》。

30日,《西北师大学报(社会科学版)》第6期发表陈占彪的《新文学现实主义小说美学研究论略》。

《河南大学学报(社会科学版)》第6期发表鲁培康的《论现代诗的审美误区》;赵卫东的《先锋小说价值取向的批判》;杜福磊的《当代散文创作管见》;李旭雨的《试析王绶青的诗歌艺术》。

《戏剧》第4期发表张鹰的《从戏剧矛盾冲突方式看八十年代话剧的风格特征》。

本月,《中华文学选刊》第6期发表雷达的《近期短篇小说述评》。

《电视研究》第11期发表祁汉忠的《纵论篇篇总关情——浅谈电视评论的情感因素》。

《北京文学》第11期发表王小波的《〈私人生活〉与女性文学》;贺桂梅的《有性别的文学——90年代女性话语的诗学实践》;赵为民的《女人心态与女性写作》;朱也旷的《从小城之恋到都市之恋》。

《台湾研究集刊》第4期发表陈兆珍的《赖和小说的写作技巧》。

《创作评谭》第6期发表束学山的《灵魂的探寻与拷问——陈世旭小说的一

种解读》;梁琴的《读〈湘行散记〉与〈湘西〉》;李文军、王新法的《黄江北悲剧探微》;何以的《谈乡土诗人邓慈煌的诗》。

《青春》第11期发表包忠文的《文艺能"躲避崇高"吗》。

《海燕》第11期发表张清的《笔断意连 韵味隽永——简论侯德云的小小说》。

《绿洲》第6期发表丁子人的《对弱者,关怀其生存困境 对强者,关怀其灵魂危机》;刘小平的《永葆青春的老诗人》;刘俐俐的《在小说里抒发自我》。

《广西文学》杂志社发起并主办的全国省级文学期刊生存与发展研讨会在广西崇左县和宁明县召开,全国各地30余家省级文学期刊的负责人围绕"文学期刊如何生存与发展"这一话题展开探讨。

第三届国际华人诗人笔会在广东中山和佛山召开。

本月,山东大学出版社出版张学军的《中国当代小说流派史》。

上海社会科学院出版社出版陈惠芬的《神话的窥破:当代中国女性写作研究》。

陕西人民教育出版社出版权海帆的《文海苦航》。

贵州人民出版社出版徐达的《徐达文学评论选》。

广西师范大学出版社出版林焕平等主编的《程贤章作品评论集》。

少年儿童出版社出版朱守芬、盛巽昌编的《老舍和儿童文学》。

长江文艺出版社出版李旭初、江少川等编《台港文学精品赏读》。

花城出版社出版许翼心的《香港文学观察》。

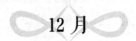

12月

1日,《山西文学》第12期发表薄子涛的《波浪式的递嬗》。

《广州文艺》第12期发表党圣元的《人文理性精神之重构》。

《山东文学》第12期发表刘纳的《诗歌实验的骗局:拼贴》;王光东的《小说是

"编"出来的吗?》。

《大家》第6期发表雷达、李洁非、孙小宁的《九十年代文学散点透视》。

《文论报》发表段崇轩的《农村小说：概念与内涵的演进》；胡德培的《文学：面对市场经济》；珂文的《〈家族〉中的"倾诉"》；贾宏图的《庞壮国的"野性"与温情——读〈豹的自语〉》；刘春水的《三毛的散文与三个梦境》。

《诗歌报月刊》第12期发表叶橹的《三维之思》；洪迪的《生活·生命·生存》。

《鸭绿江》第12期发表张韧的《人文精神与市场经济》。

《滇池》第12期发表宋家宏的《立体地表现云南文学》；古耜的《水乡历史的文化探照》。

5日，《飞天》第12期发表时空的《关于诗歌现状及其出路的讨论》。

《长江文艺》第12期发表曾卓的《甘茂华散文集序》；欧阳明的《兄弟视角下的苦乐爱憎——评工人作家李府东中篇〈太阳照常升起〉》；熊风的《真情、激情、敏锐而感人——评翟宗法报告文学》。

《文学报》发表张颐武的《一九九六：社群和写作》；李洁非的《生命图——读〈逝水〉》。

《光明日报》发表翟泰丰的《建设有中国特色的社会主义文学》。

《作品》第12期发表南帆的《个人姿态与对话》；路侃的《经济小说与文化精神》。

《青海湖》第12期发表张德明的《人生往事话风马》。

《朔方》第12期发表刘岳华的《自然空间和心灵空间的矛盾——关于〈绿化树〉和〈烦恼就是智慧〉的比较》。

《短篇小说》第12期专栏"新时期小说发展与流变"发表王本朝的《意义的迷失与碎片——先锋小说的创作特点》，郑万鹏的《枭雄白孝文——〈白鹿原〉人物论（五）》。

《湖南文学》第12期发表胡良桂的《家族话题·家族情结：当代长篇小说形态研究之五》。

北京《为您服务报》发表北大中文系副教授张颐武的文章，指出作家韩少功的长篇小说《马桥词典》（发表于《小说界》第2期）"无论从内容到形式"，"完全照搬《哈扎尔词典》"；王干批评《马桥词典》"模仿一位外国作家，虽然惟妙惟肖，但终归不入流品"。之后韩少功诉诸法律,1998年3月海南省高院终审判决:张颐武、王干等败诉。人称"马桥事件"。

6日,《文汇报》发表毛时安的《关于"秋雨散文"的评价及其他》。

《台港文学选刊》第12期发表江少川的《首届全国高阳学术研讨会述略》。

7日,《小说选刊》第12期发表张韧的《寻找失落的精神栖息地——读关仁山小说随想》;胡平的《〈扶贫〉解读》。

《天津文学》第12期发表李运抟的《十年小说形态论》。

郁达夫诞辰100周年纪念大会在浙江富阳举行。随后召开"郁达夫研究国际学术讨论会"。

10日,《中国西部文学》第12期发表郭德茂的《文体与批评》;李瑜的《多姿多彩的民族生活画卷》。

《写作》第12期发表刘欣的《新时期小说语言表达方式的变异》。

《电影文学》第12期发表韦连城的《试谈澳门电影如何发展》;朱晶的《电影剧作:艺术观与人物创造(二)》。

《芒种》第12期发表丁临一的《别具一格的沈石溪》;晓凡的《金振华的精神家园》;佟明光的《诗的生命本体与意象构筑》。

《读书》第12期发表祝勇的《理想的位置》(讨论李抽磊的《杂览主义》);燕妮的《斯东其人》;刘锋杰的《从基督教说曹禺》。

《诗刊》第12期发表杨子敏的《燃烧的火把——读〈柯岩文集·第四卷·诗〉》。

12日,《中流》第12期发表曾镇南的《我看到了希望——读报告文学〈大山,悲壮与辉煌〉》。

14—15日,中国作协第四届理事会第四次会议在京举行。

15日,《广东社会科学》第6期发表荒林的《女性的境遇与表达——论张烨的诗歌》;刘炎生的《"到底是前进的":评林语堂倡导的小品文》。

《文论报》发表张志忠的《跨世纪的洗礼》;张东焱的《评常青智者贾大山的小说》;董旭升的《贫老山区婚恋悲歌——读赵新长篇新作〈婚姻小事〉》;谢倩霓的《价值:性格激情与朦胧美——玉清笔下的女孩男孩》。

《山花》第12期发表昌切的《自圣——唯圣派论之一》。

《上海文学》第12期发表曲春景的《文坛景观的缺席者》。

《江苏社会科学》第6期发表范准的《论高晓声小说的幽默风格》。

《社会科学动态》第12期发表古远清的《香港的比较文学研究》。

《阅读与写作》第12期发表袁文杰的《历史与人道的双重陷落——痖弦〈上校〉赏析》。

《淄博师专学报》第4期发表阎开振的《林语堂与比较文学》。

16日,中国文学艺术界联合会第六次全国代表大会和中国作家协会第五次全国代表大会在人民大会堂召开。江泽民代表党中央、国务院发表讲话,因病不能参加大会的中国作家协会主席巴金发表了题为《迎接文学的新世纪》的书面致词。

《文艺报》发表社论《坚持"民主、团结、鼓劲、繁荣"方针　努力开创社会主义文学事业新局面——热烈祝贺中国作家协会第五次全国代表大会召开》。

17日,《作品与争鸣》第12期发表王否的《逼真的现实主义》;李舫的《告别伊甸园》。

中国文联第六次全国代表大会、中国作协第五次全国代表大会分别举行第二次会议,高占祥、翟泰丰分别作题为《肩负新使命,迈向新世纪,为繁荣社会主义文艺而奋斗》和《站在时代前列,迎接文学繁荣的新世纪》的工作报告。

18日,《中国戏剧》第12期发表安葵的《风铃声里传温馨——看豫剧〈都市风铃声〉》;晓耕的《千古艳传的风流佳话——观昆剧〈少年游〉》。

19日,《光明日报》发表杨颖、秦晋的《不倦地探索与创造——报告文学面面观》。

20日,《文艺报》发表阎延文的《二十一世纪：再创理论的辉煌——近年文学理论发展管窥》;楼肇明、止庵的《关于新生代散文的对谈》。

《当代》第6期发表彭华生的《呼唤公仆意识》。

《台湾研究》第4期发表朱双一的《日据时期台湾新诗的抗议与隐忍》。

《福建论坛》第6期发表杨健民的《香港早期新文学的历史演进》;沈小明的《〈万延元年的足球队〉与〈红高粱家族〉比较》;林修彬的《感性生命的呐喊》。

22日,《文艺报》发表翟泰丰的《站在时代前列　迎接文学繁荣的新世纪——在中国作家协会第五次全国代表大会上的工作报告》。

25日,《文汇报》发表魏明伦的《答余秋雨书》。

《西南民族学院学报(哲学社会科学版)》第6期发表罗庆春、徐其超的《贾瓦盘加双语小说叙述模式论析》;晓雪的《继承·探索·创新——读冉庄的五本诗文集》;同时,"汉语言文学研究专辑"发表王进的《犀利·放达·温馨——龙应台、三毛、席慕容三家论札之一》。

《华侨大学学报(哲学社会科学版)》第4期发表陈红妹的《关于海外华文文学研究中的标准选择和资料搜集刍议》;郭建军的《沧桑女人心——南洋才女李忆莙散文品评》;朱立立的《爱·诗性·时间之伤——新加坡女诗人淡莹诗歌论》;黄万华的《新加坡华文小说:自觉的文体选择》。

《海南师院学报》第4期发表杜丽秋、许燕的《意象组合蒙太奇——论罗门诗歌意象组合的艺术》。

《台港与海外华文文学评论和研究》第4期发表翁奕波的《试论海外华文文学的独特魅力》;宋永毅的《新加坡当代华文诗歌的"中国情结"与"南洋色彩"(上)》;张新的《再说蝴蝶的文化——淡莹诗歌的意象营造方式》;赵朕的《洪林小说印象》;周可的《文恺诗的超现实品格与实验精神》;王川的《儒士?儒风?儒章——〈鼎飞杂稿神州行〉序》;吴奕锜的《为菲华文学留住历史——兼论王礼溥的文学生涯》;东瑞的《从解读四首诗看袁霓的诗心和诗艺》;周成平的《走进三毛的艺术世界》;高艳芝的《奔突于文明与原始之间——三毛创作中的半原始主义情结》;沈奇的《与天同游:罗门诗歌精神散论》;马阳的《傲然特立的阿里山神木》;方忠的《香港学者散文的文化品位》;应宇力的《秋千下的风景——解析黄碧云新作两篇》;徐学的《当代中文世界的张爱玲景观——兼谈大陆海外华文文学研究》;孙建江的《两岸儿童散文创作现状分析》;《学人档案汪景寿》;计璧瑞的《先行者的努力——记汪景寿教授》;李林荣的《荒漠甘泉:赤子的守望与眷恋——评陶然散文的艺术情思》;阮温凌的《母爱的赞歌 孝子形象——读林健民〈在母亲墓前〉》;戴翊的《站在发展新马华文文学的高度——读王振科〈同根的文学〉》;单汝鹏、常国武的《奋力开拓 品鉴华章——读钦鸿〈海天集——我看新马华文文学〉》;李伟的《曹聚仁研究的回顾》。

26日,"巴金文学创作生涯70年展览"在福建泉州举行。

《社会科学》第12期发表胡河清《金庸小说的伦理情感》。

27日,《文艺报》邀请首都部分理论工作者举行研讨会,学习讨论江泽民总书记《在第六次文代会、第五次作代会上的讲话》。

28日,《剧本》第12期发表张葆成的《"大气"如斯——杨宝琛剧作风格的审美特征》;吴戈的《残梦,只一个"权"字了得》。

30日,中国作协举行中心组扩大会,学习江泽民总书记《在第六次文代会、第五次作代会上的讲话》。

《同济大学学报(人文社会科学版)》第2期发表施建伟、汪义生的《香港现代文学(1919—1949)概貌》。

《南昌大学学报(社会科学版)》第4期发表陈良运的《试论当代华文诗歌的语言问题》。

《湘潭大学学报(哲学社会科学版)》第6期发表章罗生的《论新时期报告文学的民族精神》。

本月,《青春》第12期发表陈辽的《来自生活、针砭时弊之作》。

《华文文学》第3期发表骆明的《从〈新加坡文艺〉到"新加坡文艺协会"》;杨松年的《感言》;陈大为的《蛹的横切面——析论叶明的创作理念的形成与写作技巧的演进》;龙彼德的《论柳舜诗的忧患意识》;彭志恒的《东南亚华文文学创作:文化关怀的一个程式——从融融的创作说开去》;郑择魁、田斌君的《神州大地的赞歌——评江天〈神州如此多娇〉》;陈贤茂的《论蓉子的创作》;唐玲玲的《观照香港社会的独特视角——评刘以鬯小说〈陶瓷〉》;黄维梁的《知识与智慧之书》、《有时不妨"想入非非"》、《最具香港特色的文学》;林承璜的《煌煌巨著令人炫目——古远清新著〈台湾当代文学理论批评史〉评介》;邵德怀的《香港文学研究的新收获》;钦鸿的《洒向人间一片情——云里风印象随记》;沈振煜的《"天下事难不倒我活生生的一根龙骨头"——读谭绿屏散文〈汉堡一角:中国的天,中国的地〉》;刘介民的《袁霓〈山中一日〉的审美情思》;以"关于〈华夏诗报〉一则报道引起的论争"为总题,引《华夏诗报》第99期载的《防止歪风污染三地诗坛》,发表汉闻的《大陆研究台港文学再管窥》,梁锡华的《梁锡华致〈香港作家报〉的信》,袁良骏的《不宜以偏概全——写在汉闻兄文后》,王一桃的《王一桃致〈华夏诗报〉的信》,古远清的《"不批不知道,一批做广告"——答谢〈华夏诗报〉兼辟谣》。

《海燕》第12期发表毕烨的《挚爱乡土的歌——试谈林锡胜的小说创作》。

本月,百花洲文艺出版社出版刘登翰、朱双一的《彼岸的缪斯:台湾诗歌论》;何向阳的《朝圣的故事或在路上》;石杰的《栖居与超越》。

安徽教育出版社出版陈墨的《刘心武论》。

人民文学出版社出版罗源文、梵扬主编的《〈一代风流〉的典型性格》。

四川民族出版社出版何联华的《民族文学的腾飞：中国少数民族文学史论丛（上）》。

浙江文艺出版社出版王得后的《鲁迅心解》。

河南文艺出版社出版徐学编的《台港幽默散文精品鉴赏》。

广东经济出版社出版何慧的《香港当代小说概述》。

中国社会科学出版社出版周伟民、唐玲玲的《日月的双轨——罗门蓉子的创作世界》。

上海文艺出版社出版司马新著，徐斯、司马新译的《张爱玲在美国——婚姻与晚年》。

贵州人民出版社出版张韧的《文学的天空：张韧文学评论选》。

本季，《海峡》第6期发表潘亚暾的《生命的解秘——读学者作家刘登翰的首卷散文集〈寻找生命的庄严〉》。

《中山大学研究生学刊》第7期发表陈持的《中华文化与20世纪华文文学》。

《重庆教育学院学报》第1期发表敖忠的《诗人气质　赤子情怀：王一桃其人其诗》。

《现代台湾研究》总第20期发表汪毅夫的《中日文化地位的逆转与日本汉文学在台湾的延伸》。

1997年

1997年

1月

1日，《山东文学》第1期发表孔范今的《对当前文坛四个问题的省思》。

《山西文学》第1期发表冈夫的《诗人、艺术家、学者》；张同吾的《情缘与文化内涵》；孙涛的《直面尴尬》；卫厚生的《诗人的心路历程》。

《百科知识》第1期发表钱虹的《香港女作家的散文巡览》。

《电影评介》第1期发表唐亮的《观众的冷与热》。

《芒种》第1期发表北疆的《心灵问题》。

《作家》第1期发表汪政、晓华的《避让与控制——再读韩东》。

《诗歌报月刊》第1期发表洪迪的《诗：贵族性与平民性的统一》。

《滇池》第1期发表蔡毅的《诗——非诗——〈0档案〉评析》；李霁宇的《关于文学的批判》。

《解放军文艺》第1期发表张志忠的《寻找军事文学新的生长点（跨世纪军事文学笔谈）》；张卫明的《狼的话题（上）（跨世纪军事文学笔谈）》；郭小聪的《试谈对战争的理想化期待（跨世纪军事文学笔谈）》。

2日，《文学报》以"历史小说：今天与昨天的对话"为专题，发表章培恒的《对今天和昨天的反思》；蔡葵的《历史和我们》；吴秀明的《历史小说的文化内蕴》等。

《文艺报》第1期发表本报讯《面对"九七"回归香港文艺界有何反应：电视制作人蔡和平表示认同内地重视精神文明建设的文艺创作路向》；应红的《我始终追求的就是民族风格民族气派——访香港著名作家金庸》。

5日，《飞天》第1期发表桂天寅的《游离者与生命此在的困境——浅论张存学小说主题的探索与演化》；唐荣尧的《叶舟：废墟和王冠上的歌声》。

《辽宁大学学报（哲学社会科学版）》第1期发表曹华卿的《论新时期女作家女性意识的觉醒》。

《文汇报》发表杨荔雯的《"文化沙漠"抑或"文化绿洲"：香港文学面面观》。

《延河》第1期发表于冬的《有使命的文学》。

《河北师范大学学报（哲学社会科学版）》第1期发表李咏吟的《生命体验与张承志的语言激流》。

《莽原》第1期发表格非的《十年一日》。

《短篇小说》第1期专栏"新时期小说发展与流变",发表王本朝的《语言游戏与叙事革命——先锋小说的文体实验》。

6日,《电影创作》第1期发表王志敏的《让人困惑的几部电影——我看〈五魁〉、〈炮打双灯〉和〈风月〉》;李奕明的《十七年少数民族电影的视点与主题》。

《四川大学学报(哲学社会科学版)》第1期发表李朝的《中西双重融合的典范——评余光中的诗》。

7日,《小说选刊》第1期发表牛玉秋的《从"活的没滋味"到追求人格灿烂》。

《文艺报》发表曾镇南的《革命现实主义的新创获——读周梅森长篇小说〈人间正道〉》;段崇轩的《固守与突围——山西青年小说家综述》。

《光明日报》发表高松年的《时代英雄的礼赞——评〈赤子情怀〉》;王干的《话说"小女人散文"》。

8日,《人民日报》发表"马克思主义文艺思想的重要文献——首都文艺界部分知名人士座谈江泽民同志在第六次文代会和第五次作代会上的重要讲话(一)"(其中包括李瑛的《创造无愧于时代的文艺》;钱中文的《要在继承、鉴别、创新上下功夫》等)。

《文学世界》第1期发表雷达的《从"审父"转向"审子"——读〈致不孝之子〉》;子干的《'96年中短篇小说扫描》;雪松、长征的《一群斜坡上的失眠者》;严三九的《追思永远指向现在——张承志小说一解》;孔范今、施战军的《史识与批判精神的匮乏——关于当前文学评论的问答》;杨守森的《文学批评的无力与苍白》。

9日,《文学报》发表《香港举行首届文学节:荟萃文学人才,回顾文学成就》。

10日,《中国西部文学》第1期发表杨青的《论杨牧的〈边魂〉》。

《写作》第1期发表戴方的《大地之子的情怀——吴应夏小说〈女人啊,女人〉略评》;黄兴林的《"杂交"的优势——论贾平凹散文的小说韵味》;伍立杨、楚人的《深化唯美的视境——青年作家洪烛其人其文》。

《边疆文学》第1期发表宋家宏的《关于"二十世纪云南文学"》。

《电影文学》第1期发表朱晶的《电影剧作:艺术观与人物创造(三)》;陈向春的《"情人片"的尴尬——析电影新作〈尴尬情人〉》。

《电影艺术》第1期发表尹鸿的《世纪转型:当代中国的大众文化时代》;黄樱

蘂的《九十年代台湾电影的美学辩证》。

《广州日报》发表王业隆的《香港文坛的"冷夏现象"》。

《读书》第1期发表王蒙的《道是词典还小说》(讨论韩少功的《马桥词典》);李辉的《参与这个时代》(讨论贾鲁生的小说《无规则游戏》);袁良俊的《〈香港文学史〉得失谈》。

《书与人》第1期发表古远清的《香港的〈读书人〉月刊》;王龙的《期待新时代——漫谈香港文化》。

《江海学刊》第1期发表陈辽的《香港文学中的"九七"情结》。

《戏剧文学》第1期发表叶志良的《语言颠覆——后现代戏剧的语言策略》;陈龙的《"复古"面具下的当代意识——论新时期拟神话戏剧创作》。

《花城》第1期发表陶东风的《私人化写作:意义与误区》。

《理论与创作》第1期发表夏子的《来自泥土社会的最后风景——关于陈奂生现实生相的一种文化解析》。

《福建文学》第1期发表蔡江珍的《世纪末的散文流向》。

12日,《文艺评论》第1期发表张德祥的《九十年代:社会转型与现实主义的衍变》;张志忠的《半边风景:女性文学的散点扫描》;黄毓璜的《文坛过眼》;傅翔的《私人档案·三言两语——当前小说创作点评》;杨晓新的《文学的轻与重——对当代文坛精神生态的一种观察与期望》。

13日,《中国社会科学院研究生院学报》第1期发表王兆胜的《论林语堂的生命悲剧意识》。

14日,《文艺报》发表刘锡诚的《从胸臆中流出——读丁宁的散文》。

15日,《人民日报》发表"马克思主义文艺思想的重要文献——首都文艺界部分知名人士座谈江泽民同志在第六次文代会和第五次作代会上的重要讲话(二)"(其中包括刘白羽的《新世纪文学的战略导向》;李准的《抓住历史机遇 缔造新的辉煌》等)。

《上海文学》第1期发表刘醒龙的《现实主义与"现时主义"》。

《文论报》发表陶东风的《当前文化批判的五大误区》。

《文学评论》第1期发表梁晓声的《小说是平凡的》;曹文轩的《激情与叙事——新时期文学心态寻踪》;吴晓东的《现代"诗化小说"探索》;骆寒超的《论中国新诗的现实主义》;杨立元的《与新的山乡共脉动——何申小说的审美指向》;

许文郁的《黄土魂魄与天马精神——甘肃小说家文化心理剖析》。

《雨花》第1期发表丁帆、王彬彬、费振钟的《90年代"写实"小说的价值问题》。

《中国社会科学院研究生院学报》第1期发表王兆胜的《论林语堂的生命悲剧意识》。

《山花》第1期发表贺奕的《绕开陷阱：关于李冯和他的小说》；谭五昌的《在诗情的天空中飞翔——郑单衣创作简论》。

《社会科学》第1期发表生民的《电影也应是人学——谈近期影坛"大制作"及其"人的失落"》；张岩泉的《评当前中国文学创作中的媚俗倾向》。

《华东师范大学学报（哲学社会科学版）》第1期发表徐芳的《一种缅怀：先锋文学形式实验的再探索》。

《当代文坛》第1期发表赵联成的《历史母题的解构——新历史题材小说泛论》；叶岗的《古典主义情怀与后新时期小说》；傅三齐的《文学现状低谷论刍议》；胡彦的《论当代世俗诗歌中的语言主体》；石天河的《张新泉近作与新现实主义诗歌》；孙宝元的《精致文化传统的怀旧者——论董桥散文中的文化乡愁》；张放的《孤愤寒灯才如泄——说伍立杨的近著〈浮世逸草〉》；李林荣的《散文新状态——关于当前散文的六个问题》；陈亦骏的《第六代电影的文化走向》；麦可的《现代汉诗的精神与语言取向》。

《当代电影》第1期发表郝建的《在电视肥皂剧的泡沫后面》。

《当代戏剧》第1期发表李斌的《论当前的戏曲批评》。

《河北师范大学学报（哲学社会科学版）》第1期发表范川凤的《寻找理想和现实的和谐——铁凝小说创作心路历程探析》；孙飞龙的《新时期小说情节发展回形线》。

《戏剧艺术》第1期发表余秋雨的《当代都市文化略论》。

《译林》第1期发表刘兵的《再圆恐龙梦——读克莱顿的新作〈失落的世界〉》。

《学习与探索》第1期发表张韧的《中国当代文学与20世纪世界》。

《特区文学》第1期发表周思明的《"现实"为体"现代"为用——读〈空中飞鸟〉兼论"新都市文学"》；张百尧的《新都市文学的又一部成功之作——评母碧芳长篇小说〈试婚〉》。

16日,《文艺争鸣》第1期以"关于《论当代中国作家精神资源》的讨论"为总题,发表王晓明的《主持人语:值得承担的艰难》,薛毅的《就精神问题致摩罗先生》;以"当代作家论·王彪作品讨论"为总题,发表陶东风的《王彪论》,谢有顺的《神圣的背面——王彪小说中的末世图景》;同期,发表丁帆、王彬彬等的《晚生代:"集体失明"的"性状态"与可疑话语的寻证人》;范钦林等的《20世纪文学命名的合法性及其功能》。

《文艺报》发表张德祥的《现实主义再认识》。

《文学报》发表罗岗的《"文章似酒"——读董桥》;张业松的《卸下重负的一代新人》。

17日,《作品与争鸣》第1期发表湘音的《"湘军"向"文学世俗化"开火》。

江泽民总书记在京会见出席全国宣传部长会议的全体代表并作了重要讲话。

18日,《中国戏剧》第1期发表吴加求的《真情的创作 质朴的演出——谈话剧〈好人润五〉的成功》。

《作家报》发表王光东、施战军、张清华、吴义勤的《关于文学批评现状的对话》。

20日,《小说评论》第1期以"毕四海小说近作评论专辑"为总题,发表何镇邦的《现实主义文学的另一种文本——序毕四海长篇小说〈W不是故事〉》,何志云的《W是一种符号——评毕四海〈W不是故事〉》,林为进的《"问题小说"的魅力——读〈W不是故事〉》;同期,发表盛英的《多姿多彩的"思想表情"——关于当代女作家作品的一次鸟瞰》;孟绍勇的《阵痛中的嬗变与固守——关于当今农村题材小说新走向的思考》;谢有顺的《小说:回到朴素》;孙绍振的《"撕裂"了的小说》;柳镇伟的《关于〈马桥词典〉的若干词条》;郜元宝的《超越修辞学——我看〈马桥词典〉》;张均的《沉沦与救赎:无根的一代——重读莫言、刘震云》;黎慧的《徐小斌:遇难航程中的自我救赎》;张遇的《传奇,〈情爱画廊〉析》;刘俐俐的《消逝于小说深处——李本深小说论》;赵康太的《痛苦:在传统与现代之间——张浩文小说论》;韩梅村的《新的读解 新的视界:评长篇历史小说〈人月〉》。

《昆仑》第1期发表陈辽的《论世纪之交的军事文学》;昆仑鹰的《世纪之交军事文学的三种形态》。

《河北学刊》第1期发表崔志远的《塑一座崇高的精神之碑——论谈歌小说

的创作追求》;张东焱的《论尴尬——以中国近期小说为例》。

《钟山》第1期发表丁帆、王彬彬、陆建华等的《近期小说笔谈》。

《暨南学报(哲学社会科学版)》第1期发表饶芄子、费勇的《海外华文文学的中国意识》。

《清明》第1期发表刘景龙的《文艺创作要树立精品意识》;苏中的《呼唤直言批评》。

21日,《文艺报》发表丁关根的《团结奋进　繁荣文艺——在中国文联作协全委会上的讲话》。

23日,《文艺报》以"评论家漫议:微型小说的新景观"为总题,发表雷达的《微型小说并非不景气》,缪俊杰的《微言大义,贵在奇巧》。

《天津社会科学》第1期发表吴炫的《中国当代文学观局限分析(上)》。

24日,《文艺理论与批评》第1期发表阎延文的《众里寻她千百度——从青年的视角读解柯岩》。

25日,《大家》第1期发表郜元宝的《"文化失语症"的语言学阐释》。

《文艺理论研究》第1期发表黄裳裳的《阐释的路径——兼评刘心武"直面俗世"与"求生理想"的文化选择》;贾植芳、王同坤的《谈20世纪中国文学中的女权母题》。

《长城》第1期发表黄彩文的《境界的追寻——贾大山十年创作论》;周政保的《报告文学的"伪劣症"》;殷实的《现实主义的噩梦》;张志忠的《关于批评的批评》;马相武的《对流行批评应当说不》;王绯的《一种反女性的"逻各"面目》;韩子勇的《轻视与歧视》。

《内蒙古社会科学》第1期发表班澜的《小说语言张力探因》;夏天的《小说深度空间的消解与重构》。

《四川戏剧》第1期发表李祥林的《评论的身份失落与角色还原》。

《当代作家评论》第1期发表周政保的《〈马桥词典〉的意义》;孟繁华的《面对今日中国的关怀与忧患——评贾平凹的长篇小说〈土门〉》;李国涛、韩石山等的《生命与历史:诗意的消解——蒋韵的长篇新作〈栎树的囚徒〉讨论会》;成一的《无处安置诗意的史诗》;王充闾的《一位真正的人民作家——在马加创作生涯研讨会上的讲话》;何镇邦的《直面社会　直面人生——简论毕淑敏的小说创作》;李清的《以小见大　弦外余音——毕淑敏散文赏读》;毕淑敏的《没有少作》;尤凤伟的《回归本土——长篇小说〈石门夜话〉后记》;尤凤伟的《战争·人性·苦难——中短篇小说集〈战争往事〉后记》;赵园的《一个"知识人"对另一个"知识人"的读解——关于黎湘萍所著〈台湾的忧郁〉》;南帆的《文化·文学·文学史》、《女性的反抗声音》;李洁非的《新生代小说(1994—)》;吴义勤的《拒绝或者表达——柳沄诗歌的写作姿态》;黎慧的《徐坤:性别与僭越》;黄毓璜的《〈寻觅清白〉书后》;赵毅衡的《流外丧志——关于海外大陆小说的几点观察》。

《郑州大学学报(哲学社会科学版)》第1期发表廖华歌、朱景涛的《生命的厚果——关于当下诗歌的阅读断想》。

《国外文学》第1期发表饶芄子、费勇的《海外华文文学与文化认同》。

《甘肃社会科学》第1期发表奚学瑶的《不羁的文化游子与深沉的文化乡愁:浅谈徐志摩与余光中散文的文化性格》。

《盐城师专学报(哲学社会科学版)》第1期发表林艳的《简论林语堂的幽默观》。

《晋阳学刊》第1期发表段崇轩的《农村小说:概念与内涵的演进》。

《浙江学刊》第1期发表莫显英的《女性诗歌:"重述"的陷井与可疑的策略》。

27日,《华中师范大学学报(哲学社会科学版)》第1期发表陈聚仁的《祭奠还是弘扬:评余秋雨的〈笔墨祭〉》。

28日,《文汇报》发表李洁非的《略谈小说的社会激情——一位女作家的新作及其某种比较》;戴翊的《揭示生命的体验和误区——写于〈海派女作家文丛〉出版之际》。

《兰州大学学报(社会科学版)》第1期发表王源的《新时期"知青小说"主题的嬗变》。

《剧本》第1期发表张先的《在编剧与戏剧艺术分离之后——关于艺术戏剧消失的箴言》。

《名作欣赏》第1期发表张百栋的《激扬奇峭 深刻犀利——读李敖〈还我万岁〉》。

30日,《文艺报》发表张颐武的《我坚持认为〈马桥词典〉模仿〈哈扎尔词典〉》。

《中国文学研究》第1期发表李仕中的《从迷途到通径——评龙彼德的诗歌艺术探索》;吴秀明、华红的《把文学中的文化研究引向深入——评田中阳的〈区域文化与当代小说〉》。

《镇江师专学报(社会科学版)》第 1 期发表方忠的《文化乡愁的消长和演变：论台湾当代散文的情感走向》；卞新国、徐光萍的《林海音散文述评》；汤淑敏的《海外华文女作家的天空》；朱立立的《香港作家东瑞短篇小说论》。

本月，《小说界》第 1 期发表王安忆的《小说的世界》。

《中华文学选刊》第 1 期发表丁临一的《1996 年报告文学、纪实文学漫评》。

《中国比较文学》第 1 期发表黄耀华的《回顾与展望——"广东比较文学研究会'96 学术年会"述要》。

《文学自由谈》(1997 年始由季刊改为双月刊)第 1 期发表朱珩青的《独特的〈马桥词典〉》；张圣康的《张抗抗的一次转轨》；李少君的《两部失败的长篇新作》(林白的《守望空心岁月》与陈染的《私人生活》)；何镇邦的《一部奇特的书》(长篇小说《黑白》)；王一川的《"体温表爆炸"、重复与市民思想》；姚振函的《诗的下落》；阎晶明的《"马桥事件"与学风问题》。

《电视研究》第 1 期发表钱竞的《机遇和挑战是电视研究的推动力》；胡小伟的《电视：在 21 世纪门槛上》。

《青春》第 1 期发表包忠文的《"古道热肠"们面临"消解"的凄苦》。

《海燕》第 1 期发表代一的《热土上一条坚实的路——读孙传基的作品》。

《绿洲》第 1 期发表彭惊宇的《亦顽亦禅情可掬》；王广田的《吹尽黄沙始见金》。

1996 年度"刘丽安诗歌奖"颁布，韩东、欧阳江河、于坚、翟永明等人获奖。

本月，华中师范大学出版社出版樊星的《当代文学与地域文化》，田蕙兰等选编的《钱钟书杨绛研究资料集》。

社会科学文献出版社出版敏泽、党圣元的《文学价值论》。

北京大学出版社出版吴同瑞等编的《中国俗文学概论》。

未来出版社出版孙豹隐的《文坛散论》。

辽宁大学出版社出版王本道主编的《永久的春天：东白从事文学创作四十年座谈会文集》。

北京师范大学出版社出版杜运燮等编的《丰富和丰富的痛苦：穆旦逝世 20 周年纪念文集》。

华东师范大学出版社出版刘挺生的《一个神秘的文学天才——路翎》。

华中理工大学出版社出版湖北大学中文系湖北作家研究室编的《湖北作家

论丛(第六集)》。

学林出版社出版叶洪生的《论剑——武侠小说谈艺录》。

2月

1日,《山西文学》第2期发表阎晶明等的《关于九十年代乡村小说的对话》。

《广州文艺》第2期发表杨匡汉的《文化的中轴转换及和而不同》。

《山东文学》第2期发表陈旭光、谭五昌的《走向"个人写作"的诗与思》;吴开晋的《九十年代新诗的艺术转型》。

《文论报》发表丁帆的《新时期小说三次"性高潮"后的反思》;蔡江珍的《九十年代的散文创作》;郝宇民的《共同的"回家"——90年代审美文化的一种透视》。

《长江文艺》第2期发表昌切等的《珞珈代有才人出——关于武汉大学作家群的对话》;王建红的《漂浮的生存者的悲剧——读〈红尘三米〉》。

《芒种》第2期发表丁临一的《好人王宗仁》。

《作家》第2期发表邵建的《herstory:陈染的〈私人生活〉》;非亚的《对九十年代前卫诗歌的一点看法》;章德益的《诗歌的断想》。

《鸭绿江》第2期发表宋云奇的《阐释乔典运》。

《滇池》第2期发表尧公的《危险的误写——从反对抒情的观点看黄晓萍的散文》;蔡毅的《读〈梧庐随笔〉札记》;张倩的《故事的魅力——〈都市浮云〉与它的作者罗顺江》。

《解放军文艺》第2期发表周政保的《不可淡忘战争(跨世纪军事文学笔谈)》;刘兆林的《写什么都是写自传(跨世纪军事义学笔谈)》;汪守德的《跨世纪,一个关于文学的诱人话题(跨世纪军事文学笔谈)》;刘立云的《瞬间的单纯与美丽》。

4日,《光明日报》发表李炳银的《对"纪实文学"的追问》。

5日,《飞天》第2期发表丁念保的《文艺批评要面向大众》;汪跃华的《理解的耐心：诗歌与诗性》。

《作品》第2期发表张柠等的《叙事有用还是无用——关于叙事意义的一次对话》。

《延河》第2期发表苑湖的《被疏远的阳光》。

《朔方》第2期发表秦中吟的《乡土诗应是乡土上绽开的花朵》。

《短篇小说》第2期专栏"新时期小说发展与流变"发表王本朝的《文本游戏的边界与精神的救赎——先锋小说的形式终结与转向》。

6日,《文艺报》发表曾敏之的《回顾与前瞻——谈香港文学》。

《台港文学选刊》第2期发表刘登翰的《从延伸、互补到分流与整合——香港文学与中国内地文学的分合关系》。

7日,《小说选刊》第2期发表汪兆骞的《从火热生活中获取灵性——漫说〈人间正道〉》。

《天津文学》第2期发表咏枫的《创作动机的无意识激发中介》。

8日,《阅读与写作》第2期发表盛晓玲的《此情悠悠无尽期——读席慕容〈一棵开花的树〉》。

10日,《写作》第2期发表郭长德、高原的《关于"废墟"的文化思考——读余秋雨的散文〈废墟〉》。

《边疆文学》第2期发表曾绍义的《"再高的黄金潮也冲不垮崇高的理想"》；周学俭的《丁峻的散文品格》。

《电影文学》第2期发表朱晶的《电影剧作：艺术观与人物创造（四）》。

《福建文学》第2期发表林德冠的《提高创作质量,多出时代精品》；许怀中的《进行曲中的变奏》。

11日,《文汇报》发表费振钟的《民间的陷落——读小说〈天缺一角〉》。

13日,《文艺报》发表钟闻言的《"现实主义冲击波"冲击了什么》；秦中吟的《走出"梦中田园"——对当前乡土诗创作的探讨》。

14日,首都文艺界举行座谈会,纪念我国现代作家王统照诞辰100周年,会议由中国作协、中国现代文学馆、中国社科院文学所和中国现代文学研究会4家单位共同发起。(据《文艺报》18日消息)

15日,《文论报》发表李少君的《再谈"马桥事件"——兼答张颐武先生》。

《南方文坛》第1期发表王一川的《自为语言与文人自语》；郭小东的《童年梦

想——我与文学》；钟晓毅的《灵魂与现实的放逐——从〈中国知青部落〉到〈青年流放者〉》；东西的《我的致命弱点》；马相武的《东西："东拉西扯"的先锋》；雷体沛的《叙述的反直观性——东西小说的语言特点》；聂丽珠的《关于吴亮和朱大可的断想》；李林荣的《作为批评的"新写实"》；朱双一的《社会脉动的蜕变：1996年台湾地区文学创作举要》。

《山花》第2期发表古远清的《崭新的现代意识——评香港李英豪的〈批评的视觉〉》。

《上海文学》第2期发表张颐武的《"社群意识"与新的"公共性"的创生》；严锋的《文学的交互性与文学的宿命》。

《上海大学学报(社会科学版)》第1期发表魏守忠的《同根、同源、分流、融汇：中国大陆与台湾文学发展比较》。

《广东社会科学》第1期发表艾晓明的《香港"女性主义文学国际研讨会"述评》。

《台湾研究集刊》第1期发表朱双一的《1995年台湾文坛有关"本土化"的一场论争》。

《安徽大学学报(哲学社会科学版)》第1期发表顾祖钊的《论龙彼德意象诗探索》。

《诗探索》第1期发表毛志成的《诗，二十年，一场哗变》；段钢的《诗歌神话的终结》；杜周的《新诗，寄希望于21世纪》；丁子人的《赞歌，并不泯灭审美艺术个性——东虹与他的新边塞诗》；孟繁华的《"独旅"诗人的承诺与限度——评张洪波的诗歌创作》；叶延滨的《胡的清诗歌片论》；路也的《怀旧使1996年漫长》；郑单衣的《写作：独立性与差异》。

《杭州大学学报(哲学社会科学版)》第1期发表杨世真的《"人文精神"讨论的学术品位及现实意义》；沈晓莉的《叶文玲小说语言初探》。

17日，《作品与争鸣》第2期发表党圣元的《关注社会转型期普通人的心态和命运》；刘勇的《游戏的哭泣》；阎延文的《道义与理想的缺席》；白烨的《对于文化批评的批评》。

18日，《文艺报》发表王达敏的《关于荒诞小说的一孔之见》；蒋风的《一颗耀眼的香港儿童文学新星》。

《中国戏剧》第2期发表曾镇南的《笑声中的沉思——话剧〈关东大集〉观

后》;王恂的《无独有偶　偶中有独——新编昆曲〈桃花扇〉观感》。

《光明日报》发表韩瑞亭的《走出幻觉——长篇小说阅读随想》。

20日,《青海师范大学学报(哲学社会科学版)》第1期发表郭国昌的《心灵的倾诉——张秀亚小说解读》。

《当代》第1期发表丁临一的《忧患与希望——评黄传会的反贫困题材系列作品》;马相武的《穿越失去记忆的都市——评刘心武长篇小说〈栖凤楼〉》。

《学术月刊》第2期发表郭齐勇的《钱穆学术思想探讨》。

《福建论坛》第1期发表林明的《历史的喻象和喻象的历史——试论新历史小说的比喻结构与动机》;包恒新的《台湾近代后期诗歌的情感特征》。

25日,《西南民族学院学报(哲学社会科学版)》第1期发表李树海的《攀枝花文学发展的回顾与总结》;苏光文、张桃洲的《文化与小说——关于攀枝花小说创作状况的思考》;黎风、曾利君的《源于生活真实的理想之歌——〈李树海报告文学集〉简论》;罗庆春的《移民情怀与钢铁家园的审美交汇——试论攀枝花诗群的崛起与困惑》;阿库乌雾的《自我放逐与自我拯救——论阿苏越尔的诗歌精神》。

《通俗文学评论》第1期发表孔庆东的《金庸小说的文化品位》;严家炎的《论金庸小说的情节艺术》;鞠继元的《论金庸小说与新神话创作》;黄立华的《金庸小说随笔》;杨兴安的《金庸小说十谈(选二)》;陈墨的《金庸的产生及其意义》;孙勇进的《由"笑傲江湖"谈起——驳武侠文化及暴力流氓文化论》;黄书泉的《金庸的两个世界》;萧映的《从文化视角看金庸——金庸小说笔谈一组》;严伟英的《金庸小说创作的思想历程》。

28日,《中国图书评论》第2期发表孙郁的《远看董桥》。

《剧本》第2期发表秦泰的《含英咀华　唱彻悲情——谈川剧〈死水微澜〉的艺术创造》。

本月,《北京文学》第2期专栏"百家诤言"以"笔谈九十年代中国诗歌"为总题,发表林莽、陈超、郑单衣、孙文波等的文章;同期,发表唐达成的《林斤澜其文其人》。

《创作评谭》第1期发表吴松亭的《傅太平小说创作管窥》。

《青春》第2期发表包忠文的《久违了!青年女工的形象》。

《读书》第2期发表陈伯良的《贩书经眼不等闲》(谈严宝善的《贩书经眼录》)。

《海燕》第2期发表古粔的《在时代的旋流中探照人生的真谛——王岚小说漫议》。

本月，中华工商联合出版社出版江少川主编的《解读八面人生：评高阳历史小说》。

四川人民出版社出版覃贤茂的《琼瑶传奇》。

3月

1日，《山东文学》第3期发表马瑞芳的《文学女性问题断想》；刘思谦的《女人　女权主义　女性文学》；金燕玉的《从龙船到飞鸟》；荒林的《回到女性本身的九十年代女性小说》。

《山西文学》第3期发表杨品的《女性悲剧的突围》；王祥夫的《孤独的倾诉》；聂尔的《乡村的忧郁》。

《长江文艺》第3期发表赵国泰的《批评：善待诗歌》。

《文论报》发表杜学文的《需要警省的文坛》；费振钟的《谁劫掠了优美？》；李振声的《作家、批评家的一次对话》；陈映实的《照彻心灵世界的艺术聚焦——评王正昌中篇小说〈检举〉》；刘甫田的《佛道背后的心音——谈武华宗教题材的散文》；张东焱的《别一种风景——曹明霞小说论评》。

《电影评介》第2期发表王洪志的《电影市场形势依然严峻》。

《芒种》第3期发表丁临一的《十年树文的陆颖墨》；麦可的《余秋雨散文印象》。

《作家》第3期发表孟繁华的《女性的故事——林白的女性小说写作》；迟子建、阿成的《温情的力量——迟子建访谈录》。

《光明日报》发表张厚明的《宏篇谱曲颂伟人——读长诗〈邓小平〉》。

《诗歌报月刊》第3期发表唐晓渡的《跨越精神死亡的峡谷》；孟国平的《我们的抒情态度》；洪迪的《诗：呼号与沉默》。

《滇池》第1期发表叶向东的《毫无节制的写作——海男小说批判》。

《解放军文艺》第3期发表黄国柱的《军事文学会不会消亡？（跨世纪军事文学笔谈）》；朱秀海的《书到今生读已迟（跨世纪军事文学笔谈）》；虹飞的《军事文学"没有女性"（跨世纪军事文学笔谈）》；刘沛的《缓缓流淌的河流》。

3日，《人民文学》第3期发表戴锦华、兴安的《短评〈口红〉》。

4日，《文艺报》发表肖复兴、朱向前的《'96收获与'97展望——关于"现实主义小说回流"的对话》。

《光明日报》发表何西来的《悲壮的改革进行曲——评〈人间正道〉》。

5日，《飞天》第3期发表许文郁的《自卑情结与艺术人格》；李琳的《交织着历史和现实多重感受的追求》；清泉的《理性在壮美中跨越》；鲁文咏的《诗歌热的背后》。

《广西文学》第3期发表昆仑鹰的《〈裴〉：家族的传说——评裴志海的小说〈裴〉》。

《辽宁大学学报（哲学社会科学版）》第2期发表姜桂华的《飞进心灵，引导生活的彩翼——评童话〈小朵朵和大魔法师〉》。

《延河》第3期发表李星的《尴尬的城市人——吴声雷小说读解》。

《朔方》第3期发表郎伟的《横看成岭侧成峰——1996年度〈朔方〉小说漫评》。

《短篇小说》第3期专栏"新时期小说发展与流变"发表王本朝的《回到生活深处——新写实小说的写实精神》。

6日，《文学报》以"作家眼中的文学批评"为总题，发表陈村的《批评家的能力》，韩少功的《批评的功能：知心见性》，张炜的《独立的品格与勇气》，王安忆的《隔着文学触摸世界》。

《电影创作》第2期发表王韬的《从东西方文化的角度谈进口"十大片"》。

7日，《小说选刊》第3期发表朱向前的《当代战争文学的一记"重拳"——朱秀海和他的〈穿越死亡〉》。

8日，《文学世界》第2期发表雷达的《无言的延安和无言的峄山——读李木生的两篇散文》；刘明银的《四问'96中短篇小说》；王卫红的《生存之痛的洞见与言说——谈九十年代新都市小说》。

9日，内蒙古教育出版社、广西漓江出版社、内蒙古文化出版社等单位，在京联合举办《中国当代文学史》首发式暨系列三部文学史研讨会。

10日,《小说林》第2期发表刘双贵的《兽性·奴性·男人·女人——〈女尊〉启示录》。

《中国西部文学》第3期发表王仲明的《诗:一种生命的探索》;章德益的《读〈在中国西部〉》;殷国明的《生命与自然的融合》;吴朝晖的《荒原土著的灵魂音响》。

《书与人》第2期发表曹明的《记香港女作家陈娟》;韦木的《凤毛麟角的香港农民作家》。

《电影艺术》第2期发表张颐武的《共同社群的认同:九十年代电影中的知识分子》。

《花城》第2期发表吴炫的《第三种批评及其方法》;南帆的《〈哈扎尔词典〉与〈马桥词典〉》。

《诗刊》第3期发表古粗的《"吟啸潮头倡雅风"——谈王充闾诗词创作的时代特色》。

《理论与创作》第2期发表季水河的《世纪末文学:创作主体性的沉沦》。

《读书》第3期发表顾国泉的《张爱玲的苍凉晚境》。

《福建文学》第3期发表郑波光的《胜利了的阿Q的喜剧——林礼明长篇小说〈阿Q后传〉初论》。

11日,《文艺报》发表周政保的《淡淡的"零露浓浓"——重读陆文夫的〈壶中日月〉》;张东焱的《来自地平线的声音——谈歌小说评论》。

12日,《中流》第3期发表艾农的《从〈废都〉到〈土门〉》。

《文艺评论》第2期发表代迅、尤扬的《回眸当代:文学与道德的乌托邦》;张志忠的《半边风景:女性文学的散点扫描(下)》;易光的《女性书写与叙事文学(上)》;邢海珍的《诗歌说话方式片断》;张景超的《以自我和经验创造完美——阿成近年小说创作风貌》。

13日,1997年中国作协工作会议在京开幕,中国作协党组副书记、书记处书记陈昌本在会上就《1997年中国作家协会工作要点》(讨论稿)作了说明。中国作协副主席、党组成员、书记处书记张锲作了《中国作家协会1996年度工作总结》。

《文艺报》发表李万武的《"新潮"的价值选择》。

14日,中国文联第六届全国委员会第二次全体会议在京举行。

15日,《文论报》发表汪政、晓华的《关于批评流派的形成》;余开伟的《批评的错位》。

《山花》第3期发表程光炜的《九十年代诗歌:另一种意义的命名》;葛红兵的《个体性文学与身体型作家——九十年代的小说转向》。

《上海文学》第3期发表薛毅的《荒凉的祈盼——史铁生论》。

《文学评论》第2期发表黄国柱的《让当代文学成为民族精神的火炬》;陈建功的《现实主义——升温的话题》;何西来的《要欢迎,但不可定于一尊——我看当前文学创作中的现实主义》;秦晋的《走向发展、开放、多元的现实主义》;侯宇燕的《这方园地中的冯家山水——论宗璞的小说艺术》;王家新的《阐释之外——当代诗学的一种话语分析》;刘锡庆的《世纪之交:对"散文"发展的回顾与思考》。

《中国图书评论》第3期发表张成渝的《年轻的心 开始起航——读〈花季·雨季〉后感》;虞静的《生命之根、文学之根在哪里?——读〈张炜名篇精选〉》。

《当代文坛》第2期发表傅金艳的《重大的心灵情节——王安忆散文创作论》;黄书泉的《意义的诱惑与形而上的陷阱——我看王英琦散文近作》;牛殿庆的《"新写实小说"的新开掘》;赵学勇、蔡玉虎的《论新时期的作家自我意识及其演变》;曹家治的《散文镜像窥沙河》;朱青的《池莉与文学批评之间的"互动"》;张洪德的《余华:重复叙述的音乐表现》;王达敏的《许辉小说艺术三题》;邵德怀的《学者风度 文人风范——评黄孟文的小说创作》;王轻鸿的《新时期小说的神话原型》。

《当代电影》第2期发表勇赴的《中国电影文化发展的历史轨迹》;李迅的《跨语境的电视:媒介批评与观众研究》;张凤铸、杨珺的《高科技时代的影视艺术走向》。

《社会科学动态》第3期发表古远清的《澳门文学评论概况》。

《译林》第2期发表崔少元的《凝重的人生,酸楚的爱情——〈欺骗之网〉艺术漫笔》;姚君伟的《人何其小,事何其大——读〈小人物,大英雄〉》。

《西藏文学》第2期发表张治维的《繁荣文学艺术 多出优秀作品》;唐近中的《长篇小说的误会》。

《华侨大学学报(哲学社会科学版)》第1期发表朱立立的《寻美怀旧的苦旅——论东瑞近期长篇小说〈迷城〉》;郭建军的《诗与爱情都已古老——从刘以鬯〈酒徒〉说到北村〈玛卓的爱情〉》;倪金华的《字夹风霜 声成金石——曾敏之

散文近代试论》;刘小新的《董桥散文略论》。

16日,《文艺争鸣》第2期以"当代批评家论·王晓明的文学批评"为总题,发表王光明的《讲述问题的意义——王晓明的文学批评》,张柠的《文学批评与文化批评》,范家进的《"厚障壁"的叩击者:我看王晓明的批评》等;同期,发表张目的《隐喻:现代主义诗歌的诗性功能》;张福贵、白玮的《破坏和发现:现代汉语诗歌语言意识的觉醒及其实验》;王晓明、陈思和的《知识分子的新文化传统与当代立场》;余开伟的《批评的蜕变》;孔范今的《对20世纪中国文学的一种历史考察》。

《中国人民大学学报》第2期发表陈传才的《走有中国特色的当代文学创新之路——新时期文学思潮嬗变的宏观思考》。

17日,《作品与争鸣》第3期发表金仁顺的《真诚的坚守》。

18日,《文艺报》发表宋丹的《〈马〉、〈哈〉文本与寻根文学及昆德拉——兼同张颐武先生商榷》。

《中国戏剧》第3期发表安葵的《富有民间色彩的文人形象——看巴陵戏〈弃花翎〉》。

20日,《小说评论》第2期专栏"香港文学笔谈"发表颜纯钧的《香港小说发展的三重迭合格局》、《转型中的香港小说》;同期,发表周艳芬的《世纪末:女性文学话语的复归与重建》;杨品的《全方位地展示中国当代工业景观——关于工业题材长篇小说创作的思考》;张志忠的《情感的历史和历史的情感——关于中国当代婚恋小说的感想》;李文波的《惯看海上繁华梦 江山依旧枕寒流——王安忆的悲剧意识分析》;周成建的《历史情态下的人性之谜——尤凤伟近年小说简论》;王春林的《女性生命的咏叹——评蒋韵长篇小说〈栎树的囚徒〉》;王仲生的《民间视野的风景——评赵熙的长篇小说〈狼坝〉》;张达的《周大新的仇恨故事》;朱家信、黄裳裳的《历史过客的求索——评刘心武长篇新作〈栖凤楼〉》;水天戈的《当生活恐惧压倒死亡恐惧之时……——由梁晓声的两个中篇说起》;周艳芳的《世纪末:女性文学话语的复归与重建》。

《文艺研究》第2期发表姜耕玉的《寻找:新诗体文本与母语的批评方式——二十世纪中国诗歌反思》;张庚的《谈戏剧中的现实主义问题》。

《昆仑》第2期发表贺仲明的《史诗风范的追求与缺失》。

《钟山》第2期发表王彬彬的《文学与道德:一个常识问题的重新提起(外一篇)》。

《剧作家》第 2 期发表杜景隆的《对"定向戏剧"的重新剖析》。

《鲁迅研究月刊》第 3 期发表邵伯周的《爱不溢美,恶不贬损:读万平近著〈林语堂评传〉》。

22 日,《啄木鸟》第 2 期发表蒲韦的《种性乎,熏染乎?——析冯德英的中篇系列新作〈伪保长〉、〈伪保长的儿子〉、〈伪保长的孙子〉》;问先阳的《荒诞的存在与哲学的假设——评哈马忻都短篇小说〈熊义安进京〉》。

23 日,《天津社会科学》第 2 期发表吴炫的《中国当代文学观局限分析(下)》。

《四川大学学报(哲学社会科学版)》第 1 期发表李朝的《中西双重融合的典范——评余光中的诗》。

24 日,《文史哲》第 2 期发表张学军的《新时期现代主义小说的历史流变》。

《文艺理论与批评》第 2 期发表蒋登科的《李瑛诗歌的新形态》;李荣启的《论文学作品中的色彩语言》;李万武的《看文坛后现代批评策略》;舜之的《往事之忆》(讨论泰国华文文学)。

25 日,《山东师大学报(社会科学版)》第 2 期发表安立、周成建的《文化区位的误置——简论贾平凹的小说》;王卫红的《面对历史的凭吊与对话——评苏童的新历史小说》;陈吉德的《穿越高粱地——莫言研究综述》。

《大家》第 2 期发表陈晓明的《文本批评:想象的精神飞驰》。

《上海师范大学学报(哲学社会科学版)》第 1 期发表吴晓明的《论中国当代传记文学的创作》。

《文艺报》发表张韧的《'96 现实主义小说的回思》。

《内蒙古社会科学》第 2 期发表冯军胜的《新时期女性散文的"话语权力"》;王炜烨的《拓深与扩展:少数民族文学评论对策》。

《长城》第 2 期发表肖复兴、朱向前的《'96 收获与 '97 展望——关于"现实主义小说回流"的对话》。

《文艺理论研究》第 2 期发表彭小妍的《认同、族群与女性——台湾文学七十年》。

《四川戏剧》第 2 期发表杨远宏的《一个启示,一道波澜——评川剧〈死水微澜〉》;尹永华的《鲜活的力量——观川剧〈死水微澜〉》。

《当代作家评论》第 2 期发表韩毓海的《从文学史到思想史》;蔡翔的《当代小说中土匪形象的修辞变化》;陈思和的《〈马桥词典〉:中国当代文学的世界性因素

之一例》;敬文东的《方言及方言的流变——韩少功启示录》;余斌的《一种读法:〈一九三七年的爱情〉》;张闳的《〈许三观卖血记〉的叙事问题》;张柠的《长篇小说叙事中的声音问题——兼谈〈许三观卖血记〉的叙事风格》;毕胜的《中国院士:科学精神的礼赞》;潘凯雄的《跨越难题后的收获——读长篇报告文学〈中国院士〉》;李炳银的《面对高山与大海的报告——评长篇报告文学〈中国院士〉》;孙绍振的《崇高形象和生命哲学——评季仲的长篇小说〈沿江吉普赛人〉》;南帆的《两种现实之间》;何镇邦的《时代风貌与文化品格——读〈沿江吉普赛人〉》;李咏吟的《一个人与世纪文学——评钟桂松的〈茅盾传〉》;夏中义的《十字架与本土语境——评刘小枫〈走向十字架上的真〉》;马加的《军营的赞歌与社会的诗篇——粗读〈刘兆林小说精品三卷集〉》;刘兆林的《〈刘兆林小说精品三卷集〉自序》;贺绍俊的《在地域性屏障的背后——读白天光的小说》;马丽华的《灵魂三叹——扎西达娃及其创作》;姜桂华的《探寻人的存在的深度——关于南帆的散文写作》;李洁非的《新生代小说(1994—)(续)》。

《海南师院学报》第1期以"《马桥词典》笔谈"为总题,发表蓝田玉的《一部独创性的作品》,陈剑晖的《语言的魔力》,杨春时的《人与语言的双重忧虑》;同期,发表李咏吟的《〈金牧场〉与〈金草地〉的创作意义》;黄伟宗的《论学者型杂文——牧惠杂文的风姿与风度》;周小华的《心路的历程——简论戴小华的文学创作》;李雪梅的《新马二作家论》。

《台港与海外华文文学评论和研究》第1期发表孙观慾的《略论香港文学的"九七"情结》;王宗法的《八年辛苦不寻常——从〈香港文学报〉说到张诗剑》;于万东的《论港派》;包恒新的《"微美艺术"的审美视界——读〈泰华微型小说集〉》;胡凌芝的《"微型"的变奏——再论司马攻的微型小说》;钦鸿的《泰华微小说创作管窥——读〈泰华微型小说集〉》;[泰国]曾心的《泰华年轻女性的微型小说》;凌虹的《第二届世界华文微型小说研讨会综述》;[中国香港]戴方的《大地之子的情怀——吴应厦〈女人啊,女人〉评析》;潘亚暾的《风月与人性》(讨论吴应厦长篇小说《女人啊,女人》);[中国香港]吴应厦的《不老的情——谈〈女人啊,女人〉的创作过程》;江锡铨的《衰广的鉴赏——浅论〈台北人〉的文化内容及文化批判意识》;宋永毅的《新加坡当代华文诗歌的"中国情结"与"南洋色彩"(下)》;倪金华的《整合与超越——罗青及其散文集〈七叶树〉品评》;薛家太的《千丝万缕 血肉相连:台湾民间歌谣与中华民族文化》;赵顺宏的《体味永恒——论林泉诗集〈树的信仰》》；陈辽的《台湾早期女权主义的悲剧——读魏子云〈星色的鸽哨〉》；张伯存的《书房里的心事——评董桥散文》；许燕的《竹之联想——陈贤茂印象》；《学人档案——陈贤茂》；冯亦同的《为诗国编织彩虹的人——香港诗人、作联副会长犁青印象记》；[中国香港]刘济昆的《李若梅第二印象》；王淑秧的《读梁凤仪的五本散文》；刘志一的《问君能有几多愁——评郑愁予的爱情诗》；沈奇的《寂寞的"显学"——〈台湾现代诗人散论〉跋》；王金城的《"著书"与"立说"：台湾文学研究的新开拓——读〈台湾当代散文综论〉》；江少川的《首届"全国高阳学术研讨会"述要》。

《山东师大学报（社会科学版）》第2期发表韩元的《台湾现代派小说中的"寻找"意向及悲剧结局》。

《海南大学学报（社会科学版）》第1期发表刘森林、曾祖红的《新历史主义的文学观》。

中宣部、广电部在京召开电影工作座谈会，中宣部部长丁关根出席会议并讲话。

27日，《人民日报》发表陆贵山的《优化文艺短评　繁荣文艺创作》。

《文艺报》发表马维干的《亦喜亦忧看"金星"——1996军队电视剧创作述评》。

《文学报》发表黄菊的《努力把握时代脉搏，创造上海文学事业新的辉煌——在上海市作家协会第六次会员大会上的讲话》。

28日，《名作欣赏》第2期发表古远清的《有情有韵　动人心目——余光中幽默散文〈催魂铃〉赏析》。

《中国文化研究》第1期发表陈仲义的《遍野散见却有待深掘的高品位富矿——新古典诗学论》。

《剧本》第3期发表颜榴的《从康德美学角度谈我对"美学批评"的理解》；朱国庆的《京剧〈西施归越〉之意境创造》；李华清的《境中人、人中境、境中情——楚剧〈中原突围〉观后》。

30日，《西北师大学报（社会科学版）》第2期发表李欣复、郭锐的《市场文学论——兼谈90年代文学的位移与嬗变》。

《浙江大学学报（人文社会科学版）》第1期发表吴秀明、田志华的《从梦的追寻到梦的质询——叶文玲创作论》。

《浙江师大学报(社会科学版)》第2期发表谢应光的《艾青与二十世纪的中国新诗》。

本月,《文学自由谈》第2期发表陶东风的《某些"新现实主义"小说的价值误区》;何满子的《从〈马桥词典〉之争谈创新与模仿》;王一川的《结巴也疯狂》(讨论伊沙的诗);涂怀章、方蔚林的《吴泰昌散文印象》;邢广域的《夜曲晨歌巧唱和》(讨论散文集《大洋彼岸的风流》)。

《芳草》第3期发表关仁山、李鲁平的《从渤海湾到大平原》。

《剧影月报》第2期发表赵家捷的《公众性题材与个人化写作》。

《海燕》第3期发表银沧的《妙悟人生　挚爱文学——琐议董晓葵的散文创作》。

湖南省委宣传部、省文联、湖南省湖湘文化交流协会等单位,在长沙联合召开湖湘文化与20世纪湖南文艺研讨会。

本月,中山大学出版社出版程文超的《寻找一种谈论方式:"文革"后文学思绪》。

河南大学出版社出版王敏、郭新和的《新时期河南作家研究》。

接力出版社出版杨长勋的《话语的边缘》。

浙江少年儿童出版社出版北京作家协会编的《童话梦:葛翠琳和她的创作》。

广西教育出版社出版刘焕林的《封闭与开放:茅盾小说艺术论》。

山西人民出版社出版陕西省作家协会、《太原日报》编的《新批评文丛(第一辑:1997)》,皇甫晓涛的《现代中国新文学与新文化》。

花山文艺出版社出版王畅、龚殿舒主编的《李文珊创作研究》。

西南师范大学出版社出版曾利君的《20世纪中国女性文学论稿》。

湖北教育出版社出版黄曼君主编的《中国近百年文学理论批评史》。

辽宁教育出版社出版[意]卡尔维诺著,杨德友译的《未来千年文学备忘录》。

辽海出版社出版刘雪坚的《通俗文学指要》。

远方出版社出版樊洛平的《台湾女作家的大陆冲击波》

国际文化出版公司出版古远清的《台港澳文坛风景线》,王振科的《海内海外集》。

4 月

1日,《广州文艺》第4期发表蒋述卓的《草色遥看——我所知道的美国华人新移民文学》。

《山东文学》第4期发表朱德发、贾振勇的《20世纪视野中的新时期文学——朱德发教授访谈录》;陈宝云的《选择的尴尬》(讨论创作自由问题);崔苇的《此岸与彼岸的共在——当前文学的一种二元观》(讨论"后现代"、"反崇高"问题);张清华、施战军的《关于当前文坛精神分化的对话》。

《山西文学》第4期发表楚昆的《发展中的现实主义文学》。

《文艺报》发表文理的《不敢苟同"回潮"论》。

《文论报》发表张同吾的《且看寒梅未落花——1996年诗的掠影》;阎晶明的《直面现实的收获——山西部分青年作家长篇新作简评》;齐红的《漂泊之魂的哀哭——读蒋韵的长篇新作〈栎树的囚徒〉》;张欣的《我所知道的余秋雨》;胡德培的《他们:代表着一个时代》。

《芒种》第4期发表丁临一的《将门才女张聂尔》。

《光明日报》发表林为进的《一九九六年长篇回顾》。

《作家》第4期发表陈晓明的《文学批评的位置与品格》;刘晓英的《从几部作品看新时期小说婚爱观的变化》。

《诗歌报月刊》第4期发表华小克的《诗,在诗性直觉上开始》。

《草原》第4期发表阿库乌雾的《生命漠原上一株不老的通天树》;洪敏的《浅谈小说中人物心理结构的调节变幻》。

《滇池》第4期发表胡彦的《想象力的匮乏——李霁宇小说批判》。

《解放军文艺》第4期发表简嘉的《孤独的拳手(跨世纪军事文学笔谈)》;金石的《两翼格局的失衡与契合(跨世纪军事文学笔谈)》;林篜的《轻松的魅力》。

1—3日,中宣部在京召开文艺评论工作座谈会。

3日,《人民文学》第4期发表戴锦华、冯敏的《短评〈少年英雄史〉》。

《文学报》发表陈惠芳的《假作真来真亦假——"纪实小说"指谬》;邹平的《现实主义的新态势》;天云的《天问:更新的历史文化观——评林佩芬的长篇历史小

说〈天问〉》;凌鼎年的《世界华文微型小说概览》;马相武的《澳门散文有"澳味":评〈澳门散文选〉》。

5日,《飞天》第4期发表刘俐俐的《遥远征途:甘肃小说作家的心路历程》;林野的《〈野路〉探看》。

《当代外国文学》第2期发表石南征的《前苏联文学的叙述之路》。

《延河》第4期发表雷达的《人道关怀与城乡文化冲突——读王启儒的两篇新作》。

《青海湖》第4期发表宋执群的《社火照亮河湟谷地——读长篇小说〈麻尼台〉》;马光星的《灵魂栖息地的毁灭与重建——试析井石的长篇小说〈麻尼台〉中纪国保的悲剧形象》。

《朔方》第4期发表白草的《对知识分子理性的剖析和批判——读〈我的菩提树〉札记》;方龙的《让童话的翅膀飞翔——刘岳华儿童文学作品研讨会记要》。

《绿洲》第2期发表户晓辉的《与史前文化对话》;徐新安的《大地的赐予》。

《短篇小说》第4期专栏"新时期小说发展与流变"发表王本朝的《新写实小说的叙事风格》。

6日,《台港文学选刊》第4期发表平路的《海外,用中文写作》;应宇力的《西西人格的窥视镜——散文》;王立的《严歌苓小说阅读札记》。

7日,《天津文学》第4期发表李哲良的《谛观当代文学》。

10日,《三峡学刊》第2期发表白春超的《论梁实秋的文艺思想》。

《文艺报》发表艾光辉、刘道生的《为现实主义正名》;潘涌的《'96中国文坛:现实主义推出新潮头》;李敬泽的《1996年前后的小说人物》。

《宁夏大学学报(社会科学版)》第2期发表吕汉东的《新诗80年:时空转换与诗美流变》;王岩森的《别一种姿态·'96中国杂文创作印象》。

《写作》第4期发表钟名诚的《林非的散文史观》;许兆真的《贾平凹散文语言艺术探胜(上)》;魏怡的《刘定中散文诗漫评》;邹建军的《底气充盈 辞章华美——论彭邦桢诗歌的经典性》。

《边疆文学》第4期发表鲍惠新的《美感与情感的流动》。

《松辽学刊(社会科学版)》第2期发表孙德喜的《灵魂的迷失与无望的救赎——亦夫〈土街〉的文化意蕴》。

《汕头大学学报(人文社会科学版)》第2期发表冯尚的《生命与道德的抗

衡——张炜长篇小说批评》。

《读书》第4期发表蒋海新的《妇女文学评介的"地雷阵"》；方威的《男性的觉醒：男性学》。

《福建文学》第4期发表杨远宏的《风中舞蹈的语词》。

《冀东学刊》第2期发表吴军的《感悟生活的真谛——论欧阳子的散文创作》。

上旬，新疆作家协会和克拉玛依市文联在克拉玛依联合召开自治区第二次长篇小说创作研讨会。

15日，《文论报》发表毕光明的《新时期文学人文精神的正体与变体》；刘卫东的《秀色可敬——读铁凝的〈秀色〉》。

《山花》第4期发表彭基博的《寻找价值和意义——刘继明小说论》。

《上海文学》第4期发表王安忆的《小说的思想》。

《南方文坛》第2期专栏"东南亚华文文学"，发表许燕的《谈李少儒诗歌语言的偏离》，陈剑晖的《马华文艺的拓荒者刘思》；同期，发表王一川的《自为语言与文人自语（续）》；龙泉明的《近代性，还是现代性？——20世纪中国文学性质漫议》；徐肖楠的《中国先锋历史小说的神话国度》；邓一光的《小说的感动》；蔚蓝的《邓一光小说创作论》；李冯的《也算创作论》；南月的《小说的另一种声音》；楼肇明、止庵的《瀚海冰川仿沧桑——关于老生代散文的对话》；林白、荒林、徐小斌、谭湘的《九十年代女性小说四人谈》。

《雨花》第4期发表董健、吕效平、胡星亮的《戏剧影视现状三人谈》。

《广东社会科学》第2期发表艾晓明的《当代中国女作家的创作关怀和自我想象——以"红罂粟丛书"中若干小说作品为例》。

17日，《人民日报》发表钱海骅的《当代工业题材的长篇力作——评长篇小说〈车间主任〉》。

《作品与争鸣》第4期发表余开伟、雷池月的《对〈文化批评的批评〉的反批评》。

《光明日报》发表李炳银的《铁轨上的历史与现实——读长篇报告文学〈神州大动脉〉》；张芒的《"飞龙在天"的庄严序曲——评长篇小说〈潜龙吟〉》。

20日，《当代》第2期发表雷达的《不灭的灵魂——读〈敦煌之恋〉》；孙荪的《对人类作品的沉思——长篇小说〈疼痛与抚摸〉的"说"》。

《福建论坛》第 2 期发表郭福平的《商界王国中的世态人情——论梁凤仪的财经小说系列》。

22 日,中共山西省委宣传部、中国作协创研部、中国作协创联部、山西省作协和北岳文艺出版社等单位,在京联合举办《山西作家长篇小说丛书》研讨会。

24 日,《文艺报》发表於可训的《世纪、年代与文学史——兼论九十年代文学的历史和逻辑起点》。

《深圳特区报》发表古远清的《客观冷静,兼收并蓄——评黄维梁〈香港文学再探〉》。

《文学报》发表韩小蕙的《关于抄袭、剽窃、模仿、拟作、借鉴和创造》。

25 日,《山西师大学报》第 2 期发表王凌云的《女性觉醒的心路历程——评梁凤仪笔下的几个女性形象》;焦玉莲的《论李昂小说〈杀夫〉的反封建主题》。

《上海艺术家》第 2 期发表钱虹的《"海派文化"与"港式文化"的异同》。

《华南师范大学学报（社会科学版）》第 2 期发表陈其光的《论当代文学发展中的障碍及其走向》。

27—30 日,"世纪之交的台港澳暨海外华文文学研究"青年学者座谈会在福州召开。

28 日,《兰州大学学报（社会科学版）》第 2 期发表刘俐俐的《论小说与媚俗》。

《西南民族学院学报（哲学社会科学版）》第 2 期发表肖礼荣、蒋登科的《元文化的审视、预谋重构及艺术拓展——阿库乌雾诗歌解读》;海来自龙的《大山情结与诗歌灵性的互融——评倮伍拉且的大山题材诗歌创作》。

《剧本》第 4 期发表周明的《小戏创作的新收获》;李建民的《坎坷人生的喜剧情结——剧作家诸葛辂散论》;桂亚林的《从民俗民风中走来——评民族歌舞剧〈锡伯儿女〉》。

《厦门大学学报（哲学社会科学版）》第 2 期发表朱双一的《80 年代以来台湾诗坛的三大流脉及其艺术视角》。

29 日,《文艺报》第 49 期发表周宁的《新加坡华人文学 30 年》。

30 日,《中国文学研究》第 2 期发表黄曼君的《精神家园共建:世纪之交的价值重构与文化选择》;张岩泉的《社会转型与文学媚俗》;漆咏德的《无尽的攀升:转型期都市小说的开放特征》。

《南京师大学报（社会科学版）》第 2 期发表曹巧兰的《精英化与平民化——

从〈新星〉与〈苍天在上〉看十年小说审美追求的转变》。

《光明日报》发表周政保的《战争史上辉煌一幕——革命战争故事片〈大转折〉艺术漫评》。

《湘潭大学学报(哲学社会科学版)》第2期发表田中阳的《从文化视角观当代海峡两岸现代主义小说的异同》。

本月,《北京文学》第4期发表陈晓明的《九十年代:文学怎样对"现在"说话》。

《创作评谭》第2期发表龙迪勇的《解剖烦恼——关于〈烦恼人生〉的再思考》;晓禽的《知识分子话语与精神缺席》。

《海燕》第4期发表曲圣文的《于厚霖小说的人生况味》。

《大家》、《作家报》、《佛山文艺》等单位在广州联合举办跨世纪批评研讨会。

本月,山东文艺出版社出版袁庆丰的《郁达夫:挣扎于沉沦的感伤》,何清的《张承志:残月下的孤旅》,宋曰家的《巴金:永生在青春的原野》,朱珩青的《路翎:未完成的天才》。

大众文艺出版社出版古耜的《分享生活的诗意》。

湖南文艺出版社出版愚士的《以笔为旗:世纪末文化批判》。

河南大学出版社出版程代熙主编的《新时期文艺新潮评析》。

三联书店出版[意]艾柯等著、柯里尼编,王宇根译的《诠释与过度诠释》。

河北大学出版社出版郝雨的《告别世纪——文学:新的审视与探寻》。

云南教育出版社出版贾植芳、范伯群主编,云南教育出版社编的《中国当代文学研究资料丛书:晓雪专集》。

社会科学文献出版社出版中国社会科学院文学研究所《中国文学研究年鉴》编辑委员会编的《中国文学研究年鉴:1989~1990》。

河南文艺出版社出版王保民主编的《小小说百家创作谈》。

西北大学出版社出版赵俊贤主编的《中国当代文学风格发展史》。

海峡文艺出版社出版汪毅夫的《中国文化与闽台社会》。

5 月

1日,《广州文艺》第5期发表钟晓毅的《漂浮于都市中的情爱》。

《山东文学》第5期发表季广茂的《"奥比多斯驴在行动"》;姜静楠的《后现代之后的文学形式》;孟繁华的《远观"文化白领"》。

《山西文学》第5期发表力群的《谈散文和温暖的〈乐园寻梦录〉》;王欣欣的《知识分子的双重尴尬》。

《文论报》发表汪政、晓华的《否定·寻找·建构》;牛汉的《生命与诗——读〈摆脱虚伪〉》;周政保的《我读张中行》。

《电影评介》第3期发表泓道的《民族精神的壮丽弘扬——长征题材电视作品巡礼》;小刘的《去粗取精 超越原著——评电视连续剧〈官场现形记〉》。

《芒种》第5期发表丁临一的《心系底层的黄传会》;江音的《又一雇农形象的成功塑造》。

《诗歌报月刊》第5期发表德彦的《纯粹:诗歌理想的乌托邦》;者斯的《对非分之想的反问和反制》;曹建平的《诗人应该建立自己的诗学》。

《滇池》第5期发表宋家宏的《高原女性的文学天空》;朱曦的《黄尧小说创作的文化困境》。

《解放军文艺》第5期发表西南的《仅仅仰仗土地文化是不够的(跨世纪军事文学笔谈)》;阎连科的《四十岁前的漫想(跨世纪军事文学笔谈)》。

3日,《人民文学》第5期发表张颐武、程绍武的《短评〈老白的枪〉》。

《人民日报》发表张首映的《"中体西用"的香港文学》。

5日,《飞天》第5期发表徐亮的《叙述中空白策略的两种类型》。

《延河》第5期发表洪治纲的《反讽的智慧——章轲小说印象》。

《朔方》第5期发表田兵的《试论毛泽东的美学思想》。

《莽原》第3期发表王军的《写作与文化转换》。

《短篇小说》第5期专栏"新时期小说发展与流变",发表王本朝的《新笔记小说论》。

6日,《电影创作》第3期发表黄俊杰的《对未来影视及其创作与评论展望的断想》;王志敏的《吸引观众注意力的剧作技巧——〈死亡与处女〉中的悬念与细节分析》。

7日,《小说选刊》第5期发表萧复兴、朱向前的《'96收获与'97展望》。

8日,《文艺报》发表张东的《浓墨绘战云 工笔写英雄——评影片〈大转折〉》;侯文宜的《实践性:文学无可回避》。

《文学报》发表盛于潮的《〈秋瑾〉的意义——读叶文玲长篇历史小说〈秋瑾〉》;吴亮的《文坛漫笔二则》;陈染的《关于"个人化"写作》。

《文学世界》第3期发表雷达的《自尊的苦闷与成长的烦恼——读〈少男〉》;黄国柱的《英雄主义:永恒的旗帜——兼论军事文学创作的若干问题》;胡平的《现实的生存者——一九九六年短篇小说创作要览》;贺绍俊的《追求古典——从九六年过渡到九七年的小说创作》;林为进的《近期长篇小说阅读札记》。

《阅读与写作》第5期发表卢斯飞的《意蕴丰富 韵味悠长——论黄孟文的微型小说创作》。

8—9日,河北省长篇小说创作座谈会在石家庄召开,35位作家、理论家和出版界的代表参加了会议。(据《文艺报》6月3日消息)

10日,《中国西部文学》第5期发表朱又可的《百年热闹复孤寂:中国新诗的反思与检讨》;王仲明的《科学的彼岸:成功——略评〈史诗《江格尔》探渊〉》。

《中国社会科学》第4期发表袁良骏的《新旧文学的交替和香港新小说的萌芽》。

《写作》第5期发表张均的《船,和它的歌声——读莫文征的诗集〈时间的落英〉》;邢孔辉的《重复与超越——史铁生小说创作论纲》;黄绮冰的《〈江口风流〉的独特魅力》;许兆真的《贾平凹散文语言艺术探胜(下)》。

《江海学刊》第5期发表陈旋波的《科学与人文:林语堂的两个文化》。

《书与人》第3期发表徐雁的《香港报刊的读书园地》;童心的《在那张冷脸背后——记台湾著名诗人辛郁》;古远清的《书斋、书灾和书债》。

《边疆文学》第5期发表叶向东的《谈于坚的散文创作》。

《电影文学》第5期发表陈向春的《结局的争辩——〈离婚了,就别再来找我〉观后》。

《西南师范大学学报(哲学社会科学版)》第3期发表吕进的《文化转型与中国新诗》。

《花城》第3期发表戴锦华的《拼图游戏——〈花城〉1996小说概览》。

《理论与创作》第3期发表周荷初的《通俗小说价值判断的历史变动》；古耜的《亮出灵魂的旗帜来——〈石英杂文随笔选〉读悟》；邢建昌的《通俗文艺的流变》。

《读书》第5期发表郑勇的《新知识分子部落》。

《福建文学》第5期发表高少锋的《时代的脉流——读长篇报告文学〈江口风流〉》。

12日，《文艺评论》第3期发表魏天真的《重论报告文学的理性精神》；罗振亚的《告别优雅——"后朦胧诗"的俗美追求》；易光的《女性书写与叙事文学》；周政保的《"怀人忆旧"的意义——读杨绛、黄宗江、楼适夷的散文》；陈剑晖的《记忆：重建世界的一种方法——〈马桥词典〉解读》；杨春时的《语言的命运与人的命运——〈马桥词典〉释读》；宋剑华的《特定语境中的文化阐释——〈马桥词典〉阅读随想》；云爱、云速的《何处是方舟——关于〈情爱画廊〉的对话》；张春宁的《晚霞如画——读老作家雷加的散文新作》；平静的《温柔情缘缤纷梦——试论女性与中国儿童文学》。

12—16日，第三届全国小说年会在青岛召开，100多位学者和作家就90年代小说创作的文化背景、基本走势、基本特征、作家群体等问题展开研讨，"90年代小说"成为本届年会研讨的主题。（据《文艺报》6月3日消息）

13日，《文艺报》第55期发表古远清的《香港文学五十年》。

15日，《上海文学》第5期发表罗岗的《书写"当下"从经验到文本》；王宏图的《私人经验与公共话语》。

《中州学刊》第3期发表皇甫风平的《贾平凹性爱小说的心理分析》；贺仲明的《放逐与逃亡——论刘震云创作的意义及其精神困境》。

《文论报》发表周国平的《圈外人的臆想》；丁帆的《城市浪子的自白书——"晚生代"小说再认识》。

《文艺报》第56期发表刘登翰的《香港作家、香港文学和香港文学史：关于香港文学史撰写的若干范畴的厘定》。

《文学评论》第3期发表朱向前的《文学生长点：在世纪之交的寻找与定位》；王保生的《写出田汉的"魂"与"神"——评〈田汉传〉》；袁良骏的《关于香港文学的源流》；刘登翰的《论香港文学的发展道路》；彦火的《香港文学的前途》；陶然的

《香港文学与九七》；曾敏之的《读王剑丛新著〈香港文学史〉》；艾晓明的《香港作家西西的童话小说》；黄国彬的《仍然靠一些笔去坚持》。

《文学报》发表黄伟宗的《具有强大文化力和艺术力的奥秘——评朱崇山的长篇小说〈风中灯〉》。

《心理世界》第5期发表田锐生的《走进心灵深处——欧阳子的心理小说赏析》。

《戏剧艺术》第2期发表洪忠煌的《影视叙事的传统性与现代性》。

《中国图书评论》第5期发表钟抒的《长篇小说专题调研会纪要》；王福和的《纪实与传奇：在厚重的历史中凝结——评长篇小说〈我是太阳〉》；邓一光的《我们在生命的河流中能看到什么？》；赵慧平的《理性精神　诗性创造——解读〈红处方〉》。

《学术论丛》第3期发表周可的《"现代化"的吊诡与传统的生机：析林语堂文化观念中的一个核心命题》。

《雨花》第5期发表丁帆、山谷、费振钟的《散文：多了些什么？少了些什么》。

《北方论坛》第3期发表王妍的《诗意的凝眸——对余秋雨散文的几点理解》。

《民族文学研究》第2期发表张海明的《审美文化的民族性、区域性特征及其超越》。

《西藏文学》第3期发表才旺瑙乳、旺秀才旦的《藏诗，追寻与回归》；益西单增的《谈谈小说创作》。

《社会科学》第5期发表花建的《东方之珠的文化神韵——论香港文学发展的三个特点》。

《当代文坛》第3期发表葛红兵的《朱文小说论》；吴秉杰的《散文时代——读当前散文作品随想》；刘晓文的《面对女性自己的问题——评鲁稚散文》；范培松的《寻觅宽容——读张抗抗的〈情爱画廊〉》；吴义勤的《崩毁的"象牙塔"——评马瑞芳"新儒林"长篇系列》；赵朕的《洪林小说印象》；彭斯远的《"向下"与"向上"的文学互补——海峡两岸儿童文学异同论》；王泉根的《少儿参与：儿童文学创作的一种新现象——兼评一种错误的"儿童文学"观念》；晓原、晓思的《秉天地真纯滤心灵精华——读石英诗集〈当代正气歌〉》。

《当代电影》第3期发表蔡洪声的《香港电影中的中华文化脉络》。

《台湾研究集刊》第 2 期发表朱双一的《探视历史　直面人生——古蒙仁与台湾的报导文学创作》;周林的《"世界中文报纸副刊学术研讨会"综述》。

《诗探索》第 2 期发表老杰的《反思与拯救:90 年代新诗写作》;蒋林的《刷新经验:诗歌对往昔的重构与提升》;邱正伦的《语言:指向纯粹》;林莽的《李琦论》;徐敬亚的《王小妮的光晕》;毕光明的《天使镜像:作为诗论家的程光炜》;张清民的《自我改写的写作》。

《潍坊教育学院学报》第 2 期发表赵建磊的《异彩纷呈的香港当代小说创作——兼谈香港当代文学概况》。

16 日,《文艺争鸣》第 3 期以"当代批评家论·陈思和专辑"为总题发表王光东的《陈思和学术思想的意义》,郑文晖的《从文学史到人文精神——关于陈思和学术道路的随想》;同期,发表邹定宾的《伦理乌托邦的守望与漂泊——儒学意识与当代小说》。

中国社科院文学所在京举办 90 年代文学态势与研究策略研讨会。

16—20 日,由中国儿童戏剧研究会主办的 1997 全国儿童剧创作研讨会在京举行,会议围绕"儿童剧和当代儿童"这一议题展开讨论。

17 日,《文艺报》发表古远清的《香港文学五十年》;李保平的《现实主义的"多路出击"》。

《作品与争鸣》第 5 期发表段崇轩的《乡村喜剧的背后》。

18 日,《中国戏剧》第 5 期发表吴然的《〈都市军号〉的审美意义》;朱行言的《从历史烽烟中走来个西施新形象——评越剧〈西施断缆〉》。

20 日,《小说评论》第 3 期以"刘醒龙长篇新作研究专辑"为总题,发表丁帆的《论文化批判的使命——与刘醒龙的通信》,刘醒龙的《浪漫是希望的一种——答丁帆》,徐兆淮的《激情·体验·超越——刘醒龙〈生命是劳动与仁慈〉阅读随感》,李鲁平的《生命的意义源泉及对劳动的审美——评〈生命是劳动与仁慈〉》;同期,发表雷达的《命运,在时代潮流和文化冲突中穿行——评长篇〈丝路摇滚〉兼及有关问题》;贾平凹、邢小利等的《〈土门〉与〈土门〉之外——关于贾平凹〈土门〉的对话》;段崇轩的《历史转型期的乡村喜剧——评张继的小说创作》;唐戈云的《生活在别处——评何顿小说创作》;宗元的《贾平凹小说中的民间色彩》;潘凯雄的《在孜孜以求中实现"生命的突围"——读汤世杰的两部新作》;熊元义的《物化世界的曙光——贾鲁生〈无规则游戏〉读后》;屈雅君的《传统·话语·世纪反省》。

《文艺报》发表傅汝新的《〈太阳雪〉：浪漫气质与悲剧精神——评胡小胡长篇小说〈太阳雪〉兼及当下小说的现实主义精神》。

《现代台湾研究》第2期发表包恒新的《上天是厚我华人的——台湾乡情文学鉴赏之五》；肖成的《一组现代社会的悲怆曲：许达然散文创作管窥》。

《昆仑》第3期发表王爱松的《军事文学的三种形态》；宋剑华的《关于军事文学的几点思考》。

《青海师范大学学报（哲学社会科学版）》第2期发表薛正昌的《贾平凹创作的文化涵蕴》。

《钟山》第3期发表张韧的《当代中国文学与外来文学影响》。

《剧作家》第3期发表吴戈的《论当代中国"先锋戏剧"的负面值》。

中旬，中国社科院文学所在京举办90年代文学态势与研究策略主题研讨会。

21日，中宣部文艺局、《人民日报》文艺部在京举行毛泽东《在延安文艺座谈会上的讲话》发表55周年座谈会。

22日，《作家报》发表南帆的《90年代文学：描述的坐标分析》。

《啄木鸟》第3期发表曾镇南的《选优拔萃　取精用宏——推荐〈当代中国公安文学大系·短篇小说、中篇小说卷〉》；杜元明的《笑傲风雨的一株大树——谈〈京都预审官〉塑造的汲潮形象》。

24日，《文艺理论与批评》第3期发表舒也的《媚俗：变革期文学的迷误》；陈百明的《近期现实主义文学问题》；彭荆风的《新的鸳鸯蝴蝶派：读某些"情爱"小说有感》；李万武的《"苦吟"出华章——读梁衡散文集〈只求新去处〉》；马龙潜的《壮丽的人生画卷　深刻的历史反思——〈刘白羽评传〉评析》；苏景昭的《论十七年的诗歌创作》。

25日，《大家》第3期发表昌切的《马桥小世界，世界大马桥》；程光炜的《九十年代诗歌：叙事策略及其他》。

《文艺理论研究》第3期发表陈平辉的《以人为根基建构小说的艺术空间——对巴赫金"复调小说"理论和中国当代小说的思考》。

《长城》第3期发表王仲生的《让我们面对鲁迅》；韩鲁华的《当代文坛，在失去轰动效应之后》；李星的《也谈短篇小说的"冬眠"》；肖云儒的《从大生命系统看人文精神》;田长山的《文学与自救》。

《四川戏剧》第 3 期发表严肃的《关于戏剧评论片见》;晓蔚的《四川戏剧创作的启示》;唐思敏的《她与众不同——看田蔓莎演川剧〈死水微澜〉》。

《当代作家评论》第 3 期发表陈晓明的《先锋派之后:九十年代的文学流向及其危机》;铁舞的《从观念批评到形式批评——读 1983—1987 年的李劼》;周政保的《〈务虚笔记〉读记》;张柠的《史铁生的文字般若——论〈务虚笔记〉》;史铁生的《聆听和跟随——给友人的一封信》;沈寅的《窑地:一种文化的历史与性格》;姜桂华的《生存困境的文化探脉:长篇小说〈窑地〉解析》;张涛的《致友人书》;刘兆林的《三气读完的〈窑地〉——代复张涛〈致友人书〉》;王绯的《韩小蕙:用力追问与求索》;赵航的《从使命与责任所促发——韩小蕙的散文断想》;吴义勤的《大地歌吟——李贯通前期小说论》;周海波、王光东的《以心以神著文章——李贯通创作论》;舒婷的《审己度人——读张爱玲》;刘恒、戴锦华等的《蒋韵长篇小说〈栎树的囚徒〉谈片》;董之林的《建设有中国特色社会主义文学体系——读〈社会主义文学艺术论〉体会》;郭春林的《没有救赎的人(类)》。

《郑州大学学报(哲学社会科学版)》第 3 期发表卢焱的《略论刘震云中篇小说的审美指向》。

《晋阳学刊》第 3 期发表王世城的《"新历史小说"的当代嬗变》。

《通俗文学评论》第 2 期发表周泉的《后风格错觉与语言致幻剂——金庸武侠小说三重解读》;宋伟杰的《"民族—国家"主题的多重寓言——解读金庸小说的一个侧面》;蔚蓝的《重组感性的历史空间——二月河的长篇系列小说〈雍正皇帝〉》;韩敏的《论长篇历史小说〈雍正皇帝〉》。

27 日,《文艺报》发表周易的《"解构"的幻觉——对新潮批评"语言论"转向的质疑》。

《光明日报》发表张锲的《你是一个到处发现美的人——致陈祖芬兼论她的新作〈世界上什么事最开心〉》。

中国作协创研部、浙江省作协、浙江文艺出版社在京联合举办叶文玲长篇小说《秋瑾》研讨会。

28 日,《中国文化研究》夏之卷发表古远清的《"九七"前夕的香港文坛》。

《名作欣赏》第 3 期发表马相武的《爱的孤独与个人语型——读施叔青〈驱魔〉》。

《剧本》第 5 期发表李晓的《历史剧〈商鞅〉向艺术本体回归》；张玉杰的《评〈放下你的鞭子·沃伊采克〉一剧的演出》。

29 日，《文艺报》发表云德的《真诚地为普通劳动者张目——评长篇小说〈车间主任〉》。

30 日，《西北师大学报(社会科学版)》第 3 期发表党鸿枢的《再论高阳的历史小说创作》。

本月，《小说界》第 3 期发表易丹的《在哈佛读中国小说》。

《中华文学选刊》第 3 期发表洪水的《最近的小说》。

《北京文学》第 5 期专栏"百家诤言"以"对批评现状的忧虑"为总题，发表谢冕的《批评的退化》，洪子诚的《"问题的批评"》，欧阳江河的《"他是个中国人，他有点慢"》。

《文学自由谈》第 3 期发表王岳川的《九十年代文学和批评的"冷风景"》；郜元宝的《新旧精粗杂谈》(讨论关于"新现实主义"小说)；黄伟林的《我为什么推荐〈绿岸〉》；张春生的《人间距离被真诚拉近》(讨论罗兰作品)；杨树高的《疯狂的诗歌疯狂的情》(讨论诗集《玉龙雪山跳起来》)；丁帆的《挽歌为谁而唱——〈当代女作家长篇小说丛书〉序》；柯云路的《被宣泄的"小说"情结》；陈思和的《面对逼近世纪末的中国文学》。

《芳草》第 5 期"'金黄鹤文丛'六人谈(上)"专栏发表樊星的《"汉味小说"新收获》，赵怡生的《一个"仁"字　好多滋味》，鲍风的《文化风情与散文化笔法》。

《华文文学》第 1 期发表朱易安的《张爱玲和她的女性观》；陈剑晖的《论张挥的微型小说》；陈望衡的《一个现代漂泊者的咏叹调——彼岸诗歌的意象世界》；林学锦的《瑕瑜互见　贵在创新——评小说〈唐人街的大哥大〉》；赵顺宏的《忧郁的行旅——刘一氓诗歌创作略论》；杨剑龙的《论王润华的自然山水诗》；潘先伟的《论余光中与中国传统文化》；张晓平的《寻根与重建——读萧丽红的〈千江有水千江月〉》；王友光的《在历史与现实的组接中对生命意义的追问——王一桃 97 年诗歌返观》；钱虹的《从"断鸿"哀鸣到"小鲜"入筵：评香港学者潘铭燊的散文创作》；许燕的《感觉陈娟——从〈陈娟文集〉认识陈娟其人》；萧萧的《大陆学者拼贴的"台湾新诗理论批评图"》；张默的《偏颇·错置·不实？——古继堂著〈台湾新诗发展史〉初探笔记》及《"现代诗社"和"现代派"是两码子事：请看老诗人纪弦如是说及其他》；古远清的《萧萧先生批评大陆学者的盲点——对〈大陆学者

拼贴的"台湾新诗理论批评图"〉一文的回应》;古继堂的《雨过山自绿,风过海自平——关于〈台湾新诗发展史〉的回应》;黄维梁的《惊识刘天均》;黄维梁的《佳萝乐事,锡华华章——刘介民的〈心灵的光影〉》;东瑞的《从三首诗看印华女诗人的诗艺》;赵苹的《人物塑造中的象征运用:欧阳子小说〈花瓶〉探微》;阮温凌的《爱心,留下的神秘——小黑短篇小说〈树林〉的"联想法"与"悬念式"复合结构》;紫竹居士的《跨越时空的对话——与黄孟文博士一席谈》;李元洛的《本是同根生——读王振科〈同根的文学〉》;孟沙的《马来西亚华文作家协会开展文运十八年始末记》。

《剧影月报》第 3 期发表李培健的《关于话剧传统的思考》;胡星亮的《再出发,创造中国话剧的繁荣》。

《海燕》第 5 期发表张斤夫的《乱云飞渡更从容》。

本月,山东友谊出版社出版张柠的《叙事的智慧》,陈思和的《笔走龙蛇》,毛时安的《城市的声音》,严锋的《现代话语》,张业松的《个人情景》,陈引驰的《彼岸与此境》,杨扬的《月光下的追忆》。

华东师范大学出版社出版许子东的《当代小说阅读笔记》。

百花文艺出版社出版温超藩的《梁斌作品评论集》。

光明日报出版社出版李挺拔的《立体文学论》。

上海书店出版社出版蒋伯潜、蒋祖怡的《小说与戏剧》。

南开大学出版社出版张学正的《现实主义文学在当代中国:1976~1996》。

湖北教育出版社发表古远清的《香港当代文学批评史》。

中国广播电视出版社出版李献文的《台湾电视文艺纵览》。

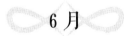

6 月

1 日,《广州文艺》第 6 期发表杜书瀛的《新时期文学与道德》;王宁的《当代大众文化的后现代性》;王剑丛的《香港散文态势观测》。

《山东文学》第 6 期发表孟繁华的《精神裂变与众神狂欢》；章亚昕的《诗性精神与文化环境》。

《山西文学》第 6 期发表段崇轩的《深入灵魂》。

《文论报》发表韩瑞亭的《校园知识分子的生态写照——读〈天眼〉致马瑞芳》。

《文艺报》发表王一桃的《香港文学艺术前景灿烂》。

《芒种》第 6 期发表丁临一的《再创辉煌的朱秀海》；李运抟的《人间有好多故事》；李作祥的《我看〈太阳雪〉》。

《作家》第 6 期发表马相武的《东西："东拉西扯"的先锋》；程光炜的《孤绝的漫游者——论海男的诗歌写作》。

《诗歌报月刊》第 6 期发表李训喜的《一个旁观者的打量》；杨四平的《新诗转型与个人写作》；程光炜的《写作的寓言》。

《滇池》第 6 期发表宋家宏的《吉成小说的艺术缺憾》。

《解放军文艺》第 6 期发表郭建英的《走回过去的故事（跨世纪军事文学笔谈）》；张鹰的《人类困境与军事文学的审美选择（跨世纪军事文学笔谈）》。

1—3 日，新加坡作家协会、中南财经大学联合举办的"新加坡作家作品国际研讨会"在中南财经大学举行。（据《四海》1997 年第 4 期）。

3 日，《人民文学》第 6 期发表张颐武、宁小龄的《短评〈拉斯维加斯的谜语〉》。

5 日，《人民日报》发表蔡桂林的《饱蘸激情唱大风——李延国报告文学简论》；雷达的《新一代农民的精神跋涉》。

《广西文学》第 6 期发表艾平的《当代壮族文豪——陆地——为陆地文学创作六十年而作》。

《青海湖》第 6 期发表葛建中的《乡土高原的骊歌——评长篇小说〈麻尼台〉》；左克厚的《信仰·理性——我读〈麻尼台〉》；赖振寅的《点石成金的故事——评井石的小说〈麻尼台〉》。

《延河》第 6 期发表王鸿生的《抒情的锥子——关于瘦谷及瘦谷的小说》。

《朔方》第 6 期发表刘必隆的《生命的两级——评陈继明小说近作》。

《短篇小说》第 6 期专栏"新时期小说发展与流变"发表王本朝的《"新状态"文学的自我表达》。

6 日，霍达长篇历史小说《补天裂》出版座谈会在京举行。

7日,《小说选刊》第6期发表赵怡生的一部撼动人心的家庭史——读〈我是太阳〉》。

《文艺报》发表吴跃农的《提倡"雅量"——致韩少功先生的公开信》;《韩少功答《文艺报》记者问:我随时愿意撤诉》。

《天津文学》第6期发表杨立元的《论艺术观察》;高恒文的《"新现实主义小说"泛论》。

《作家报》发表张春生、李星等的《用批评和反批评的方法解决文坛论争:部分文学评论家就"马桥官司"发表看法》。

8日,《阅读与写作》第6期发表卢斯飞的《意蕴丰富　韵味悠长——论黄孟文的微型小说创作(续)》。

9—12日,中宣部在哈尔滨召开多出优秀作品工作座谈会。

10日,《中国西部文学》第6期发表陈柏中的《春风与朔雪的奏鸣》;叶舟的《泥泞的血》。

《汕头大学学报(人文社会科学版)》第3期发表胡凌芝的《对新加坡华文文学历史轨迹的思考》。

《写作》第6期发表武善增的《浅谈近十年中国小说创作的语言新变》;蔡彤红的《情绪心态式微型小说写作特点初探》。

《边疆文学》第6期发表和国才的《迎接文学艺术的新辉煌》;杨浩东的《读宝三同志〈邓小平颂〉》;杨苏的《读〈梧庐随笔〉的随笔》。

《光明日报》发表周政保的《〈木凸〉的意义》。

11日,中国社科院文学所、辽宁新闻出版局、中共沈阳市委宣传部、沈阳出版社等单位在京联合举办《东北现代文学大系》出版座谈会。

12日,《文艺报》发表谈歌的《小说应该是野生的》。

14日,《文艺报》发表段崇轩的《乡村小说:从山西到全国》。

15日,《文论报》发表陈冲的《90年代小说与阅读》;周政保的《朱苏进的"天圆地方"》;唐傲的《"孤独的炮手"朱苏进》;费振钟的《夜色如水——读张维沉思录〈向〉》。

《山花》第6期发表洪治纲的《现实叙事与拒绝理想的无定性——论晚生代作家群》;西渡的《凝聚的火焰——90年代校园诗歌透视》。

《艺术家》1997年第3期发表钱虹的《"海派文化"与"港式文化"(节选)》。

《电视研究》第6期发表李宗达的《香港电视面面观》;张颐武的《香港电视:传奇与真实》。

《中国图书评论》第6期发表汤锐的《九十年代中国儿童文学发展之我见》;卢永裕的《传时代精神 颂生命新曲——评长篇报告文学〈唐山,唐山!〉》;丁临一的《质朴雄浑 动人心魄——评〈沙海壮举〉》;姚一风的《飞腾于九天之上的火龙——评长篇小说〈钢铁和太阳〉》;陈原的《悲凉的生命与丰富的人生——读散文集〈西部生命〉》。

《文教资料》第3期发表袁勇麟的《香港杂文概观》。

《江苏社会科学》第3期发表孙宜君的《论贾平凹散文的文化意蕴》。

《华侨大学学报(哲学社会科学版)》第2期发表陈旋波的《林语堂与白璧德的新人文主义》;张亚萍的《近年马华女性文学的几个特征》;小新、万华的《九十年代马华诗坛新动向》;顾圣皓的《试论赵淑敏家庭题材小说的文化意蕴》。

《南方文坛》第3期专栏"批评之旅"发表李冯的《关于小说的断想》,鬼子的《我的一点看法》,黄佩华的《关于自信、激情和交流》;同期,发表曹文轩的《作坊情结》;林白的《唯美倾向及随想(外一篇)》;王宏图的《在禁忌的门槛上:私人经验和公共话语》;张洪德的《林白:在感觉叙事中飞翔》;王彪的《当下与过去》;蒋原伦的《伤痛感与病孩形象》;洪治纲的《隐喻的力量——王彪小说论》;周政保的《散文家的"乡土"》;何慧的《香港流行小说的崛起》;陈实的《散文和女人——论东南亚女性散文》。

《淄博师专学报(文科版)》第2期发表阎开振的《"流浪文学":对林语堂小说创作的一种把握》;王凤莲的《台湾女作家小说创作管见》。

《粤海风》第3期发表徐娅的《心怀忧伤的边缘人》(讨论饶芃子)。

《广东社会科学》第3期发表邝邦洪的《论新时期中篇小说的创作》。

17日,《文汇报》发表史中兴的《似遥远又近在眼前——谈电影〈鸦片战争〉》。

《作品与争鸣》第6期发表韩盼山的《偏激心态的背后——也谈〈九五年的烈日〉》;康桥的《写作个人化倾向评析》。

18日,我国第一部省级新文学大系《河南新文学大系》出版座谈会在京举行。

19日,《人民日报》发表钱中文的《文学批评中的价值取向问题》;谈歌的《小说要有读者意识》。

《文学报》发表吴亮的《都市作家的身份》;张诗剑的《香港文学界进入丰收

季节》。

20日,《当代》第 3 期发表邓一光、韩小蕙的《关于长篇小说〈我是太阳〉的对话》;胡德培的《一部难得的佳作——读邓一光的长篇小说〈我是太阳〉》。

《学术研究》第 6 期何慧的《50 年代以来的香港小说创作》。

《福建论坛》第 3 期发表颜纯钧的《香港新生代小说家》;李勇的《通俗文学批评及其价值取向》。

《台湾研究》第 2 期发表耀亭的《回顾·鉴衡·展望——台湾乡土文学论战 20 周年》;陈小冲的《日据时期台湾与大陆的文化联系》;彭耀春的《三度汇流与激扬——本世纪海峡两岸戏剧交流评述》。

24日,《文艺报》发表王毅的《人性关怀:现实主义的永恒命题》;熊元义的《当前现实主义文学的新特征》。

25日,《山东大学学报(哲学社会科学版)》第 2 期发表吴开晋的《东方智慧的延伸——当代华文诗歌的一种发展趋势》。

《台港与海外华文文学评论和研究》第 2 期发表施建伟的《"九七"和香港文学当代模式的奠定》;颜纯钧的《怎一个"生"字了得——初读黄碧云(上)》;应宇力的《生活的跋涉者——香港诗人黄河浪》;张荔的《葱绿配桃红——施叔青及其〈香港的故事〉》;大鋆的《叩问人生——读颜纯钧散文集〈母荫〉》;庄园的《古典与现代的两难——评钟晓阳的小说世界》;曹明的《香港新移民的艰辛——读张汉基〈野玫瑰与黑牡丹〉》;钱旭初的《梁秉钧诗歌论》;何慧的《试论也斯〈布拉格的明信片〉的后现代实践》;袁良骏的《小议三苏的早期小说》;《学人档案:古继堂》;杨月的《台湾文学研究的重镇——古继堂专访》;赵稀方的《本土意识与文学形式——西西小说论》;周婉琪的《被迫与不甘的心态折射——读〈刘以鬯中篇小说选〉》;啸湖的《心血凝融的回归之歌——评王一桃长诗〈香港火凤凰〉》;周文彬的《深广的大陆"文学缘"——访香港作家王一桃》;王一桃的《一朵灿烂的微笑——喜读王剑丛〈香港文学史〉》;王聿的《"回归"交响曲——"九七回归与香港文学"学术研讨会综述》;王龙的《反省过去 着眼未来——"世纪之交的台港澳暨海外华文文学研究"青年学者座谈会综述》。

《海南大学学报(社会科学版)》第 2 期发表周伟民的《刘以鬯的文学创作理念》。

《西南民族学院学报(哲学社会科学版)》第 3 期发表王忠愈的《王蒙小说的

现代散文化抒情血脉》;徐其超、罗庆春的《现代迷狂与民族梦魇的精神独白——巴久乌嘎小说艺术文化心理透视》。

《华南师范大学学报(社会科学版)》第3期发表邝邦洪的《论当代中篇小说创作的发展》。

《海南师院学报》第2期发表刘克宽的《现实主义的时代性改造——"十七年文学沉思"之一节》;张惠英的《〈马桥词典〉方俗口语词例释》;周可的《玄览人生的诗意之思——谢清诗歌创作浅论》。

26日,《文艺报》以"历史巨片《鸦片战争》笔谈"为专题,发表罗艺军的《从〈林则徐〉到〈鸦片战争〉》,余倩的《反思为了前进》。

《作家报》发表施建伟的《"九七"和香港作家的"融合":当代香港文学观念的更新》。

中国作协、作家出版社、长江日报社联合在京举行罗高林"迎回归——长诗《邓小平》研讨会"。

27日,《中国图书商报》发表土剑丛的《港岛文坛生机勃发》。

《剧本》第6期发表安葵的《常为探索长精神——读〈齐致翔、张之雄剧作集〉》;陆蔚青的《以美的准则塑造人物——评话剧〈地质师〉》。

30日,"太原日报·文艺副刊"发表钱虹的《美丽的梦景,浪漫的诗情——读陶然的〈回音壁〉》。

《湘潭大学学报(哲学社会科学版)》第3期发表万莲子的《寻找人的定位的精神守望者——评说几部湖南长篇小说》。

《滨州教育学院学报》第1期发表张献青、王花俊的《当代香港文学的历史与走向》。

本月,《芳草》第6期"'金黄鹤文丛'六人谈(下)"专栏发表涂怀章的《谈彭建新的长篇小说〈孕城〉》,李鲁平的《以一种随意的方式阅读〈家在三峡〉》,鲍风的《在说书与小说之间》。

《北京文学》第6期专栏"百家诤言"发表吴秉杰的《现实主义沉思录》,萧夏林的《泡沫的现实和文学》。

《人物》第6期发表张雷的《乡愁下的诗情:余光中的文学与生活》。

《三峡学刊》第2期发表白春超的《论梁实秋的文艺思想》。

《青春》第6期发表陈辽的《消解五大问题 达成七点共识》。

《海燕》第6期发表周祥的《文学创作与市场经济》。

本月,百花文艺出版社出版胡俊海的《体验批评:新时期文学与影视评论》。

江苏文艺出版社出版张清华的《中国当代先锋文学思潮论》。

中山大学出版社出版陆一帆的《文艺学新论》。

华夏出版社出版吴福辉、李频编的《茅盾研究与我》。

山东文艺出版社出版石兴泽的《老舍研究:六十五年沧桑路(1929~1994)》,杨政的《文学的精神家园》。

7月

1日,《广州文艺》第7期发表梅朵的《去除奴性沉淀》;许翼心等的《香港文学的回顾与展望》。

《冀东学刊》第3期发表林承璜的《谈台港澳和海外华文文学研究的问题》;何慧的《香港现代主义小说的重要收获——论刘以鬯的实验小说》。

《山东文学》第7期发表周海波的《科学的,抑或艺术的》;李继凯的《中国新时期文学接受批评综观》。

《山西文学》第7期发表张红萍的《哀众生之不幸 怒人世之不平》;孙涛的《〈血罂〉及其他》。

《长江文艺》第7期发表祁向东的《长韵深情颂伟人——再读长诗〈邓小平〉》。

《文论报》发表阿宁的《我读〈蓝火头〉》;王力平的《生活的思考与艺术的结构——读长篇小说〈蓝火头〉》。

《电影评介》第4期发表肖科的《影评宜摆脱文学批评模式》;张秦的《中国电影拍什么》。

《芒种》第7期发表丁临一的《张波的魅力》;包泉万的《农民传统文化人格的反思及当代意义》。

《作家》第 7 期以"沟通：面对世界的中国文学"为总题，发表史铁生的《文学的位置或语言的胜利》，余华的《作家与现实》，格非的《作家的局限和自由》，林白的《记忆与个人化写作》；朱文的《关于沟通的三个片断》。

《诗歌报月刊》第 7 期发表程光炜的《诗歌面向生存》。

《滇池》第 7 期发表徐成淼的《美丽的形而上》。

《解放军文艺》发表周政保、金辉的《从〈西藏墨脱的诱惑〉说起（跨世纪军事文学笔谈）》；刘静的《永远在初恋》。

2 日，《新民晚报·读书乐》版发表钱虹的《香港作家梁锡华的恋山情怀》。

3 日，《文艺报》发表古远清的《香港当代文学评论的特点及其分期》。

《文学报》发表潘涌的《论香港文学的发展和特征》。

5 日，《飞天》第 7 期发表古耜的《黄土地上的生命情流》；时空的《给余秋雨挑毛病》。

《广西文学》第 7 期发表黄伟林的《创生散文创作好局面——评 1997 年第四期〈广西文学〉散文专号》。

《延河》第 7 期发表苑湖的《李大卫小说的某种读法》。

《朔方》第 7 期发表丁朝君的《心底有盏灯正被点亮——漫评"海原作家作品特辑"》。

《短篇小说》第 7 期专栏"新时期小说发展与流变"发表王本朝的《新状态文学创作描述》。

6 日，《电影创作》第 4 期发表王志敏的《提倡一种新的电影剧作观念》。

《台港文学选刊》第 7 期发表刘以鬯的《用笔见证历史》；彦火的《五四·回归·文艺复兴》；刘俊的《十八年来台港暨海外华文文学》；余禺的《视野：跨世纪的文学时空》；方友德的《福建文化人座谈香港文化》。

7 日，《小说选刊》第 7 期发表唐达成的《四品林希的风情小说》。

《天津文学》第 7 期发表李运抟的《报告文学的出路在哪里》。

8 日，《文艺报》发表翟泰丰的《一部感受世纪伟人形象熠熠生辉的长篇政治抒情诗——在"迎回归——长诗〈邓小平〉研讨会"上的讲话》。

《文学世界》第 4 期发表杜霞的《青春影像的守望——"70 年代出生"的女作家管窥》；刘明的《最终要显示出个体的品格与力量》；雷达的《〈梅花〉的人文风骨》；葛红兵的《我愿在黄昏读他的小说——吴晨俊兼及晚生代小说读解》。

《阅读与写作》第 7 期发表江宏等的《略谈香港比较文学》;陈兆奎的《匠心独运　文采斐然——读散文〈香港之夜〉》;古远清的《"一面小旗,满天风势"——评台湾张健的诗集〈春夏秋冬〉》。

《光明日报》发表邝邦洪的《都市生活的真实写照——张欣中篇小说述评》;邓国伟的《发自内心的革命激情——〈韩北屏文集〉读后》。

10 日,《小说林》第 4 期发表赵旭忠的《李蔚及其〈投奔上帝〉》。

《中国西部文学》第 7 期发表王仲明的《论当代文艺中的崇高》。

《写作》第 7 期发表古远清的《香港的香港文学研究》;刘海涛的《论林锦微型小说的叙述母题》。

《电影文学》第 7 期发表峻冰的《精品意识与电影精品创作》。

《花城》第 4 期发表王安忆的《小说的技术》。

《松辽学刊(社会科学版)》第 3 期发表郑春凤的《八十年代女作家的男性角色》。

《理论与创作》第 4 期发表陈淞的《张承志——新时期浪漫主义文学的中坚》;贾振勇、魏建的《形而上悲怆与文化操守——从张炜小说看小说作为一种精神形式的价值》;赵纯兴的《论新时期主旋律新人形象塑造——兼评铁凝〈秀色〉》。

12 日,《文艺评论》第 4 期发表汤学智的《影响未来的历史性变革》;王晖的《1990—1996:报告文学理论研究与批评态势》;袁元的《跟着那水走》;张景超、温汉生的《物化时代里返朴归真的诗》;康启昌的《赞美你的左手——散论刘兆林散文〈父亲祭〉》;傅翔的《精神困境与文学分析》;代迅《散文:告别与复归》。

15 日,《文艺报》发表吴光华的《〈补天裂〉:一曲抵御外侮、宁死不屈的慷慨悲歌》。

《文论报》发表铁凝的《我说〈蓝火头〉》;李瑛的《巨流源头的歌唱——读〈巨流之源〉》;刘红哲的《品读〈城市民谣〉》;胡清龙的《意义的焦虑——读长篇小说〈曾在天涯〉》;王光明的《香港文学:文化研究的新课题》。

《文学评论》第 4 期发表刘纳的《诗人张烨论》;吴思敬的《九十年代中国新诗走向摭谈》;王光明的《香港作家的文学批评》;杨建民的《香港文学的起点和新文学的兴起》;赵稀方的《香港小说的现代性命题》;俞兆平的《二元构合中的诗心与诗艺——论香港新诗的特质》。

《山花》第7期发表王光明的《"自我"关怀与香港文学批评的发展——70年代以来的香港文学批评》。

《上海文学》第7期发表段崇轩的《文人情致与现实关怀》；陈海蓝的《行者说之一》。

《华东师范大学学报（哲学社会科学版）》第4期发表钱虹的《当代台湾女性文学的发轫及其主题》。

《中国图书评论》第7期发表胡德培的《都市人心态的追踪描绘——读长篇小说〈栖凤楼〉》；郝中华的《岁月与命运的艺术写照——读〈窑地〉》；李作祥的《〈窑地〉的成就和启示》；彭定安的《八十—九十年代鲁迅新解读的检阅与总结——评陕版"鲁迅研究书系"》。

《当代文坛》第4期发表胡平的《评曾国藩与雍正皇帝的竞领风骚》；王春林的《女性生命的咏叹——评蒋韵〈栎树的囚徒〉》；牛殿庆的《艰难跋涉中的恢弘画卷——评周梅森的〈人间正道〉》；颜敏的《精神同代人的质询——谈歌〈城市热风〉论片》；陈朝红的《变换笔法　广泛探索——评王火长篇新作〈女人夜沙龙〉》；刘光荣的《梦的解构——读徐康〈年轮上的梦〉》；胡德培的《深情的足迹　诚挚的艺术——读邓仪中的〈周克芹传〉及其他》；傅德岷的《世纪之交：中国散文的风景》；蒋登科的《阿红散文的风格》。

《当代电影》第4期发表张东的《〈大转折〉：对一种类型的诠释与突破》；思忖的《以中国观众的需要为第一需要》。

《台声》第7期发表朱双一的《世纪之交的台港文学研究》；方卫平的《美好的交流与聚会——'96海峡两岸少年小说研讨会走笔》。

《戏剧艺术》第3期发表厉震林的《论新时期电影的游离情节及其哲学任务》。

《译林》第4期发表严忠志的《无法弥合的裂痕，难以医治的创伤——读丹尼尔·斯蒂文的〈最后的补偿〉》；郭英剑的《感悟生命，重塑自我——评〈较量〉》。

《西藏文学》第4期发表周政保的《答马丽华——关于〈雪域文化与西藏文学〉的探讨》；史小溪的《中国西部散文：一片明朗高远的天宇》。

《特区文学》第4期发表黄树森的《洗涮百年耻辱，弘扬昔日辉煌》；李华的《问世间：情是何物》。

15—19日，全国中年作家创作座谈会在大连召开，60多位中年作家围绕"担负历史重任,多出优秀作品"展开讨论。

16日,《文艺争鸣》第4期发表张清华的《俯望足下的裂隙——关于当前文坛精神分化的思考》;施战军的《九十年代创作走向分流的实质——一个有关文学理想的话题》;陈晓明的《历史的误置:关于中国后现代文化及其理论研究的再思考》;丁帆、王彬彬等的《批评的"乌托邦"构想》;孟繁华的《东方风情与生活寓言——80年代的文学想象与文化批判》;王光东的《分化的意义:个性特征的显现》。

17日,《人民日报》发表王力军的《近年来长篇小说创作问题述评》;蔡润田的《现实世相的多棱映现——〈山西作家长篇小说丛书〉概览》。

《文学报》发表文怀沙的《神州有女耀高丘——序〈林寒碧、徐蕴华、林北丽诗文集〉》。

《作品与争鸣》第7期发表刘润为的《荒年精神不灭——就〈天下荒年〉致谈歌》。

19日,《文艺报》发表朱秉龙的《小说:属于个人又属于时代的话语》。

20日,《小说评论》第4期专栏"香港文学笔谈"发表王光明的《香港的文学批评:1950—1975(上)》;以"池莉小说评论专辑"为总题,发表金惠敏的《向五四精神挑战:池莉的"人生"三部曲》,夏德勇的《论池莉小说的文化冲突与取向》,朱青的《淡而有味的池莉小说》;同期,发表谢有顺的《写作与意义问题》;荒林的《林白小说:女性欲望的叙事》;殷实的《被"时代"牵着鼻子走?》;韩雪临的《荒诞意识与彻底现实主义——析近期邱华栋的几个中篇》;黄毓璜的《恍兮惚兮——朱文颖小说解读》;崔月恒的《爱的期待与挫折——杨小敏小说略评》;蔡申的《以平常心写非常事——评张武新作〈涡漩〉》;吕同聚的《文人的放纵与人文的失落》;张侯的《形而上与"拼凑"法——现实主义冲击波式的小说片谈》。

《东北师大学报(哲学社会科学版)》第4期发表王确的《香港女性作家的女性关怀》,蔡宗隽、吕宗正的《李辉英与香港文学》。

《学术研究》第7期发表伍方斐的《顾城后期诗歌艺术形式分析》。

《昆仑》第4期发表吴然的《世纪目标——军事文学的智慧与精品战略》。

《河北学刊》第4期发表杨春的《重归还是拆解——论苏童小说的历史追忆》。

《钟山》第4期发表陈思和的《1996年小说创作一瞥》;汪政、晓华的《略论当前现实主义创作及其批评》。

《清明》第 4 期发表唐先田的《浮躁世态的真实反照》;黄书泉的《开掘人性的深层》。

21 日,《文艺研究》以"拍《大转折》评《大转折》"为专题,发表韦廉的《〈大转折〉构思与体现——兼及拍战争大片的思考》,周政保的《〈大转折〉的意义》。

21—22 日,中国作协儿童文学委员会在京召开第一次全体会议,会议就全国儿童文学的现状等议题进行了讨论。

22 日,《文艺报》发表张伯存的《理解城市:香港文学的一种解读》。

《光明日报》发表蔡师勇的《抚摸瘢痕的手——影片〈鸦片战争〉观后》。

《啄木鸟》第 4 期发表何镇邦的《公安文学的春天——1996 年"金盾文学奖"获奖作品述评》。

25 日,《山东师大学报(社会科学版)》第 4 期发表张捷鸿的《童话的迷惑——论顾城诗歌创作的局限性》;雨萧的《论新时期山水文学的闲适化倾向及其成因》;丛晓峰的《试论新时期的学者小说》。

《文艺理论研究》第 4 期发表《略谈香港文学》。

《大家》第 4 期发表陈旭光、谭五昌的《"知识分子写作":文化转型年代的思与诗》。

《山西师大学报(社会科学版)》第 3 期发表段登捷的《浅谈刘白羽散文的不足》。

《甘肃社会科学》第 4 期发表王源的《试论知青形象的流动与演变》。

《湖北大学学报(哲学社会科学版)》第 4 期发表何明星的《生命的歌哭:谈李锐小说中的死亡描写》。

《当代作家评论》第 4 期发表南帆的《叙述的秘密——读李锐的长篇小说〈万里无云〉》;张叶松的《"一生两世"与强制遗忘——关于"路翎叙述"的叙述》;汪曾祺的《我是一个中国人——散步随想》;周政保的《蔼然仁者之言——当代散文大师汪曾祺先生》;孙郁的《古魄新魂》;韩毓海的《胡河清的探索:成就与可能性》;旷新年的《一个批评家的死——纪念胡河清》;谢茂松的《屋子灵魂:一切都是真的——给北方与遥寄南方》;孟繁华的《悲壮而苍凉的选择——陈骏涛的文学批评与批评家的宿命》;樊星的《文学评论的命运——读陈骏涛的〈文坛感应录〉》;徐坤的《悼批评时代的终结——〈文坛感应录〉感言》;陈骏涛的《批评的心踪——〈文坛感应录〉自评》;潘凯雄的《太阳雪下的悲歌:读胡小胡的长篇新作〈太阳雪〉

兼及其他》；胡平的《胡小胡先生的〈太阳雪〉》；牛玉秋的《〈太阳雪〉：颇具新意的女性形象》；摩罗的《刘震云：中国生活的批评家》；柳建伟的《孤独玄想创作道路的终结——重评朱苏进兼与朱向前商榷》；黄毓璜的《恍兮惚兮——朱文颖小说读解》；孙绍振的《〈西部生命〉和文化人格的建构》。

26—30日，"首届现代汉诗学研讨会"在福建武夷山召开。

27日，《华中师范大学学报（哲学社会科学版）》第4期发表周晓明的《20世纪中国文学主体问题三论》；黄曼君的《现代化视野中的中国20世纪文学》。

28日，《名作欣赏》第4期发表古远清的《诙谐风趣，情味具足——余光中散文〈我的四个假想敌〉赏析》。

《四海—台港澳海外华文文学》第4期发表许正林的《新加坡作家作品国际研讨会综述》。

《兰州大学学报（社会科学版）》第3期发表常文昌的《重振民族精神　回归民族传统——香港诗人蓝海文新古典主义诗歌印象》。

《剧本》第7期发表田本相、宋宝珍的《八十年代以来的香港话剧概观》；谢干文的《寻找突破——革命历史剧创作札记》；罗怀臻的《漫议"新史剧"》；朱雪艳的《三代妇女的精神家园——评张明媛的〈一人头上一方天〉》。

30日，《中国文学研究》第3期发表韦平的《文学走向与人文精神、时代精神的关系》；胡良桂的《当代历史小说的现代性与创造性》。

《河南大学学报（社会科学版）》第4期发表胡山林的《生命意义的探寻——史铁生作品的中心意蕴》。

《扬州大学学报（人文社会科学版）》第4期发表凌永康的《谈香港诗歌中的爱国主义精神》；刘红林的《试论台湾本土诗人创作中的中国情绪和中国意识》。

31日，《人民日报》发表陆文虎的《军旅文学的转机与希望》；丁临一的《军事题材长篇小说创作的新态势》。

《文艺报》发表黄力之的《关于现实主义的文学史立场》。

本月，《小说界》第4期发表王安忆的《〈九月寓言〉的世界》。

《文学自由谈》第4期发表刘心武的《王朔哪去了？》；吴光华的《慷慨悲歌〈补天裂〉》；冯骥才的《小说的尾巴》；韩石山的《我看"马桥之役"》。

《北京文学》第7期发表楼肇明、蒋晖的《香港散文：都市文化背景下的文体探索》。

《电视研究》第7期发表李凌的《请善待名著——评电视连续剧〈雷雨〉》；田泽民的《电视剧改编中情节结构的改变——电视连续剧〈雷雨〉与同名话剧、电影的情节结构之比较》。

《百花洲》第4期发表刘欣大的《现实主义：永恒的话题》；廖增湖的《分裂的话语》。

《芳草》第7期发表韩敏的《熟悉的陌生人——我读〈你是一座桥〉》；廖自力的《文学的生命原始精神》。

《海峡》第4期发表林海燕的《从〈世界短篇小说精品文库看女性形象的变化〉》。

《海燕》第7期发表陆文采的《一往情深的美学追求——任惠敏散文评述》。

《绿洲》第4期发表韩子勇的《大地上的军旅》；夏冠洲的《清秀俊逸见真情》。

本月，华艺出版社出版陈晓明的《剩余的想象：九十年代的文学叙事与文化危机》。

海峡文艺出版社出版张炯的《文学的攀登与选择》。

湖南师范大学出版社出版向成国的《回归自然与追寻历史：沈从文与湘西》。

四川大学出版社出版谢应光的《艾青研究》。

山东人民出版社出版钱中文、李衍柱主编的《文学理论：面向新世纪》。

8月

1日，《广州文艺》第8期发表于爱成的《城市与文学：理念·规则·姿态》。

《百科知识》第8期发表钱虹的《才情并茂的香港学者散文》。

《山东文学》第8期发表陈仲义的《高蹈宗教情怀的灵魂学》；陈超的《论诗与思》。

《山西文学》第8期发表彭图的《浓浓淡淡的"乡愁"》。

《长江文艺》第8期发表张开焱的《熔铸着哲理与诗情的意象世界》；黄玉蓉、刘茂华的《贴近人民　反映生活》。

《文论报》发表陈晓明的《第三种批评：出路还是误区？》；葛红兵的《第三种批评：个体文化时代的批评策略》；王蒙的《说韩小蕙的散文》；梁晓声的《我看韩小蕙的散文》；雷达的《我的几点印象》；楼肇明的《人是文学永恒的主旋律》。

《诗歌报月刊》第8期发表高昌的《诗的"洛克菲勒法则"》；杨远宏的《圈子、流派或个体写作》。

《滇池》第8期发表张胜冰的《情感的错位与话语的迷失——费嘉〈抒情诗百首〉评析》。

3日，《人民文学》第8期发表黄宾堂、赵则训的《短评〈公司简介〉》。

5日，《飞天》第8期发表陈占彪的《新时期文学与政治关系重建的三次变迁》。

《广西文学》第8期发表陈殿新的《贴近生活 贴近基层——读中篇小说〈为官一任〉》。

《文艺报》发表敖忠的《现实主义与文艺反映论》；高波的《摆脱对批判现实主义的崇拜》。

《光明日报》发表汪守德的《不信春风唤不回》；徐怀中的《军事文学有了自己的批评家群体》。

《延河》第8期发表于夏的《温和的戏剧》。

《短篇小说》第8期专栏"新时期小说发展与流变"发表王本朝的《新体验与新体验小说》。

《台港文学选刊》第8期发表冯秉瑞的《澳华文学一瞥》；楼肇明、汪逸芳的《台港散文和阅读市场》。

10日，《写作》第8期发表白文蔚的《唱大地之歌 抒乡土之情——评吴晟的乡土诗》。

《边疆文学》第8期发表李伍军的《努力把边防文学创作推向新台阶》；杨荣昌的《痴痴民族情 坦坦军人心》；张承源的《笔走惊雷唱大风》。

《电影文学》第8期发表陈吉德的《文明、民族和"东方"——影片〈红河谷〉解读》。

《诗刊》第8期发表陈之的《从〈当代正气歌〉看石英近年来的诗作》。

《读书》第8期发表翁绍军的《十字架神学与人的解放》；弘石的《珍视荧幕文化的传统资源》；陈惠芳的《江山如有待，历史总无私》。

《戏剧文学》第 8 期发表陈军的《历史与现实——论中国现代历史剧创作的三种倾向》。

《福建文学》第 8 期发表黄文忠、叶砺华的《生命之旅上爱的旌旗》。

15 日,《文论报》发表阎晶明的《从精品到经典》;杨振喜的《我〈苦土〉》;封秋昌、陈超的《对话:阿宁的方式及局限》;陶东风的《陈染与私人化写作》。

《山花》第 8 期发表葛红兵的《晚生代的意义——晚生代作家论写作札记》;席云舒、浦渊的《个人化小说与个人叙事》;孟繁华的《物欲都市的迷乱与反抗——评邱华栋的都市小说创作》。

《上海文学》第 8 期发表吴亮的《西飓的故事》。

《中国图书评论》第 8 期发表刘明的《评柯云路的长篇新作〈超级圈套〉》;王大路的《痛苦与希望冲撞中的"中国脊梁"——评长篇小说〈车间主任〉段启明的形象塑造》;凌青的《"苟利国家生死以,岂因祸福避趋之"——读长篇历史小说〈林则徐〉》;周粟的《理想灌注的现实主义生命颂歌——评绍武与会林著〈骄子传〉》。

《南方文坛》第 4 期发表安波舜的《"布老虎"的创作理念与追求》;张颐武的《布老虎:文化转型时代的创意》;蒋晖的《苦界·朗园·纸项链——从"布老虎"丛书看当下文坛的几点转折》;王军的《预谋与突袭——"布老虎"现象及其文化启示》;王岳川的《后现代殖民理论与当代中国》;葛红兵的《九十年代的小说转向》;冯黎明的《后现代艺术中的"不确定性"》;周政保的《口语倾诉的方式(或叙述就是一切)——关于李锐的长篇小说〈万里无云〉》;海男的《关于隐藏》;李森的《海男作品中的诗学问题》;黄曼君、张岩泉的《全景观照 世纪梳理——〈中国近百年文学理论批评史〉》;唐韧的《不必过分强调"十六岁"——也说〈花季·雨季〉》;陈思和的《有朋自西北来——〈残月下的孤旅〉序》;贾平凹的《〈向往和谐〉序》;余秋雨的《余秋雨双序》;毕光明的《恪守天职——论杜红的诗歌创作》。

《广东社会科学》第 4 期发表周可的《走出现代化的"迷思":析林语堂文化观念中的一个核心命题》。

《台湾研究集刊》第 3 期发表方航仙的《试论台湾"葡萄园"诗歌创作特色及其理论主张》。

《冀东学刊》第 4 期发表袁良骏的《重读〈虾球传〉》;何慧的《唯美主义的成功实践——论徐訏的小说创作》。

《诗探索》第 3 期发表蒋登科的《论张新泉的诗歌创作》；兮父的《向死而生——灰娃诗歌解读》；袁忠岳的《痛苦裸魂的舞蹈》；周溯源的《不倦的诗魂——白木和他的诗》；雷抒雁的《拔节的青竹——读宋德丽的诗》；王光明的《感觉与心灵的风景——陶然的散文诗》。

17 日，《作品与争鸣》第 8 期发表李舫的《童年的死结》。

19 日，《光明日报》发表於可训的《从仓促应对到自觉回应——试论九十年代文学的发展趋势》；王先霈的《说书人写的新小说》。

20 日，《天津师范大学学报（社会科学版）》第 4 期发表汤吉夫的《二十世纪最后二十年的中国小说》。

《西北大学学报（社会科学版）》第 3 期发表郑升旭的《现代价值观与后新时期小说》。

《学术研究》第 8 期发表朱双一的《林语堂和鲁迅"国民性探讨"比较论》；袁良骏的《鹰之歌：黄国彬散文艺术漫笔》。

《现代台湾研究》第 3 期发表汪毅夫的《吕赫若小说的民俗学解读》。

《福建论坛》第 4 期发表赵朕的《论陈华淑的散文创作》；张文彪的《台港社会转型与后现代文化的兴起》。

20—22 日，中国当代文学研究会、日本中国当代文学研究会、首都师范大学中文系、清华大学中文系在京联合举办中国新时期文学中日学者对话会。

21 日，《文艺报》发表马履贞的《关注时代　直面人生》。

25 日，《西南民族学院学报》第 4 期发表徐其超、罗庆春的《沉恸的飘飞——维色诗歌印象》。

《通俗文学评论》第 3 期发表周启志的《通俗小说的文化定位问题》；叶洪生的《比较港台武侠小说美学——以梁羽生〈白发魔女传〉与卧龙生〈飞燕惊龙〉为例》。

26 日，《文艺报》发表李建华的《一个农民军人的心路历程——陈怀国长篇军旅小说〈遍地葵花〉读后》。

28 日，《文艺报》发表胡良桂的《当代文学的道德追求》；杨守森的《灵魂漂泊与诗意栖居——读肖鹰著〈形象与生存〉》。

《中国文化研究》秋之卷发表洪英的《新加坡华文作家作品国际研讨会在中南财大召开》。

《剧本》第 8 期发表田本相、宋宝珍的《八十年代以来的香港话剧概观(续)》；布而的《打开儿童剧创作的新思路——'97 全国儿童创作研讨会述评》；颜榴的《为话剧〈生逢其时〉叫好》；沈毅的《十六年磨一剑——读潮剧〈岳银瓶〉有感》。

《西南民族学院学报(哲学社会科学版)》第 4 期发表石迎春的《浅析外来作家对香港文学的贡献》。

30 日，《光明日报》发表于友先的《河南新文学世纪回眸》。

《文学报》发表张柠的《批评如何对当代文学发言》；骆玉明的《旧乡和远地——读张秉毅小说集〈旧乡〉随感》。

31 日，《南方日报》发表李运抟的《香港当代文学研究刍议》。

本月，《社科纵横》第 8 期发表田俊武的《〈扶桑〉的狂欢化特征》。

《创作评谭》第 4 期发表易晖的《新状态：擦抹生活／文学边界——九十年代小说随谈》；颜敏的《渴望更高层次的回归——关于现实主义的对话》；熊述隆的《文学寻梦者——杨廷贵小说集〈白色的女人〉代序》。

《现代台湾研究》总第 19 期发表汪毅夫的《吕赫若小说的民俗学解读》。

《芳草》第 8 期发表李运抟的《虚实交织中的历史思索》。

《青春》第 8 期发表林志坚的《董桥笔下论短长》。

《海燕》第 8 期发表鲁晓聪的《现实主义小说断想》。

本月，由中国作协主办的全国性文学大奖——鲁迅文学奖评选工作正式启动。鲁迅文学奖每两年评选一次，下设短篇小说、中篇小说、报告文学、诗歌、散文和杂文、文学理论和文学评论、文学翻译七项奖。第一届将评选 1995—1996 年的优秀作品。

现代汉诗研讨会在京召开。

本月，上海文艺出版社出版孙先科的《颂祷与自诉：新时期小说的叙述特征及文化意识》。

上海书店出版社出版斯英琦的《观塘集：1990—1996 文学批评稿》。

安徽文艺出版社出版张器友的《当代中国文学艺术论》。

山东大学出版社出版谭好哲的《文艺与意识形态》。

华中师范大学出版社出版程代熙的《人·社会·文学》。

河南大学出版社出版解志熙、沈卫威选编的《19～20 世纪中国文学研究论集》。

辽宁人民出版社出版孙郁主编的《苦境：中国文化怪杰心录》。

上海文艺出版社出版解志熙的《美的偏至：中国现代唯美——颓废主义文学思潮研究》。

河南大学出版社出版杜运通的《伊甸园之歌：林语堂现象透视》。

广东人民出版社出版郭小东的《文学的锣鼓》。

四川人民出版社出版覃贤茂的《梁凤仪传》。

文汇出版社出版陈子善编的《你一定要看董桥》。

9月

1日,《广州文艺》第9期发表赵小琪的《转型期的精神重建——也谈世纪之交文学精神的选择》。

《山东文学》第9期发表樊星的《为人生的文化评论》；刘明银的《"反理论"与大众文化的可能性》；张学军的《中国现代主义文学发展规律管窥》。

《山西文学》第9期发表张志忠的《九十年代文学近观录》；熊元义的《也谈粗鄙实用主义文艺批评》。

《长江文艺》第9期发表华姿、张执浩等的《局限与超越——部分湖北中青年作家在'97长江文艺·文艺指导广水笔会上探讨本地区文学的现状与前景》；刘继明的《逃逸与返回》（讨论张执浩的小说）。

《文论报》发表韩石山的《为"小女人散文"一辩》；浪波的《说不清的"学者散文"》；顾振涛的《遗忘了文学的批评》；崔卫平的《小说和小说出版物》。

《电影评介》第5期发表峻冰的《精品·战略·市场》。

《芒种》第9期发表朱向前的《兆林略论》；李运抟的《生活与选择的证明》。

《作家》第9期发表徐肖楠的《李冯的戏仿小说》。

《诗歌报月刊》第9期发表陈超的《关于当前诗歌的讲谈》；林茶居的《我们的姿态和立场》。

《滇池》第9期发表叶向东的《模式化的写作》；米思及的《戏说诗歌》。

《解放军文艺》第9期发表何继青的《关于当代英雄（跨世纪军事文学笔谈）》；殷实的《英雄话语：遗产或阴影（跨世纪军事文学笔谈）》；张立云、张东的《传统　生活　生命力》；吴金才的《横槊跃马将军诗》。

1—4日，由中国作家协会、中华文学基金会和苏州大学联合主办的第四届巴金国际学术研讨会在苏州大学召开。来自国内和韩国、日本的70余位巴金研究者和专家以巴金与他的同时代人为主要议题，探讨巴金创作与时代潮流、人文环境之间的关系。（据《文艺报》11日消息）

2日，精神文明建设"五个一工程"第六届颁奖大会在京举行。

4日，《文学报》发表肖复兴、朱向前的《短篇小说的困境和出路——关于当前短篇小说创作的对话》。

5日，《飞天》第9期发表李克的《魔幻的现实与现实的魔幻——谈魔幻现实主义文学流派的命运》；马世年的《时间阐释与生命意识——〈在时光中低唱〉的形式批评》；王源远的《黄土色的沉重——高凯陇东乡土诗印象》。

《广西文学》第9期以"诗坛话语"为总题，发表吴思敬的《世纪之交诗坛：抗争与回归》，翟永明的《面对词语本身》，韩东的《关于诗歌的两千字》，王小妮的《不工作的人》，杨克的《诗意地栖居在这大地上》。

《延河》第9期发表刘晓川的《漫谈星竹和他的创作》。

《陕西师范大学学报（哲学社会科学版）》第3期发表赵俊贤的《中国当代文学时代风格论略》。

《朔方》第9期发表丁朝君的《转型期都市青年的生存写照——马宇桢小说集〈季节深处〉述评》。

《莽原》第5期发表陈超的《当前诗歌的三个走向》。

由山东省文化厅、文联、作协和山东省中国现代文学学会共同主办的"王统照先生诞辰一百周年纪念暨学术研讨会在济南举行。（据《文艺报》11日消息）

6日，《电影创作》第5期发表少舟的《闪烁多民族生活光彩的新中国银幕——兼及少数民族电影创作的民族性问题》；王志敏的《谈对〈秦颂〉的评价问题》。

7日，《天津文学》第9期发表马履贞的《"冷静态"与节奏变化》。

8日，《文学世界》第5期发表雷达的《洪波的散文及其它》；周海波的《学术小品:九十年代文化精神的一面》;明铭、王宏的《对历史的又一种言说方式——试论新历史小说的创作特征》;施战军的《农夫本色——〈缱绻与决绝〉读解》;水浪的《土地的诗学——读〈缱绻与决绝〉》;郭济访的《尴尬的"新"余华——兼谈新潮作家叙述方式转换之得失》。

《作家报》发表陈俊涛的《90年代的中国文坛》。

《阅读和写作》第9期发表潘涌的《论香港文学的发展和特征》。

10日,《小说林》第5期发表卢永裕的《余华的哲学美学观》。

《书与人》第5期发表徐国定的《经纬枢纽 美华桥梁》;刘蕴秋的《凡人琐事亦隽永》。

《写作》第9期发表张厚明的《王润华诗歌艺术略论》;李道荣的《浅白清心 质朴真淳——读新加坡诗人杜红〈抒情诗二集〉》;卢斯飞的《意蕴丰富 韵味悠长——论黄孟文的微型小说创作》;古远清的《洪亮的警世钟——读陈华淑的小说》;吴冰的《风神疏淡 境致高远——张中行散文印象》。

《电影文学》第9期发表王迪的《当前电影剧作问题漫谈(一)——首届"夏衍电影文学奖"(1997)候选剧本读后》;吴琼的《香港后现代文化潮流中徐克的武侠片》;杨新敏的《拜金潮中的人生颖悟——评电视剧〈与百万富翁同行〉》。

《电影艺术》第5期发表林黎胜的《中国人叙述传统对中国电影时间处理的影响》;马德波的《观念重于现实——评"十七年"银幕上的知识分子形象》。

《花城》第5期发表肖开愚的《南方诗——普通的观察、揣测和随想》。

《读书》第9期发表顾振涛的《关于达夫之死》。

《理论与创作》第5期发表柏定国的《九十年代文学背景批评及时代确认》。

11日,《文艺报》发表姜耕玉的《归来的歌:香港诗歌鸟瞰之一》。

12日,《文艺评论》第5期发表王达敏的《新时期小说的非现实性描写》;李咏吟的《先锋叙事的现代文化立场》;张志忠的《王朔现象:路标与天平》;汤学智的《影响未来的历史性变革》;刘萌的《"自我"的窗口"心灵"的声音》;朱必圣的《挺住就是一切》;姜静楠的《人人都可以成为艺术家——一种新的游戏竞赛》。

13日,《文艺报》发表余开伟的《怎样评价历史事件和历史人物——从〈文艺报〉所载〈鸦片战争〉笔谈说起》;罗以民的《电影〈鸦片战争〉的不足》。

15日,《文论报》发表周政保的《再说〈我是太阳〉》;曾镇南的《柴福善的乡土散文》;王光东、周蓬桦的《诗性·自然·个人化写作——关于长篇小说〈野草莓〉

的对话》。

《文学评论》第 5 期发表刘锡诚的《困境与希望——评〈人间正道〉》；蔡葵的《渴望辉煌——〈我是太阳〉的超越意蕴》；雷达的《全靠我们自己——〈车间主任〉在今天的精神价值》；曾镇南的《少年心事当拿云——评郁秀的〈花季·雨季〉》；张志忠的《一个人的诞生——〈兵谣〉简评》；杨世伟的《评二月河的长篇历史小说》；高秀芹的《理想精神与文学建设》。

《上海文学》第 9 期发表宋明炜的《漂流的房子和虚妄的旅途——理解朱文》；张业松的《乡土·青春·九〇年代性》。

《山花》第 9 期发表吴义勤的《先锋及其可能——评刘恪长篇小说〈蓝色雨季〉》；邵建的《存在之境——东西小说读札》。

《中州学刊》第 5 期发表鲁枢元的《文学的内向性——我对"新时期'向内转'讨论"的反省》。

《中国图书评论》第 9 期发表钱海骅的《当代工业题材的突破性力作——评长篇小说〈车间主任〉》；金燕玉的《倾听孩子的心声——读黄蓓佳的儿童长篇新作〈我要做好孩子〉》。

《当代文坛》第 5 期发表张瑞田的《新潮小说：喜忧参半的语言实验》；毛克强、袁平的《当代小说叙述新探》；沈嘉达的《道德的或非道德的：对经济行为的价值判断——从一个角度看中国新时期小说》；乍从巨的《灰色幽默：方方小说的个性与评价》；林舟的《乡土的歌哭与守望——读阎连科的乡土小说》；叶红、许辉的《论王安忆〈长恨歌〉的主题意蕴和语言风格》；汪政、晓华的《穿越沼泽——评庞瑞垠〈女模特儿之恋〉》；刘光荣的《安泰之死与土地情结——评王治安土地报告文学》；聂作平的《来自大地和生命的歌谣——读孙建军诗歌手记》；郭光豹的《被年轮匆匆碾过的诗河——读青年诗人徐泽的诗集〈昨日之河〉》；林非的《宏阔的视野与表述的智慧——评祝勇的散文》；曹家治的《大地和心灵——程宝林散文简论》；冯源的《面对高原的灵魂诉说——邢秀玲散文创作散论》。

《当代电影》第 5 期发表邓光辉的《英雄言说与平民表达——'95—'96 电影现象略述》。

《译林》第 5 期发表颜纯钧的《政治躯体上的毒瘤——评〈官方特权〉》；王守仁的《读〈莱巴嫩的玫瑰花〉》。

《求是学刊》第 5 期发表王一川的《重复模式与日常生活——几部"新写实"

小说的市民形象》。

《社会科学》第 5 期发表花建的《东方之珠的文化神韵——论香港文学发展的三个特点》。

《特区文学》第 5 期发表许扬的《"新都市文学"：社会转型的艺术结晶》；张承良的《都市里的迷失》。

《徐州师范大学学报（哲学社会科学版）》第 3 期发表李凤亮的《新理性主义与当代通俗文艺的审美化生成》；章亚昕的《"向外转"：近期诗学大趋势》；马彧的《论新时期探索性戏剧中的假定性特征》。

上旬，中国社科院文学研究所当代文学室与河南省作协、河南省文学院在京联合为作家行者举行研讨会。（据《文艺报》18 日消息）

16 日，《文艺争鸣》第 5 期以"'女性文学'讨论专辑"为总题，发表王光明、荒林的《两性对话：中国女性文学十五年》，丁帆、王彬彬等的《"女权"写作中的文化悖论》，赵勇的《怀疑与追问：中国的女性主义文学能否成为可能》，降红燕的《关于"超性别意识"的思考》，张喜田的《寻找的悲歌——新时期女作家的"精神怪圈"》；同期，发表李振声的《近年文学批评之评议》；易光的《寻找"自己的天空"——〈暗示〉读解》。

《文汇报》发表王晓明的《铸造我们基本文学趣味——〈二十世纪中国文学史论〉谈片》；萧萍的《故事及其理想主义状态——读秦文君中篇小说〈宝贝当家〉》。

17 日，《作品与争鸣》第 9 期发表李树榕的《人格的异化与异化的人格》。

18 日，《文艺报》发表余宗其的《论霍达〈未穿的红嫁衣〉》。

20 日，《小说评论》第 5 期专栏"香港文学笔谈"发表颜纯钩的《张爱玲的创作和香港文学》，王光明的《香港的文学批评：1950—1975（下）》；以"汪曾祺小说研究专辑"为总题，发表摩罗的《悲剧意识的压抑与觉醒——汪曾祺小说论》，谢锡文的《汪曾祺小说语境分析》；同期，发表刘明银的《感觉的灵光——试论新时期小说的感觉建构》；黄毓璜的《长篇〈重轭〉管窥》；李建军的《反讽修辞：〈白鹿原〉与〈百年孤独〉之比较》；[日]荻野修二的《小说与中国的"现在"》；子干的《文学人物长廊的必要补充——读李国文部分涅槃小说》；崔苇的《〈一九三七年的爱情〉：溃败的诗意　毁灭的激情》；李作祥的《写实主义的艺术魅力——读〈刘兆林小说精品选〉杂记》；何启治的《一部描写土地并像土地一样浑厚凝重的力作：长篇小说〈缱绻与决绝〉研讨会纪要》；刘俐俐的《我们和小说——对小说的追问》；程鳌眉的《穿过遥远的路途——评长篇小说〈俄罗斯姑娘在哈尔滨〉》。

《学海》第5期发表姜健的《我想有个家：论香港散文中的回归情结》。

《钟山》第5期发表李广仓的《焦虑与游戏》。

《剧作家》第5期发表陈鸿莉的《开拓新的接受空间》。

21日，《文艺研究》第5期发表王一川的《张艺谋神话：终结及其意义》；叶舒宪的《文学与人类学相遇——后现代文化研究与〈马桥词典〉的认知价值》。

22日，《啄木鸟》第5期发表张德祥的《揭示社会关系的深层存在》；张平的《永生永世为老百姓写作》；严昭柱的《一曲反腐败斗争的嘹亮战歌》。

23日，《天津社会科学》第5期发表南帆的《90年代文学批评：大概念迷信》。

24日，《文艺理论与批评》第5期发表严昭柱的《对文艺创作摆脱平庸的思考》；于敏的《好电影四点论》；马镫伯的《浅谈当前文艺创作走向》；陈长生的《文艺的通俗与低俗》；王建琳的《是女性文学还是"写性文学"》；黄裳裳的《意、趣、神、色——台湾小说〈将军族〉审美赏析》；张布琼的《港台生活一扇窗口——读〈港台风月〉》；杨怡的《世纪之交东南亚华文文学的现状及前景探视——简评〈当代东南亚华文文学多面观〉一书》。

25日，《大家》第5期发表胡彦的《先锋小说：终结与重建》。

《文学报》发表张春宁的《为"纪实小说"一辩》；周政保的《热烈的精神投光》；刘纳的《娇柔的力量——读张烨的爱情诗》。

《台港与海外华文文学评论和研究》第3期发表周成平的《九七回归后香港文学若干问题的思考》；黄发有的《徜徉于梦与醒之间——陈娟论》；寇立光的《文化"杂碎"人生"补白——论潘铭燊的散文创作》；颜纯钧的《怎一个"生字"了得——初读黄碧云（下）》；金梅的《华人散文集三记》；刘俊峰的《"在你的梦中，星光依然灿烂"——君绍的散文世界》；张先瑞的《"我手写我心"——简评姚拓的两个散文集》；刘介民的《朵拉美文的艺术特色——读朵拉精巧的方块〈阳光心情〉》；澄蓝的《舒兰诗歌的艺术风格》；彭金燕的《陈剑散论》；林承璜的《李鹏翥与澳门文学——读〈濠江文坛〉有感》；刘贤汉的《古龙武侠小说散论》；熊国华的《"才情"并茂的刘荒田》；刘红林的《吴新钿伉俪印象》；吴新钿的《菲律宾华文文艺七十年》；李润霞的《从超越的飞翔到回归的停泊——透视洛夫诗歌的思想内涵》；易晖的《顾左右而言它的"死亡诊断"——〈第一件差事〉的叙事学解读》；许燕的《坚硬的花瓶：女奴时代的隐喻——论欧阳子〈花瓶〉中的女性观》；赵炳炔的

《张爱玲小说创作论》；陈映真的《汹涌的孤独——敬悼姚一苇先生》；曹明的《台湾文艺界悼念姚一苇》；赵丽玲、周金声的《罗门蓉子文学创作读后》；洪英的《新加坡作家作品国际研讨会概述》。

《文艺理论研究》第 5 期发表摩罗的《论余华的〈一九八六年〉》；陈娟的《欲望的幻灭——张贤亮论》；林幸谦的《九十年代台湾散文现象与理论走向》。

《长城》第 5 期发表杨振喜的《阿宁小说印象》；李炳银的《到大海中去游泳》（讨论报告文学）；刘茵的《文学与广告》；丁临一的《关于可读性的思考》；李鸣生的《报告文学需要再认识》；何建明的《不可轻视的"报告"功能》。

《华侨大学学报（哲学社会科学版）》第 3 期发表朱立立的《世纪之交的台港澳暨海外华文文学青年学者研讨会综述》。

《浙江学刊》第 5 期发表丁莉丽的《金庸的悖论：传统男权尺度与现代女性观》。

《四川戏剧》第 5 期发表李远强的《新时期四川话剧文学主流》；闫西莉的《浅谈魏明伦剧作中的女性形象》。

《甘肃社会科学》第 5 期发表许文郁的《导向性与观赏性——对主旋律电视剧的几点思考》。

《北京师范大学学报（社会科学版）》第 5 期发表冯其庸的《论〈书剑恩仇录〉》；李阳春的《由"聚焦"走向"广角"的报告文学》。

《当代作家评论》第 5 期发表摩罗的《悲剧意识的压抑与觉醒——汪曾祺小说论》、《灵魂搏斗的抛物线——张炜小说的编年史研究》、《王晓明论》；何言宏的《现世空间的批判与重组——刘醒龙的两部长篇及相关话题》；贺仲明的《平民立场的现实审察——论刘醒龙近期小说创作》；沈义贞的《寻找"新支点"——评刘醒龙的〈寂寞歌唱〉》；刘醒龙的《仅有热爱是不够的》；周政保的《何止"秋白茫茫"——读李辉的〈沧桑看云〉系列》、《自尊的独语——读李锐的随笔集〈拒绝合唱〉》；何西来的《序李炳银〈当代报告文学流变论〉》；李洁非的《"她们"的小说》；张闳的《时间炼金术——格非小说的几个主题》；阎晶明的《"伦敦天空的发明者"——我读王小波小说》；叶廷芳的《平衡生命压抑的审美游戏——张抗抗〈情爱画廊〉之我见》；张景超的《宽广与博大——阿成近期小说的北方文化精神》；文学武的《文化家园的依恋——彭定安散文印象》；张德明的《又一种女性文学现实——东北作家女真创作散论》。

《戏剧》第3期发表立维明的《浅析当前阻碍戏剧繁荣发展的误区》。

《海南师院学报》第3期发表吕露的《真诚的力量——郑心伶散文创作的个性及审美追求》；古远清的《香港当代文学批评史绪论》；赵北湘的《厚重的历史感——评古远清新著〈台湾当代文学批评理论史〉》。

28日,《名作欣赏》第5期发表李富华的《对没落文化的抗争和屈从——张爱玲小说〈封锁〉解读》。

《四海—台港澳海外华文文学》第5期发表吴新钿的《菲律宾华文文艺七十年》。

《剧本》第9期发表林瑞武的《"闽派戏剧"风格成因刍论》；金陌的《新戏缘何少新意——对当前戏剧创作的一些思考》。

30日,《文艺报》发表李国正的《香港文学语言特色的嬗变》。

《光明日报》发表卞国福的《现实主义诗歌不会消亡》。

《大学英语》第2期发表朱伏娇的《话语权力与身体政治在〈白蛇〉中的再现——从福柯的微观政治学角度解读〈白蛇〉》。

本月,《今日中国》第9期发表池莲子的《第二届国际儒商文学研讨会召开》。

《伊犁师范学院学报(社会科学版)》第3期发表葛红兵的《论海外华人文学中的异乡人意识》。

《小说家》第5期发表闻树国的《汉语小说的失语与迷途及其可能性》。

《北京文学》第9期专栏"笔谈短篇小说"发表刘庆邦的《短篇小说的种子》,马原的《我为中国的短篇疲劳不堪》,丁天的《我目前认识的短篇小说》；专栏"百家争鸣"发表高秀芹的《现实主义:一个永远不会终结的话题》,周亚琴的《"个人主体"重写:"英雄形象"的道德尴尬》,谈歌的《关于作文与做人》。

《文学自由谈》第5期发表童庆炳的《隐喻与王蒙的〈杂色〉》；朱健国的《余秋雨"深圳赞歌"质疑》。

《电视研究》第9期发表孙秋萍的《人物·时代与结构——评电视纪录片〈傻子沉浮录〉》。

《芳草》第9期发表樊星的《武汉作家与"哲理小说"》。

《海燕》第9期发表张存学的《模糊与锐利》(讨论小说价值问题)。

本季,《云南文艺评论》第3期发表吴剑林的《世界华文文学研究的一朵奇葩:评〈世界华文文学的多元审视〉》；万登学的《诗人笔下的香港夜景》；李丛中的

《用真诚和真实打开的门窗——读周良沛的〈港风台月〉》。

本月,广西师范大学出版社出版陈思和的《陈思和自选集》,王晓明的《王晓明自选集》,陈平原的《陈平原自选集》。

中国文联出版公司出版程荣华编的《庄涌和他的诗》。

上海文艺出版社出版刘增杰的《云起云飞:二十世纪中国文学思潮研究透视》,倪邦文的《自由者寻梦:"现代评论派"综论》。

北京十月文艺出版社出版马玉田的《人的研究与文学》。

广西师范大学出版社出版张利群的《新编文学理论》。

中国社会科学出版社出版周伟民、唐玲玲的《论东方诗化意识流小说——香港作家刘以鬯研究》。

暨南大学出版社出版黄国彬、王列耀主编的《剖沙赏沙——当代华文散文杂文国际学术研讨会论文集》。

10 月

1 日,《广州文艺》第 10 期发表孟繁华的《国家意志与主流文化资源》;润土的《对这一代人的妖魔化的指认》。

《山东文学》第 10 期发表施战军的《九十年代中国艺术散文观察》;胡晓舟的《文化之境的大散文》;李蔚红的《散文创作随笔》。

《山西文学》第 10 期发表薄子涛的《平庸:理性思想的衰落》;阎晓明的《精神超越者的诗》。

《长江文艺》第 10 期发表刘安海的《坚守精神的热情颂歌——读晓苏的〈马镇挽歌〉》;樊星的《走进"新生代"》。

《芒种》第 10 期发表祝勇的《为什么远行》。

《作家》第 10 期发表余华、格非等的《三重话语之间》。

《滇池》第 10 期发表尧公的《观念世界的玩偶——评沈石溪的动物小说》。

《解放军文艺》第10期发表陈先义、汪守德的《从时代和生活寻找一种新的话语（跨世纪军事文学笔谈）》；张卫明的《狼的话题（下）（跨世纪军事文学笔谈）》。

2日，《文汇报》发表冯亦代的《从〈苍天在上〉到〈木凸〉》。

《文论报》发表程光炜的《可疑的叙事——近期小说阅读印象》；陈冲的《批评的善意与恶意》。

5日，《飞天》第10期发表孟伟、桂天寅的《文本的发现》；鲁文咏的《为中国诗歌捏把汗》。

《延河》第10期发表魏天无的《小说：设想生活的一种写作》。

《青海湖》第10期发表辛茜的《〈耕牛风波〉的思索——读才旦小说〈耕牛风波〉》；高宁的《藏族文学管窥》。

《朔方》第10期发表张兴昌的《文学从属政治的逻辑错位批评与悲剧性》。

《绿洲》第5期发表周政保的《答马丽华》。

7日，《小说选刊》第10期发表吴光华的《九十年代产业工人的赞歌》。

《文汇报》发表邹平的《今夕是何年？——九十年代文学批评一瞥》。

《天津文学》第10期发表毛峰的《执着于生活本身——九十年代人文风景》。

8日，《阅读与写作》第10期发表黄黎星的《"深情看世界"——读戴小华的游记散文集》。

9日，《文论报》发表陈映实的《一个具有鲜明时代感的典型形象——评中篇小说〈坚硬的柔软〉》；张志忠的《沐浴纯真——铁凝〈大街上的梦〉简评》。

10日，《宁夏大学学报（哲学社会科学版）》第4期发表郑万鹏的《张贤亮的直觉艺术》；田美琳的《张贤亮小说语言的诗意美》；王岩森的《唯公理与正义是从——70年代末以来杂文创作的主题分析（上）》。

《写作》第10期发表樊星的《机趣·哲理·意识流——南子微型小说略论》；戈雪的《谈当前小说创作中的泛性描写》。

《电影文学》第10期发表王迪的《当前电影剧作问题漫谈（二）——首届"夏衍电影文学奖"（1997）候选剧本读后》。

《许昌师专学报（社会科学版）》第4期发表袁桂娥的《魂牵梦绕故园情——论萧红在香港的生活和创作》。

《江淮论坛》第5期发表郑波光的《人的尊严意识——〈随想录〉人文思想资

源探索》。

《戏剧文学》第 10 期发表江山的《论近年我国戏剧对人性的开掘》。

《读书》第 10 期发表王晓明的《走出文学困境和精神困境》。

14 日,《光明日报》发表张炯的《繁荣有中国特色社会主义的文艺》。

中宣部文艺局、《人民日报》文艺报、《光明日报》文艺部、《求是》杂志文教部在京联合召开文艺界学习贯彻党的十五大精神座谈会。

15 日,《中国图书评论》第 10 期发表小舟的《中国科技精英的艺术群像——读长篇报告文学〈中国院士〉》。

《社会科学》第 10 期发表董丽敏的《花开花落水自流——论林白小说的女性特征》。

《江苏社会科学》第 5 期发表潘延的《对"成长"的倾注——近年来女性写作的一种描述》。

《南方文坛》第 5 期发表陈骏涛的《文学批评:从八十年代到九十年代》;王干的《保卫九十年代的文学批评》;叶梦的《我的散文观》;刘锡庆的《品评叶梦——与友人聊叶梦散文》;荒林的《〈遍地巫风〉与女性的视界》;李敬泽的《怀疑论者老李与李国文先生的小说》;张颐武的《重识垃圾——说李国文的〈垃圾的故事〉》;朱双一的《都市化与台湾文学的变迁》;王蒙、雷达、杨匡汉等的《华文文学五人谈》;徐坤、邱华栋等的《认识晚生代》;宇野木洋的《关于"后文革"期文学观念的考察——对现代主义的"误读"和后现代》。

15—19 日,中国作家协会在石家庄召开全国青年作家创作座谈会。

16 日,《文论报》发表崔卫平的《狂欢诅咒再生——关于〈黄金时代〉的文体》。

《作家报》以"文学批评与文化批评"为总题,发表李振声、旷新年、孟繁华等的文章。

17 日,《作品与争鸣》第 10 期发表飞鸣镝的《欲望的困扰与良知的坚守》。

18 日,《中国戏剧》第 10 期发表吴然的《军旅戏剧:中国剧坛的一道绿色风景线》;韦明的《中国歌剧点燃振兴之火》;颜振奋的《悲壮雄伟的颂歌——楚剧〈中原突围〉观后》。

20 日,《天津师大学报(社会科学版)》第 5 期发表平慧源的《论邱华栋小说的都市意识》;王蒙的《关于九十年代小说(在中国小说学会第三届年会上的讲话)》。

《福建论坛》第 5 期发表管宁的《当代都市人生的新画卷——评近期几部中篇小说的人性视角》；陈辽的《高阳对胡雪岩的历史定位和艺术创造》。

25 日，《山西师大学报（社会科学版）》第 4 期发表艾斐的《论中国当代文学的思想倾向与美学变绎》。

《上海大学学报（社会科学版）》第 5 期发表殷仪的《情满天涯：〈20 世纪中国散文英华海外游子卷〉序》。

《文汇读书周报》发表施康强的《余光中散文的气势》。

《西南民族学院学报（哲学社会科学版）》第 5 期发表倪锡文的《情系高原 根深叶茂——藏族诗人作家学者蒋永志创作初探》；黄丽梅的《历史·梦幻·生命——扎西达娃〈骚动的香巴拉〉解析》。

28 日，由湖北省作家协会理论研究室组织召开的邓一光长篇小说《我是太阳》研讨会在武昌举行。（据《文艺报》11 月 4 日消息）

《剧本》第 10 期发表李建民的《个体性格的把握与历史情状的鞭挞——谈新编古装戏〈青云路〉》；宋光祖的《小型戏曲论》。

29 日，《中华读书报》发表伍立杨的《缤纷络绎，锦绣有章：读余光中散文》。

30 日，《中国文学研究》第 4 期发表马丽蓉的《意象，为我们掀起文本的面纱——张承志小说艺术一瞥》；欧阳友权的《世纪末文学与文学"世纪末现象"》。

《中南民族学院学报（哲学社会科学版）》第 4 期发表韩可弟的《〈黑骏马〉的结构艺术》。

《湘潭大学学报》第 5 期发表李继凯的《论新时期秦地小说的民间原型》。

本月，《芳草》第 10 期发表谈歌、李鲁平的《关于小说创作和小说精神的对话》；钱家璜的《文美情浓　意美韵长》。

《北京文学》第 10 期专栏"笔谈短篇小说"发表林斤澜的《短篇短篇》，李洁非的《小写的文字》，蒋原伦的《短篇小说的寓言化倾向》。

《创作评谭》第 5 期发表邓荣弟的《评长篇小说〈雾满龙岗〉》。

《中国比较文学》第 4 期发表朱徽的《叶维廉访谈录》；蒋述卓的《草色遥看——我所知道的美国华人新移民文学》。

《青春》第 10 期发表陈胜乐的《哲理散文刍议》。

《海燕》第 10 期发表古耜的《现实主义的变奏与拓展》。

本月，东方出版中心出版王晓明主编、罗岗等选编的《二十世纪中国文学史

论　第一卷》。

吉林文史出版社出版李春燕主编的《东北文学综论》。

北京燕山出版社出版栾保俊的《论刘绍棠》。

福建教育出版社出版辜也平的《巴金创作综论》。

学林出版社出版欧家斤的《茅盾评说》。

天津人民出版社出版陈其强、蒋增福主编的《世纪回眸：郁达夫纵论：纪念郁达夫诞辰100周年国际学术讨论会论文选》。

鹭江出版社出版潘亚暾、汪义生的《香港文学史》。

澳门日报出版社出版穆凡中的《澳门戏剧过眼录》。

11月

1日，《广州文艺》第11期发表张柠的《都市的见证——读"广州新生代"》；李风亮整理的《回归之际话文学"1997：中国与世界华文文学新格局"学术研讨会综述》。

《山东文学》第11期发表王兆胜的《走出当前散文创作的误区》。

《山西文学》第11期发表李更的《先锋的菜园》；杨品的《从独特的视角观察复杂的社会》。

《电影评介》第6期发表曾亚波的《"红色经典"热起来》；强锋的《电影批评的一种缺憾》。

《芒种》第11期发表张同俭的《不同视角的同一聚焦》；刘秋群的《"游思"引发的浅想》。

《作家》第11期发表汪政、晓华的《突围表演》。

《贵州师范大学学报（社会科学版）》第4期发表杨淑媛的《现实主义：世纪末文学自救之路》。

《滇池》第11期发表朱曦的《告别摹仿与游戏》；羽人的《热闹的"对话"》。

4日,《文汇报》发表徐中玉的《深入生活　求真求实》。

5日,《飞天》第11期发表唐荣尧的《迟到的阵痛与呼告》;刘鹏辉的《有点美丽　有点残酷》;艾叶青的《严肃的荒诞与荒诞的真实》。

《广西文学》第11期发表彭匈的《批评的委顿》。

《东海》第11期发表龙彼德的《论刘长春散文》。

《莽原》第6期发表陈思和的《门槛上的断想》;刘思谦的《以个人的名义》;潘军的《关于"今日写作"的一封信》。

6日,《文论报》发表韩瑞亭的《当代历史小说的兴盛与发展》;南帆的《先锋小说与叙事实验》。

《台港文学选刊》第11期发表沈奇的《摆渡:传统与现代——郑愁予访谈录》;刘登翰的《〈香港文学史〉问答录》。

《文学报》发表何启治、盛元的《想望长篇小说的黄金时代——关于近年长篇小说创作现状的访谈录》;邢小利、仵埂、阎建滨、冯积岐的《陕西第三代作家纵横谈》。

《电影创作》第6期发表王志敏的《为中国电影的创作与研究呼唤接受美学观念》。

7日,《小说选刊》第11期发表肖复兴、朱向前的《短篇小说的困境和出路——关于当前短篇小说创作的对话》。

《天津文学》第11期发表李运抟的《风景这里很好——九十年代小说现实主义创作论》。

安徽省文联在合肥举行鲁彦周长篇新作《双凤楼》研讨会。(据《文艺报》18日消息)

8日,《文学世界》第6期发表贺绍俊的《九七小说随想》;肖云儒的《"最后"的景观——关于一种文学现象的思考》;雷达的《一个女性的生命写作——读徐晓的散文〈永远的五月〉》;昌切的《邓一光兵系小说人物的人格魅力》;孟繁华的《"人文精神"之后》;钱竞的《"人文精神"讨论的得与失》;毛崇杰的《时代病症与思想的使命》。

8—11日,由中国社会科学院文学研究所主办的第九届世界华文文学国际研讨会在京召开,海内外百余位专家、学者和作家以世界华文文学的综合研究为主题,探讨了当今华文文学的特征及发展前景。

9—10日,由重庆市文联和中国新诗研究所主办的'97中国新诗现状研讨会在西南师大举行。研讨会对新诗现状、新诗发展、新诗的诗体重建等诗坛关注的问题进行了讨论。(据《文艺报》22日消息)

10日,《中国西部文学》第11期发表周政保的《残损的灵魂》;陈柏中的《都市风景的独特观照》。

《写作》第11期发表何蔚的《非马:雄视美国诗坛的中国诗人》;王川的《浓情淡墨写丹青——简论张挥的小说》;张明芳的《审美触角的自然延伸——略谈方方的小说创作》。

《边疆文学》第11期发表李志远的《略论新写实小说与现实主义的区别》;吴剑林的《当代批评的话语困境与希望》。

《电影文学》第11期发表封宇一的《关于电视剧树立精品意识的思考》。

《理论与创作》第6期发表赵为学的《现实与审美两种语境中的人文精神》;伍世昭的《文化价值取向的三个面相——中国九十年代乡土小说一瞥》;汤亚竹的《新潮作家长篇小说创作的情感态度》;李杭春的《叶文玲现象》;周小兵的《张承志新诗艺术形式探析》。

《福建文学》第11期发表曾焕鹏的《在幽默与严谨中漫游》;高鹏的《生活里的文学和山水中的人生——读散文集〈生命泉〉、〈四月流水〉》。

《读书》第11期发表季桂保的《思想的现身》;马少华的《历史与激情的双人舞》;樊国宾的《拔剑四顾》;肖开愚的《当代中国诗歌的困惑》。

台湾作家陈映真作品研讨会在京举行。(据《文艺报》18日消息)

11日,《光明日报》发表傅书华的《文学的精神家园与现实基础》;杨立元的《关注现实　亲合大众——读"三驾马车"丛书》。

12日,《文艺评论》第6期发表朱必圣的《不幸的诗歌》;徐志伟的《位置的选择:对90年代诗歌的审视》;张景超、温汉生的《新时期小说的精神变奏》;于文秀的《李五泉和他的〈街上有狼〉》;吴尔芬的《小说的歧途》;萧晓红的《知识分子的消隐——重读新写实文学》。

13日,《人民日报》发表王否的《直面现实的〈抉择〉》。

《文论报》发表张峻的《折不败的圣诞花——读刘艺亭作品集随想》;张东焱的《努力写出个性来——贾兴安小说论评》。

15日,《文学评论》第6期发表缪俊杰的《人民,永恒的牵挂——评黄传会的报告文学〈忧患八千万〉》;丁临一的《大时代的音响 建设者的丰碑——评莫伸的报告文学〈大京九纪实〉》;董之林的《机遇与抉择——评高胜历的报告文学〈东部热土〉》;何西来的《突出写人和人的精神——评焦祖尧报告文学〈黄河落天走山西〉》;朱晖的《评〈淮河的警告〉》;饶芃子、陈丽虹的《海外华文女作家及其文本的理论透视》。

《山花》第 11 期发表程光炜的《不知所终的旅行——九十年代诗歌综论》。

《上海文学》第 11 期发表包亚明的《六十年代人:共同经验与知识传统》;王宏图的《关于我们这一代人》。

《中山大学学报(社会科学版)》第 6 期发表李青果的《从典型塑造看建国后现实主义文学的发展》。

《北京社会科学》第 4 期发表李建盛的《女权/女性话语:一种性别文化政治学》;静矣的《改变了性别的皮革马利翁》;李霆鸣的《本文叙事与话语意蕴》;高音的《"边缘"和"极端"的女性书写与殊途同归的悲剧主题》。

《当代文坛》第 6 期发表熊元义、董杰英的《论当前现实主义文学》;王爱松的《新时期历史题材文学的结构方式与叙事形态》;韩雪临、葛红兵的《穿过镂空的生活——荆歌近期小说解读》;吴野的《在文化视野中看诗歌——读叶潮〈文化视野中的诗歌〉》;王菊延的《扬起个性的风帆——汪政、晓华小说批评论略》;冯学全、资建民的《灵魂和生命的真诚拥护》;夏德勇的《邱华栋小说的乌托邦情怀》;金章的《〈长相思〉的文化意蕴》;饶先来的《香港文学现状一瞥》。

《民族文学研究》第 4 期发表伊澈的《海峡两岸少数民族文学研讨会综述》。

《当代电影》第 6 期发表苗棣的《工业化生产与电视剧艺术》;盘剑的《电视剧观众非审美心理初论》;郝建的《电视剧的两种叙事者》。

《西藏文学》第 6 期发表曹有云的《询问——在历史和自然中的人——维斯瓦娃·申博尔斯卡诗歌赏析》。

《中国现代文学研究丛刊》第 4 期发表朱东宇的《论林语堂的文化涵养与文化家庭小说》。

《求是学刊》第 6 期发表邓时忠的《新时期爱情小说的演变与自然主义》。

《诗探索》第 4 期发表宋杰的《乔装的赫尔墨斯——关于当前某些诗歌观念的断想》;朱先树的《论林珂的诗歌创作》;伍方斐的《顾城后期诗与诗学心理分析》;辜钟的《诗歌大潮的理论涛声——读〈中国朦胧诗人论〉和〈诗的哗变〉》。

《特区文学》第 6 期发表张百尧的《九十年代城市文学人物形象》；古耜的《历史在哲思与诗情中复活——王充闾和他的历史文化散文》。

16 日，《文艺争鸣》第 6 期发表兰爱国的《日常生活：喧嚣与拯救——20 世纪文学的"现代化"历程》；余开伟的《对历史影片〈鸦片战争〉的质疑》；罗以民的《电影〈鸦片战争〉的几处失误》；何平、汪政等的《现实与梦想——关于汉语小说的问答》。

《中国人民大学学报》第 6 期发表赖大仁的《20 世纪中国文学批评的转型》。

17 日，《作品与争鸣》第 11 期发表王闻的《谁为你身后守陵？》。

18 日，《文艺报》发表刘颐的《书生抱负本无垠——评长篇历史小说〈旷代逸才〉》。

20 日，《儿童文学选刊》第 6 期发表方卫平的《1996—1997：书写和阅读》。

《小说评论》第 6 期专栏"香港文学笔谈"发表赵稀方的《香港文学本土性的实现——从〈虾球传〉〈穷巷〉到〈太阳落山了〉》；以"西北小说研讨"为总题，发表韩鲁华的《上帝还会发笑吗？——对陕西九十年代小说创作的思考》，许文郁的《自卑情结与艺术人格——甘肃小说家文化心理剖析之二》，言公的《风景这边独好——读井石的〈麻尼台〉》；同期，发表宋瑜的《特别的声音——对海外大陆女作家的文本透析》；何笑梅的《台湾当代小说中的女性》；朱珩青的《民间社会及〈马桥词典〉》；周海波的《城市语境中的女性情感世界——张欣小说论》；范川凤的《心灵的探觅者——何玉茹小说论》；钟本康的《世纪之交：蜕变的痛苦挣扎——〈土门〉的隐喻意识》；杨经建的《〈曾在天涯〉：域外文学新质的呈现》；韩石山的《剪得云霞作华章——评长篇小说〈血瑟〉》；韩梅村的《在传统与人性之间——评张虹〈黑匣子风景〉》；谢有顺的《写作与存在的尊严》。

《昆仑》第 6 期发表昆仑鹰的《哲理化的美学追求与军事文学的复兴：对中国当代军事文学的再思考》。

《文学报》发表钱虹的《世界华文文学是一个整体》。

《河北学刊》第 6 期发表袁良骏的《简述许地山先生写于香港的小说》。

《钟山》第 6 期发表王宁的《德勒滋与中国当代文学的精神分裂结构》。

由国务院发展研究中心管理世界杂志社、北京作家协会、北京文联研究部联合举办的面向 21 世纪的中国——青年经济学家与青年文学家研讨会在京召开。

21 日，《文艺研究》第 6 期发表舒也的《新历史小说：从突围到迷遁》；雍文华的《历史文学：历史性、文学性、当代性》；朱国华的《略论通俗文学的批评策略》；黄树杭的《论现代剧作如何获得审美距离》。

22日，《啄木鸟》第6期发表孙武臣的《共产党人必答卷——读张平的长篇小说〈抉择〉》。

23日，《天津社会科学》第6期发表朴贞姬的《"再解读"与"解构"进入文学史写作——中国当代文学史研究现象之一》。

24日，《文艺理论与批评》第6期发表陈涌的《文艺理论批评的新收获》；杨华的《大气豪情颂伟人：读长诗〈邓小平〉》；彭荆风的《对淫乱的追求和扩散——评海男的〈我的情人们〉》；王峰秀的《现实主义启示录——关于现实主义冲击波的思考》；李万武的《救赎与屠戮——评"新状态"小说攻势》；周宁的《试论新加坡华文文学的文化语境》；骆蔓的《论槐华及其诗歌中的中华人文精神》。

25日，《文艺报》专栏"走向21世纪的中国诗歌笔谈（之一）"发表曾卓的《没有感情就没有诗》，刘征的《走出尴尬》；同期，发表戴翊的《〈丹青引〉的启示》。

《长城》第6期发表孟亢美的《现实主义的"蓝火"》；张同俭的《赵新小说的审美追求》；王志敏的《文坛上的"这一个"》。

《四川戏剧》第6期发表李祥林的《他者"话语权势"中的女性失语——戏曲艺术与女性文化研究札记》。

《甘肃社会科学》第6期发表王爱玲的《现实主义：从遵循到超越——毕淑敏小说创作的艺术手法嬗变》。

《光明日报》发表何镇邦的《时代赋予的一桩神圣使命——评张平的长篇小说〈抉择〉兼谈反腐题材文学创作的一些问题》；刘锡诚的《评冯牧的〈但求无愧无悔〉》。

《当代作家评论》第6期发表孙郁的《王蒙：从纯粹到杂色》；张毓茂的《〈东北现代文学大系〉总序》；孙玉石的《留给下个世纪的一份珍贵的遗产——谈〈东北现代文学大系〉》；钱理群的《一部地方区域的"文学大系"》；陈骏涛的《今天将会过去——小论〈今天将会过去〉兼及洁泯其人其文》；李怡的《王富仁与中国二十世纪晚期的启蒙文化思潮》；王光明的《香港的学院派文学批评》；敬文东的《从野史的角度看——文本解读的一种视角》；杨劼的《关于作家论》；方方的《倾诉是心灵的舞蹈》；张新颖的《风与流水所遇见的——〈沉钟〉漫议》、《读〈碑〉》、《反苹果牌即冲小说——关于〈洛神赋图卷〉答问》；焦桐的《小说戏剧性的消解与回归——王安忆近期小说评价》;潘凯雄的《可贵的未来意识——谈亦秋的长篇新作〈涨潮时分〉》;李振声的《"文本寄生者"李冯和他的长篇〈孔子〉》;张闳的《时间炼金术——格非小说的几个主题》。

《郑州大学学报(哲学社会科学版)》第6期发表乔美丽的《新时期转型小说总体特征论》。

《晋阳学刊》第6期发表龙潜的《第三代诗歌的分化》。

《浙江学刊》第6期发表卢敦基的《论金庸武侠小说创作过程中的重要转变》。

《通俗文学评论》第4期发表陆小蕙的《论苏童小说中的生活故事及其人性挖掘》;王东升的《乱世天教重侠游——武侠小说中的民族文化心理基质》、《奇侠只应书中有——武侠小说中的人物性格》、《痴心谁解侠客行——武侠小说的接受心理与解读原则》;王德胜的《历史与当下——当代中国电影中的"娱乐化历史"》;程小平的《反讽、解构或者逢场作戏——90年代大众文化的一个文本分析》;唐先田的《一部强烈关注现实的历史小说——〈天子娇客〉读后》;金伟的《说不尽,道不完的东方婚恋——评〈男婚女嫁之神——月老〉》;叶洪生的《比较港台武侠小说之美学——梁羽生〈白发魔女传〉与卧龙生〈飞燕惊龙〉为例(下)》。

《湖北大学学报(哲学社会科学版)》第6期发表黄曼君、喻大翔的《论台港澳文学对大陆文学的互补价值》。

26—27日,中国社科院文学所,中国作协创研部,安徽省张恨水研究会等单位在京联合举行张恨水与中国通俗文学研讨会。

27日,《人民日报》发表关仁山的《永远的文学选择》。

《文艺报》发表耿翔的《文化是我的家园——访台湾旅德女作家龙应台》。

28日,《四海—台港澳海外华文文学》第6期发表青阳的《永不厌倦的攀登者——记台湾著名女作家施叔青》;马克飞的《华文文学的兴盛气象——记马华文学国际研讨会》;李凤亮的《文缘连四海　畅叙在羊城——"1997:中国与世界华文文学新格局"学术研讨会侧记》。

下旬,由中国当代文学研究会、中华文学基金会文学部、中国华侨出版社联合主办的"旅美女作家严歌苓作品研讨会"在京举行。王蒙、张锲、雷达等20余人出席。(据《文艺报》22日消息)

30日,《扬州大学学报(人文社会科学版)》第6期发表王澄霞的《清幽独放的艺术奇葩——杨绛散文创作论》。

《山东师大学报（社会科学版）》第 6 期发表王卫平、陆梅的《世纪末的回眸与瞻望——林语堂研究 60 年概观》。

《浙江师大学报（社会科学版）》第 6 期发表雨石的《〈废都〉论》。

本月，《中华文学选刊》第 6 期发表丁临一的《近年报告文学、纪实文学创作的思索》。

《文学自由谈》第 6 期发表郜元宝的《容易失去的智慧——关于"道德理想主义"》；王岳川的《"童话诗人"的乌托邦问题》；张新颖的《也说私人写作》；张圣康的《半部佳作的遗憾》；李少君的《查时间先后，谈形式模仿》；李国文的《文章得失不由天》；曾庆瑞、赵遐秋的《质疑"小说百强"》。

《芳草》第 11 期发表余宗其的《法律的尴尬　人生的无奈——评谈歌的中篇小说〈污染〉》。

《海峡》第 6 期发表肖蓉的《他从闽东走来——试评林思翔的散文创作》；雪萍的《铸在人生跑道上的音符——评长篇小说〈女市长上任〉》；清风的《农村变革与农民命运的独特审视——读南强的长篇小说〈幸运〉》。

《海燕》第 11 期发表徐培范的《细节：小说叙述的最小功能单位》。

《现代台湾研究》总第 20 期发表包恒新的《土：医治思乡病的良药——台湾乡情文学鉴赏之六》。

全国第四届中外传记文学研讨会在湖南张家界举行。大会由湖南文艺出版社、中外传记文学研究会、北京大学英语系、《芙蓉》杂志社联合举办。

本月，大众文艺出版社出版李正忠的《面对文艺新潮》，曲润海的《"山药蛋派"作家作品论》。

陕西人民教育出版社出版屈雅君的《新时期文学批评模式研究》。

少年儿童出版社出版吴其南的《转型期少儿文学思潮史》。

学林出版社出版沈文元的《湖畔论稿》。

天津人民出版社出版王嘉良主编的《茅盾与 20 世纪中国文化》。

社会科学文献出版社出版（斯洛伐克）高立克著，陈圣生等译的《中国现代文学批评发生史》。

东方出版中心出版王晓明主编，罗岗等选编的《二十世纪中国文学史论（第二卷）》，王晓明主编，罗岗等选编的《二十世纪中国文学史论（第三卷）》。

中国华侨出版社出版曹惠民的《多元共生的现代中华文学》。

12月

1日,《广州文艺》第12期发表熊元义、董杰英的《文学不能停留在道德批判上》。

《山东文学》第12期发表吴义勤的《沉实朴素又一年》。

《山西文学》第12期发表周所同的《有个诗人叫葛平》;张行健的《三思斋外品齐峰》;王珂的《评赵少琳的实验诗》。

《芒种》第12期发表李炳银的《读徐光荣的报告文学》;黄涛的《渴望悟彻》。

《诗歌报月刊》第12期发表叶橹的《众声喧哗中的独语方式》;南野的《观念方式批判纲要》。

《滇池》第12期发表邹昆凌的《诗化人生》。

2日,《文汇报》发表邹平的《好大一棵树——九十年代文学一瞥》。

3—4日,中国文联各协会中青年会员德艺双馨座谈会在京举行。中宣部部长丁关根出席会议并讲话。

4日,《作家报》以"文学批评与文化批评"为总题,发表刘乐群、崔苇等的文章。

5日,《飞天》第12期发表吕进的《新诗怎么了?》;王久辛的《一个诗人能为这个社会干些什么?》;张光全的《时间不能在流动的角落》;时空的《关于现实主义冲击波的讨论》。

《东海》第12期发表张韧的《读〈秋瑾〉随想》。

《作品》第12期发表游焜炳的《人情练达即文章》;杨苗燕的《朴素的生命抒写》;廖琪的《她、他和他们……》。

《延河》第12期发表金宇澄的《固守在游荡之中》。

《朔方》第12期发表克俭的《小说的良知与社会关注——读长篇小说〈一朝

县令〉》;刘玉虎的《〈一朝县令〉的美学价值》。

《湖南文学》第12期发表熊元义的《发展中的当前现实主义文学》。

7日,《小说选刊》第12期发表朱向前的《当下性与混沌感及其他——评介柳建伟长篇小说〈北方城郭〉》。

《天津文学》第12期发表杨匡汉的《九十年代文学中的"仿真"问题》;陈晓明、刘大枫的《同情陈染——关于她的"超越性别意识"兼及她的"个人代表人类"说》。

9日,《文艺报》专栏"走向21世纪的中国诗歌笔谈(之二)"发表周良沛的《关于新诗的懂与不懂?……问题之随想》,卞国福的《现实主义诗歌不会消亡》。

10日,《中国西部文学》第12期发表丁子人的《理趣·絮语·意境——关于赵天益散文艺术断想》。

《江淮论坛》第6期发表李勇的《边缘的文化叙事——林语堂散文的解构性》。

《写作》第12期发表孙祖娟的《缅怀乡土 体悟人生——简评姚永标诗集〈在古老的河边〉》;李保均的《新鲜深刻的内容 真切生动的叙述——评邓高如的小说〈探子屠生〉》。

《电影文学》第12期发表杨友苏的《〈失落的世界〉的失落》。

《戏剧文学》第12期发表田旭修的《论新潮戏剧审美的嬗变与开拓》。

《福建文学》第12期发表钟高的《中国戏剧史编写视野的崭新突破》。

11日,《人民日报》发表云德的《建设与发展有中国特色的社会主义文艺》。

《文艺报》发表艾斐的《〈首富〉"山药蛋派"的新景观》。

12日,《中流》第12期发表严昭柱的《一曲反腐败斗争的嘹亮战歌》。

中国报告文学学会、中华文学基金会、中国海洋石油报、中国现代文学馆在京联合举办诗人徐迟追思会。以徐迟命名的中国报告文学最高奖"徐迟报告文学奖"于2002年4月在京启动。

15日,《上海文学》第12期发表许纪霖的《他思故他在》;梅朵的《一次超越》。

《南方文坛》第6期发表王光明的《文学批评的学术转型——90年代文学批评的一种倾向》;陈思和的《也谈"批评的缺席"》;杨匡汉的《九十年代中国文学风景线》;张志忠的《寻根文学的深化和升华——〈长恨歌〉、〈马桥词典〉论纲》;[韩]慎锡赞的《从伤痕到寻根——新时期文学思潮流变回顾之一》;鬼子的《听人争吵〉;王干的《叙述之外的叙述——评鬼子的小说》;汪政、晓华的《疼痛的写作——有关鬼子作品的讨论》;於可训的《沉淀经典——〈跨世纪文丛〉的文学史意义》;陈墨的《期待着更完美的跨越——〈跨世纪文丛〉的特点》;陈辉平的《熔铸文学的辉煌——〈跨世纪文丛〉的启示》;郜元宝的《说出"复杂性"——谈〈踌躇的季节〉及其他》;朱双一的《都市化与台湾文学的变迁》。

《安徽大学学报(哲学社会科学版)》第6期发表张器友的《世界文化格局中的当代中国文学》;王达敏的《史学新思潮与文学新形象——论90年代中小说的社会土匪形象》。

《徐州师范大学学报(哲学社会科学版)》第4期发表王成军的《论中国当代文学中的"自传性"》;陈辽、李雪梅的《游子的心声和南洋华族的史卷——浅论舒兰诗集〈海外吟及其他〉和郑树良"南洋华族历史小说"》;蒋心焕、吴秀亮的《郭保林散文艺术论》。

《文教资料》第6期发表姚一苇的《文学往何处去——从现代到后现代》。

《广东社会科学》第6期发表陈实的《永恒的变奏——香港诗歌话语方式的转变》。

《小说界》第6期发表陈荒煤、罗艺军的《对二十七年中国电影的一个回顾》;谢冕的《再现一个历史阶段的诗歌形态》。

《华侨大学学报(哲学社会科学版)》第4期发表刘小新的《近期马华的马华文学研究管窥》;倪金华的《关注现实 感时忧国——新加坡华文文学的中华人文精神之考察》;朱立立的《论朵拉的微型小说》;陈旋波的《汉学心态:林语堂的文化思想透视》。

17日,《作品与争鸣》第12期发表严昭柱的《一曲反腐败斗争的嘹亮战歌》;蔚蓝的《理性观照下的小说阐释》;崔道怡的《令人落泪的短篇小说》。

18日,《文艺报》发表李万武的《对现实主义的想念》。

《中国戏剧》第12期发表王永敬的《立于时代制高点的刘伯承——观话剧〈虎踞钟山〉有感》;胡世宗的《应和时代的呼唤——大型话剧〈炮震〉观后》。

《作家报》发表刘倩的《斯妤散文:独特而绮丽的风景》。

20日,《台湾研究》第4期发表高剑的《林耀德与台湾"都市文学"》;曹明的《表现台湾现代都市人的心态——漫谈马森的戏剧创作》。

《当代》第6期发表翁寒松的《人类法理精神的文学颂歌——评赵德发的长篇新作〈缱绻与决绝〉》。

《福建论坛》第6期发表萧成的《新时期文学中的"女性方式"雏形》;林继中的《林语堂"对外讲中"思想方法初论》;秦宝华、翁芝光的《香港回归后的闽台文化交流》。

23日,《光明日报》发表翟泰丰的《为建设绚丽多彩的有中国特色社会主义文学而努力——寄语青年作家》。

25日,《山东大学学报(哲学社会科学版)》第4期发表郑春的《试论刘震云小说的文体形态》。

《文艺报》发表张健钟的《中国当代话剧的四个面向》。

《文论报》发表黄毓璜的《批评的远逝》。

《文学报》发表韩小蕙的《该怎样回答那个尖锐的声音?——90年代女性散文之我见》;钟锐的《果真反映了大时代吗?——也说"小女人散文"》。

《台港与海外华文文学评论和研究》第4期发表杨匡汉的《热带韵林:生存者呼唤至深者——马华诗歌的精神投向及艺术呈现》;曹惠民的《"当前化"批评中的史家风度——评黄维樑的香港文学研究》;刘红林的《〈流火醉花〉揽胜》;方忠的《论高阳小说的文化精神和现代意识》;彭耀春的《论黄美序的喜剧情怀——〈戏剧欣赏〉的一种解读》;庄若江的《苍劲沉郁 神韵无穷——王鼎钧散文艺术论》;戴洁的《一个搜集彩虹的人——读陈幸蕙散文集〈与你深情相遇〉》;徐光萍、卞新国的《"散文的辫子"在哪里:余光中散文的误区》;许正林的《在东西方文化交汇点上的新华文学》;周可的《蜂雀竞飞的"内空之旅"——试论新加坡华文作家陈瑞献的文学创作》;葛乃福的《写出一个春天来——试论黄孟文的小说世界》;马阳的《热带灿若星霞的诗魂——读诗选〈半世纪的回眸〉》;阮温凌的《人物漫画的面面观——黄孟文短篇小说〈窃听器〉的"多框形结构"》;孙永超的《晴雨人生——陆士清先生印象》;冯亦同的《诗国"明珠"与"小草"诗踪——傅天虹的香港诗创作及其文学活动》;沈奇的《摆渡:传统与现代——郑愁予访谈录》;李正西的《龙哭千里 修诗贲道——悼念诗人、作家丘肇飞先生》;韩念敏的《传统与现代夹缝间的女性人生——论香港作家东瑞中篇小说中的女性形象》;汪义生的《竖立于海外华文文学研究领域的新标志——读潘亚暾〈海外华文文学现状〉》;马克飞的《华文文学的兴盛气象——记马华文学国际研讨会》。

《海南师院学报》第4期发表钟名诚的《多元共存 两翼发展——九十年代散文理论批评扫描》;贾焕亭的《评郭保林的散文创作》;李雪梅的《新加坡诗坛的

"诗人家族"——论长瑶、喀秋莎、古琴等的诗歌创作》。

《出版参考》第12期发表雨人的《台湾的乡土文学》。

《上海大学学报(社会科学版)》第6期发表葛乃福的《香港现代散文的特征》。

《汕头大学学报(人文社会科学版)》第13卷第6期发表许燕的《大自然的三原色——论蓉子风景诗的色彩运用》。

《杭州大学学报(哲学社会科学版)》第4期发表鉴春的《金庸:从大众读者走进学术讲坛——杭州大学金庸学术研讨会综述》;李咏吟的《金庸小说叙事与民间文化理想》;吴秀明、陈择纲的《文学现代性进程与金庸小说的精神构建——兼谈武侠小说的"后金庸"问题》;陈建新的《〈鹿鼎记〉:成年人童话的消解——兼论金庸的现实主义倾向》。

《台湾研究集刊》第4期发表俞兆平的《台湾诗学中意象概念的追寻》;朱双一的《近年来的台湾小说创作》。

《剧本》第12期发表王评章的《〈沧海争流〉的艺术特点及其对史剧创作的突破》。

29日,由文化部和中国文联联合举办中国话剧90年纪念大会在京举行。李岚清、李铁映出席大会并讲话。

30日,《文艺报》发表何西来的《为了自己,同时也为了他人——梁衡散文集《〈人杰鬼雄〉》。

《创作评谭》第6期发表李建盛的《价值维度的消解与当代中国小说》;孙海浪的《东西方儿童文学真实论初探》;詹婉容的《故事,由我来讲——第一人称叙述者在小说影视中的叙事策略》;李志川的《逆光喷火的流云——张云与他的诗集〈寻找太阳〉》。

《同济大学学报(人文·社会科学版)》第2期发表应宇力的《一地的朦胧——香港作家钟晓阳小说论》。

31日,《人民日报》发表段崇轩的《淡化与扩散——九十年代乡村小说的演变》;毛时安的《当代生活的风采和魅力》;刘起林的《农村题材小说创作的成就与期望》。

本月,《文学评论丛刊》第1卷第1期发表胡良桂的《中国当代先锋小说的现代发展》。

《华文文学》第2期发表陈贤茂的《海外华文文学与中国传统文化》;饶芃子

的《心灵与人性的雕刻——评泰华作家司马攻的微型小说》;吴奕锜的《亲近现实与大地——陈雪风文艺批评浅论》;刘俊峰的《禅意与诗意——论林高的文学创作》;彭志恒的《追求"深度"——从"话语"概念的失当谈起》;房赋闲的《卓以玉及其诗画世界》;陈慧桦的《擅长叙事策略的诗人——论陈大为的诗集〈治洪前书〉和〈再鸿门〉》;朱必圣的《孤独的英雄——评杨平的诗集〈永远的图腾〉》;王龙的《美不胜收——评〈台港散文40家〉》。

《北京文学》第12期专栏"笔谈短篇小说"发表谢冕的《试着找门》,何世光的《千古杨花飞》,李敬泽的《倒〈双拐记〉》。

《芳草》第12期发表夏元明的《突破和超越——评何存中的〈画眉深浅〉》。

《海燕》第12期发表陆文采、田泥的《〈褐土〉的悲剧情蕴》。

本月,内蒙古文化出版社出版刘雅民的《文学的价值》。

岭南美术出版社出版梵扬的《文艺杂谈》。

湖南教育出版社出版刘洪涛的《湖南乡土文学与湘楚文化》。

人民文学出版社出版朱寨、张炯主编的《当代文学新潮》。

漓江出版社出版林焕平的《改革开放与文艺发展》,陈仲义的《台湾诗歌艺术六十种——从投射到拼贴》。

当代中国出版社出版程代熙的《时与潮》。

百花洲文艺出版社出版［美］詹姆逊著、钱佼汝译的《语言的牢笼·马克思主义与形式》,刘炎生的《林语堂评传》。

复旦大学出版社出版王安忆的《心灵世界：王安忆小说讲稿》。

北京燕山出版社出版甘海岚、张丽妧主编的《京味文学散论》。

长江文艺出版社出版宋致新的《文学论稿》。

学林出版社出版叶公超的《新月怀旧：叶公超文艺杂谈》。

湖南文艺出版社出版陈仿麟的《煮字斋文札》。

山东教育出版社出版李少群的《追寻与创建：现代女性文学研究》。

社会科学文献出版社出版张德祥的《现实主义当代流变史》。

1998年

1998年

1月

1日,《广州文艺》第1期以"为97年文坛打分"为总题,发表王干的《编组的时代》,李敬泽的《我的1997》,洪治纲的《自由叙事的可能与局限——1997年晚生代作家小说读后》。

《山东文学》第1期发表王光东的《作家应是怎样的人?——作家人格漫议》;谭好哲的《走出"形象"的遮蔽》。

《山西文学》第1期发表杨矗的《山西新生代小说略评》;桑宁霞的《遵循美的规律 再现历史真实》。

《文论报》发表邹平的《理性怀疑主义的时代——关于90年代及其文学》。

《文学报》发表周政保的《受冷遇的短篇小说创作》;高松年、沈文元的《美文森林中的香樟树——读〈叶文玲散文自选集〉》;张柠的《都市的见证——读"广州新生代"》;王宏图的《〈长相思〉:一部新古典主义的杰作》。

《电影评介》第1期发表朱印海的《电影的审美娱乐性及其整体性效应》;洪开的《电视剧应力求精粹凝炼》。

《芒种》第1期发表林金水的《诗,从远古走来》。

《草原》第1期发表宋球勋的《文艺创作呼唤批评》。

《诗歌报月刊》第1期发表蒋林的《呕命于清醒和模糊之间:诗与论》;林茶居的《高傲的审美》;小海的《谈诗歌民族化问题》。

《解放军文艺》第1期发表燕燕的《害怕明天的眼睛(跨世纪军事文学笔谈)》;周熙明的《什么是真正的文化危机?(跨世纪军事文学笔谈)》。

2日,《文汇报》发表王纪人的《无主题变奏——九十年代文学扫描》;吴跃农的《谁来写小说?》;倪文尖的《"亡羊补牢"与"构筑底部"——关于二十世纪的中国文学史论》;秋竹的《青春激荡——读校园小说〈青春的螺旋〉》。

3日,《人民日报》发表刘心武的《雨滴落海声——读〈往事知多少〉》;杨子才的《高奏华夏凯歌——〈战斗故事丛书〉读后》。

5日,《飞天》第1期发表杞伯的《光明的金顶》(讨论昌耀的《命运之书》);翟雄的《"马崇拜"精神与理想人格的沟通》。

《大家》第1期发表程光炜的《怀旧、伤痛与童年记忆——评庞培、张锐锋的新散文》。

《当代外国文学》第1期发表柳鸣九的《色彩缤纷的睿智——"新寓言"派作家图尔尼埃及其短篇小说》;程锡麟的《试论战后美国非虚构小说》;尹玲夏的《质朴的形象　纯真的吐露——雷蒙德·苏思特和他的诗作》。

《湖南文学》第1期发表徐小斌的《感觉变成了文字的遗憾》。

6日,《台港文学选刊》第1期以"关于台湾文学奖"为总题,发表朱西宁的《必要之恶评选出文学之美》,郑喻如的《现代小说与读者渐行渐远》。

《光明日报》发表牛玉秋的《九十年代的乡土小说》。

7日,《小说选刊》第1期发表白烨的《九七小说风尚:写实》。

《天津文学》第1期发表贺绍俊的《在对批评的不断指责面前我们不会无动于衷——文学批评家的一次关于批评的对话录》;闻树国的《当前小说的个人化倾向与个人话语》。

《文艺报》发表赵遐秋、曾庆瑞、张爱琪的《户履未倦夸轻翩:与作家陈映真对话》。

8日,《文论报》发表陈映实的《跃向新的高度——河北省第七届文艺振兴奖小说作品述评》。

《文学世界》第1期发表陈晓明的《走向深刻的终结——简论徐小斌的小说叙事》;晓华、汪政的《花开花落两由之——'97中短篇小说阅读印象》;白烨的《小说新生代在1997》;子干的《寂寞歌唱——1997年中短篇小说漫议》;李国文的《作家的远见》;南帆的《批评家·作家·科学》;崔苇的《守住自己的性情》;闻树国的《三家村:稳定持久的中和性——我看〈上海文学〉〈北京文学〉〈青年文学〉》。

9日,《人民日报》以"一九九七,文学提供了什么"为专题,发表雷达的《更求长篇精品》,牛玉秋的《中篇:寄希望于新生代》,李炳银的《报告文学收获不丰》。

10日,《宁夏大学学报(哲学社会科学版)》第1期发表马玮的《试论张承志的色彩语言》。

《电影文学》第1期发表马风的《〈有话好好说〉有话可说》;王耀杰的《"向前看"与"向后看"的偏执》。

《戏剧文学》第1期发表宋宝珍的《失语的戏剧批评》。

《苏州大学学报(哲学社会科学版)》第1期发表王尧的《"最后一个中国古典

抒情诗人"——再论汪曾祺散文》。

《电影艺术》第1期发表李奕明的《从第五代到第六代——90年代前期中国大陆电影的演变》；尹鸿的《"第五代"与"新生代"：电影时代的交叉与过渡》。

《沈阳师范学院学报(社会科学版)》第1期发表马力的《情结情韵　发现表现——论香港作家何紫的〈童年的我〉》；王向阳的《女性神话与逃离意识——谈当下女性创作中的一种倾向》。

《花城》第1期发表南帆的《边缘：先锋小说的位置》。

《诗刊》第1期发表孙绍振的《后新潮诗的反思》。

《信阳师范学院学报(哲学社会科学版)》第1期发表刘荣林的《对"新写实"小说的辩证思考》。

《理论与创作》第1期发表佘丹清的《转型期审美价值取向与文学转换》；杨经建的《关于97年度的长篇小说》；陈辽的《论社会主义初级阶段的文学》；金国政的《寓言与预言——长篇童话〈蜜里逃生〉思想艺术概论》。

《福建文学》第1期发表何西来的《评傅溪鹏的报告文学创作》。

《诗潮》第1—2月号发表章德益的《台湾诗杂议》。

《山东教育学院学报》第1期发表王建新的《读梁凤仪的财经小说》。

《许昌师专学报(社会科学版)》第1期发表田锐生的《刘以鬯实验小说简论》；陈业东的《抗战时期澳门诗坛一瞥》；郑炜明的《16世纪末至1949年澳门的华文旧体文学概述(上)》；樊洛平的《女性心灵的诠释——席慕蓉的创作心态与情感方式》。

《读书》第1期发表王蒙的《难得明白》(讨论王小波的小说)；王德威的《艳歌行——小说"小说"》；刘晓凯的《数字化时代的喜悦与迷离》。

11日，中国文联出版公司主办的《四海—台港澳海外华文文学》第1期正式更名为《世界华文文学》，原双月刊改为月刊，主编谷守女。

《文汇报》发表叶文玲的《真诚的心弦——读倪萍的〈日子〉》；梅朵的《一个普通的中国人——评话剧〈尊严〉》。

12日，《文艺评论》第1期发表王杰的《第三种批评：一种否定学批评》；罗振亚的《生命本体的喧哗与骚动》；魏天真的《再论报告文学的史诗特质》；李全祯、刘雅珍的《微型小说——当代文坛的轻骑兵》；张志忠的《世纪末回眸：文化激进主义与文化保守主义的思考》；肖浩《创造与存在意义上的当今中国文学》；周春宇的《道德批评的前途》。

13日,《文艺报》发表桑宁霞的《遵循美的规律　再现历史真实——读马烽新作〈玉龙村纪事〉》。

15日,《文论报》发表樊星的《民众的世纪——九谈告别20世纪》;谢有顺的《我们这一代人的困境》。

《山花》第1期发表戴锦华的《迟子建:极地之女》。

《上海文学》第1期专栏"批评家俱乐部"以"大众文化与大众文化批评"专题,发表吴炫的《中国的大众文化及其批评》,葛红兵的《个体文化时代的大众文化批评》,汪政的《立场的选择与阐释的介入》;同期,发表王鸿生、耿占春等的《对"文革"的再叙事》。

《艺术广角》第1期发表王绯的《文学批评:形式·内容·我》;陈吉德的《试论中国现代都市电影的特质与流变》;宋丹的《马桥事件:批评的尴尬》。

《文学评论》第1期发表董健的《中国戏剧现代化的艰难历程——20世纪中国戏剧回顾》;蒋守谦的《谛听"伟大心灵的回声"——论90年代部分中短篇小说的崇高题旨和美学形态》;谢冕的《丰富又贫乏的年代——关于当前诗歌的随想》;张志忠的《试论90年代文学的文化视野》。

《文汇报》发表记者凌云的《革命题材的人性开掘——访〈太阳鸟〉导演苏时进》。

《雨花》第1期以"世纪末文学丛谈——诗歌(一)"为总题,发表赵恺的《失乐园》,叶橹的《历史的昭示,抑或怪圈?》,姜耕玉的《以诗观诗》。

《中国图书评论》第1期发表王祖强的《在扎根生活中崛起——近一年来长篇小说创作回顾》;於曼的《崛起于行帮与洋场之间——读简兆麟淘金者系列小说》。

《天涯》第1期发表王家新的《群岛的对话》(诗歌"平民化"和"知识分子写作")。

《复旦学报(社会科学版)》第1期发表沈永宝的《论林语堂笔调改革的主张》。

《当代文坛》第1期发表沈义贞的《"散文热"与"大散文"》;陈胜乐的《多元的意义和空间——近两年的散文记忆》;张国龙的《洗涤思想　裸视灵魂——周涛散文刍议》;祝勇的《为什么远行——感悟刘元举的〈西部生命〉》;李跃红的《"新

闻性"：长篇小说的新负载——论刘心武〈栖凤楼〉》；方维保的《血缘幻想与性别政治——论赵玫的长篇小说〈郎园〉》；刘仲国的《论何顿的都市题材小说》；陈朝红的《追求历史底蕴与文学品格——田闻一和他的〈赵尔丰·雪域将星梦〉》；黄发有的《倾听跫音——陈幸蕙散文漫评》。

《当代电影》第1期发表胡克的《转型期电影走势——评1996—1997年中国电影》；饶朔光的《关于当前电影创作的思考》；高军的《聚焦一九九七——北京市场"九七国产片年"述评》；王德胜的《娱乐化的历史——90年代中国电影中的"历史"问题》；陈晓明的《神奇的他者：意指代码在中国电影叙事中的美学功能》；尹鸿的《当前中国电影状态》。

《当代戏剧》第1期发表张自胜的《改编：走出戏曲低谷的一种途径》。

《齐齐哈尔师范学院学报（哲学社会科学版）》第1期发表单仲范的《匠心独运，寓意幽深——张艺谋电影〈大红灯笼高高挂〉的独特风格》。

《求是学刊》第1期发表李世涛的《挑战与超越——对中国后现代主义文学的思考》。

《南方文坛》第1期发表南帆的《我的批评观》、《作家与批评家》；余岱宗的《边缘的阐释——评南帆的文学思想》；马相武的《造势当下的南国三剑客》；黄伟林的《论广西三剑客——解读李冯、鬼子、东西的小说》；朱小如的《"挑战"广西三剑客》；张梅的《误区》；张柠的《睡眼惺忪的张梅和一座忧郁的城市》；齐红的《都市欲望中的浮沉与挣扎——张梅小说中女性形象的心灵特征》；杨克、南野、陈仲义等的《九十年代：诗与思的对话》；谢冕的《诗学建构的突破性尝试》；陈晓明的《内与外的置换：重写女性的现实——关于林白的〈说吧，房间〉》；孟繁华的《弱势性别：与现实的艰难对话——评林白的长篇小说〈说吧，房间〉》；白烨的《97小说风尚：写实》。

《特区文学》第1期发表田耒的《哲思在诗境中穿行——梁衡散文的智性之美》；古耜的《快乐的家园——读高洪波的散文》。

15—18日，"吕赫若作品学术研讨会"在北京民族饭店举行。（据《世界华文文学》1998年第4期）

16日，《文艺争鸣》第1期发表范钦林等的《关于相对主义批评观的讨论》；吴晓群的《世纪之交的文化思索》；路文彬的《救救文学批评——让文学批评回到文学》；陈丽员的《文化夹缝中缪斯家园的定位与守望——20世纪中国文学发展中的一种二律背反现象》;伍方霏的《现代性:跨世纪中国文学展望的一个文化视角》;刘思谦的《中国女性文学的现代性》。

《中国人民大学学报》第1期发表舒也的《世纪末:先锋的迷遁》;邢建昌的《雅与俗:传统与现代的变奏》。

17日,《作品与争鸣》第1期发表郭小林的《活出尊严》;周然毅的《历史理性精神的缺失》。

全国文学创作中心座谈会在京举行,6个创作中心的"当家人"就如何繁荣文学创作等问题进行商讨。

18日,《文汇报》发表朱铁志的《我观杂文》。

《中国戏剧》第1期发表梁光弟的《〈虎踞钟山〉——主旋律寓于艺术魅力之中》;林毓熙的《具有鲜明艺术个性的〈变脸〉》。

中国作家协会第五届主席团第四次会议在京召开,会议审议并通过作协1997年工作总结(审议稿)、作协1998年工作要点(审议稿)及作协关于庆祝新中国成立50周年文学活动方案(审议稿)。

19—21日,中国作协第五届全委会第三次(扩大)会议在京举行。

20日,《儿童文学选刊》第1期发表梅子涵的《让故事飞翔起来》;彭懿的《走近幻想文学》;班马的《少年小说的绝妙突围》;秦文君的《寻求新空间》。

《小说评论》第1期以"河南青年作家评论小辑"为总题,发表何向阳、耿占春、王鸿生等的文章;同期,发表畅广元的《〈白鹿原〉与社会审美心理》;敬文东的《追逼九十年代——关于九十年代写作的六个问号》;南帆的《城市的肖像——读王安忆的〈长恨歌〉》;[日]盐旗伸一郎的《贾平凹创作道路上第二个转机》;贺兴安的《〈我是太阳〉创新处五点谈》;刑小利的《逼近日常存在的真相——读黄建国短篇小说集〈蓊头蓊脑的太阳〉》;吴三冬的《绝不承担责任风险的名利追求——论王朔的创作》;韩小蕙的《解读梁晓声》。

《钟山》第1期发表葛红兵的《个体文化时代的批评》;吴义勤的《在边缘处叙事》。

《清明》第1期以"笔谈《世纪黄昏》"为总题,发表苏中的《品味〈世纪黄昏〉》,唐先田的《走出无奈 走向未来》,车敦安的《直面尴尬的人生》,曹志培的《不洁灵魂的自白》(讨论潘浩泉的长篇小说《世纪黄昏》);同期,发表许春樵的《人性主体结构中的灵魂救赎》。

"海峡两岸文艺交流座谈会"在北京召开。

19—21日,中国作协第五届全委会第三次(扩大)会议在京举行,与会160余人就如何进一步研究和开创文学工作新局面展开探讨。

21日,《文汇报》发表邵燕祥的《分享诗情》。

《文艺研究》第1期发表刘思谦的《中国女性文学的现代性》。

22日,《文论报》发表李振声的《坚持在差异中写作》;唐晓渡的《当前诗坛:"低谷"的梦魇》。

《文汇报》发表江迅的《"女性书写"的苏醒》。

23日,《天津社会科学》第1期发表尹鸿的《世纪转折时期的历史见证——论90年代中国影视文化》。

《文学报》发表顾骧的《探寻人性的真实:读台湾作家萧飒的小说》。

24日,《文艺报》发表李钧的《批评的偏狭》。

《文艺理论与批评》第1期发表樊波的《试析"个人化写作"及其他》。

25日,《文艺理论研究》第1期发表饶芃子的《海外华文文学学科建设与方法论问题》。

《甘肃社会科学》第1期发表赵学勇、刘铁群的《历史的重创与现实悲伤——从池莉的小说看当代人文化心理的阴影》;彭金山的《困境与回归——后新诗潮感言之二》;刘俐俐的《走向自觉:90年代中国小说的可能与必然》。

《长城》第1期发表王光东的《再谈现实主义的个人性》;谢泳的《作家的民间立场》;杜学文的《沉沦与飞扬》;杨品的《缺乏真诚的"文集热"》;闫晶明的《"骂"派批评何以走俏》;段崇轩的《少一点门户之见》;陈坪的《批评的困境与困惑》。

《当代作家评论》第1期发表陈晓明的《从虚构到仿真:审美能动性的历史转换——九十年代文学流变的某种地形图》、《穿过不可知的语言极地——关于徐小斌小说叙事的断想》;王绯的《王安忆:理性与情悟》、《池莉:存在仿真与平民故事——二十世纪末中国女小说家典范论之一》;於可训的《在升腾与坠落之间——漫论池莉近作的人生模式》;潘凯雄的《泽及众生的"世俗"关怀——读池莉的两部中篇有感》;摩罗的《张炜:需要第四次腾跳》;老高的《先锋派小说家和新状态小说家》;蔡翔的《九十年代小说和它的想象方式》;邢小利的《生命的苦难与生命的壮美——读陈忠实的散文集〈生命之雨〉》;刘明银的《"采访之外"的史铁生》;钱竞的《湖湘学风与〈旷代逸才〉》;李洁非的《行者提供了什么?》(讨论行者的小说)；赵慧平的《〈金兰散文〉：珍藏心灵》；聂作平的《巴音博罗诗歌解读》。

《郑州大学学报(哲学社会科学版)》第 1 期发表乐铄的《王安忆对妇女命运的新思考——〈长恨歌〉、〈我爱比尔〉中的市场经济负面与"红颜薄命"》。

《社会科学战线》第 1 期发表杨匡汉的《现代主义在台湾地区》；尚明的《香港大学中文系七十周年纪念国际学术研讨会综述》。

《湖北大学学报(哲学社会科学版)》第 1 期发表刘成友的《现实主义的"革命"形态——20 年代末到 70 年代泛政治化语境中的现实主义》。

27 日，《文艺报》发表郭宝亮的《〈抉择〉：叙事的艺术》。

29 日，《中华读书报》发表郜元宝的《漫说"留学生文学"》。

30 日，《文汇报》以"寻求突破的长篇小说"为话题，发表雷达的《当前长篇创作衡估》，王必胜的《热闹背后的隐忧——当前长篇小说漫议》，白烨的《要说两个"不"对于长篇小说创作》，周政保的《等待长篇小说的觉醒与成熟——从"第三条道路说起"》，蔡葵的《长篇创作要调整艺术观念》。

《中国文学研究》第 1 期发表岳凯华的《民族化与大众化的艺术实践：建国后十七年文艺创作一瞥》；李阳春的《由本相走向寓言的新写实小说》。

《中南民族学院学报(哲学社会科学版)》第 1 期发表韩莓的《浅论新时期少数民族小说创作中的宗教和地域因素》。

《扬州大学学报(人文社会科学版)》第 1 期发表林明的《文化的撕裂与重构——池莉小说再批判》。

《浙江师大学报(社会科学版)》第 1 期发表叶继群的《论"十七年"文学作品的女性意识》；孙凯风的《知识分子处境和命运的形象展示——论胡尹强的小说创作》；周晓波的《现实生活与童话艺术空间的距离感——从葛翠琳前后期童话创作的比较谈起》。

《湖南师范大学社会科学学报》第 1 期发表莫聿的《论〈曾在天涯〉的精神气度和文化品位》。

本月，《作家天地》第 1 期发表桂文亚的《冬青树：台湾林海音的一家》。

《文学自由谈》第 1 期发表西南的《人生无物比多情》；于青的《严歌苓情怀》；黄伟林的《妙哉，〈顺生论〉》；何立伟的《关于赵石》；仵从巨的《一部不该忽略的书》；胡廷武的《张乃光的散文世界》；楼肇明的《我读姜贻武》；单正平的《精魂一点是自由》。

《北京文学》第1期发表曹文轩的《丢不下的尴尬：中国当代文学批评理论资源的贫困化》。

《芳草》第1期发表鲍风的《为精神立法　为文本立法——漫议作家的使命》；黄曼君的《从武汉作家的创作看现代化高潮中的文学变革》。

《青春》第1期发表古耜的《文化人格的另一种透视》。

《剧影月报》第1期发表舒克的《弹拨情爱之弦　剖析社会之刃——试论张弦作品的历史与艺术价值》；金中伟、顾文勋的《战争影片：人性的祭坛》；李槟的《张扬生命的电影——评张艺谋导演影片的美学特色》。

《海峡》第1期发表季仲的《社会转型期的万花筒——评庄东贤的长篇小说〈乐城记事〉》。

《海燕》第1期发表代一的《彩绘情染黑土梦——读修成国的散文》。

人民文学出版社、解放军艺术学院文学系、四川省作家协会、四川巴金文学院等几家单位,在京联合举行长篇小说《北方城郭》研讨会。

本月,延边人民出版社出版于建初的《醉里寻他千百度：于建初文学作品评论集》。

湖南教育出版社出版马丽华的《雪域文化与西藏文学》。

山西教育出版社出版王富仁的《现代作家新论》；赵遐秋、马相武的《海外华文文学综论》。

大众文艺出版社出版白爱菊、侯书林主编的《管桦作品评论集》。

2月

1日,《广州文艺》第2期发表刘心武的《非严肃空间》；瘦马的《文学的阅读与现代生活方式》；王晓华的《相对主义：合理性与限度》；胡宗健的《对晚生代小说的指认》。

《山西文学》第2期发表熊元义、董杰英的《生存的痛苦与文学的批判》；毕富棠的《雄心化诗飘四海》。

《芒种》第2期发表施战军的《自家人刘玉堂》。

《作家》第2期发表邓晓芒的《残雪：灵魂的历程》。

《诗歌报月刊》第2期发表于坚的《硬与软——读诗札记》；杨远宏的《诗歌写作中的问题》；曹建平的《诗歌时代：原创与派生》。

《滇池》第2期发表黄发有的《张承志：道德的宗教化和宗教的道德化》；吴励生的《论操作与不可操作——王小波小说讨论》。

《解放军文艺》第2期发表汪守德的《对历史的另一种读法》；杨闻宇的《从〈战争和人〉说起（跨世纪军事文学笔谈）》。

3日，《光明日报》发表孟繁华的《文学经典的确立》；邹平的《知潮有信"抢滩"来》；吴福辉的《读〈沈泽民文集〉》。

5日，《飞天》第2期发表李鹏的《世纪末的花名册》；冷冰鑫的《关于诗的断想》。

《青海湖》第2期发表李元洛的《热肠冷眼说新诗——读朱奇的诗兼谈当前的诗歌创作》；赖振寅的《崇高的燔祭与意义的求索——昌耀诗歌审美范畴的嬗变》；蓬桦的《不息的激情——刘元举和〈西部生命〉》。

《湖南文学》第2期发表李冯的《我的写作》。

6日，《台港文学选刊》第2期发表刘登翰的《细微而强韧的华人心声》。

7日，《小说选刊》第2期发表张韧的《文学运行的轨迹》。

《天津文学》第2期发表子干的《现实主义与冲击波》；单正平的《何来现实主义，而且冲击波》。

8日，《阅读与写作》第2期发表黄黎星的《倾听有情世界的声音——台湾作家林清玄及其有声作品》。

9日，中国作协影视文学委员会在京成立，并举行首届委员会议。

10日，《中国西部文学》第2期发表阿孜古丽的《新时期维吾尔族的爱情小说》。

《边疆文学》第2期发表李丛中的《在文学创作的盘山路上》。

《电影文学》第2期发表尹鸿的《精品策略：黄金时段电视剧漫议》；李道新的《新纪录电影：走向中国"作者电影"》。

《戏剧文学》第2期发表陈军的《对当前"英模题材剧"的思考》。

上旬，由台盟中央、全国台联和中国社科院文学所联合举办的台湾作家吕赫若作品学术研讨会在京举行。

11日,《中华读书报》发表陈若曦的《两岸文学研究的交流与突破》。

《文汇报》发表邵燕祥的《关于诗》;徐开垒的《闲谈可贵——读〈燕居闲话〉》。

《世界华文文学》第2期发表艾晓明的《扬眉女子——感觉黄碧云》;马相武的《都市故事的几种讲法》。

12日,《文艺报》专栏"走向21世纪的中国诗歌笔谈(之三)"发表刘章的《扬清抑浊,开一代诗风》,黎焕颐的《新诗的出路安在?》。

《文学报》发表李炳银、刘茵、丁临一的《近年来报告文学创作之忧思》。

《光明日报》发表束沛德的《迈向新世纪的幼儿文学》;高洪波的《"中有风雷老将心"——读张锲长诗〈生命进行曲〉有感》。

13日,《文汇报》发表张宏森的《电视剧现状忧思录》;吕晓明的《掌握规律争取听众——漫谈广播剧的现状和出路》;吴跃农的《长篇小说匮乏现实感》。

15日,《上海文学》第2期发表张新颖的《论沈从文:从一九四九年起》。

《中国现代文学研究丛刊》第1期发表孙凯风的《林语堂小说论》。

《台湾研究集刊》第1期发表李仕芬的《男弱女强——台湾女作家笔下的两性关系》;朱双一的《吕赫若小说创作的中国性》;马相武的《吕赫若小说的命运模式》。

《雨花》第2期以"世纪末文学丛谈——小说"为总题,发表晓华、汪政的《尴尬的小说》,丁帆的《感受小说(一)》。

《诗探索》第1期发表于坚的《诗歌之舌的硬与软:关于当代诗歌的两类语言向度》;小海的《诗到语言为止吗?》;席云舒的《自恋与逍遥——90年代诗坛的山林意识辨析》;林莽的《食指论》;李宪瑜的《食指:朦胧诗人的"一个小小的传统"》。

《戏剧艺术》第1期发表丁罗男的《中国话剧文体嬗变及其文化意味》。

《镇江师专学报(社会科学版)》第1期发表刘俊的《论〈永远的尹雪艳〉》;徐光萍、卞新国的《论黄维梁散文文体意识的淡化》。

《广东社会科学》第1期发表杨匡汉的《深化香港文学研究之我见》;张振金的《知识分子形象的重新发现——新时期报告文学研究》。

17日,《文艺报》发表梁长森的《鲁彦周:一位靠作品说话的作家》;徐坤的《小说作为一门叙事的艺术——读阿来的新作〈尘埃落定〉》;俞兆平的《为何丧失了对话与沟通的可能?——新诗发展问题讨论之我见》。

《作品与争鸣》第2期发表唐幅丽的《葵倾天籁》。

18日，《中国戏剧》第2期发表黄光新的《一曲催人泪下的人性悲歌——评川剧〈变脸〉》。

由中国作协主办的唯一全国性少数民族文学月刊《民族文学》在京举行庆祝创刊200期座谈会。

19日，《文学报》发表吴亮的《日常中的"女权主义者"》；徐坤的《小说：作为一门叙事的艺术——读阿来的新作〈尘埃落定〉》；方克强的《奇异别致的风景线——〈鲜花和〉的男性主义与反讽》；张德林的《一部具有后现代主义倾向的小说——关于〈鲜花和〉》。

20日，《西北大学学报（哲学社会科学版）》第1期发表赵俊贤的《关于开展中国当代断代文学史与专题文学史研究的若干思考》。

《福建论坛》第1期发表倪金华的《简媜散文的生命言说》。

《西南师范大学学报（哲学社会科学版）》第1期发表程鹏的《"王谢子弟"穷途路　旅美华人无根心——论白先勇短篇小说的思想倾向》。

21日，《人民日报》发表李运抟的《九十年代小说的现实主义精神》。

23日，《学习与探索》第1期发表朱东宇、宏晶的《林语堂"一团矛盾"论析》。

《文汇报》发表徐俊西的《为了"记住"的纪念——读陆荣椿的〈夏衍评传〉》。

24日，《文汇报》发表冰清的《如果没有龙应台》。

25日，《文汇报》围绕首届"笔会文学奖"发表王富荣的《名至实归各得其所》，李子云的《别具一种魅力——关于获奖散文》，徐中玉的《视野广站得高，很清醒——关于获奖报告文学》，孙颙的《传记文学与创新意识——关于获奖传记文学》，徐开垒的《用笔适度发人深思——关于获奖杂文》，罗洛的《我读潘向黎——关于获奖新人》；同期，发表柯灵的《品问余话》。

《通俗文学评论》发表汤哲声的《1997年中国通俗文学期刊述评》。

26日，《文艺报》发表潘凯雄、朱晖的《清醒的现实主义——长篇小说〈百日阳光〉二人谈》。

《文汇报》围绕首届"笔会文学奖"发表获奖感言：沙叶新的《美我所美，刺我所刺！》，邓琛琛、张建伟的《科学星辰闪耀时》，龙应台的《上海的一日》，潘向黎的《钙质与水分》。

《光明日报》发表何镇邦的《九十年代"长篇热"透视》。

贵州省文联、贵州人民出版社联合举行《贵州民间文学选粹丛书》、《贵州民间文化研究丛书》研讨会。

27日,《文汇报》发表本报记者的《市场与艺术夹缝中的电视剧——部分评论家和电视剧编导座谈纪要》;薛毅的《世纪末的鲁迅》。

28日,《文艺报》发表吴跃农的《仇恨不能创造财富》。

《中国文化研究》第1期发表陈骏涛的《九十年代的中国文坛和中国作家》。

本月,《作家天地》第1期发表桂文亚的《余光中与他家的"女生宿舍"》。

中国作家协会成立"台港澳暨海外华文文学联络委员会"。

《北京文学》第2期专栏"笔谈短篇小说"发表林斤澜的《点评:〈鞋〉》,迟子建的《激情与沧桑》,王干的《场景之外的场景》;同期,发表静矣的《敞开心胸,欣赏与接纳大千世界——王蒙访谈录》。

《芳草》第2期发表谢克强的《选择与坚守》;刘忠、吴秀明的《清风梦谷中的生命质询——读杨书案的长篇新著〈庄子〉》。

《青春》第2期发表刘旭的《精神骑士还是高等无赖》(讨论王小波的小说)。

《创作评谭》第1期发表张炯的《世界华文文学的综合研究问题》;施战军的《道德意识与二十世纪中国文学的两次转型(上)》;朱向前的《文学:在继承与借鉴中修炼正果——'97中国文坛回眸》;徐肖楠的《中国先锋历史小说的历史失语》;张渝生的《在民族灵魂的重铸中赢得空间——试论转型期散文的繁荣与人格追求》;缪俊杰的《世纪之交话长篇》;王必胜的《长篇小说:好梦中的隐忧》;雷达的《南方土地的精灵——序李伯勇的长篇小说轮回》;孟繁华的《文学经典的确立与危机》;张国功的《文化大散文的涨落与90年代文人群体的心路历程》;梁菁的《郑允钦:"理想之光"的守望者》;丹丹的《探寻世界的眼睛——郑允钦童话漫论》。

《读书》第2期发表郭德茂的《鲁迅如何面对今人的非难?》;钱永昌的《美,巨大的动力》。

《海燕》第2期发表刘益令的《山魂海魄——沙里途散文读后》。

《衡阳师专学报(社会科学)》第1期发表李献文的《台湾电视剧的都市情结》。

本月,上海远东出版社出版胡滨的《筑居在南方》;倪文尖的《欲望的辩证法》;李书磊的《文学的文化含义》。

北京出版社出版周星的《从文学之隅到影视文化之路》。

中国文联出版公司出版陈昌本、张锲主编的《柯岩研究文集》。

北京大学出版社出版王瑶主编的《中国文学研究现代化进程》。

大众文艺出版社出版张韧的《新时期文学现象》。

江苏教育出版社出版包忠文主编的《当代中国文艺理论史》。

社会科学文献出版社出版程光炜主编的《岁月的遗照》。《岁月的遗照》为洪子诚、李庆西主编的"90年代文学书系"的诗歌卷,被视为"知识分子写作"的一次集中展示,引起了诗坛关于"民间写作"与"知识分子写作"的争论。争论的导火线可以溯源到1993年欧阳江河《'89后国内诗歌写作:本土气质、中年特征与知识分子身份》,文中认为"1989年将我们的写作划分成以往的和以后的"。而此次争论也正是围绕如何评价"第三代诗歌"以及"朦胧诗"之后诗坛主力的指认等问题。王家新、欧阳江河、于坚、韩东等参与了论战。

中国作协台港澳暨海外华文文学联络委员会在京成立,并召开第一次工作会议,就如何开展1998年度的工作进行讨论。

《文艺报》在京举办"文化工业"问题研讨会。

3月

1日,《广州文艺》第3期发表吴义勤的《乱花渐欲迷人眼——我看九十年代的女性写作》;兴安的《关于当前女性小说的自言自语》;郭娟的《现代女性模糊的脸庞》。

《文汇报》发表叶辛的《永在流动的青春河》;邵燕祥的《冯亦代:散文和人》;舒乙的《朱自清的自存本》。

《山东文学》第3期发表何向阳的《不对位的人与"人"——人物与作者对位关系考察暨对20世纪中国文学知识分子形象及类近智识者人格心理结构问题的一种文化求证》。

《长江文艺》第 3 期发表毕志伦的《文艺创作刍议》。

《电影评介》第 2 期发表葛维屏的《中国电影：失衡在"观点"与"观念"之间》；峻冰的《中国电影创作的接受误区》。

《芒种》第 3 期发表鲁野的《白首不坠青云志》。

《作品》第 3 期发表丁国成的《心如日月诗如光》。

《延河》第 3 期发表于冬的《试读钟晶晶》。

《作家》第 3 期发表张钧的《另一种价值和深度(访徐坤)》。

《草原》第 3 期发表黄薇的《〈草原〉九七中篇小说巡礼》；晓雪的《查干的诗》。

《诗歌报月刊》第 3 期发表程光炜的《我以为的九十年代诗歌》。

《滇池》第 3 期发表宋家宏的《〈马桥词典〉的价值迷失》；李霁宇的《邓贤长篇纪实文学批判》。

《解放军文艺》第 3 期发表周政保的《诗意的追究及"现代性"拷问》；黄国荣的《军人职业意识与军事文学(跨世纪军事文学笔谈)》。

3 日，《文艺报》发表严昭柱的《现实主义创作热潮论》。

4 日，《文汇报》发表徐桑楚、杨震的《百年周公青史流芳——关于周总理和演剧队的片段回忆》。

5 日，《飞天》第 3 期发表毛志成的《女人出没——文学史的特殊征兆》；田瞳的《向生活深层掘进》。

《大家》第 2 期发表陈慧的《新散文：写作中的散文》；施战军的《新散文的艺术视野》；李森的《文本中的时间之谜——张锐锋的"新散文"》；老昭的《迷失在时间的交叉小径》(讨论散文创作问题)。

《文汇报》发表周秉德的《周总理的诗联集》。

《作家报》发表孟繁华的《知识者的世纪晚钟》。

《青海湖》第 3 期发表葛建中的《梅雨中的洗礼——我读〈梅雨〉》。

《莽原》第 2 期发表谢有顺的《真实在折磨着我们》。

6 日，《台港文学选刊》第 3 期以"关于女性写作"为总题，发表王安忆的《坚不可摧》，赵淑侠的《女性写作与淑女意识》，平路的《归乡的女人》。

7 日，《小说选刊》第 3 期发表李敬泽的《关于短篇小说奖的二十条笔记》。

《天津文学》第 3 期发表杨匡汉的《寻找九十年代文学地图》。

8 日，《文学世界》第 2 期发表何镇邦的《小说创作的多元化与两极化——对近年来小说创作态势的一种描述》;陈胜乐的《多元的意义和空间——近两年的散文记忆》;张达的《在现实与理想之间——谈〈骚动之秋〉的艺术特色》;杨守森的《立足大地与凌空高蹈——读山东近年来的部分长篇小说》;张新颖的《困难的写作——述论九十年代的诗人散文》;孔范今的《智慧的发现与阐释——我读张新颖》;闻树国的《乱语四大刊物——我看〈人民文学〉〈小说选刊〉〈中国作家〉〈诗刊〉》。

10日,《文艺报》发表何西来、顾骧的《历史沧桑中的反思——长篇小说〈骄子传〉五人谈》。

《中国西部文学》第3期发表周涛的《再说新诗问题》。

《电视研究》第3期发表徐敏的《真实为本情为魂——电视连续剧〈潘汉年〉评析》。

《西南师范大学学报(哲学社会科学版)》第2期发表曾利君的《香港女性文学创作简论》。

《戏剧文学》第3期发表孙浩的《东北的文化形态与东北戏剧》;常晓华的《关东戏剧的悲剧精神》。

《电影创作》第2期发表王新宇的《中国电影的出路——走出影院》。

《花城》第2期发表汪政、晓华的《推拒与构建——第三种批评下的"汉语小说"研究》。

《理论与创作》第2期发表石一宁的《丰子恺散文思想简论》;张永健的《精神的退却与持守:新时期以来小说的欲望主题及其文化蕴涵》;王建刚的《不确定性:对韩少功文化心态的追踪》。

上旬,春风文艺出版社在京召开了《中国女性诗歌文库》丛书出版座谈会,与会诗人和评论家就如何评论女性诗歌的现状及女性诗歌如何发展问题进行探讨。

太白文艺出版社、陕西省作协、西安市文联联合召开青年散文家作品研讨会,与会者对朱鸿、邢小利、穆涛、冯积岐等的作品进行了分析和品评。

作家出版社和二炮政治部文化部在京联合举行徐剑的长篇报告文学《鸟瞰地球》研讨会。

12日,《光明日报》发表韩瑞亭的《重振的征兆——文学的现实主义动向》;戴锦华的《了犹未了的收束》。

《文艺评论》第 2 期发表陈浩的《叙事的还原与叙事的风格》;张志忠的《陕军东征:从哪儿来,到哪儿去?》;张春宁的《"大散文"质疑》;刘萌的《"小女人散文"价值论》;李晓丽的《方方:超越人生原态的写作》;张卫东的《知识分子的言说困境》;郐庭阁的《从混沌到澄明——余华小说一种解读》;陈浩的《想象力:图腾与承诺——对先锋派的一种可能读解》;朱必圣的《虚无的文学》。

湖南长沙举行田汉诞辰 100 周年纪念大会。

13 日,《文论报》发表发表杨扬的《市场经济条件下的文学批评》。

14 日,《文汇读书周报》发表周助的《〈高阳杂文〉及其他》。

15 日,《文汇报》发表舒乙的《巴老再捐四份手稿》。

《山花》第 3 期发表昌切的《游荡在两极之间的诗魂——评张执浩的小说》。

《上海文学》第 3 期专栏"批评家俱乐部"以"九十年代的文学写作"为总题,发表张新颖的《写作是一件困难的事》,黄发有的《背对时间写作》,仲立新的《现事之重与灵魂之轻》,敬文东的《面对现在的叙述》。

《文学评论》第 2 期发表朱寨的《长篇小说与现代主义》;胡经之的《世界华文文学的精神魅力——兼论世界华文文学新格局》;董之林的《论青春体小说——50 年代小说艺术类型之一》。

《内蒙古大学学报(社会科学版)》第 2 期发表张锦贻的《20 世纪 90 年代童话发展趋势论析》。

《北方论丛》第 2 期发表刘双贵的《徘徊在文化与文学之间的思考》。

《当代文坛》第 2 期发表赵联成的《世纪末的回眸——新中国报告文学发展论》;袁勇麟的《谁主沉浮——当代杂文发展的特征和规律》;张伯存的《余秋雨董桥合论》;曹书文、吴澧波的《怀旧情节与王蒙的小说创作》;何锐、翟大炳的《"后现代"与徐坤小说"误读"策略》;何平的《由高歌而低语——现代诗歌阅读札记》;谢向红的《微小形体中的大千世界——论微型诗》;陈筱培的《进入往事的一种方式——论林白〈青苔〉》;罗应涛的《〈秦始皇〉略论》;王达敏的《"革命时期"的心灵史——长篇小说〈双凤楼〉的意蕴》;易光的《开掘生活的文化底蕴——阿多创作论》;吴野的《站起来,扼住命运的咽喉——康纲联在〈百战人生〉中写出了什么》;王万金的《梦想与现实的交织——读倮伍拉且新作〈诗歌图腾〉》。

《当代电影》第 2 期发表屈雅君的《90 年代电影传媒中的女性形象》;张颐武的《90 年代中国电影的空间想象》;陈晓云的《美国电影:话语霸权与意识形态神

话》；唐科的《商业化与新世俗神话——新时期中国电影商业化状况分析》；颜纯钧的《电影的商业性和商业性的电影》；蒋鸿源的《从市场角度看国产影片发展之路》；佘倩的《评价什么也要睁了眼看——关于影片〈鸦片战争〉的评价问题》；李下的《一曲动人的人间"圣母颂"——评电影〈白骆驼〉》。

《南方文坛》第2期发表陈晓明的《我的批评观》、《直接现实主义：广西三剑客的崛起》；孟繁华的《英姿勃发的文化挑战——陈晓明和他的文学批评》；刘思谦的《女性文学：女性·妇女·女性主义·女性文学批评》；崔卫平的《我的种种自相矛盾的观点和不重要的立场——关于女性主义批评的反思》；荒林的《问题意识、批评立场和九十年代女性写作——中国当代女性文学第三届学术研讨会评述》；谢冕的《忧患：百年中国文学的母题》；何顿的《局部》；洪治纲的《缱绻与决绝——何顿小说论》；黄伟林的《欲望化形式中的精神深度——论何顿的小说创作》；陈映真、施叔等的《重返文学史——吕赫若及其时代》；张海霞的《金庸小说与世态人情》。

《中山大学学报（社会科学版）》第2期发表王剑丛的《香港学院派作家梁锡华论》。

《徐州师范大学学报（哲学社会科学版）》第1期发表田崇雪的《文化燃灯人：余秋雨论》；古耜的《走出肯定或否定一切的批评误区——再谈余秋雨散文的瑜与瑕》；张伯存的《余秋雨董桥合论》；董健的《〈中国当代电影新论〉序》。

16日，《文艺争鸣》第2期发表金燕玉的《林白与女性化写作——兼论90年代女性文学的新景观》；易光的《女性文学：文化反省的必要与限度》；刘锋杰的《批评的粗糙》；丁帆、王彬彬等的《民间话语立场与"写实"的价值魔方》；鲁枢元的《错位的画廊——兼及现代情爱现象思考》；陈晓明的《人欲的神话：狂欢式叙事与商业主义审美霸权——哲夫小说论略》。

17日，《作品与争鸣》第3期发表冯子礼、张德超的《文学艺术的根应扎在大众之中——关于〈怎样来唱这支歌〉的对话》。

18日，《中国戏剧》第3期发表谭霈生的《关于中国话剧重新"定位"的几点思考》；廖全京的《近年戏剧创作中的一种现象》；黄波的《话剧，离你是近还是远》；胡星亮的《再出发，创造中国话剧的繁荣》；晓棠的《尊重历史真实　扩展历史张力——评新编历史徽剧〈刘铭传〉》。

20日，《小说评论》第2期以"汤吉夫长篇小说评论专辑"为总题，发表刘俐俐的《对历史独具特色的审视——读〈朝云暮雨〉》,李大鹏的《灵魂的逼问与文化的反思——读长篇小说〈朝云暮雨〉》,李运抟的《噩梦中的生命》,高恒文的《〈朝云暮雨〉思想深度与叙述方式》;同期,发表赵俊贤的《自我的迷失与浮泛化——文学创作态势片论》;杨乐生《贾平凹魅力何在》;施战军的《欲望话语与恐惧分布——90年代前半期洪峰小说论》;张志忠的《文化沙滩上的拾贝者——张抗抗90年代创作漫评》;柳建伟的《立足本土的艰难远行——解读阎连科的创作道路》;常江虹的《我们缘何而笑——〈许三观卖血记〉的新喜剧倾向》;孙希娟的《欲望的毁灭:长篇小说〈月亮背面〉人物分析》;韩小蕙的《给李国文"相面"》;周怡的《饥饿的怪诞——长篇小说〈沉钟〉评述》。

《文汇报》发表李新的《写回忆录必须忠于写实》。

《清明》第2期发表邹正贤的《心声的抒发与意境的营造——浅谈散文集〈紫色的夜〉》;罗时叙的《男人是什么　女人是什么》。

《台湾研究》第1期发表方忠的《台湾武侠小说的历史流变》;徐学的《高阳小说中的平民世界》。

《北京大学学报(哲学社会科学版)》第6期发表袁良骏的《二十世纪香港小说面面观》。

《学术研究》第3期发表肖向明的《探寻文脉与把握个性的结晶——评王剑丛〈香港文学史〉》;邓骏捷的《〈香港文学书目〉读后》。

《阴山学刊》第1期发表吴中杰的《文体改革与人生态度——林语堂文论集序》。

20—22日,由北京市作协、中国当代文学研究会、清华大学中文系和《诗探索》编辑部联合主办的"后新诗潮"研讨会在京举行。

21日,《文艺研究》第2期发表熊源伟的《二十一世纪的门槛上——关于中国话剧的前瞻与思考》;康洪兴的《新时期话剧革新运动的贡献及其不足和纰缪》。

22日,《啄木鸟》第2期发表黄傲云的《推理小说的文学层面——兼评郑炳南的〈局外人〉》。

23日,《天津社会科学》第2期发表宋伟杰的《身份认同的"混杂"与文化记忆缺失症——管窥金庸的小说世界》;乔以钢的《20世纪中国女性文学研究的回顾与思考》。

中国作协儿童文学委员会、吉林省新闻出版局、吉林省作协在京联合召开金叶长篇小说《都市少年》三部曲研讨会。

24日,《文艺报》发表王敬之的《文化苦旅之甘苦》。

《文艺理论与批评》第2期发表刘定恒的《一部弘扬时代主旋律的力作——评张平的长篇小说《抉择》》;栾保俊的《一部难得的警世之作——《抉择》读后》;亚子的《海峡两岸文艺交流座谈会在北京召开》;苏平的《世纪之交的东南亚华文文学——第三届东南亚华文文学研讨会综述》。

《文汇报》发表柯灵的《文酒风流二千年——〈浙江省文学志〉卷头语》;王彬彬的《对农民命运的探讨——读范小青〈百日阳光〉》。

25日,《山东师范大学学报》第2期发表马全应的《画出魔鬼的面目与灵魂——简论丘东平笔下的战争》。

《文艺理论研究》第2期发表宋剑华的《论20世纪中国文学批评的性质与特征》;辜也平的《巴金文学观新探》。

《长城》第2期发表肖志田、郝斌生的《论李文珊散文的党性与人民性》;高旭东的《复古与退隐》;杨守森的《走出迷茫与创新之路》;张达的《文学中的理性与感性》;李先锋的《文坛官司何其多》。

《四川戏剧》第2期发表林子的《新时期四川戏剧:一个值得重视的课题》。

《当代作家评论》第2期发表孙郁的《通往哲学的路——读史铁生》;吴俊的《斯人尚在 文统未绝——关于九十年代的学者散文》;胡良桂的《都市文学的现代特性》;戴锦华的《智者戏谑——阅读王小波》;吴励生的《论操作与不可操作——王小波小说讨论并致友人》;李红霞的《王小波的精神家园》;周政保的《无法沉静或关于"网"的故事——孙春平中篇小说读札》;姜桂华的《孙春平小说印象》;摩罗、侍春生的《逃遁与陷落——苏童论》;李永建的《寻找走近张炜的路径——从〈柏慧〉的家族观念看张炜的内心世界》;李星、赵本夫的《关于长篇小说〈逝水〉的通信》;戴翊的《在现实和时代潮流中求索的作家——俞天白论》;方克强的《李其纲:都市性的探索》;李宗皓的《理性的坚守者——华舒诗歌论》;徐德明、张王飞的《对一个批评家的批评——读吴义勤的〈中国当代新潮小说论〉》。

《台港与海外华文文学评论和研究》第1期更名为《世界华文文学论坛》,主办单位为江苏省社会科学院文学研究所、江苏省台港文学研究中心、江苏省台港暨海外华文文学研究会,主编为陈辽;发表陈辽的《华文文学研究往何处去?》;杜元明的《试论华文文学的母土性、区域性和环球性》;陈映真的《世界华文文学的展望——关于世界华文文学的历史与特质的一些随想》;王淑秧的《新加坡华文散文漫谈》;季仲的《新"移民文学"的兴起》;张奥列的《澳洲的"大陆新移民文学"》;以"关于本学科建设的一些思考"为题发表刘俊的《微观——宏观·青年——老年》,朱双一的《从文风差异谈海峡两岸台湾文学研究界的取长补短》,陈马林的《格局与姿态——当前台港澳暨海外华文文学研究之反思》,何慧的《台港文学研究的真正价值》;同期,发表《王晋民》;林仁云的《王晋民〈台湾当代文学史〉集评》;周青的《吕赫若晚年的中文作品》;何标的《暴风雨到来之前——读吕赫若小说〈冬夜〉》;高文升的《试论文晓村及〈葡萄园〉诗的美学架构和体系》;古远清的《漫步在藤长叶茂、金果垒垒的葡萄园——评文晓村的〈九卷一百首〉》;杨剑龙的《"一个是'中国',一个是'基督教'"——论张晓风的创作与基督教文化》;南生桥的《力的奏鸣 美的乐章——李敖话语风格谈》;彭耀春的《黄美序谈台湾当代剧场》;韩雪临的《时空经纬中的迷宫穿行——读林耀德散文集〈迷宫零件〉》;李子云的《於梨华和她的〈屏风后的女人〉》;王韬的《金庸武侠小说的现代意识》;伊青的《中国作协成立台港澳暨海外华文文学联络委员会》;王德领的《现代性:台湾诗歌艺术的阐释——评沈奇〈台湾诗人散论〉》;沅梅的《打开一扇台湾电视文艺之窗——读李献文〈台湾电视文艺纵览〉》。

《社会科学家》第2期发表饶芃子的《海外华文文学的新视野》;傅莹的《深识鉴奥 启发后学——饶芃子教授海外华文文学研究评介》。

《学术交流》第2期发表朱东宇的《妻子与姬妾——林语堂三部曲人物论之二》。

《郑州大学学报(哲学社会科学版)》第2期发表周晓扬的《女人与"家"——论当代女性文学的漂流身份》;黄轶的《一株妩媚而狰狞的罂粟花——谈〈玫瑰门〉中的司绮纹》。

《海南师院学报》第1期发表陈丽贞的《当代文坛的世俗化倾向——世纪末人文精神讨论之重要一环》。

《湖北大学学报(哲学社会科学版)》第2期发表何轩的《论贾平凹美文中的禅味》。

26日,《文艺报》发表邹琦新的《关于文学旗帜问题的思考》。

《光明日报》发表雷达的《关于现实主义品格》。

人民文学出版社、中国电视剧制作中心、《小说选刊》在京联合召开周梅森长

篇小说新作《天下财富》作品研讨会。(据《光明日报》4月9日消息)

27日,《文汇报》发表杨文虎的《后现代与中国文坛》。

《华中师范大学学报(人文社会科学版)》第2期发表龚举善的《新时期报告文学美学品格的多维形态》。

中国作协儿童文学委员会与福建少儿出版社在京联合主办"花季小说"丛书暨长篇少年小说创作研讨会。

28日,《名作欣赏》第2期发表吴晟的《一曲低回的乡愁咏叹调——也谈余光中的〈布谷〉》。

29日,《文汇报》发表方同德的《斯人已去文长在》;邹平的《细说前朝遗事——读长篇小说〈长相思〉》。

30日,《西北师大学报(社会科学版)》第2期发表邵宁宁的《危机与自尊:文明冲突中的张承志》;徐肖楠的《20世纪中国文学的传统融合》。

《南昌大学学报(哲学社会科学版)》第1期发表胡辛的《电视剧与小说缘份更深——兼谈〈蔷薇雨〉的改编》。

《中华女子学院学报》第1期发表张丽珊的《"自我书写"中的性意识——浅析大陆和台湾女性文学作品中的性描写》。

《河南大学学报(社会科学版)》第2期发表乔美丽的《文学是什么——论当代文学创作的对象主体问题》。

《同济大学学报(人文·社会科学版)》第1期发表汤唯杰的《阅读城市——香港诗人梁秉钧及其都市写作》;施建伟、汪义生的《香港作家汉闻研究三题》。

《戏剧》第1期发表张鹰的《八十年代话剧新形态研究》;邹红的《创造与变异——〈死无葬身之地〉观后感》;宋宝珍的《在极端情境中追索人生——评中央实验话剧院演出的话剧〈死无葬身之地〉》。

本月,《文学自由谈》第2期发表晓华、汪政的《坚忍的风景》。

《华文文学》第1期发表胡经之的《海外华文文学的精神魅力》;梁锡华的《加拿大的华文文学——温哥华经验的今昔与未来》;赵顺宏的《菲华诗歌发展论略》;程文超的《华文文学圈:策略与意义》;彭志恒的《大中华情结及其变相》;周可的《玄览社会人生的思与诗——谢清诗歌创作散论》;陈贤茂的《潘雨桐小说与古典诗词意境》;陈剑晖的《泰华文学二题》;唐玲玲的《学者·作家·艺术创造——王润华的创作世界漫议》;庄园的《重构女性话语——论台湾女性主义文

学》;翁奕波的《一颗纤尘不染的诗心——梁文福诗歌探幽》;王淑秧的《陈华淑散文语言的特色》;林学锦的《怀乡恋国之歌——读张错诗集〈漂泊〉》;张传芳的《东方文化的诗性观照》;高文升的《文晓村的新诗情结与〈葡萄园〉诗刊》;龙彼德的《放眼世界,为人类而艺术:评犁青的诗〈石头〉》;袁良骏《侣伦早期小说的艺术特征》;东瑞的《尺幅万里,看树看林——序〈印华短篇小说选〉》;徐乃翔的《一个真诚的人——记美国华文作家黄运基》;古远清的《难忘的文学之旅——访台日记》;萧村的《忆文学之夜——访马散记之二》;黄飞的《智者的冥思与感悟——读文莱华文作家傅文成的〈避世圃随笔〉》。

《北京文学》第3期发表赵朕的《血与火的歌吟》;李东、张来源的《在这片沃土上》。

《芳草》第3期发表张箭飞的《捕风捉影说阿毛》。

《青春》第3期发表朱洁的《90年代女性小说创作论》。

《剧影月报》第3期发表陈方树的《试析电视剧〈华罗庚〉中主人公形象的塑造》。

《海燕》第3期发表周祥的《我读〈太平年〉与〈穷乡故事〉》。

江苏省委宣传部、中国作协儿童文学委员会、江苏省新闻出版局在京共同举办曹文轩长篇小说《草房子》研讨会。

本月,社会科学文献出版社出版栾文华的《泰国文学史》。

北京出版社出版郭冬的《文学的思考》。

江苏教育出版社出版姚鹤鸣的《理性的追踪:新时期文学批评论纲》。

浙江文艺出版社出版潘凯雄的《现象与沉思》。

4月

1日,《广州文艺》第4期发表朱寿桐的《假性的散文热》;王尧的《作为知识分子存在方式的散文》;范培松的《世纪之交:散文还能热多久》。

《山东文学》第4期发表周海波的《拒绝合唱:超越当代作家精神人格缺陷》;

施战军的《"立人"梦想与人格压迫》。

《山西文学》第4期发表王春林、梁晨霞的《理性智慧的烛照》;郑殿兴的《难得明白》。

《文汇报》发表张锲的《年轻的朋友,请接受我的祝福!——关于长诗〈生命进行曲〉的一封信》。

《芒种》第4期发表单复的《黑栅的情结》;李运抟的《小说的分类与超越》。

《作家》第4期发表非默的《论张锐锋的乌托邦写作》。

《草原》第4期发表乐默的《内蒙古当代文学的全景画卷》。

《诗歌报月刊》第4期发表南野的《诗写作者的平易的时间》;小海的《免疫力的悲哀》。

《滇池》第4期发表刘仲国的《论何顿的都市题材小说》。

《解放军文艺》第4期发表李瑛的《诗人这个词(跨世纪军事文学笔谈)》;程步涛的《一种人生姿态》。

4日,《光明日报》发表古远清的《台湾文坛的统独之争》。

5日,《飞天》第4期发表钟兆的《浅析几种风景——读张存学的〈隐没的风景〉》;项意东的《正视这一种变化——从〈心情〉到〈秋风凉〉看孙志保的小说》。

《北方文学》第4期发表万盾的《直说陈染》。

《当代外国文学》第2期发表高万隆的《二十世纪后半期的英国戏剧》;张龙海的《海明威短篇小说的主题思想和美学价值》;刘雪岚的《分裂与整合——试论〈金色笔记〉的主题与结构》。

《信息窗》第1期发表筠筌的《台湾现代小说史的概略已现雏形》。

《青海湖》第4期发表高建斌的《世纪的逼进与思考——1997年青海长篇小说扫描》;王志清的《人性深度的真实示现——王宗仁散文创作之概览》。

《朔方》第4期发表郎伟的《困境与突围——漫说宁夏青年作家的创作》。

《绿洲》第2期发表王仲明的《论作家的人生情结》。

7日,《天津文学》第4期发表杨匡汉的《启动中的都市战车》。

8日,《文汇报》发表舒展的《有"卖点"非经典——我观〈泰坦尼克号〉》。

9日,《光明日报》发表丁临一的《大气磅礴　史中觅诗——评长篇报告文学〈鸟瞰地球〉》;沈义贞的《走向浪漫主义时代——评张国擎小说〈斜阳与辉煌〉》。

《文汇报》发表贾平凹的《读几位散文家的书》。

10日,《文汇报》发表郑洞天的《电影是个魔方——〈泰坦尼克号〉漫谈》;方晨的《我读〈家园〉》;杨扬的《文学批评的一种新资源》。

《宁夏大学学报(哲学社会科学版)》第2期发表许兵的《影像消费时代的文学生产》。

《写作》第4期发表何蔚的《"心果现象"——香港诗人王心果其人其诗》。

《边疆文学》第4期发表胡彦的《在澄明中静默——论哥布的诗歌创作》。

《电影文学》第4期发表倪震的《道德伦理片和时代精神》;王永芬的《漫谈农村片创作》。

《汕头大学学报(人文社会科学版)》第2期发表冯尚的《诗神思——张承志叙事世界的非文化阐释》。

《许昌师专学报(社会科学版)》第2期发表钟俊昆的《论台湾新诗现代化的二道难题》;郑炜明的《16世纪末至1949年澳门的华文旧体文学述论(下)》。

《松辽学刊(社会科学版)》第2期发表郑万鹏的《儒学治下的社会生活图画——〈白鹿原〉中的传统中国》。

《读书》第4期发表王德威的《南方的堕落与诱惑》(讨论苏童的小说)。

《诗刊》第4期发表吴欢章的《当前中国诗歌发展的几个问题》。

11日,《世界华文文学》第4期发表张奥列的《澳门作家印象》。

12日,《中流》第4期发表陈映真的《台湾的美国化改造:丹阳著〈回归的巡礼〉代序》。

14日,《文汇报》发表龙应台的《诗人刚走马上回来》;黎先耀的《张爱玲与服装》。

15日,《中国图书评论》第4期发表赵福君、云东辉的《少儿文学创作中的几个问题——读中篇小说集〈北方有热雪〉》。

《上海文学》第4期发表昌切的《守护神圣的写作》。

《雨花》第4期以"世纪末文学丛谈——小说"为总题,发表洪治纲的《妓媚的归途——九十年代小说态势漫谈》,吴义勤的《长篇的轻与重》。

《江汉论坛》第4期发表王海燕的《救世与自救的恋情和挽歌——论九十年代文学对知识分子生存现状的展示及思考》。

《广东社会科学》第2期发表赖伯疆的《海外华文作家创作心态管窥》;王晋

民的《香港"绿背文化"思潮评介》;荒林的《郑敏诗歌:女性现代性文本》。

《海内与海外》第4期发表潘亚暾的《保尔·柯察金式的华侨作家黄裕荣》。

16日,《文艺报》理论评论部在京召开余德庄长篇小说《海噬》研讨会。

《文汇报》发表顾潮的《感受沉重——写在〈历劫终教志不灰〉出版之际》。

17日,《人民日报》发表韩瑞亭的《举起中国一面旗》。

《作品与争鸣》第4期发表胡平的《一篇别开生面的改革小说》。

20日,《文汇报》发表吴海的《红土地的作家们》;傅太平的《走不出的乡土》。

《福建论坛》第2期发表文毅的《静心评说张爱玲》。

《新疆师范大学学报(哲学社会科学版)》第2期发表郭宝亮的《飞升与沉降——论海子诗歌的意象构成及其内在张力》。

中旬,第四届国际华文诗人笔会在海南省三亚市举行,与会的海内外华文诗人就华文新诗的理论与创作问题进行了交流和探讨。

22日,《文汇报》发表邵燕祥的《分享诗情》。

23日,《文艺报》发表张渝生的《在民族灵魂的重铸中赢得空间——试论转型期散文的人格追求》。

《文汇报》发表李松涛的《雪中品诗杂感》。

《文学报》发表陈思和、李喜卿的《论王琦瑶的意义——读王安忆的长篇小说〈长恨歌〉》;梅朵的《贵在创造,走自己的路——评王小鹰的长篇小说〈丹青引〉》。

25日,《江汉大学学报》第2期发表戈雪的《新诗,面对城市和乡村——兼及乡土诗的写作流向》;沈永俐的《方方小说评论综述》。

《上海大学学报(社会科学版)》第2期发表戴翊的《新视角、新主题和新的艺术形象——读黄运基的长篇小说〈异乡曲〉第一部〈奔流〉》。

《西南民族学院学报(哲学社会科学版)》第2期发表徐其超、罗庆春的《彝族文化精神内核的艺术展示——评克惹丹夫电视文学剧本〈山神〉》;李正文的《当代少数民族文学创作与宗教》。

《南京师范大学学报(社会科学版)》第2期发表陶敏的《刘震云小说的言语修辞透视》;邓素英的《永远的童真　永远的孩子——重读张洁》。

28日,《文艺报》专栏"走向21世纪的中国诗歌笔谈(之三)"发表张清华的《另一个陷阱或迷宫——我看80年代后期以来的诗歌》,谢春池的《懂与不懂及其他——对孙绍振的反批评》,徐家康的《诗歌:面对死亡的几种姿态——小议西川、王家新的诗》。

30日,《文艺报》发表周玉宁的《撼人心灵的商海启示录》。

《中国文学研究》第2期发表李爱民的《文学与人的自由:世纪末文学断想》;夏子的《本世纪中国乡土文学的主题变奏》;田中阳的《关于构建中国当代文学史新体系的思考》。

《中南民族学院学报(哲学社会科学版)》第2期发表钟建波的《论路遥小说的悲剧情结和苦难意识》。

本月,《芳草》第4期发表古远清的《九十年代的文学批评特征》;刘萌的《思之旅与诗意地栖居》。

《北京文学》第4期专栏"笔谈短篇小说"发表曹文轩的《论短篇小说的现代形态》等。

《创作评谭》第2期发表韩小蕙的《论90年代女性散文》;朱向前、江冰的《文坛两面观——关于当前文学创作与评论状态的对话》;施战军的《道德意识与二十世纪中国文学的两次转型(下)》;周平远的《文学的法律意识及其风险规避——由"笔墨官司"说起》;马相武的《多产的意味——关于'97长篇小说》;徐肖楠的《繁华中的透视——俯瞰九十年代长篇小说》;程文超的《这一个癫痴头——说说陈世旭的〈镇长之死〉》;吴松亭的《一个生动而丰满的艺术形象》;陈墨的《少年的诗篇——陈凯歌电影论》。

中国作协和广东作协在京联合举办刘斯奋长篇小说《白门柳》研讨会。

第四届国际华文诗人笔会在海南省三亚市举行。

本月,重庆出版社出版李书敏的《殷白文学生涯》。

安徽文艺出版社出版郭仁怀的《田间论》。

山西人民出版社出版《新批评文丛》编委会编的《新批评文丛 第二辑》。

学林出版社出版陈建华的《二十世纪中俄文学关系》。

天津社会科学出版社出版张凌主编的《市场经济与文艺定位》。

5月

1日,《广州文艺》第5期发表葛红兵的《在主流和非主流之间》;邵建的《"反城市"的城市文学》;阎晶明的《城市文学:精神的解构》。

《山东文学》第5期发表季广茂的《在保守主义的旗帜下》;昌切的《文化重构的基点应当建在哪里》。

《山西文学》第5期发表闫晶明的《都市小说:着眼于"状态"》;王辉的《真正的文学和文字的美》。

《电影评介》第3期发表陈晓明的《中国电视剧剧本:诱惑中的困惑》;彭慧媛的《张艺谋电影:从反叛旧伦理到建构新伦理的转变》;杨小平的《不拘一格 挥洒自如》。

《芒种》第5期发表黄世俊的《沉重的柔情》。

《作家》第5期发表"九十年代的个人化写作"研讨会记录,参加者王光明、陈骏涛、刘思谦、南帆、谭湘等;同期,发表陈思和的《林白论》。

《诗歌报月刊》第5期发表林茶居的《汉语的空间》;谷禾的《现实和可能的诗歌》;十品的《激情与抒情》。

《滇池》第5期发表吴励生、叶勤的《叙事危机中的崛起》。

《解放军文艺》第5期发表胡可的《我国军队话剧的战斗传统》;黎明的《对影响新世纪军事文学几个问题的思考(跨世纪军事文学笔谈)》。

3日,《文汇报》发表范泉的《茅盾的少作》。

5日,《飞天》第5期发表张明廉的《陇上作家的心态与选择》;唐荣尧的《注视:纯净的沙场》。

《大家》第3期发表老昭的《个人观点》(讨论第二届"大家·红河文学奖")。

《北方文学》第5期发表万盾的《林白的"战争"》。

《芙蓉》第3期发表蔡葵的《感受命运》;何镇邦的《绽开在楚文化沃土之上》;聂雄前的《论〈苍山如海〉对农民形象的新开拓》;刘起林的《寻找时代态势与文化血脉的契合点》。

《朔方》第5期发表人之初的《漫话〈风尘岁月〉》。

《莽原》第5期发表敬文东的《塔里塔外》。

6日,《台港文学选刊》第5期发表施淑的《如是我闻——读贾平凹〈白夜〉》;朱西宁的《恨归何处——评王安忆〈长恨歌〉》;王德威的《恋乳奇谭——评莫言〈丰乳肥臀〉》。

7日,《文艺报》发表马相武的《知青作家到非知青作家》。

《天津文学》第5期发表杨匡汉的《九十年代散文现象透视》。

《光明日报》发表何启治的《泡沫下面是海水——读长篇小说〈天下财富〉印象》;周政保的《人的命运与历史风云》。

8日,《文学世界》第3期发表周海波的《机智与幽默——读叶帆的小说》;杨剑龙的《生存的尴尬与价值的失衡——九十年代小说创作之一瞥》;张业松的《"九十年代性"与作家的精神资源》;杨洪承的《九十年代中国文学思潮流变管窥》;王景科的《生命的关注与追问——略谈近年山东的散文创作》;盛英的《马瑞芳"士林文学"中的人物》;黄发有的《晚生代:可疑的个人》;柳珊的《缺少审美激情的文学批评》。

《阅读与写作》第5期发表卢斯飞的《疾风知劲草　严霜识贞木——吴浊流笔下的知识分子形象》。

9日,《人民日报》发表徐德霞的《新竹又高三千尺——儿童文学艺术发展管窥》;樊发稼的《新的景观　新的繁荣》。

10日,《文汇报》发表邵燕祥的《分享诗情》;邓贤的《我为什么写〈天堂之门〉》。

《边疆文学》第5期发表董瑾的《京派的传承与变异》。

《花城》第3期发表张闳的《纷繁的呈现——1997年〈花城〉小说概览》。

《电影创作》第3期发表贾磊磊的《语境重合——论电影叙事语境与社会文化语境的互动互映》;李彦春的《艺术创作与心理定势》。

《理论与创作》第3期发表姜静楠的《回返故事,以退为进——尤凤伟小说论》;沈奇的《回望与超越——评"新乡土诗"十年》;耿传明的《以"身体"代土体的写作:晚生代小说家非观念化写作的态度和立场》;文小妮的《面对永恒和没有永恒的局面——贾平凹的乡恋情结和他的散文意象》。

《读书》第5期发表王德威的《伤痕即景　暴力奇观》(讨论余华的小说);余杰的《那一代的风流》(讨论夏晓虹的《旧年人物》);林春的《"清醒的少数"》(讨

王小波)。

10—14日,中国社科院文学所、辽宁大学中文系在沈阳联合举行"面向新世纪文学思想发展"学术研讨会。

12日,《文艺评论》第3期发表毛峰的《你们是世上的光》(讨论中国当代诗歌);郭术兵的《评新历史小说的先锋特质》;方卫平的《论童话及其当代价值》;王泉根的《儿童文学:新潮与传统》;易光的《男性关怀:从母性到文化策略》;董瑾的《缺席的在场者——方方〈风景〉与苏童〈菩萨蛮〉的叙述学解读》。

14日,《文艺报》发表郭宝亮的《〈马桥词典〉:语词历险的代价》。

《文学报》发表张志忠的《我思故我在——当前军旅长篇小说创作漫议》。

由深圳市委宣传部、深圳特区报社、深圳市作家协会共同举办的"当代散文杂文报告文学创作研讨会"在深圳召开,80余位作家评论家对散文报告文学的创作态势作了分析和探讨。

15日,《山花》第5期发表李少君的《现时性:九十年代诗歌写作中的一种倾向》。

《上海文学》第5期发表李冯、邱华栋的《"文革后一代"作家的写作方式》;杨扬的《城市人的经验与叙述》。

《暨南学报》第3期发表艾晓明的《雌雄同体:性与类之想象——关于董启章的〈双身〉及其他小说》。

《台声》第5期发表金果林的《祖国山河之爱:中国新诗的走向——访台湾著名诗人周伯乃》;梦蝶的《侠者,勇也,义哉——记金庸、梁羽生、萧逸与大陆武侠作家张宝瑞的交往》。

《文学评论》第3期发表陈涌的《关于陈忠实的创作》;段崇轩的《90年代乡村小说综述》;杨鹏的《转型期童话的游戏品格》。

《内蒙古大学学报(人文·社会科学版)》第3期发表马晓华的《"解冻"文学与中国新时期十年文学的同一性》。

《天涯》第3期发表[法]安妮·居里安的《当代中国小说的死亡与记忆》;[美]玛丽·雅各布的《逆向拟人:新时期小说中人的兽格》。

《华东师范大学学报(哲学社会科学版)》第3期发表汤逸佩的《八十年代中国话剧形式创新的美学前提》。

《当代文坛》第3期发表吴野的《长篇小说:川军在崛起》;廖全京的《存在之

镜与幻想之镜——读阿来长篇小说〈尘埃落定〉》;向宝荣的《理性批判与典型塑造——〈北方城郭〉简评》;冉云飞的《野性与驯化:诗歌迁徙的可能景观——对张新泉诗歌的释读》;曹琨、孙建军的《坚守与突破——世纪之交的四川青年诗坛点评》;李林荣的《泛文学时代的散文写作》;古耜的《在绿色怀想中咀嚼生活的诗意——高洪波军旅散文阅读漫笔》;苏振元的《叶文玲散文的人生感悟》。

《当代戏剧》第3期发表叶志良的《当代戏剧:趋俗的扩张化》。

《安徽师大学报(哲学社会科学版)》第2期发表祝亚峰的《爱的歌哭与守望——读张欣的都市小说》。

《西藏文学》第3期发表唯色的《星汉璀璨的雪域诗坛》。

《学术论坛》第3期发表黄亮翔的《王朔构筑的顽主世界》。

《南方文坛》第3期发表郜元宝的《通向传统和理性之路》(讨论文学批评问题)、《也许只有一句两句》(学术自述);黄燎宇的《尴尬人做尴尬事——批评家的批评》;贺绍俊的《有没有故乡》(讨论广西文学);黄宾堂的《广西文坛的三次集体冲锋》;郜积意的《"后新诗潮"的论争及其理论问题》;徐肖楠的《人性书写的理性与非理性融合——二十世纪晚期中国文学》;柳珊的《立足于民间的人文精神追求——试论〈火凤凰·新批评文丛〉》;周伟鸿的《但开风气不为师——〈火凤凰文库〉与当代散文》;周立民的《开拓心灵的世界——〈火凤凰·青少年文库〉的策划》;翟永明的《献给无限的少数人》(讨论诗歌现状);王光明、荒林的《翟永明:用诗歌想象世界》;周政保的《报告文学的"疯长"及其他》;顾海燕的《潜流与变异——九十年代批评想象概析》;刘登翰的《精神漂泊与文化寻根——菲华诗歌阅读札记》;钱理群的《"突围心态"独特视角与自我发现——关于〈鲲鹏之路〉》。

《特区文学》第3期发表白天的《激励精品生产 促进文艺繁荣》;胡经之的《海外华文文学的精神魅力》;孟繁华的《传统写实风格的魅力》;古耜的《求索的旅程没有终极》;阎晶明的《参与就是责任》。

《无锡教育学院学报》第2期发表咏枫的《香港文坛的全景式略图——重读柳苏的香港文论》。

《中国现代文学研究丛刊》第2期发表林幸谦的《双重意义的女性文本:张爱玲的女性主体论述》;罗华的《世俗闪耀出智慧——张爱玲散文品格论》。

《台湾研究集刊》第2期发表王林的《日月潭边的童心浅唱——略论当代台湾的儿童散文创作》;王泉根、徐迪南的《困惑的现代与现代的困惑——当今台湾童话创作现象管窥》。

《陕西教育学院学报》Z1期发表何每文的《漫谈香港文学》。

16日,《文艺争鸣》第3期发表苏桂宁的《紧贴大地的一代——论50年代出生作家的精神背景》;臧棣的《现代性与新诗的评价》;张冠夫的《我与你:一种新的叙史语言的诞生——对〈心灵史〉、〈纪实与虚构〉、〈家族〉的一次集体解读》;林树明的《女性主义文学批评与诗歌》;陶东风、崔卫平的《语境与立场——关于王小波的对话》。

17日,《作品与争鸣》第5期发表段崇轩的《揭露、讽刺与作家境界》;祝大同的《道德碑》。

18日,《中国戏剧》第5期发表童道明的《等待明天——关于〈三姊妹·等待戈多〉》。

20日,《小说评论》第3期发表黄书泉的《喜剧时代的悲剧人生——知识分子题材小说漫评》;丁帆的《知青小说新走向》;万莲子的《遭遇困难的诗意诉说——论近年来新写实小说的别一视界》;孙晶的《论通俗小说的程式化与情感表现》;顾广梅的《朝圣之旅中的漫漫迷途——论张承志精神与文本的三种困境》;周政保的《重读张贤亮的〈习惯死亡〉》;摩罗的《破碎的自我:从暴力体验到体验暴力——非人的宿命——论〈一九八六年〉之一》;云德的《襟抱本无垠　大道有异同——评长篇历史小说〈旷代逸才〉》;黄发有的《凝望与倾诉——评关仁山的小说创作》;陈晓明的《本土化策略与小说的可能性——关于行者小说的断想》;子干的《原址与新支点——肖克凡长篇小说〈原址〉读后》;赖翅萍的《论邱华栋的市民意识与都市写作》。

《河北学刊》第3期发表崔志远的《贾平凹的商州文化濡染》。

《钟山》第3期发表孟繁华的《百年文学中的1978》;张柠的《没有经典的时代》。

《清明》第3期发表王业霖的《一堵不肯坍塌的土墙——寄夏子》。

21日,《文艺研究》第3期发表黄伟林的《亦史亦诗　亦哲亦痴——张中行记人散文论》。

《光明日报》发表葛纪谦的《唱给青年朋友的生命之歌——读张锲长诗〈生命进行曲〉》。

22日,《文汇报》发表雷达的《在征服与惩罚之间——读长篇小说〈涨潮时分〉》。

《啄木鸟》第3期发表孙武臣的《中国当代社会生活的造影——读〈九十年代大案要案侦破纪实丛书〉》。

23日,《天津社会科学》第3期发表张颐武的《超越文化论战:反思90年代文化的新视点》。

中国社科院文学所和中国作协分别在京召开纪念《讲话》发表56周年座谈会。

中国文联在京举行座谈会,学习江泽民总书记给参加"万里采风"活动的文艺家们的一封信。

24日,《文艺理论与批评》第3期发表王锡渭的《从"文革"后散文创作的两次繁荣看亲历性散文写作的形象思维》;吕正惠的《吕赫若与战争末期台湾的"历史现实"——〈清秋〉析论》;陈映真的《展望一个新的局面》(讨论施善继的创作);钟乔的《战后一代的迷惘、困思与觉醒——施善继访谈》。

25日,《甘肃社会科学》第3期发表李达轩的《如何走出中国文学经典创作的低谷——对20世纪中国文学的文化反思》。

《长城》第6期发表丁帆、王世城的《想象的贫困:现时代的写作》;杨振喜的《关于想象力的随想》。

《四川戏剧》第3期发表罗远书的《树立西南戏剧的地域文化意识》。

《当代作家评论》第3期发表周政保的《白马就是白马……——关于小说家李锐》;曲春景的《反神话与"文化大革命"再思考——评李锐小说的思想价值》;[美]菲利普·甘朋的《盐的歌剧——评李锐的〈旧址〉》;李锐的《我对现代汉语的理解——再谈语言自觉的意义》;李洁非的《城市文学之崛起:社会和文学背景》;孙绍振的《在历史机遇的中心和边缘——舒婷的诗和散文在当代文学史上的地位》;徐卓人的《永远的汪曾祺》;周海波的《最后的浪漫:九十年代的"新学人散文"》;潘凯雄的《一个古老而常新的话题——关于文学反映社会现实生活问题的若干札记》;张学正的《观夕阳——晚年孙犁述论》;海崴的《太阳光里有歌有舞的灰尘——自问自答读解〈长恨歌〉》;杨政的《不俗的小说——再论尤凤伟》;洪治纲的《苦难记忆的现时回访——评东西的长篇新作〈耳光响亮〉》;张钧的《蝴蝶的死亡与困惑——海男小说的死亡情结》;李霞的《"我只是取了那杯我自己的水"——林雪和她的〈在诗歌那边〉》;沈奇的《倾听:断裂与动荡——阎月君和她

的〈忧伤与造句〉》。

《上海大学学报(社会科学版)》第 2 期发表戴翊的《新视角、新主题和新的艺术形象——读黄运基的长篇小说〈异乡曲〉第一部〈奔流〉》。

26 日,《文汇报》发表黄苗子的《老黄家之光——〈卖艺黄家〉小序》。

28 日,《中国文化研究》第 2 期发表刘岳华的《民族性的多重透视——试论〈白鹿原〉对民族性的开掘》。

《名作欣赏》第 3 期发表西慧玲的《情感的退位与理性的反驳——铁凝小说〈秀色〉解读》;唐韧的《耕耘知识分子的方寸地——杨绛《洗澡》的人文精神蕴涵》。

28 日,《文汇报》发表陈伯海等的《从传统走向现代——〈近四百年中国文学思潮史〉的对话》;邵燕祥的《分享诗情》。

30 日,《深圳大学学报(人文社会科学版)》第 2 期发表胡经之的《世界华文文学的精神魅力——兼论世界华文文学新格局》。

《浙江师大学报(社会科学版)》第 3 期发表姜云飞的《两败俱伤的交战——论张辛欣创作中的双性人格表现》;廖向东的《港台新派武侠小说与道家文化精神》。

31 日,《工人日报》发表侯军的《珍爱文学的绿意——散文家董桥访谈录》。

本月,《文学自由谈》第 3 期发表金梅的《李白终究是文人——读长篇历史小说〈李白〉》;王培元的《审视自己的精神肖像》;朱向前的《描绘当下生活的大书》(讨论柳建伟的小说《北方城郭》)。

"华人女作家与出版家座谈会"在深圳大学举行。

《海燕》第 5 期发表古耜的《少年人生:爱与苦难的诗性言说——车培晶的小说创作》。

《中国人民警官大学学报(社会科学版)》第一、二期合刊发表杜元明的《试论华文文学的母土性、区域性和环球性》。

《芳草》第 5 期发表王先霈的《闲谈邓一光》;於可训的《心有所梦身不老》;刘安海的《冬茶的沉重与苦涩》。

《青春》第 5 期发表孙德喜的《90 年代散文的新景观》。

《剧影月报》第 3 期发表于质彬的《一出讴歌军魂的好戏》。

本月,山东教育出版社出版"百年中国文学总系":谢冕的《1998:百年忧患》,洪子诚的《1956:百花时代》,杨鼎川的《1967:狂乱的文学年代》,孟繁华的《1978:激情岁月》,尹昌龙的《1985:延伸与转折》,张志忠的《1993:世纪末的喧哗》,孔庆东的《1921:谁主沉浮》,旷新年的《1928:革命文学》,李书磊的《1942:走向民间》,钱理群的《1948:天地玄黄》。

华中师范大学出版社出版白烨的《文学论争20年》。

花城出版社出版温波的《对都市文明的疏离情结》。

广西师范大学出版社出版龚见明的《文学本体论:从文学审美语言论文学》。

江苏教育出版社出版杨昊成的《东方的曙光:新文化运动中的人格追寻》。

6月

1日,《广州文艺》第6期发表戴锦华的《镜像回廊中的民族身份》;张柠的《田园 城堡 都市》。

《山东文学》第6期发表敬文东的《想象力、肉体在我们的时代》;赵歌东的《未完成的世纪梦——从诺贝尔文学奖看20世纪中国文学》。

《山西文学》第6期发表程树榛的《"最美丽最长久的是人民大众所爱"》;咏枫的《"晋军"的理论阐释》。

《长江文艺》第6期发表刘安海的《居安思危与作家的某种预演——读刘醒龙新作〈心情不好〉》;叶君的《关于生存的追问与思索——1996—1997年〈长江文艺〉获奖小说综论》。

《芒种》第6期发表王安民的《废墟中完成的超越》。

《延河》第6期发表李敬泽的《荆歌之痒》。

《作家》第6期发表张柠的《写作的诚命与方法》。

《诗歌报月刊》第6期发表杨远宏的《诗评诗论这个大文本》;雨人的《"日常生活经验+叙事":一种更宽阔的表达》;李训喜的《梦想与现实的诗歌》。

《滇池》第6期发表陈慧的《王安忆:写什么和怎么写》。

《解放军文艺》第 6 期发表卢江林的《军事科技与军事文学（跨世纪军事文学笔谈）》。

3 日,《文汇报》发表陈明远的《郭沫若的忏悔情节》。

5 日,《飞天》第 6 期发表许文郁的《深度的魅力——对几部甘肃小说的解读》；王喜绒、李新彬的《新人新作的新拓展——读〈甘肃小说新人专号〉》；孟伟的《表述与交流——兼及作家、文本和读者》；吴海歌的《诗人的尴尬与悲哀》。

《文汇报》发表王彬彬的《"私人话语"与常识》；周政保的《让批评界有个好模样》。

《青海湖》第 6 期发表王文平的《耐人寻味的〈梅雨〉》；左克厚的《童话写作——读宋执群长篇小说〈梅雨〉》；翼人的《诗性人生的发掘——试论〈梅雨〉的结构效能》。

《朔方》第 6 期发表王锋的《世纪之交回族文学的走向》。

《绿洲》第 3 期发表丁子人的《新边塞诗：现代主义艺术的浸润》；向阳的《生活的嘴脸》；钱明辉的《苍苍白发写人生》；左夫棠的《还她们一点真情》。

由中国作协创联部和《散文选刊》杂志社共同主办的中国当代散文创作研讨会在焦作举行。

6 日,《台港文学选刊》第 6 期发表朱天文的的《做小金鱼的人——读〈华太平家传〉》；张大春的《被忘却的记忆者——朱西宁的小说语言与知识企图》。

中国作协在京举行两岸作家座谈会。

7 日,《天津文学》第 6 期发表章芳的《在战争中崛起的荷花——再议孙犁小说美学思想的形成》。

10 日,《文汇报》发表纪申的《友情难忘苦痛在心——读〈怀念曹禺〉有感》。

《边疆文学》第 6 期发表蔡毅的《生死人鬼情》（讨论王松的长篇小说《鬼门》）；未青的《战士胸怀赤子情——和国才散文集〈可爱的第三国〉出版座谈会纪要》。

《电视研究》第 6 期发表胡恩的《人民需要电视剧精品》；张德祥的《真人·真知·真性情——观电视剧〈马寅初〉》。

《写作》第 6 期发表黄黎星的《轻柔抒情怀　精巧写真章：论刘墉的散文》。

《电影文学》第 6 期发表梁颜的《反叛与回归——从张艺谋的电影创作看新时期电影艺术的传统与革新问题》；彭冰的《在东西方文化的碰撞中——关于好

莱坞大片与中国优秀电影的比较分析》。

《福建文学》第6期发表吴励生、叶勤的《以梦为马的王小波——王小波小说的艺术分析》；清风的《大山般的坚执与恢弘——读李龙年诗集记忆的〈瓮瓶〉》。

《读书》第6期发表李陀的《道不自器　与之圆方》（讨论汪曾祺的创作）。

11日，《文学报》发表江冰的《仰望高原——读陈世旭的中篇小说〈青藏手记〉》。

中国艺术研究院举办"田汉百年诞辰学术研讨会"。

15日，《华侨大学学报（哲学社会科学版）》第2期发表朱立立的《淡中有喜浓出悲外：论香港学者作家小思的散文》；倪金华的《庄谐杂出　雅俗共赏：王鼎钧散文艺术论》；陈晓晖的《另一种海洋——略论美华女作家严歌苓的三篇小说》；刘小新的《马华作家林幸谦创作论》。

《文史杂志》第3期发表张敏的《台湾女作家孟瑶与她的小说》。

《山花》第6期发表胡宗健的《当下女性的写作》。

《雨花》第6期以"世纪末文学丛谈——诗歌（二）"为总题，发表袁忠岳的《回到诗歌的"内形式"》，叶橹的《形式的困惑》，黄毓璜的《小说与"性"——潘浩泉长篇小说〈世纪黄昏〉》。

《社科与经济信息》第3期发表范肖丹的《白先勇小说的语言风格》。

《诗探索》第2期发表姜涛的《叙述中的当代诗歌》；西渡的《历史意识与90年代诗歌写作》；谢冕的《读于炼的〈三套车〉》；陈超的《谈一首诗，说一些话——读陆忆敏〈我在街上轻声嚷出一个诗句〉》；周瓒的《诗歌介入日常经验的一个范例——读西渡〈在硬卧车厢里〉》；郑单衣的《80年代的诗歌储备》；陈旭光的《先锋的使命与意义——为"后新诗潮"一辩》；张清华的《论"第三代诗歌"的新历史主义意识》；吴晓东的《关于"后新诗潮"的随想》；马相武的《失控云·文化河·石浮标——论李小雨的诗》。

《浙江师大学报（社会科学版）》第3期发表廖向东的《港台新派武侠小说与道家文化精神》。

17日，《文汇报》发表吴中杰的《从鲁迅在北大当讲师说起》。

《作品与争鸣》第6期发表郝雨的《拣拾欲海中的真纯》；李钧的《批评的偏狭：为梁晓声一辩》。

中国社科院侨联海外交流中心和《诗探索》编辑部在京举行马来西亚华人吴

岸诗歌研讨会。

18日,《文艺报》发表李复威、贺桂梅的《九十年代女性文学面面观》。

《文汇报》发表刘锡诚的《还逝者本来面目》。

19日,《文汇报》以"管窥海外华文文学"为话题发表黄万华的《困境中求索的海外华文文学》,王宏图的《现代性不是历史宿命》,艾春、洪土的《海外文坛的姐妹花》,杨匡汉的《吕赫若:埋在荒冢中的文学生命》。

"后现代主义之后的西方理论思潮"研讨会在京举行。该研讨会由北京语言文化大学比较文学研究所和中国比较文学学会后现代研究中心共同主办。

20日,《人民日报》发表李运抟的《当前小说流派漫说》;张志忠的《来自大自然的警示》。

《台湾研究》第2期发表古继堂的《民族魂主宰的一次新诗革命:台湾新诗论争二十年回眸》。

首都纪念田汉诞辰100周年。李岚清出席座谈会,丁关根发表讲话。

21—25日,江西省文艺评论委员会、江西日报社、江西省文联《创作评谭》杂志社在江西井冈山市联合举办全国部分文艺评论报刊工作研讨会。

25日,《上海师范大学学报(哲学社会科学版)》第2期发表赵安如的《时代及个人化写作——〈红蘑菇〉〈潜性逸事〉比较》。

《文学报》发表盛英的《毕淑敏的"人类忧思录"——评长篇小说〈红处方〉》。

《西南民族学院学报(人文社会科学版)》第3期发表德吉草的《根:现实的依托——谈多杰仁青小说之根》。

《海南师院学报》第2期发表王福湘的《几部经典文本的修改与当代文学的版本问题》;伍世昭的《1997年乡土小说漫评》;高松年的《"吴越小说"的概念界定与辩说》;王晓青的《微型小说时空论》。

《世界华文文学论坛》第2期发表艾晓明的《北望大陆——五十年代香港小说里的大陆的记忆》;赵稀方的《香港文学本土性的实现——从〈虾球传〉、〈穷巷〉到〈太阳落山了〉》;应宇力的《从没见过的那一朵云——黄碧云的小说世界》;刘红林的《初识刘济昆——读《香港九七日记》》;黄飞的《诗与画的二重协奏——读张诗剑的《流火醉花》》;韩鑫的《九十年代的世俗神话——论梁凤仪财经小说的独特魅力》;黄万华的《东南亚华文文学百年流变的一种轮廓描述》;王剑丛的《澳门文学发展的独特足迹——兼与香港文学比较》;钟晓毅的《上善如水——澳门女性散文的审美指向》;周安华的《彩虹般的心屏奇景——评穆欣欣的艺趣散文》;李欧的《夜读武侠》;叶公觉的《心笛声声唱梅花》(讨论《黄春安散文集》);管宁的《汪毅夫:台湾文化研究的辛勤耕耘者》;刘登翰的《精神漂泊与文化寻根——菲华诗歌阅读札记》;钦鸿的《菲华文学中的"中华情结"》;阮温凌的《事与愿违的泪中喜剧——林锦微型小说〈也是英雄〉的"悖反式结构"》;杨剑龙的《"一个是'中国',一个是'基督教'"——论张晓风的创作和基督教文化(下)》;彭志恒的《如果意义缺失……——聂华苓的〈桑青与桃红〉》;王文胜的《乡土情结:走不出的沼泽地——谈沈从文、钟理和乡土小说文化内涵的异同》;萧成的《中国文学发展进程中的重要一翼——评刘登翰主编的〈香港文学史〉》;梦花的《三个女人一台戏——"华人女作家与出版家座谈会"概述》。

《北京师范大学学报(社会科学版)》第3期发表刘勇的《论林语堂〈京华烟云〉的文化意蕴》。

27—28日,'98孙犁创作学术研讨会在天津举行,与会者就孙犁65年的文学成就、思想品格以及对其的学术研究方面展开了广泛而深入的研讨。研讨会由中国作协、河北省作协、河北省文联、天津市作协、天津日报社、百花文艺出版社、天津孙犁研究会和天津解放区文学研究会共同举办。

28日,《湘潭大学学报(哲学社会科学版)》第3期发表章罗生的《关于纪实文学与世纪之交的中国文学》;沈敦忠的《文化选择中的追求与困惑——论大革命后小说中"动摇者"群像》。

29日,《文汇报》发表赵瑞蕻的《含着热泪的微笑——纪念沈从文先生辞世十周年》。

30日,《戏剧》第2期发表叶志良的《当代戏剧的叙述方式》。

《清华大学学报(哲学社会科学版)》第2期发表冯虞章的《试谈人文精神》。

《南京大学学报(哲学·人文科学·社会科学版)》第3期发表丁帆的《两岸乡土小说的共同文化背景及异质话语的解剖》。

本月,《芳草》第6期发表昌切的《"双跨"之后——'97批评观察》;倪立秋的《尝试突破》;李鲁平的《由一本书推断一个人》。

《创作评谭》第3期发表朱向前的《寻找与世界对话的艺术定位——以九十年代的文学实践为考察背景》;陈世旭的《小说的逻辑、意义、典型性、艺术特征及其他——关于文学的通讯》;江冰的《坚韧的姿态——评陈世旭近年的小说创作》;马相武的《论当代马华小说的本土意识》;公仲的《真实——吕赫若的抗争艺术》;曾艳兵的《"东方后现代"的价值和意义》;陈墨的《青春的戏剧——张艺谋电影论》;吴义勤的《〈班主任〉:一个"超文学"的文本》;王淑秧的《古韵新声　回味无穷——〈凌鼎年小小说〉读后》;刘忠诚的《亮过三月　沉过九月——评李前的散文创作》。

湖南省作协和湖南文艺出版社在毛泽东文学院联合召开长篇小说精品研讨会。

本月,北京出版社出版丁帆的《文学的玄览:1979—1997》。

7月

1日,《广州文艺》第7期发表王干、刘立杆、韩东等的《离我们身体最近的——关于"城市与城市文学"的对话》。

《山东文学》第7期发表谢锡文的《文体规范在创作与鉴赏之间》;铁舞的《现代小说的形式分析》。

《电影评介》第4期发表王旭东的《凡人离英雄有多远》;沈奇岚的《呼之欲出的林则徐》。

《芒种》第7期发表铁岩、原中山的《崛起的群体——沈阳青年文学创作漫笔》。

《作品》第7期发表钟晓毅的《关于香港的阅读》。

《延河》第7期发表李星的《超越苦难》。

《诗歌报月刊》第7期发表刘洁岷的《后90年代诗歌批评:感性》;洪烛的《诗歌精神与幻觉的艺术》;小海的《诗人的定位问题》。

《滇池》第7期发表晓华、汪政的《给"现实主义"提个醒》。

《解放军文艺》第7期发表黄柯的《走向静穆:期盼与衡估(跨世纪军事文学笔谈)》。

2日,《光明日报》发表冀复生的《一本紧扣时代主题的好书》;李炳银的《报告文学的风景》;孙武臣的《托起新世纪的太阳》。

5日,《飞天》第7期发表叶延滨的《行吟的高凯》;鲁文咏的《诗坛需要王海》。

《北方文学》第7期发表柳沄的《诗的质量与人的质量》。

《朔方》第7期发表李克强的《肩负起时代的使命》(讨论西海固文学)。

《莽原》第4期发表郜元宝的《学术的"化约"与"化约"的学术》。

6日,《台港文学选刊》第7期发表李又冰的《文字的凿石者:作家朱天文专访》;王光明的《城与诗:互看与互塑——香港的城市诗歌》。

7日,《文汇报》发表贾平凹的《关于〈高老庄〉》。

《天津文学》第7期发表黄桂元的《悟思文势与气韵——冯景元散文读后》。

8日,《文学世界》第4期发表刘建彬的《盘旋在都市上空的鹰——论邱华栋的城市小说》;吴培显的《人性表现与食色崇拜——"个人化写作"得失论》;袁勇麟的《杂文在1997》;房福贤的《战争与人生命运的悲歌——论新时期抗战小说的命运主题》;闻树国的《实在写实现实——我看〈中国作家〉〈当代〉〈十月〉〈小说家〉》。

9日,《文艺报》发表何镇邦的《新态势与新希望——近期若干长篇小说阅读札记》。

《文学报》发表陈思和的《论1997年小说文体的实验》;孟繁华、苗椿的《回望百年中国文学》。

10日,《宁夏大学学报(哲学社会科学版)》第3期发表王岩森的《现实关怀:'97杂文创作扫描》;李正荣的《〈河的子孙〉与〈母亲——大地〉的模式比较》;赵联成的《升腾与沉落——论当代报告文学英雄主题的流变》;杨清福、许鹏远的《新时期小说的诗化倾向》。

《电影文学》第7期发表封宇一的《多元化交响 主旋律高扬——中国现代电影走势初探》;逯宁的《试论商业电影的腾飞》;万安伦的《凤凰涅槃:生命的完成与超越——影片〈太阳鸟〉有感》。

《戏剧文学》第7期发表叶志良的《环境戏剧:与生活同构》;张兰阁的《新时期话剧的"人学"旋律——发现人的"新大陆"》。

《电影艺术》第4期发表李道新的《建构中国电影批评史》;郝建的《〈泰坦尼克号〉在中国》;邵亚峰的《关于〈泰坦尼克号〉的思考》;舒克的《论张弦作品从小

说到电影的历史价值与艺术》。

《花城》第4期发表戴锦华的《分享欣悦——阅读〈丑角登场〉》。

《理论与创作》第4期发表曾镇南的《于建初小说创作漫评》;熊元义的《沉重的现实与活着的文学——为当前现实主义文学一辩》。

《信阳师范学院学报(哲学社会科学版)》第3期发表王雨海的《从马原的小说创作看西方后现代主义对中国先锋派小说的影响》。

《福建文学》第7期发表林德冠的《英雄礼赞　正气浩歌——读赖妙宽长篇报告文学〈忠诚〉》;熊俊才的《生活是门　散文是窗——兼谈资讯时代的散文写作》;黄绮冰的《小评舒婷散文集〈你丢失了什么〉》。

12日,《光明日报》发表古远清的《回归后的香港文学新貌》。

《文艺评论》第4期发表席云舒的《自恋与逍遥——90年代诗坛的山林意识辨析》;林超然的《散文命意的审美维度》;曹明海的《心灵与世界的对话——马瑞芳散文论》;朱青的《在重重代沟的围困中》。

14日,《文汇报》发表余秋雨的《大匠之门》。

15日,《文学评论》第4期发表童庆炳、陶东风的《人文关怀与历史理性的缺失——"新现实主义小说"再评价》;孙先科的《英雄主义主题与"新写实小说"》;邹定宾的《论中国当代实验小说本体的内在矛盾》;阎纯德的《20世纪中国女性文学的发展》;郑敏的《新诗百年探索与后新诗潮》。

《山花》第7期发表南帆的《写作与飞翔——读林白的小说》。

《上海文学》第7期发表刘小枫的《牛虻和他的父亲、情人和她的情人》;陈思和的《多元格局下的小说文体实验》。

《中山大学学报(社会科学版)》第4期发表吴定宇的《世纪的风:巴金的文化整合探索》。

《中国图书评论》第7期发表王伟瀛的《低飞,也能飞的更远——读〈人鸟低飞〉》;子干的《〈原址〉与"新支点"——长篇小说〈原址〉读后》。

《当代文坛》第4期发表沈渊、季进的《论后现代语境中的当代先锋小说——兼评吴义勤的〈中国当代新潮小说论〉》;刘宏伟的《古典自我与现代他者的冲突——张炜长篇小说侧论之一》;葛红兵的《午后的写作——李洱小说意象》;蔡毅的《人性风景的探究》;夏志华的《小说叙述仪式支持的空间——牧南小说批评》;晓原、晓梵的《作为写作意义的小说——90年代小说创作散论》;张伯存的

《一个后现代主义文本的解读——评王小波〈万寿寺〉》；温存超的《挖掘了一口深井——评王小鹰长篇新作〈丹青引〉》；丁帆的《玄览精神史的蜕变过程——〈成长如蜕〉读后札记》；周政保的《杨牧的新边塞诗》；伍世昭的《90年代文化语境中的诗歌边缘化》；徐其超、邓经武的《〈白梦〉解读》；王跃的《田闻一创作谈》。

《当代电影》第4期发表毛小睿的《分段讲故事：论1994—1995年一种电影现象兼论现代电影叙事》；窦小烨的《论故事对于电影的重要性》；司徒健恩的《王家卫电影剧作的叙事策略》；黄统荣的《中国良知，社会写实，精品意识——"主旋律影视"浅析》；倪震的《90年代广东电视剧的文化特色和艺术成就》；祁海的《影视精品大众化的成功样本——广东影视作品的新探索》。

《江南》第4期发表林舟的《呼喊与倾听：在断裂处的游戏——论九十年代新小说的叙事立场》。

《西藏文学》第4期发表唐荣尧的《叶舟：废墟与王冠上的歌声》。

《雨花》第7期以"世纪末文学丛谈——小说"为总题，发表封秋昌的《创造与想象——关于90年代小说想象力的一点思考》，关汝松的《给小说一点想象的空间》。

《学术论坛》第4期发表叶志良的《走向开放的戏剧叙述》。

《南方文坛》第4期发表王干的《我的批评观》、《在风中言语　在风中倾诉——关于〈桃色嘴唇〉这部奇作的一些札记》；葛红兵的《在不能逼近的距离外守望——王干论》；郭小东的《知青后文学状态》；南帆的《拒绝遗忘》；蔡翔的《重新书写的历史》；陈剑晖的《跳出"知青情结"》；木弓的《知青小说的缺陷》；贺绍俊的《绕不开理想情结的知青小说》；熊元义的《沉重的现实与活着的文学——为当前现实主义文学一辩》；叶玉琳的《我和我的诗歌》；孙绍振的《在悬浮的意象中深思》；马永波的《在迷狂与理性之间》；吴奔星的《读〈贺敬之诗选〉》；李青果的《涉过洪流是绿岸——评长篇小说〈绿岸〉》；程光炜的《死是容易的——评海男的长篇小说〈坦言〉》。

《特区文学》第4期发表古耜的《且品人生这杯酒》。

16日，《文艺争鸣》第4期发表葛红兵的《非激情时代的暧昧意象——晚生代小说的主题》；李林荣的《作为文体的散文：灵魂的彰显与照亮——兼论史铁生、余秋雨的散文》；沈义贞的《挑战时髦——评余开伟的〈文学的蜕变〉》；万燕的《从徐坤看中国当代女性创作的前途》；唐韧的《虚无的磁场——王晓明对鲁迅的误读》;邹定宾的《主体性的神话与死亡:新时期文艺发展中的主体性演进》;郑敏的《试论汉诗的传统艺术特点:新诗能向古典诗歌学些什么?》。

《文艺报》发表胡平的《丰富·细腻·含蓄·精巧——'97短篇小说佳作要览》。

《光明日报》发表翟泰丰的《一部反映大时代变革的力作——评周梅森长篇小说〈天下财富〉》;秦晋的《思索与聚焦——斯妤小说漫议》。

17日,《人民日报》发表朱虹的《一代新人成长历程的生动再现——评电影〈花季·雨季〉》。

《文汇报》发表金燕玉的《也谈私人话语》。

《作品与争鸣》第7期发表言行的《成绩与遗憾》。

18日,《中国戏剧》第7期发表谭需生的《〈死无葬身之地〉对剧本创作的启示》。

20日,《儿童文学选刊》第4期发表周晓的《为了冲破传统儿童文学的藩篱》。

《小说评论》第4期发表张清华的《精神接力与叙事蜕变——论"新生代"写作的意义》;伍世昭的《'九七乡土小说漫评》;邵建的《批评的言路(二题)》;谢有顺的《我们批评什么》;朱水涌的《〈红旗谱〉与〈白鹿原〉:两个时代的两种历史叙事》;张国俊的《中国文化之二难(上)——〈白鹿原〉与关中文化》;王光东的《徐坤小说论》;周艳芬的《叶广芩:安置灵魂的一种写作》;珍尔的《孤独者的追寻与幻灭——蒋韵小说创作谈片》;刘路、朱玲的《结构对故事的完成与超越》;汪政、何平的《世纪之交的"新潮"话题——兼评吴义勤的〈中国当代新潮小说论〉》;畅广元的《兼容并蓄:审美个性化的必由之路——李继凯〈秦地小说与"三秦文化"〉读后》。

《辽宁师范大学学报(社会科学版)》第4期发表张学昕的《想象与意象架设的心灵浮桥——苏童小说创作论》。

《学术研究》第7期发表马相武的《当代马华小说的主体建构》。

《钟山》第4期发表张清华的《十年新历史主义文学思潮回顾》;南帆的《人物观念的理论跨度》;杨剑龙的《独立人格的追求与文学创作的个性》。

《新疆师范大学学报(哲学社会科学版)》第3期发表夏冠洲的《新疆汉语作家与中国当代文学》;马丽蓉的《孤行者的"寻父"》。

21日,《文汇报》发表韩少功、蓝白、黄丹的《文学的追问与修养》。

22日,《文汇报》发表李锐的《李锐论说文选自序》;朱健国的《两点意见——写给〈二十世纪中国杂文史〉的作者》;姚宜瑛的《张爱玲拜节》。

《啄木鸟》第4期发表严永兴的《关于俄罗斯侦探小说——"读俄罗斯侦探小说系列丛书"》。

24日,《文艺理论与批评》第4期发表陈映真的《精神的荒废——张良泽皇民文学论的批评》;力群的《论〈抉择〉的成就和社会意义》。

25日,《山东师大学报(社会科学版)》第4期发表贺鸿凤的《新时期杂文及代表作家简论》;张捷鸿的《现代生存意义的启蒙——重读〈烦恼人生〉》;王克安的《近20年刘心武研究述评》。

《文艺理论研究》第4期发表徐岱的《论金庸小说的艺术价值》;[日]坂井洋史的《忏悔和越界——二十世纪中国文学史的一个侧面》。

《甘肃社会科学》第4期发表许文郁的《人文精神与大众文化批评》。

《长城》第4期发表朱水涌的《直面文学的分化》;孙绍振的《真想骂骂人》(讨论中国的文学批评);陈仲义的《诗写的相对主义》;谢春池的《批判自己》;南帆的《数字的背后》(讨论中国的长篇小说)。

《四川戏剧》第4期发表廖全京的《艺术规律不容忽视——剖析近几年戏剧创作中的一种现象》。

《当代作家评论》第4期发表摩罗、杨帆的《刘震云:奴隶的痛苦与耻辱》;张志忠的《怎样走出〈白鹿原〉——关于陈忠实的断想》;吴俊的《没有马原的风景》;张柠的《大师在哪里?——兼谈一位叫马原的汉人》;李洁非的《初识城市》;周政保的《"落不定的尘埃"暂且落定——〈尘埃落定〉的意象化叙述方式》;贺绍俊的《说傻·说悟·说游——读阿来的〈尘埃落定〉》;殷实的《退出写作》;於可训的《什么是关山林性格及其文化涵义——对〈我是太阳〉中心人物的文化阐释》;李遇春的《破碎的英雄与英雄的破碎——论邓一光"兵系小说"中的英雄系列》;於曼的《对本色英雄的追寻——论邓一光的小说对英雄形象的塑造》;胡平的《'97优秀短篇小说创作概述》;李敬泽的《穿越沉默——关于"七十年代人"》;何西来的《〈冬天里的春天〉和李国文的小说创作》;束沛德的《'97儿童文学佳作选评》;[韩]金炅南的《世纪末中国作家的选择与追求——一个韩国研究者的学习手记》;姜云飞的《突围表演——论残雪、伊蕾作品中的"困兽"意识》;周晓波的《一个执着的艺术探索者——薛涛儿童文学创作论》;阎晶明的《参与就是责任——

读洪峰〈一个球迷对中国足球的诉说〉》。

《社会科学家》第 4 期发表范肖丹的《白先勇小说的象征艺术》。

《盐城师专学报(哲学社会科学版)》第 3 期发表高广方的《宿命与源流——王安忆〈米尼〉与聂华苓〈桑青与桃红〉内涵比较》。

27 日,《人民日报》发表古远清的《血浓于水的同胞情》。

28 日,《兰州大学学报(社会科学版)》第 3 期发表赵学勇的《反抗危机者的史学背景——前期"新时期"批评的一种再思考》。

《名作欣赏》第 4 期发表张瑞君的《含蕴深厚　勇于探索——论〈白鹿原〉的艺术创新价值》;吴小美的《"人性"与"兽性"的深度艺术表现——读余华〈我没有自己的名字〉兼及屠格涅夫的〈木木〉》;阮温凌的《小姐的初恋之情——陈若曦散文名篇〈啊,台大!〉"小说素描"艺术探之一》。

29 日,《文汇报》发表叶辛的《文学创作中的亲历性》;徐城北的《手抄本之〈北大荒吟草〉》。

30 日,《中南民族学院学报(哲学社会科学版)》第 3 期发表王平的《池莉小说创作的新动态——读中篇小说〈云破处〉》。

《光明日报》发表傅瑛的《90 年代散文批评概览》。

《浙江师大学报(社会科学版)》第 4 期以"海峡两岸儿童文学研讨会论文选登"为总题,发表林焕彰的《台湾儿童文学作家群体的生态简析》,谢武彰的《近十年台湾儿童文学现况》,孙建江的《从海峡两岸儿童文学整体格局的消长演变看中国儿童文学的未来可能》,杜荣琛的《海峡两岸儿童文学初探》,陈华文的《整合多种媒体儿童文学的理论、欣赏、创作及应用》,毛竹生的《略论儿童和儿童文学的特质》,平静的《心灵的守望与诗性的飞翔——论现代儿童文学女作家性别意识的文化成因》,黄云生的《稻草人和"现实主义童话"》,夏晓昕的《寻找失落的天空——试论曹文轩小说中的感情空洞》,徐敏珍的《凸现自然、"反英雄"与感伤情绪——老臣少年小说艺术初探》,杨宁的《论彭学军少年小说的生命意识》,欧阳志刚的《新武侠小说的童话因素》等。

31 日,《文汇报》发表杨剑龙的《社会转型与美学评判——"新现实主义"小说创作得失谈》;陆扬的《也说文学的危机和前途》。

本月,《文学自由谈》第 4 期发表李星的《贾平凹的文学意义》;梅疾愚的《孤独的突围者》(讨论余开伟);刘春的《来自〈白鹿原〉的启示》;朱珩青的《艰难的起飞——读长篇新著〈弑父〉》。

《语文教学与研究》第 7 期发表江少川的《当代台湾小说的流脉与嬗变》。

《北京文学》第 7 期发表洪子诚、静矣的《五六十年代文学的意义：洪子诚访谈录》。

《青春》第 7 期发表陈辽的《世界华文文学发展的新趋势》。

《芳草》第 7 期发表关杭君的《一个错误的命题》；罗俊华的《当代煤炭诗的诗潮与诗美》；彭卫鸿的《武汉小说创作：优势之外的思考》；沈永俐的《方方的角色意识》。

《时代文学》第 4 期发表孙见喜的《贾平凹的 1997》。

《剧影月报》第 4 期发表桂松谊的《活灵活现　妙趣横生——略谈〈虎踞钟山〉人物塑造》；刘聪的《于细微处见功力——浅谈话剧〈虎踞钟山〉的细节设置》。

《海峡》第 4 期发表江一萍的《令人思考的惊险小说——读郑炳南〈黄雀在后〉》。

《海燕》第 7 期发表代一的《直面现实的灵魂透视——滕贞甫小说简析》。

'98 大散文研讨会在辽宁省锦州市举行，来自全国 30 余位散文作家、文学评论家对近些年散文创作出现的一批具有大气风范的散文作品给予肯定。

本月，东北出版中心出版王晓明的《批评空间的开创：二十世纪中国文学研究》。

河北教育出版社出版杨匡汉的《时空的共享》，朱寨的《行进中的思辨》，谢冕的《论二十世纪中国文学》，张炯的《走向世纪之交》，阎纲的《余在古园》，顾骧的《煮墨斋文钞》，刘锡诚的《河边文谭》，白烨的《观潮手记》，吴重阳的《风雨楼文存》，潘旭澜的《长河飞沫》。

江苏教育出版社出版邹恬的《邹恬中国现代文学论集》。

北京大学出版社出版申丹的《叙述学与小说文体学研究》。

8 月

1 日，《广州文艺》第 8 期发表郜元宝的《我看九十年代都市小说》；邵健的《欲望人文化与人文道德化》。

《山东文学》第8期发表荒林、王光明的《两性对话：重读我们的身体与性》；王景科的《论散文创作中审美心理的转换》。

《山西文学》第8期发表鲁顺民的《庄重的乡村　庄重的小说》。

《芒种》第8期发表张德明的《现实与写作的双重超越》；牟浚的《诗词创作散论》。

《延河》第8期发表李森的《想象中的罗望子》。

《作家》第8期发表李冯的《录音带：文本与声音》。

《今日中国》第8期发表晓张的《落地生根的马华作家戴小华》。

《诗歌报月刊》第8期发表魏克的《诗人与他们的生活》；邢海珍的《〈0档案〉的文体"叛乱"》；谷禾的《对话：关于'98女作者号的阅读札记》；小海、谷禾的《关于当前诗歌批评的对话》。

《滇池》第8期发表钟秋的《文明与愚昧的冲突》。

《解放军文艺》第8期发表苗长水的《军事文学激情何在（跨世纪军事文学笔谈）》；于波的《由浪漫的理想主义说开去（跨世纪军事文学笔谈）》；张玉华的《"农家军歌"变奏》；姚维荣的《超越与皈依间的困厄》。

4日，《文艺报》发表马振方的《小说的常体与变体——读词典小说随想》。

4—5日，中国作协第五届主席团第五次会议在京举行。

5日，《文汇报》发表严秀的《杂文就是要有声音》。

《北方文学》第8期发表黄发有的《雅俗共赏的尴尬》。

《青海湖》第8期发表马海轶的《在变迁中回归——读马丁诗集〈家园的颂辞与挽歌〉》。

《朔方》第8期发表荆竹的《艺术传达方式的心灵沟通——冯剑华散文论》；丁朝君、祁桂芳的《人性的异化及其它——叶建民小说评析》。

《绿洲》第4期发表张明的《散文，在文学性与个性中提升——评散文集〈消失的画幅〉》。

6日，《文学报》发表贾平凹、穆涛的《写作是我的宿命——关于贾平凹长篇小说新著〈高老庄〉访谈》。

《台港文学选刊》第8期以"关于海外华文写作"为总题，发表赵淑侠的《中华文学长河里的欧华文学》，曾敏之的《华文文学的共通性与区域性》，杜元明的《放

眼世界　面向未来》，孟繁华的《文化同一性中的内部对话》；同期，发表痖弦《学院的出走与回归：读陈义芝〈不安的居住〉》。

8日，《文艺报》发表秦岭的《"老老实实地写"——刘庆邦和他的小说》。

10日，《边疆文学》第8期发表张承源的《胸中剑气　妙造自然——和国才的散文特色》；吴守华的《民族风情映照下的人生命运》。

《汕头大学学报（人文社会科学版）》第4期发表母发荣的《恋根情结——东南亚华文作家创作心态剖析》。

《戏剧文学》第8期发表路海波的《21世纪中国话剧市场化趋势探微》。

13日，《文艺报》发表朱向前的《"农民军人"与"农家军歌"——一个军旅小说主题的发展与变奏》。

《文学报》发表翟泰丰的《深入现实生活　奉献时代精品》。

15日，《文教资料》第4期发表古远清的《徐訏的"三边文学"及左联研究》。

《北京社会科学》第3期发表赵海彦的《"为政治"与"逃逸政治"："公众化写作"与"个体化写作"——对"十七年文学"两种创作现象的解读》。

《天中学刊》第4期发表张宪彬、彭燕彬的《浅谈郭良蕙及其笔下的台北女人》。

《江苏社会科学》第4期发表魏晋的《个体的悖谬：后朦胧诗歌的自由本质》。

《山花》第8期发表唐晓渡的《九十年代先锋诗的几个问题》。

《雨花》第8期以"世纪末文学丛谈——女性文学"为总题，发表丁帆的《女性小说的诱惑力》，何言宏的《女性主义、房间意识及其它》，丁亚芳的《欲望的陷阱——女性小说谈片》，黄毓璜的《"小"、"大"之辨——谈〈百日阳光〉一得》。

《戏剧艺术》第4期发表彭耀春的《台湾当代小剧场运动的特征》；穆欣欣的《九十年代澳门戏剧状况》。

《诗探索》第3期发表王性初的《并不遥远的呼吁》；李霞的《90年代诗写作新迹象》；桑克的《徐江在〈戴安娜之秋〉中》；郜积意的《"后新诗潮"的论争及其伦理问题》；孙基林的《"第三代"诗学的思想形态》；徐妍、王洪涛的《"宗教神话"与浪子情怀》；王耀文的《太阳诗国里的风景》；奚密的《诗与戏剧的互动：于坚〈0档案〉探微》；吕刚的《本色的批评与散漫的激情——沈奇诗学批评述评》；裴亚莉的《面对灵魂深处广袤的草原——读〈探险的风旗〉》。

《台湾研究集刊》第3期发表钱虹的《至情至性的人事风景——评台湾女作

家陈若曦的散文创作》；李仕芬的《亦亲亦疏：台湾女作家小说中的父与子》。

《镇江师专学报（社会科学版）》第3期发表方忠的《古龙武侠小说创作史论》；杜鹃的《论尤今小说的艺术特色》。

《南京理工大学学报（社会科学版）》第4期发表杨韵的《香港文学回顾与展望》。

16日，《文汇报》发表陈梦熊的《郭沫若佚文——〈欢迎大众的考验〉》。

17日，《作品与争鸣》第8期发表易木的《以变形手法表现严肃主题》；刘勇的《说到底是一个"人"字》。

中旬，由《人民文学》杂志社、新疆建设兵团文联、《绿洲》杂志社联合举办的'98全国文学期刊主编研讨会在新疆召开，来自全国几十家文学期刊的负责人就文学期刊生存的困境与出路进行探讨。

18日，《文汇报》发表本报记者邢晓芳的《"断裂"调查引起批评　某些青年作家之肤浅愚妄令人吃惊》。

19日，《文汇报》发表黄式宪的《以学术性为基准的电影文化检阅——第四届中国长春电影节落幕之后的思考》。

20日，《学术研究》第8期发表黄树红的《南方都市文学的定位》。

《当代》第4期发表孙郁的《读〈二十五世纪的人〉》；陈辽的《改革意识的超前，人物形象的创新——评张国擎的〈斜阳与辉煌〉》；王达敏的《评陈桂棣的报告文学创作》。

21日，《人民日报》发表孙武臣的《形象的现实主义历史片断——读长篇小说〈抗争〉》。

25日，《文艺报》发表严家炎的《子规声声鸣，竟是泣血音——评〈挚爱在人间〉》。

《西南民族学院学报（哲学社会科学版）》第4期发表一群的《马识途小说创作风格试论》；邓经武的《"魏明伦现象"揭秘——魏明伦与巴蜀文化》；姚万生的《〈夜歌〉：自忏与自救》。

《通俗文学评论》第3期发表钱理群的《金庸的出现引起的文学史思考——在杭州大学"金庸学术讨论会"上的发言》；严家炎的《豪气干云铸侠魂——说金庸笔下的"义"》；陈墨的《金庸小说与20世纪中国文学》；方长安的《文化守成艺术调整：论贾平凹的〈白夜〉兼与〈废都〉比较》。

27日，《文学报》发表柳荫的《独到的发现　独特的表现——梁衡散文之我见》；周政保的《"知青小说"：茫然的领域》。

28日,《中国文化研究》第3期发表严家炎的《金庸小说与传统文化》。

《上饶师专学报》第4期发表施建伟、汪义生的《拨开迷雾窥真景——过渡期的澳门文学初探》。

30日,《文汇报》发表钱谷融的《曹禺先生追思》。

本月,《芳草》第8期发表陈应松的《尘缘的姿态》;於可训的《论"武汉作家群"》。

《北京文学》第8期专栏"笔谈短篇小说"发表雷达的《强化短篇小说的文体意识》等。

《华文文学》第2期发表刘俊峰的《论姚拓的文学创作》;赵顺宏的《论庄克昌的散文》;彭志恒的《论"隔膜"》(讨论美国华文文学);张国培的《论泰华的微型小说》;王常新的《满孕着温柔——读梦如〈穿越〉》;吴建宏的《沙漠中一片青翠的绿洲——论林中英的小说集〈云和月〉》;朱文斌的《一滴露珠映世界——论子帆诗歌审美观点的独特性》;孙海峰的《几度梦里又飞花——对梦莉散文伤感意象的诠释》。

《创作评谭》第4期以"跨入世纪之门的中国女性"为总题,发表戴锦华的《世纪之门》,刘思谦的《我们的文化源头和文学》,谭湘的《女性的旗帜》等;同期,发表施建伟的《当代香港文学发展的一个重要阶段——"过渡期的香港文学"》;平慧源、汤吉夫的《小说的状态》;陈世旭的《生命的燃烧饥和呼啸——陈忠实和他的白鹿原》;舒康复的《走出众妙之门——小议长篇小说〈玄妙珞珈山〉》。

《青春》第8期发表朱寿桐的《小说魂兮归来》。

本月,广东高等教育出版社出版周文彬的《当代香港写实小说散文概论》。

经济科学出版社出版钱中文的《文学发展论》。

北京大学出版社出版孔庆东的《超越雅俗:抗战时期的通俗小说》。

暨南大学出版社出版尹康庄的《象征主义与中国现代文学》。

高等教育出版社出版陆耀东编著的《中国现代文学大辞典》。

福建教育出版社出版孙绍振的《当代中国文学的艺术探险》。

甘肃教育出版社出版李标晶、王嘉良主编的《简明茅盾词典》。

9 月

1日,《广州文艺》第9期发表王干的《老游女金：90年代城市文学的四种叙述形态》；祁智的《"郊区文学"》。

《山东文学》第9期发表崔苇的《"尚用"还是"尚文"：难以逾越的情结》；路文彬的《永恒的冲突——发生于文学功能系统内部的悖论》。

《电影评介》第5期发表徐敏的《请走进她们的内心世界》；黄萍的《走过去，前面是个天》；管恩森的《意象，经轮流转与牦牛奔突》；杨研的《激情〈红河谷〉失去了什么》。

《芳草》第9期发表高玉的《也谈新时期为何未能产生大师级作家》；王美艳的《有意味的形式》。

《海燕》第9期发表胡世宗的《寻找最佳位置——从常万生的创作成功想到的》。

《作家》第9期发表潘凯雄的《论文学与经济的互动》。

《诗歌报月刊》第9期发表刘春的《生存的重量与语言的资质》；舒航的《同一条河流：传统与现代》。

《解放军文艺》第9期发表周政保的《拒绝"小说化"描写》。

4日,《神州学人》第9期发表李威海的《陈燕妮〈遭遇美国〉》。

5日,《飞天》第9期发表山风的《世纪末的喧闹——近来文坛官司种种》；王喜绒的《〈雾白〉之我见》；韦小红的《〈狗事〉中的人事》；林泉的《烟雾朦胧观世相——评牛庆国短篇小说〈小城烟雾〉》。

《小说月报》第9期发表胡平的《丰富·细腻·含蓄·精巧——'97短篇小说佳作要览》。

《北方文学》第9期发表张清华的《世界之夜与心灵之夜》。

《朔方》第9期发表高嵩的《评罗飞的两首咏史诗》；白草的《重读〈灵与肉〉》。

《湖南文学》第9期发表叶广芩的《人的修炼与文的修炼》。

《莽原》第5期发表唐晓渡的《何谓"个人写作"》；赵振先的《文学的肇端》。

6日,《台港文学选刊》第9期发表张惠媛的《我在小说史中的位置在哪里——张大春》;张惠媛的《文学台湾五十年》;张惠媛的《我不想再当争议性作家——李昂》;荒林、王光明的《女性的现实关怀和文化想象》。

7日,《天津文学》第9期发表杨匡汉等的《新时期现实主义流变的对话》;王烨的《于平淡中见真情——序〈黄飘带〉》。

8日,《文艺报》发表孙绍振的《抒情与幽默的统一——评舒婷的复调幽默散文》;萧雨的《文学的力量是创造——访问秦文君》。

《文学世界》第5期发表柳珊的《一种期待:空虚之后的丰富——试论"七十年代"小说创作》;黄发有的《九十年代小说的新闻化倾向》;宋遂良的《远离街市,走近艺术——简评〈远离街市的山野〉》;李鲁的《缺少提炼 难成佳品——给〈远离街市的山野〉切脉》。

苏州大学"世界华文文学研究中心"在苏州成立,曹惠民任该中心主任。(据《世界华文文学》第11期消息)

10日,《文学报》发表高原新的《飞翔与回眸——斯妤小说一瞥》。

《中国西部文学》第9期发表杨牧的《一个倔强的诗人和一些倔头倔脑的诗》。

《电影文学》第9期发表郭踪的《市场、市场——中国电影忧思录》;陈向春的《并不简单的爱情故事——评影片〈爱情麻辣烫〉》。

《光明日报》发表古远清的《九十年代文学批评概览》;丁帆的《风俗画中的文化意蕴》;李炳银的《别是一番滋味在心头——读〈老三届著名作家回忆录〉》。

《花城》第5期发表李陀的《汪曾祺与现代汉语写作——兼谈毛文体》。

《电影艺术》第5期发表张健的《喜剧的守望——当前喜剧性影视创作漫议》。

《电影创作》第5期发表路春艳的《在多元格局中发展的乡土电影》;苏叔阳的《沉舟侧畔千帆过——关于〈泰坦尼克号〉的乱弹》;桂青山的《"〈泰坦尼克号〉之热"后的沉思》。

《读书》第9期发表唐小兵的《〈古都〉·废墟·桃花源外》;桂勤的《〈故乡〉的读书史》;敬文东的《迫不得已的文学史》。

《理论与创作》第5期发表郑大群的《新时期女性角色意识的衍变》;苏振元的《论小说家张抗抗的散文》。

《福建文学》第9期发表危砖黄的《五个苹果》;程瑞春的《世纪末:文学与

思考》。

《诗潮》第9—10月号发表李秀珊的《伟大母爱的崇高赞美诗——读绿蒂的诗〈决堤的哀戚〉》。

中旬,中国当代文学研究会和中国社科院文学所当代室在京联合举办"八九十年代文学比较"座谈会,与会专家学者就80年代与90年代文学比较研究、中国文学应该以什么样的姿态迎接21世纪等问题进行研讨。

12日,《文艺报》专栏"作品与争鸣"发表熊元义的《血性的呼唤》,李广仓的《对现状的情绪化的描述》。

《文艺评论》第5期发表周政保的《报告文学创作的若干理论问题》;徐肖楠的《二十世纪中国文学从历史化到个人化的人性空间》;张卫东的《人文精神:词语与言说》。

15日,《文学评论》第5期发表丁帆、何言宏的《论二十年来小说潮流的演进》;陈美兰的《创作主体的精神转换——考察中国新时期文学的一种思路》;南帆的《双重的解读——八九十年代中国文学的一种描述》;李欣的《海岩小说创作漫评》;李万武的《梁衡散文语言的审美特性》。

《当代文坛》第5期发表吴培显的《现实参与的诚挚与历史意识的贫乏——当代工业题材创作的反思与期待》;王轻鸿的《略论新时期作家对知识分子的表现》;李有亮的《先锋派文学的价值重估及定位》;胡志军的《敞开存在——余华近期小说的转变》;刘晓文、陈庆祝的《悲剧及其消解——析〈离婚指南〉的精神文化意义》;姜诗的《罗娜悲剧的道德批判力量——试论〈"末代大学生"的文革恋〉》;覃里雯的《啄木鸟白痴诗人——读余杰〈火与冰〉》;何平的《边界 向度 位置——王开林散文的几个侧面》。

《当代电影》第5期发表陈晓云的《纪实风格与平民意识——对一种影视文化现象的描述与批评》;盘剑的《"角色"心理与参与意识》;蔡贻象的《影视艺术的文化比较》。

《当代戏剧》第5期发表李祥林的《剧评的角色》;甄光俊的《漫议近年来的戏曲评论》。

《山花》第9期发表齐红的《漂流:认同或反抗——关于"七十年代出生"写作者的笔记》;李玉滑、万平的《小荷才露尖尖角——七十年代作家述评》。

《上海文学》第9期发表刘小枫的《永不消散的生存雾霭中的小路》(节选自

《沉重的肉身》)。

《江汉论坛》第9期发表熊忠武的《思想倾向与艺术风格：从一种视角对新时期文学演变的考察》；张法的《伤痕文学：兴起、演进、解构及其意义》。

《齐齐哈尔师范学院学报(哲学社会科学版)》第5期发表杜维平的《注定要沉没的方舟——〈泰坦尼克号〉的女权主义解读》；刘海玲的《历史的嘲讽、文化的尴尬——电影〈有话好好说〉艺术手法探析》；张丽珍的《内在真实的审美价值——试论张洁笔下的知识女性形象》。

《西藏文学》第5期发表朱霞的《作家的困惑与文化的困惑——读马丽华〈走过西藏〉》；索穷的《向好诗人致意》。

《雨花》第9期以"世纪末文学丛谈——散文"为总题，发表贾梦玮的《我们的散文》，沈义贞的《90年代的散文批评与散文史构架》。

《南方文坛》第5期发表孟繁华的《文学批评的"有用"与"无用"》、《生命之流的从容叙事——王小波的小说观念与文学想象》；摩罗的《喜剧时代的悲剧精神——论孟繁华的文化批评与文化选择》；郜元宝的《"知青文学"之一瞥》；李敬泽的《遮蔽与敞开》；兴安的《我看"知青文学"》；施战军的《苦难的空无——"知青文学"札记》；张柠的《朦胧的记忆》；黄伟林的《知青运动　知青作家　知青文学》；常弼宇的《概念的演变》；马相武的《站位的变换：与读者共舞——论常弼宇小说》；[日]近藤直子的《X女士或残雪的突围》；唐韧的《疲惫的实验》(讨论小说阅读感受)；朱潇的《对东西〈耳光响亮〉的一次阅读》；古远清的《'96—'97的香港文学批评》。

《华侨大学学报(哲学社会科学版)》第3期发表方航仙的《"创世纪"与"葡萄园"诗歌比较》；朱立立的《论东瑞的〈夜祭〉》。

《徐州师范大学学报(哲学社会科学版)》第3期发表何一薇、陈旭光的《论当代散文的"文体革命"》；胡修琦、王维治的《反叛中的寻求与探索——谈新写实小说》。

《首都师范大学学报增刊(社会科学版)》发表李泱的《儿童影视文学的特征》；吴三冬的《对人的个性存在状况的深切忧虑与思考——论孙犁的〈铁木前传〉》；李琳的《充满磁性的艺术天地——浅谈毕淑敏的小说创作》。

《特区文学》第5期发表李保平的《在感性空间里做一次滑翔》；乔遐的《理论思维的形象化》；倪鹤琴的《文艺消费：变奏与调节》；古粗的《向世界敞开健朗的

情怀》。

16日,《文艺争鸣》第5期以"'文学的现实性与超越性'笔谈"为总题,发表刘久明的《文学呼唤超越》,高凯的《现实性与超越性是文艺并生的双翼》;同期,发表范家进的《"露重飞难进"——在注重思想文化批评的背后》;逄增玉的《中国新文学中传统与现代对立的二元模式及主题》;摩罗、杨帆的《虚妄的献祭:启蒙情结与英雄原型——一九八六年的文化心理分析》;张颐武的《主体之追问——张抗抗的小说与文化变迁》。

17日,《作品与争鸣》第9期发表言行的《无价值的沉没》;辛卒的《我看梁、吴之争》;王艳玲的《女人不会只有一种活法》;郝雨的《〈白鲨寓言〉的多重寓言》。

《文学报》发表黄运基的《笔端维系故土命运:美华文学发展浅探》;施建伟的《当代香港文学发展的一个重要阶段:过渡期的香港文学》;谢柏梁的《同声相应,同气相求:澳门近期文坛一瞥》。

18—19日,香港大学和香港中华文化促进中心联合主办的"许地山教授学术研讨会"在香港召开,主持人为赵令扬。

20日,《儿童文学选刊》第5期发表胡廷楣的《对"可读性"的艰难分离》。

《小说评论》第5期发表鲁原、赖翅萍的《新的话语权力与新的权力话语——新市民小说论》;杨建国的《可能——新历史小说运思的逻辑源点》;何镇邦的《新态势与新希望——近期若干长篇小说新作概评》;张韧的《现象的穿透——〈新时期文学现象〉书后》;曾军的《贾平凹与九十年代长篇小说》;盛英的《毕淑敏小说与生命文化》;管卫中的《独唱的陈染》;张国俊的《中国文化之二难(中)——〈白鹿原〉与关中文化》;西南的《仅仅仰仗土地文化是不够的——关于长篇小说〈生死晶黄〉致阎连科》;阎连科的《四十岁前的漫想——致西南》;孟庆澎的《仁爱与抒情——汪曾祺气质论》。

《台湾研究》第3期发表周青的《吕赫若晚年的中文作品评析》;曹明的《关注人的处境——姚一苇戏剧创作的深刻意蕴》。

《上海文论》第5期发表陆灏、张文江、裘小龙的《古龙武侠小说三人谈》。

《新闻出版交流》第5期发表郭跃鹏、田俊萍的《瞬间与永恒:席慕蓉诗歌生命悲剧底蕴的揭示及其超越》。

《清明》第5期发表杨忻葆的《灵魂失重以后——读〈世纪黄昏〉的启发》;刘小平的《热烈奋进的人生情怀——评卞国福诗集〈朝霞满天〉》。

24日,《文艺理论与批评》第5期发表西篱的《读〈白门柳〉》。

《光明日报》发表段崇轩的《走向市场大潮的农民形象》。

25日,《长城》第5期发表封秋昌的《文学想象与作家素质》;张东焱的《崛起的风采——河北九十年代中短篇小说侧评》;熊元义的《当前文艺批评四弊》。

《甘肃社会科学》第5期发表刘增人的《论新时期探索话剧的艺术时空》;郭耀庭的《生命在冬天寂寞地燃烧——试论穆旦当代诗歌创作》。

《当代作家评论》第5期发表王光东的《尤凤伟的意义——〈蛇会不会毒死自己〉阅读札记》;周海波的《小说会不会出现新的写法》;何向阳的《一个与生存、良知有关的话题》;南帆的《八十年代与"主体问题"》;刘再复的《金庸小说在二十世纪中国文学史上的地位》;陈平原的《超越"雅俗"——金庸的成功及武侠小说的出路》;陈墨的《金庸小说与二十世纪中国文学》;张志忠的《感觉—童年—过程——张锐锋散文漫评》;阎晶明的《"从一百个方向向内心窥探"——我读张锐锋散文》;张锐锋的《今日比昨天更遥远——我的一种写作态度及其他》;孙郁的《林斤澜片议》;贺绍俊的《把李国文理想化的一次冒险》;洪治纲的《旷野中的嚎叫——对新时期以来小说批评的回巡与思考》;谢泳的《右派作家群和知青作家群的历史局限》;张清华的《"在幻象和流放中创造了伟大的诗歌"——海子论》;张新颖的《刻在经验墓碑上的文字——关于李晓小说的一些话》;覃里雯的《啄木鸟、白痴、诗人——读余杰〈火与冰〉》;古耜的《古典情怀·平民情结·怀旧情绪——略说肖复兴散文》;何镇邦的《"潮人精神"与文化品位——读郭启宏长篇小说〈潮人〉》;周兴华的《封建末世的文学投影——读瀛泳长篇历史小说〈西风瘦马〉》;李洁非的《躯体的欲望》。

《世界华文文学论坛》第3期发表曹惠民的《兼容雅俗 整合两岸——二十世纪中国文学之我见》;潘旭澜的《〈潘受诗集〉的文化意蕴》;王振科的《一道亮丽的文学风景——关于马华文学"新生代"作家群》;立立、小新的《略谈马华文学的文化属性》;翁奕波的《热血与灵智撞响的晚钟》;司马攻的《以华教为主旋律的长篇小说——读魏登〈灰色的楼房〉和〈波折〉》;曾心的《给泰华文学把脉》;黄发有的《缥缈的文心——梦莉论》;赵朕的《"情像流水悄悄流"——论印尼华文作家袁霓的小说》;张奥列的《澳大利亚华文文学概述》;颜纯钩的《杨际岚与〈台港文学选刊〉》;吴九成的《〈聊斋志异〉在海外台港》;王志清的《感觉孙重贵》;邓全明的《个人化写作与代言人写作——陈若曦小说创作的双重品格》;张伯存的《评〈玉米田之死〉兼及一个文学主题的终结》;庄若江的《从传统到现代——琼瑶、梁凤仪小说创作比较》;白坚的《文中有我　笔底含情——读柳无忌的散文》;林承璜的《追求"尺水兴波"的艺术技巧——略谈司马攻三篇不同类型的微型小说佳作》;贺仲明的《"现代主义文学中的乡土作家群"——论台湾六十年代乡土文学发展与嬗变》;子矜、婉沁的《新旧齐辉中西交融——台湾诗歌的特色与走向》;戴洁的《面向二十一世纪的世界华文文学——江苏省世界华文文学研讨会概述》。

《郑州大学学报(哲学社会科学版)》第5期发表张宁的《期待:真实与承担》;胡书庆的《张承志:从精神存在之维对他的阐释》。

《晋阳学刊》第5期发表傅书华的《从"意境"说看"十七年"文学的失误》。

《湖南师范大学社会科学学报》第5期发表谭桂林的《佛教文化与新时期小说创作》。

《海南大学学报(社会科学版)》第3期发表云逢鹤的《听风小议——读〈不凋的风〉》。

《湛江师范学院学报(社会科学版)》第3期发表杨凤英的《都市梦呓与散文化叙述——衣若芬(台湾)小小说创作论》。

《学术交流》第5期发表徐扬尚的《港台比较文学形成与发展的背景、标志及特征》。

28日,《名作欣赏》第5期发表严敏、梅琼林的《〈旧址〉:复调意味的历史思考》;阮温凌的《寡妇的教授之威——陈若曦散文名篇〈啊,台大!〉"小说素描"艺术探赏之二》。

29日,北美华文作家作品研讨会在泉州召开,与会40余位海内外作家、学者就北美华文作家作品的现状与未来等问题展开讨论。研讨会由中国作家协会与泉州市对外文化交流协会、泉州市文联联合举办。

30日,《同济大学学报(人文·社会科学版)》第3期发表施建伟、汪义生的《香港作家李默研究二题》。

本月,《青春》第9期发表常小鸣的《引人入胜　悬念重重》。

《北京文学》第9期发表崔卫平的《王小波随笔文体的道德实践》;张卫民的《王小波留下了什么》;丁东的《面对背影的思絮》(讨论王小波);张伯存的《躯体　刑罚　权力　性》。

河北、新疆、青海陆续召开小说创作座谈会,就世纪之交我国小说创作如何走出新路,以适应新的历史时期对文学创作的要求等问题展开研讨。

山西省作协和《文学评论》社在山西省介休市联合召开"小说:艺术与市场"研讨会,与会40多位作家、评论家就当代小说创作与市场经济的关系等话题进行讨论。

中国当代文学研究会和中国社科院文学所当代室在京联合举办"八九十年代文学比较"座谈会。

本月,中华工商联合出版社出版余杰的《铁屋中的呐喊:北大怪才的抽屉文学之二》。

三联书店出版王德威的《想象中国的方法:历史·小说·叙事》。

陕西人民教育出版社出版杨匡汉的《矫矫不群》,孟悦的《历史与叙述》,周政保的《泥泞的坦途》,王绯的《女性与阅读期待》,张德祥的《悖论与代价》,洪子诚的《作家的姿态与自我意识》,汤学智的《新时期文学热门话题》,张炯的《新时期文学格局》。

湖北人民出版社出版邓晓芒的《灵魂之旅:九十年代文学的生存境界》。

西南师范大学出版社出版吕进主编的《现代文学沉思录——西南师大中国现当代文学学科点论文选》。

重庆出版社出版陈厚诚编的《邵子南研究资料》。

华东师范大学出版社出版马以鑫的《中国现代文学接受史》。

广西民族出版社出版王戈丁等的《党的文艺政策论》。

陕西人民教育出版社出版汤学智、杨匡汉等的《台湾地区文学透视》。

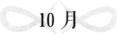

10 月

1日,《广州文艺》第10期发表彭会资的《龙的传人:大写的客家人——读程贤章的〈围龙〉》。

《山东文学》第10期发表吴开晋的《新诗如何走向新世纪》。

《山西文学》第10期发表熊元义的《当前文艺批评的出路》。

《文学报》发表戴翊的《现实主义精神与文学创作》；朱向前、柳健伟的《关于九十年代军旅小说创作的对话》；张鲁高的《微微一笑中的历史超越》。

《作品》第10期发表缪俊杰的《〈围龙〉——再现客家的人文精神》。

《芳草》第10期发表鲍风的《解释的可能与艺术的张力》；涂怀章、林华瑜的《凸现"湖北精神"的〈'96湖北抗洪大纪实〉》。

《语文月刊》第10期发表王列耀的《香港的"士人散文"与"市人散文"》。

《延河》第10期发表张国擎的《中跃之跃》。

《作家》第10期以"《〈作家〉·七十年代出生的女作家小说专号》笔谈"为总题，发表夏商的《疑惑与期待》，任白的《咱们女孩有力量——卫慧、棉棉小说印象》；同期，发表耿占春的《散文的旅程》；公木的《读〈双桅船〉随想》。

5日，《飞天》第10期发表张德明的《对于做人及生存关怀的真实叙述》；张光全的《潘登：你向何处攀登》；李大为的《内省与拯救：在反思中寻找自我》。

《光明日报》发表张德祥的《近期电视剧创作漫评》。

《朔方》第10期发表郑祥安的《邓小平理论与新时期文学》；孟悦朴的《不灭的黑火炬——肖川诗歌创作回望》。

《绿洲》第5期发表周政保的《从"非虚构"说到"小说化"描写》。

7日，《小说选刊》第10期发表封秋昌的《创造与想象》。

《天津文学》第10期发表黄爱英的《论知青人物形象的嬗变》。

9日，《文汇报》发表徐俊西的《谈谈文学评奖》；江曾培的《"扬优"与"抑劣"宜并举》；古远清的《香港文坛新现象》。

10日，《电视研究》第10期发表王仁海的《〈好剧回旋〉拨动观众心弦——兼议当前电视剧收视话题》；洪开的《重塑红旗渠精神——谈电视剧〈难忘岁月——红旗渠故事〉》。

《宁夏大学学报（哲学社会科学版）》第4期发表王锋的《在夕阳的辉煌与新世纪的曙光中——对回族当代文学现象及其走向的一个侧识》；马玮的《地域化倾向对张承志作品强烈生命意识的功用》。

《电影论坛》第10期发表嵇文的《中国电影大片——大步迈向新世纪》。

《广州师院学报（社会科学版）》第10期发表李仕芬的《刚强之外：台湾女作家笔下的男性角色的自我省视》。

《江淮论坛》第 5 期发表黄科安的《论汪曾祺散文与中国传统文化之关系》。

《苏州大学学报(哲学社会科学版)》第 4 期发表马亚中的《道体之将形而未显——从思维的发展看中国寓言的自觉》。

《松辽学刊(社会科学版)》第 4 期发表郑春凤的《"太阳出来一股劲地红"——十七年诗歌个人话语的失落》。

《当代文学研究资料与信息》第 5 期发表古远清的《大陆台港文学研究机构及其成果述略》。

《读书》第 10 期发表旷新年的《文学的蜕变》;阿坚的《尘埃当落定》;野马的《低能的叙述:尘埃不定》。

11 日,《世界华文文学》第 10 期发表吴志良的《中国境内首份外文报刊——〈蜜蜂华报〉》。

12 日,中国作协少数民族文学委员会在京举行冉庄诗歌研讨会。

14 日,《文汇报》发表龙应台的《打开繁花似锦的世界》;黄宗江的《思痛露沙路——读韦君宜书》。

15 日,《中国图书评论》第 10 期发表周政保的《"文化亡灵"的回忆》;曾镇南的《"拓荒牛"的形象塑造——〈走出边缘〉简评》;周晓波的《在魔幻荒诞中表现人生的真实——读长篇少年小说〈眼睛的寓言〉》。

《社会科学》第 10 期发表陈惠芬的《城市·女人·散文:女性散文散论》。

《雨花》第 10 期以"世纪末文学丛谈——戏剧"为总题,发表陈军的《重提探索精神——对当前戏剧影视现状的思考》,陈辽的《独具只眼 审视"甲午"——读〈沧海苍天——北洋水师覆灭记〉》。

《广东社会科学》第 5 期发表钟晓毅的《新时期中国小说 20 年回眸》。

《江苏社会科学》第 5 期发表石高来的《追寻古老的精灵——中国二十世纪文学原始主义研究之一》。

《社会科学动态》第 10 期发表古远清的《共同创造澳门文学的灿烂未来:记"澳门文学的历史、现状与发展研讨会"》。

《修辞学习》第 5 期发表何宇平的《淋漓健笔写乡愁——读晓风〈愁乡石〉的修辞技巧》。

17 日,《作品与争鸣》第 10 期发表张培英的《貌似而实非的女权求索——对〈关系〉评论的评论》。

19日,《光明日报》发表钱文亮的《关于"新故事"的理论思考》;何启治的《新都市文学的新收获》。

20日,《福建论坛》第5期发表陈辽的《国民性的探索和表现——黄春明创作论》。

《新疆师范大学学报(哲学社会科学版)》第4期发表郑波光的《散文诗:怡人不累人的艺术——郭风散文诗的启示》。

《西南民族学院学报(哲学社会科学版)》第5期发表邹建军的《席慕蓉抒情诗创作综论》。

20—23日,《钟山》杂志社在南京举办"新生代作家小说创作学术研讨会"。

22日,《文学报》发表吴俊的《六十年代出生的作家刍议》;陆扬的《后现代文化和文学》。

《北京日报》发表袁良骏的《香港小说的都市性与乡土性》。

24日,《思想战线》第10期发表王德胜的《世俗生活的审美图景:对90年代中国审美风尚变革的基本认识》。

25日,《西南民族学院学报(哲学社会科学版)》第5期发表邹建军的《席慕容抒情诗创作综论》。

《华南师范大学学报(社会科学版)》第5期发表金志华的《恒久的青春状态——王蒙小说创作论》。

27日,《文艺报》发表张韧的《当下文学缺少的是什么?》。

《文汇报》发表黄裳的《掌上的烟云》。

柯云路长篇小说《成功者》研讨会在京召开。

29日,中国作协台港澳暨海外华文文学联络委员会、中华全国台湾同胞联谊会和中国人民大学华人文化研究所,在京联合举办台湾作家黄春明作品研讨会,与会者围绕黄春明小说的思想意蕴、时代特征以及台湾乡土文学的发展等议题交流了看法。

29—31日,文化部在京召开"全国邓小平文艺理论研讨会",文化部部长孙家正作题为《深入学习邓小平文艺理论,促进社会主义文艺事业全面发展和繁荣》的讲话。

30日,《中国文学研究》第4期发表龙长吟的《一朵东方智慧浇注的儿童文学之花——评何署坤的长篇童话〈蜜里逃生〉》;郑坚的《时间之妖 空间之魅——

〈曾在天涯〉时空意识探究》；雷溪的《从〈左撇子球王〉看萧建国小说的拯救性精神突围》。

《中山大学学报论丛》第 5 期发表雷巧旋的《从余光中的诗看台湾现代主义诗潮》。

《中南民族学院学报（哲学社会科学版）》第 4 期发表何联华的《新时期中国少数民族文学的创作与研究走向》。

本月，《创作评谭》第 5 期发表张志忠的《略论 90 年代文学中的理想主义》；谢玉娥的《"小女人散文"批评话语质疑》；思忖的《论战争题材影片的悲剧美》；季晓燕的《创造自己的戏剧世界——评胡桔根的戏剧作品》；高松年的《禅哲意趣的诗性流泻——管管及其散文品格意象》；何凌枫的《理性的缕析与感性的共鸣——评张永健的新著〈艾青的艺术世界〉》；毕光明的《〈放声歌唱〉：抒情主体与历史形象的互训》、《〈百合花〉：故事的擦边性与文本生产的困境》。

《华文文学》第 3 期发表李辉的《残损的微笑——马来西亚诗人吴岸印象》；邵燕祥的《读吴岸》；谢冕的《沙捞越诗情——读吴岸》；黄飞的《朵拉都市小说〈镜子里的女孩和鸟〉解评》；黄维樑的《〈刘以鬯传〉序》、《袁良骏撰写香港小说史》；徐家祯的《关于华文创作在非华文世界的现状、地位和前景》；胡凌芝的《怆怀瓣瓣寄真情——读司马攻的悼念文章有感》；吴奕锜的《吴新钿小说初探》；赵顺宏的《生活的诗意——芥子创作简论》；林承璜的《难以忘怀的"第九届"》；潘亚暾的《哭莫壮坚》；江少川的《香港文学批评研究的新突破——读古远清的〈香港当代文学批评史〉》。

由中国社会科学院文学研究所和美国华人文艺界协会共同举办的美华文学研讨会在旧金山举行，与会中美学者、作家就"草根文学"进行讨论。

本月，春风文艺出版社出版吴秀明的《三元结构的文学：世纪之交的当代文学思潮研究》。

山东教育出版社出版马驰的《"新马克思主义"文论》，金元浦的《接受反应文论》，贾植芳的《历史的背面：贾植芳自选集》。

江西人民出版社出版黄忠晶等的《风从两山间吹过》。

重庆出版社出版陈虹的《陈白尘评传》；蔡清富、李丽的《臧克家评传》。

广东高等教育出版社出版吴宏聪的《闻一多的文化观及其他》。

浙江文艺出版社出版盛子潮的《诗和小说的艺术阐释》。

哈尔滨出版社出版李重华的《学海飞舟：治学奇思放谈》。

解放军文艺出版社、中国当代文学研究会军事文学专业委员会在京联合举行新中国军事文艺50年学术讨论会，与会者对新中国军事文艺的成就和状况展开探讨。

上海文艺出版社出版汪应果、赵江滨的《无名氏传奇》。

华中师范大学出版社出版李松林编的《台港澳暨海外华人散文名家名作鉴赏》。

花城出版社出版秦牧、饶芃子、潘亚暾主编的《台港澳海外华文文学大辞典》。

鹭江出版社出版刘登翰主编的《澳门文学概观》。

11月

1日，《广州文艺》第11期发表陈朝华的《无序的个人写作与新诗歌的可能性——世纪末广东青年诗坛散记》。

《山西文学》第11期发表段崇轩的《论九十年代乡村小说的人物塑造》。

《电影评介》第6期发表蒋淑媛的《现代意识支配下的名著改编》；张时民的《从文字到影像》；陈国华的《大味至淡》；陈立雄的《历史：定位在纵横交叉的中心点上》；姚新勇的《改革时代的匮乏文学》。

1日，《芳草》第11期发表李玉滑的《孤独的魂，行动的人》。

《延河》第11期发表于秋的《小议李康美》。

《作家》第11期发表林舟的《纯粹的歌唱——读〈他们十年诗选〉兼论"他们"诗派》；吴炫的《贾平凹：个体的误区》。

《诗歌报月刊》第11期发表木叶的《考察两种意义的"变形"》；许军的《从词到诗：铁的三种打法》；林茶居的《从哪里开始解读》。

《海燕》第11期发表古耜的《在审美嬗变中走向文学圣殿》。

《滇池》第11期发表黄发有的《邱华栋：暧昧的浮游》。

2日,中国人民大学中文系聘请台湾作家陈映真为客座教授,聘任仪式在人大举行。

3日,《文艺报》发表曾庆瑞的《书卷多情似故人——北美华文作家散文的思乡情结》。

中国作协台港澳暨海外华文文学联络委员会、中华全国台湾同胞联谊会、中国友谊出版社公司等单位,在京举办《陈映真文集》首发式暨作品座谈会,与会者就陈映真的文学创作及其在台湾乡土文学中所占的地位等议题展开讨论。

5日,《飞天》第11期发表管卫中的《读小说散记》;翟雄的《小议民族形式的现代性》;景颢的《一代知识分子命运的悲歌——李广兴长篇小说〈月蚀〉研讨会侧记》。

《文艺报》发表朱秀海的《军事文学的九十年代——新的目光和步骤》。

《文汇报》发表铁凝的《长篇小说短议》。

《北方文学》第11期发表黄发有的《"近视"的文艺批评》。

《朔方》第11期发表崔宝国的《沉重的真实》(讨论石舒清作品)。

《莽原》第6期发表赵秋玲的《在雨季深处的两种阅读》;张新华的《论格非小说中的时间观》。

《星星》第11期发表杨青的《传统与现代：读余光中〈等你在雨中〉》。

6日,《文汇报》发表吴中杰的《世纪交替与文学史断限》。

《台港文学选刊》第11期发表万莲子的《女性文学的盛事》;山风的《北美华文作家作品研讨会在泉州举行》;彭振东的《月是故乡明》;朱立立的《与华文写作永远相守》;杨际岚的《从生活体验到生命体验》。

7日,《人民日报》发表仲呈祥的《改革开放中的中国电视文艺》;王蕴明的《中国戏剧二十年》。

8日,《文学世界》第6期发表杨友苏的《夏商小说漫评》;吴若增的《关于"过渡期文学"的叙述》;李新宇的《文坛忧思录》。

《文汇报》发表贾植芳的《走向历史深处——〈鲁迅与高长虹〉序》。

8—12日,"新中国文学50年"学术研讨会暨中国当代文学研究会第十次年会在重庆举行。

10日,《电影文学》第11期发表张未民的《社会主义怎样使"愁"变"笑"——

电影〈愁眉笑脸〉的意识形态分析》。

《戏剧文学》第11期发表周星的《略论90年代中国话剧的走向与问题》;张兰阁的《新时期话剧的"人学"旋律——民族群体生存状况的描摹》;宋存学的《黑土地悲壮的呐喊——新时期以来东北话剧作家的艺术扫描》。

《理论与创作》第6期发表艾斐的《题材·导向·生活·艺术——关于当前创作问题的焦点透析》。

《福建文学》第11期发表王炳银的《论郭风的老年散文》;任凤生的《苦旅甘泉——〈独步心灵的旷野〉读后》;吴励生的《守住原初的感觉——关于刘霁的个人创作》;耿林莽的《品味"回声"——陈志泽散文阅读札记》;郝雨的《〈白鲨寓言〉的多重寓言》。

《河南师范大学学报(哲学社会科学版)》第6期发表王敏的《关于龙应台创作的思考》。

《电影创作》第6期发表吴涤非的《影视喜剧十年——精品大扫描》;邹士明的《真情抒写大漠魂——电影剧本〈马兰草〉的审美特征》;田代阳子的《再现历史与解释历史——〈张骞〉与〈成吉思汗〉之比较》;谭政的《诗意地阐释帝王的成长——浅议〈成吉思汗〉》。

上旬,中国散文会与四川联合大学中文系在成都联合举办"20世纪中国散文与现代文化"研讨会。

11日,《中华读书报》发表严家炎的《"金庸热"一种奇异的阅读现象》。

《世界华文文学》第11期发表许翼心的《文传碧海千秋业,杖倚青山不老松——曾敏之60年的文学生涯与贡献》;邵燕君的《什么是"世界华文文学"》。

《语文世界》第11期发表金学军的《谈金庸之武侠小说》。

12日,《文艺评论》第6期发表张卫中的《先锋的重建:中国本土先锋小说形态构想》;汤学智的《80年代后现代主义寻踪》;席云舒的《自圣与自虐》;孙旋的《生命中不能承受之轻》。

12—16日,由中国作协和江苏省委宣传部共同主办的全国诗歌座谈会(张家港诗会)在张家港市召开,100余位与会者就改革开放20年诗歌的创作与发展等问题展开探讨。

15日,《文学评论》第6期发表张炯的《邓小平理论与新时期文学艺术》;洪子诚的《"当代文学"的概念》;陈思和的《营造精神之塔——论王安忆90年代初的小说创作》；陈冲的《关于现实主义的一些思考》；章暧昕的《感悟与创造——论洛夫的诗歌艺术》；王侃的《"女性文学"的内涵和视野》；姬学友的《真性清涵万里天：论丰子恺创作的传统文化意蕴》。

《中州学刊》第 6 期发表贺仲明的《"文化边缘人"的怨怼与尴尬——论王朔的反传统思想》。

《山花》第 11 期发表葛红兵的《"对一个人我们了解多少"——关于小说家吴晨俊》。

《上海文学》第 11 期发表李敬泽的《鲜美与剧毒》(讨论西飚的小说《河豚》)。

《天涯》第 6 期发表黄灿然的《多多：直取诗歌的核心》。

《中国现代文学研究丛刊》第 4 期发表张健的《徐訏喜剧论》。

《北京社会科学》第 4 期发表易晖的《旷野上的漫游——读王小波》；马相武的《佞语的批判——徐坤小说论评》；王兆胜的《北京散文作家论》。

《华文文学》第 4 期发表黄万华的《历史伤痕的独特呈现——世纪末的南洋反思小说》；刘俊峰的《人文情怀——姚宗伟文学世界的精神魅力》；燕世超的《论张爱玲小说的"苍凉"意味》；陈娇华的《一幅缩微的女性解放发展演变史——评〈婚姻最近缺货〉之于女性文学的意义》；陈发玉的《禅悟·诗悟·宇宙意识——评寒川的〈星河的联想〉》；吴海燕的《论陈映真的创作特质(上)》；应宇力的《都市里的一株大树——浅谈小思的艺术散文》；袁良骏的《舒巷城小说论》。

《西藏文学》第 6 期发表夏敏的《仓央加措式的爱情与性别冲突主题的释读》；张永胜的《小海：他的恐惧来自何方》。

《社会科学》第 11 期发表董德兴的《世事波上舟　沿洄安得住——王小鹰〈丹青引〉的批判指向》。

《当代文坛》第 6 期发表汪政、晓华的《有关当前长篇小说创作的断想》；杨建国的《可能——新历史小说运思的逻辑源点》；蒋登科的《九十年代的中国新诗》；魏晋的《论后朦胧诗的文化与精神气质》；叶延滨的《吴岸诗歌解读》；曹家治的《回避、顺应与回击——地域性与时代性交融的四川散文》；吴义勤的《〈新西游记〉：颠覆性的写作》；曾利君的《女性婚恋心态面面观——张欣小说的一种解读》；王菊延的《文本阐释　哲学思辨——丁帆新时期小说批评论略》；冯学全的《文化关注与关注文化——刘大军小说创作散论》；李志能的《刘德鑫散文的美学品格》。

《当代电影》第6期发表胡克的《伟大的转折——试论思想解放与电影理论发展的关系》；徐峰的《裂解与期望的年代——新时期初年的中国电影景观速写》；丁亚平的《转换与位移——新时期第一个十年（1979—1989）电影综论》；陈墨的《新时期电影创作与市场观念》。

《江汉论坛》第11期发表袁良骏的《超越"五四"，超越新儒学》。

《求是学刊》第6期发表陈伟军的《"后新时期"概念讨论与"后现代"话语生产》。

《台湾研究集刊》第4期发表罗振亚的《台湾现代派诗的思想与艺术殊相》；朱双一的《黄春明与中国现代乡土文学传统》。

《红岩》第6期发表黄曙光的《在缪斯与病魔之间——评王群生长篇叙事诗〈红了樱桃，绿了芭蕉〉》；张德明的《震撼人心的灵魂悲剧——评余德庄长篇新作〈海噬〉》；李敬敏的《可贵的"这一个"》。

《南方文坛》第6期发表李洁非的《九十年代批评家》、《文化论评（信札）》；耿占春的《批评的左派精神——九十年代的李洁非》；洪治纲的《灵魂的自我放逐与失位——我看七十年代出生的作家群》；葛红兵的《命名的尴尬——也谈"七十年代生作家"》；马相武的《历史之钟的当代回声——九十年代的新历史小说》；陈家桥的《我的立场》；施战军的《陈家桥：迷醉于中途的末日狂想者》；张钧的《叙述的强迫症与文本的自主性之间的龃龉——陈家桥和他的小说》；杨匡汉等的《文学的过渡与审视的维度——八九十年代文学比较对话录》；李建平的《弃尘世之水求纯洁之泉——读蓝怀昌长篇小说〈北海狂潮〉随感》；王杰的《寻找母亲的仪式——从〈围龙〉看当代中国小说的美学风格》。

《诗探索》第4期发表钱理群的《"跨越了精神死亡的峡谷"的自由歌唱》；严力的《现代诗歌的分析与展望》；徐江的《诗也可以这样经营吗——读侯马的〈种猪走在乡间路上〉》；李大卫的《在隐喻的流放地守望——田晓青和他的诗歌艺术》；舒洁的《心路历程：感悟与祝辞》；毛翰的《诗文参证：臆读鄢家发》；张彦加的《叶庆瑞新诗：现代的叙述方式》；高小康的《锲入文本深处的诗学——读王一川〈中国形象诗学〉》；叶世祥的《寻求诗学的突围和超越——评陈旭光〈诗学：理论与批评〉》。

《特区文学》第6期发表何西来的《梁衡散文三论》；古耜的《睿智而潇洒的生命写意》。

16日,《文艺争鸣》第6期以"'百年中国文学总系'笔谈"为总题发表谢冕的《危难中诞生的文学》,孟繁华的《"流别之学"与"一家之言"》,钱理群的《我怎样想与写这本书》;同期,发表汪晖的《当代中国的思想状况与现代性问题》;崔卫平的《我是女性,但不主义》;杨言的《迷惘地观察 胆怯地表达——后新时期小说的共同精神特质》;傅宗洪的《张新泉:走向边缘——一份关于90年代诗歌的个案分析提纲》;黄力之的《新时期审美文化冲突的意识形态解读》。

《中国人民大学学报》第6期发表石杰的《道家文化与贾平凹作品中的意象建构》。

18日,《文汇报》发表赵瑞蕻的《读冯至先生的一封信》。

20日,《中国戏剧》第11期发表曲六乙的《告别黄河未了情——豫剧〈情系小浪底〉观感》。

《文汇报》发表本报记者的《想象空间现代社会与文学》;朱文华的《也谈文学史断限》;高恒文的《理解文学观念的新角度》;谢柏梁的《新命题与旧传统——越剧现代戏〈孔乙己〉的文化争议》。

《儿童文学选刊》第6期发表汤锐的《复调时代——97年、98年之交少儿小说创作管窥》。

《小说评论》第6期以"西北小说研讨"为总题,发表韩鲁华的《精神的映像》,陈孝英、张学义的《〈大窑门〉初读》;同期,发表方兢的《当代短篇小说概览》;张国俊的《中国文化之二难(下)——〈白鹿原〉与关中文化》;黄书泉的《王小波的道路——兼论人文知识分子在现代社会的存在方式》;孙见喜的《文化批判的深层意味——〈高老庄〉编辑手记》;张东焱的《烛照尘埃遮蔽的界域——〈尘埃落定〉读后》;宗元的《路遥与外国文学》;刘旭的《先锋与传统的整合——〈地母〉及赵本夫的小说创作》;何清的《自然:走向民间化之中介——论张承志小说的心灵走向》。

《北京大学学报(哲学社会科学版)》第6期发表袁良骏的《二十世纪香港小说面面观》。

《河北学刊》第6期发表吕微的《现代性论争中的中国民间文学史写作》;李槟的《一座晶钢的雕像——论丘东平和他的创作》。

《学术研究》第11期发表张炯的《读〈白门柳〉》;王剑丛的《香港学者的香港文学研究》。

《钟山》第6期发表陈思和的《1997年小说创作一瞥》;吴炫的《"美"作为悬置性尺度》。

20—22日,由《诗潮》等单位合办的"现代诗歌研讨会"在大连举行。唐晓渡、西川、翟永明、王家新等与会。

23日,《天津社会科学》第6期发表刘俐俐的《论近年来小说创作中对知识分子的审美情感和艺术表现模式的演变》;盛英的《90年代:中国女性文学的发展及其特征》。

24日,《文艺报》发表丁帆的《在客观与主观的历史话语情境之中——〈中国现代文学三十年〉(修订本)读札》。

《文艺理论与批评》第6期发表曾健民的《台湾"皇民文学"的总清算——从台湾文学的尊严出发》。

25日,《山东师大学报(社会科学版)》第6期发表张清华的《作为表象的生存寓言——重评新写实思潮兼及90年代现实主义的命运》;姜静楠的《90年代:中国电视剧的成熟期》;蔡世连的《女权、躯体写作与私人空间——女性写作的旨趣悖谬》;黄科安的《历史的解读与生命的体验——孙犁新时期散文论》。

《四川戏剧》第6期发表廖奔的《图兰多:中西文化语境中的置换》;苏叔阳的《高明的"模糊"——看〈中国公主杜兰朵〉》;廖全京的《当代川剧作家的大文化意识——看〈中国公主杜兰朵〉有感》。

《甘肃社会科学》第6期发表郭国昌的《世纪之交的精神表征——"新都市"小说综论》;崔桓、管卫中的《文学价值观发生变异的一个信号——陈染的"个人化写作"解读之二》。

《北京师范大学学报(社会科学版)》第6期发表郭冬的《余秋雨散文简论》。

《当代作家评论》第6期发表陈思和的《试论〈无名书〉》;汪凌的《文坛的独步舞——无名氏论》;谢冕的《缪斯的神启——诗人灰娃》;李兆忠的《〈山鬼故家〉的独特风光——兼说"灰娃现象"》;韩作荣的《灰娃的诗》;孟繁华、侍春生的《谢冕与中国当代文学研究》;余岱宗的《南帆:话语帝国的突围者》;刘锋杰的《为夏中义〈艺术链〉重版序》;洪治纲的《旷野中的嚎叫(续)——对新时期以来小说批评的回巡与思考》;汪政、晓华的《农耕史诗——赵本夫〈地母〉研究》;李光龙的《吴越文化的追寻与审视——陈军小说论》;张闳的《北岛,或关于一代人的"成长小说"》;万安伦、韩欣的《"弑父"与"守灵"的双重承担——试论简宁诗歌中文化角色的确认》；崔卫平的《文明的女儿》；钱秀银的《以孤寂情怀叩问人生——论张爱华的散文创作》；包泉万的《丹东中青年创作述评》。

《郑州大学学报（哲学社会科学版）》第6期发表樊洛平的《工业文学在文化浩劫中的畸形变异》；郭惠芳的《隐逸与逃遁——论〈废都〉、〈白夜〉、〈土门〉中知识分子形象的特征》。

《通俗文学评论》第4期发表叶洪生的《论金庸小说美学及其武侠原型》；吴秀明、陈择纲的《走向现代的武侠世界——论金庸对武侠文类的贡献》。

26日，《文艺报》发表徐坤的《徐小斌：迷宫与镜像之中的游走》；张鹰的《〈第二十幕〉：历史与理想的悲歌》。

27日，《人民日报》发表刘锡诚的《评〈中国当代文学概论〉》；姚新勇的《知青文学的又一新作》。

28日，《文艺报》专栏"作品与争鸣"发表孙文宪的《语境迷失后的话语挣扎》，梁生智的《虚幻的浪漫和无奈的挣扎》。

《中国文化研究》第4期发表毕光明的《偏离与追逐：中国大陆的新时期纯文学》。

《兰州大学学报（社会科学版）》第4期发表徐肖楠的《20世纪晚期中国文学人性书写的历史关系和艺术传统》；谢菊的《论池莉小说创作的审美价值与艺术风采》。

30日，《河南大学学报（社会科学版）》第6期发表杜兴梅、杜运通的《良多于功大于过——林语堂30年代幽默小品再评价》。

陈映真作品研讨会在北京召开。

曹文轩长篇小说《红瓦》作品研讨会在京举行。

本月，《文学评论丛刊》第1卷第2期发表管宁的《商业时代人性底蕴的艺术透视——评近年中短篇小说人性描写的三个构成》；杨迎平的《永远的流浪与追寻——论张承志及其创作》。

《文学自由谈》第6期发表韩石山的《马桥事件：一个文学时代的终结》。

《电影艺术》第6期发表余逊涛的《大众文化需求下电影的发展策略》。

《海峡》第6期发表方小壮的《谈龙应台的杂文创作》。

本月，百花文艺出版社出版洪治纲的《审美的哗变：理论集》，[苏]卢纳察尔斯基著、郭家申译的《艺术及其最新形式：卢纳察尔斯基美学论文选》。

花山文艺出版社出版田本相等主编的《曹禺研究论集：纪念曹禺逝世周年学术研讨会论文集》。

中央编译出版社出版杨守森主编的《20世纪中国作家心态史》。

辽宁教育出版社出版[英]库勒著、李平译的《当代学术入门：文学理论》。

12月

1日，《山东文学》第12期发表牛运清的《人生价值的艰难寻找》（讨论柯岩的小说《寻找回来的世界》和《他乡明月》）；邓晓芒的《世纪末文学的灵魂》。

《山西文学》第12期发表薄子涛的《论情节构筑的不随意性》。

《长江文艺》第12期发表涂怀章的《中部乡村生活的新折射——从〈夫妻趣事〉看钱家璜的小说创作特色》；周昉的《花子，他怎不化作一摊血水离去——评说袁先行小说〈还魂〉》。

《文艺报》发表赵遐秋的《走出认同的危机——我看海外华文文学的认同问题》；王性初的《他们的文学生命在这里延续——谈谈旧金山华文文学作家群的创作》。

《芳草》第12期发表孙辉的《掘进人心的笔》；李永中的《权力的背后》。

《草原》第12期发表张锦贻的《向往诗美》；贺利的《创作观、价值观和精品观》。

《诗歌报月刊》第12期发表叶橹的《各辟蹊径　共享秋色》；杨远宏的《灵魂蜗居或者诗歌作坊》。

《海燕》第12期发表陆文采、时萍的《都市丛林：让迷失的灵魂重又苏醒》。

《滇池》第12期发表杨迎平的《主题先行及其它》。

《解放军文艺》第12期发表王爱松的《文学的成规与创新》。

总政宣传部与中国作协、中国报告文学学会在京联合举办抗洪题材报告文学座谈会。

3日,《文学报》发表孙绍振的《历史的选择——纪念朦胧诗二十周年》;吴欢章的《回首朦胧诗》;顾骧的《探录人性的真实:读台湾作家萧飒的小说》;鲁枢元的《瞬间幻境,内心独白:初识黎紫书》;赵稀方的《乡土眷念与都市批判:"黄春明作品研讨会"述评》。

5日,《飞天》第12期发表陈德宏的《心灵的吟唱　生活的诗碑》;张明廉的《深情而执著的生活歌者》;常文昌的《谈谈老乡诗歌的艺术转化机制》;许文郁的《激情点燃诗歌的太阳——读伊丹才让的诗集〈雪域的太阳〉》;彭金山的《柔若丝帛下的火样湍流——〈零点,与壁钟对话〉印象》;青山的《陇原诗坛绚丽多彩的风景——"香音神诗丛"研讨会综述》。

《小说月报》第12期发表张韧的《当下文学缺少的是什么?》。

《文艺报》发表葛翠琳的《创造美的人——黄庆云及其儿童文学创作》。

《北方文学》第12期发表刘升盈的《关于"新女性"散文》。

《河北大学学报(哲学社会科学版)》第4期发表杨乃乔的《从现代主义文学思潮向后现代主义文学思潮的退却:在疯狂和自虐中崛起的大陆学院派文学(上)》。

《绿洲》第6期发表李光武的《世纪黄昏中的中国新诗》;孟丁山的《真实·理性·崇高·悲壮》。

6日,《文汇报》发表臧克家的《我对诗的一些看法》。

《台港文学选刊》第12期发表王淑秧的《柯清淡的散文与"蒲公英"精神》;江一涯的《走过百年》;魏拔的《纽华文坛一瞥》;余禺的《走近黄春明》。

9日,《文汇报》发表刘洪涛采访张兆和的《与张兆和谈沈从文》。

10日,《江淮论坛》第6期发表王烟生的《现代人的生存困惑与思索——评陈染的小说》。

《汕头大学学报(人文社会科学版)》第6期发表许燕的《论海外华文现代诗意义的传统与偏离特色》。

《读书》第12期发表李欧梵的《香港,作为上海的"她者"》。

12日,《文艺报》发表贾兴安的《三个梦与小说的作法》。

中旬,中国寓言文学研究会'98年会暨第四届理事会在湖北襄樊召开,会议围绕"面向21世纪的中国寓言"这一主题进行探讨。

由中国报告文学学会和山东教育出版社联合举办的徐迟报告文学选《生活

之树常绿》首发式暨座谈会在京召开,40余位作家、评论家和学者就徐迟报告文学的特点,报告文学如何与时代同步等问题展开讨论。

14日,《文汇报》发表吴晓江的《田汉在上海》。

15日,《上海文学》第12期发表张闳的《血的精神分析——从〈药〉到〈许三观卖血记〉》。

《雨花》第12期以"世纪末文学丛谈——诗歌"为总题,发表冯亦同的《风景仍在大河两岸——也谈诗歌形式问题,并与叶橹先生商榷》,黄毓璜的《土地精神和人类风景——〈黑蚂蚁蓝眼睛〉解读》。

《华侨大学学报(哲学社会科学版)》第4期发表阮温凌的《"走向火线"的青春史诗——论澳门著名老诗人梁披云的〈新诗一帙〉》;陈旋波的《〈奇岛〉林语堂的文化地理观》;顾圣皓的《月是故乡明——美国华文作家作品的一道风景线》;刘小新、朱立立的《澳门女性文学面面观》。

《戏剧艺术》第6期发表张健的《论中国现代幽默喜剧的世态化》。

17日,《文艺报》发表郝雨的《关注欲望的质量——评曾明了的长篇小说〈千年之缘〉》。

《作品与争鸣》第12期发表杨羽仪的《生命意识及它的辉煌》。

18日,《人民日报》发表张忠的《百年梦寻——周大新〈第二十幕〉简评》;张同吾的《新诗:世纪之交的沉思——全国诗歌座谈会(张家港诗会)述评》。

《文汇报》发表潘涌的《诗歌,应当根植于人民》;胡惠林的《文学史断限可以有多样标准》。

《中国戏剧》第12期发表杜建华的《九十年代川剧变革的启示——兼谈〈死水微澜〉、〈中国公主杜兰朵〉》。

20日,《台湾研究》第4期发表彭耀春的《论台湾当代小剧场的历史意义》。

《当代》第6期发表张韧的《作家个性与艺术敏感点——王跃文的官场小说》。

《学术研究》第12期发表黄修己的《从〈无心眼集〉谈到澳门文学形象》。

21日,郑振铎诞辰100周年座谈会在京举行。座谈会由文化部、中国社科院、国家文物局共同举办。

24日,《文学报》发表王彬彬的《"边缘化叙述"之我见》;汪守德的《军事文学期待再次辉煌》;燕平的《精心构思 别具一格——读樊天胜的长篇小说〈纽约屋檐下〉》。

25日,《上海师范大学学报(哲学社会科学版)》第4期发表刘俊江的《精神的放飞——对"文化大散文"的索解与审视》。

《世界华文文学论坛》第4期发表王宗法的《同源分流归大海——中国大陆与台湾当代文学异同论》;尉天骢的《小市镇人物的困境与救赎——黄春明小说简论》;刘登翰的《台湾经济转型期的乡土眷恋和都市批判——黄春明小说创作一面观》;李瑞腾的《乡野的神秘经验——略论黄春明最近的三个短篇》;樊洛平的《黄春明乡土小说论》;陈晓晖的《"你真想这一天常在"——〈青番公的故事〉与巴克勒〈大儿子〉:两个老农形象的比较》;尉天骄的《为着共同的民族、乡土之爱——黄春明作品研讨会概述》;方忠的《台湾通俗文学与中国文化》;倪金华的《遗爱人间——杏林子散文的生命意识》;于平的《"同化、愚化、奴化"的标本——谈日据时期台湾文学中的某些称谓》;敦玉林的《坚硬的柔软:林清玄散文的美学风格——读〈林清玄散文〉》;范静哗的《遁入画廊的存在——覃子豪论》;陈若曦的《台湾女作家好色?——谈谈情色小说》;宋家宏的《〈城南旧事〉新释》;戴洁的《"一页人影交错,鸡犬安宁的市井散文"——读陈幸惠散文〈一把洒上春日心头的彩点子〉》;王烈耀的《基督教文化与香港文学》;王龙的《论北美华文文学的区域特质》;蒋登科的《梦如诗歌的梦幻美与古典美》;应宇力的《我们拥有同一种语言——林婷婷〈推车的异乡人〉读后感》;王盛的《许地山与陈寅恪》;陈娇华的《"男女两造"情境的不倦营构——廖辉英小说创作模式论》;黄万华的《大视野会带来大气象——读〈多元共生的现代中华文学〉》;《香港"许地山教授学术研讨会"综述》。

《周口师专学报》第6期发表李少咏的《家国念与乡关愁:余光中、舒婷两首短诗比较赏析》。

《海南师院学报》第4期发表李雪梅的《优美典雅的怀旧情结——评萧丽红的两部长篇小说》;陈耿的《驼铃:于沉重处见真情》;李子迟的《〈穆斯林的葬礼〉与茅盾文学奖》。

《西南民族学院学报(哲学社会科学版)》第6期发表德吉草的《认识阿来》;涂鸿的《灵魂的自由与艺术的超越——苗族诗人何小竹诗作的现代意识透视》。

27日,中国戏剧家协会第五次全国代表大会在京开幕,中宣部部长丁关根给大会发来贺词。

28日,《湘潭大学学报(哲学社会科学版)》第6期发表吴礼仪的《中国风格学源流研究的理论与实践意义——李伯超〈中国风格学源流〉论评》;龙培云的《从戊戌变法把握中国法制思想衍进的脉搏——评王继平教授新著〈幻灭与新生〉》。

30日,《开放时代》第6期发表赵稀方的《评香港两代南来作家》。

《广西教育学院学报》第4期发表施修蓉的《台湾现代派小说心理描写管窥》。

31日,《光明日报》发表王绯的《重读张洁》;丁临一的《再现难忘历史 礼赞抗洪精神——评〈决胜三江〉等三部报告文学新作》;葛红兵的《单靠"女性"是不够的》;毛浩的《新闻怎样成为历史——读〈世纪洪水〉》。

本月,《创作评谭》第6期发表邹忠民的《作家是什么样的知识分子》;詹艾斌的《"现实主义回流"现象论》;刘安海的《解开地域文化与文学关系之锁》;李伯勇的《从栖居到游牧——读张新颖〈栖居与游牧之地〉》;陈墨的《成人的寓言——黄建新电影论》。

由广东省委宣传部、广东省文联共同主办的"面对二十一世纪的文艺理论与实践"学术讨论会在广州召开。

本月,广州出版社出版艾晓明的《从文本到彼岸》。

北方文艺出版社出版马伟业的《大野诗魂:论东北作家群》。

花山文艺出版社出版高占祥、李准的《新时期文学艺术成就总论:1978—1998》,李文珊的《文艺散论》。

学林出版社出版罗岗的《记忆的声音》。

山东教育出版社出版陆扬的《精神分析文论》。

天津教育出版社出版胡俊海、刘克宽主编的《当代文学名著提要》。

西南师范大学出版社出版郝明工的《二十世纪中国文学思潮及流派》。

同心出版社出版张恬的《坛边走笔》。

中国社会科学出版社出版饶芃子、费勇的《本土以外:论边缘的现代汉语文学》。

1999年

1999年

1月

1日,《广西民族学院学报(哲学社会科学版)》第1期发表陆卓宁的《论海峡两岸当代文学发展流变的殊途同归——从偏狭到拓展》。

《山东文学》第1期发表陈宝云的《张继小说随想》;周海波的《张继小说读札》;赵月斌的《回望农村》;张义宾的《"真"与"赘"的对峙——张继的美学视野》。

《电影评介》第1期发表刘津的《影片为影展而拍,还是为大众而拍?》;楼宇然的《电视剧应提倡短些、精些》;闻义的《一部"三性"完美结合的佳作——谈二十集电视连续剧〈何须再回首〉》。

《芳草》第1期发表储昭华、李鲁平的《消解与建构:先锋派创作的启示与困境》;赵国泰的《真实是品质所在 别致乃魅力之源》;刘国刚的《对新生代诗人的一种嘉许》。

《延河》第1期发表李星的《诗意的居所》。

《鸭绿江》第1期发表周政保的《从"名山大川"到"人杰鬼雄"》。

《滇池》第1期发表张闳的《叶兆言近期小说的探索性研究》。

《解放军文艺》第1期发表翟泰丰的《军事文学的着重点与结合点》;张志忠的《英雄为战争而存在》;何存中的《与阳光同在》;殷实的《缅怀与悲悼》。

5日,《飞天》第1期发表彭金山的《从"土围子"到大世界》;孙宪武的《西部人文精神的交响》。

《北方文学》第1期发表赵振鹏的《王小波,你是只什么鸟?》。

《辽宁大学学报(哲学社会科学版)》第1期发表李音、冷雪的《论文本内部情境对艺术思维的作用——从三篇小说的具体创作谈起》;王曙芬、程玉梅的《从性禁区透视女性生存——浅析李昂小说中的女性与性》。

《朔方》第1期发表郎伟的《简洁当中的丰富——读石舒清小说〈清水里的刀子〉》;荆竹的《论审美体验与艺术踪迹》;张承源的《豪华落尽见真淳——论回族诗人马瑞麟的诗歌创作》。

6日,《台港文学选刊》第1期以"跨世纪的中华文学"为总题发表余华的《作家与现实》,王安忆的《接近世纪初》,苏童的《虚构的热情》,於梨华的《北美华文作家面临的挑战》，裴在美的《距离、记忆与书写》。

7日，《小说选刊》第1期发表傅活的《营造精品——关于近年文学的一些思考》。

《文学报》发表孟子潮的《市场经济下如何繁荣创作》；张钧、宗仁发、金仁顺等的《同龄人的声音——关于部分七十年代出生的女作家小说的讨论》。

《天津文学》第1期发表冯景元的《关于林希》。

8日，《文学世界》第1期发表雷达的《关系与困境——读〈社会关系〉》；梅疾愚的《北大荒：圣地挽歌——读王怀宇小说的一个视角》；李敬泽的《九八阅读志》；张清华的《九十年代女性写作的话语特征——以陈染、林白、徐坤为例》；阿发的《自我重复：媒体时代的文学病毒》；张涛甫的《拒绝重复》。

《阅读与写作》第1期发表古远清的《散文的野味——读张健〈请到二十世纪的台北来〉》。

9日，《文汇报》发表本报记者周毅的《"妥协者"归来——又见曹明华》。

10日，《中国西部文学》第1期发表王仲明的《世界和生命透视》。

《宁夏大学学报（哲学社会科学版）》第1期发表王岩森的《惟公理与正义是从——70年代末以来杂文创作的主题分析（下）》；魏兰的《自我意识与超越意识的相互消长——王安忆小说创作心态浅析》；谢保国的《黄土地上沉重的寓言——评南台的长篇小说〈一朝县令〉》。

《边疆文学》第1期发表李世柏的《透出若干亮色的人生追求》；王红彬的《低吟中的高亢——读段挺诗集〈冬天的风帆〉》。

《电视研究》第1期发表陈元铮的《浅议电视节目进入市场的必然性》。

《电影文学》第1期发表吴辉的《从在纽约的"北京人"到回到上海的"绿卡族"——从两部电视连续剧之异同看当代知识分子的心路历程》。

《电影艺术》第1期发表赵实的《创造辉煌　攀登高峰——改革开放二十年的中国电影回顾》；苏叔阳的《在曲折的路上前行——对二十年来电影文学状况的浅识》；远婴的《现代性、文化批评和中国电影理论——八九十年代电影理论发展主潮》。

《西南民族学院学报（哲学社会科学版）》第1期发表徐其超、邓经武的《星辉照耀下的康巴人生——论回族老作家张央》；覃虹、舒邦泉的《空灵的东方寓言诗话的本体象征——评〈尘埃落定〉的艺术创新》。

《电影创作》第 1 期发表刘浩东的《论思想解放与电影中的"人性与人情"》。

《戏剧文学》第 1 期发表张兰阁的《大变革时代的当潮者心语——中国话剧的一个历史性主题》;邹红的《"话"的凸现与"剧"的淡出——从〈坏话一条街〉看近年来话剧发展的一种趋势》。

《理论与创作》第 1 期发表刘久明的《九十年代中国文学的"后现代"品格》;莫海斌的《经验和经验的组织:90 年代的实验诗歌》;古继堂的《新婚恋关系下的新悲剧:评萧飒的短篇小说》。

《福建文学》第 1 期发表戴冠青的《蓝色家园情结——谈叶逢平诗作的象征意蕴》。

11 日,《世界华文文学》第 1 期发表陈映真的《新买办阶级的处境——说〈我爱玛莉〉》。

第五届海峡两岸暨香港电影导演研讨会在南京开幕。

上旬,中国作协创研部、《小说选刊》编辑部、陕西省作协、太白文艺出版社等单位,在京联合举办贾平凹长篇小说《高老庄》研讨会,与会评论家就作品的魅力何在等话题展开讨论。

12 日,云南人民出版社在京举行《聆听西藏》丛书出版座谈会。

《文艺评论》第 1 期发表曹多胜的《在文革和市场话语之下的新时期小说》;孙兰的《从错位到恶化:评"文革"文学的流变》;徐珊的《娜拉:何处是归程》;陈兰村的《对当代传记文学的回顾与展望》;俞春放的《对话的迷茫:世纪末中国小说的价值思考》。

14 日,《光明日报》发表秦晋的《变革时代的文学批评》。

15 日,《文学评论》第 1 期发表毛崇杰的《"关中大儒"非"儒"也——〈白鹿原〉及其美学品质刍议》;涂险峰的《当代文学批评中的"现代性终结"话语质疑》。

《长城》第 1 期发表何镇邦的《略说文学的抽象与想象》;贺绍俊的《小说在写实中沉沦》;潘凯雄的《要么好好养着 要么自生自灭》(讨论文学期刊的存灭问题);宗仁发、施占军等的《关于"七十年代人"的对话》。

《北方论丛》第 1 期发表刘东黎、李荣合的《"费厄泼赖"与王蒙的小说创作》;周兴华的《漫议神秘主义描绘在文学中的意义——兼论贾平凹的〈太白山记〉》。

《当代文坛》第 1 期发表胡彦的《从传统到现代——论 90 年代散文艺术范式的转换》;陶昌鑫的《九十年代散文的喧哗与变革》;李林荣的《周佩红:以文学之

重镇守生命之轻》;古耜的《睿智而潇洒的生命写意——略说肖云儒的散文随笔创作》;余杰的《出手不凡的摩罗文章》;张洪德的《新时期以来小说创作的生命回归与复原》;林舟的《温柔的反抗——关于荆歌的印象》;吕周聚的《困惑与焦虑——邱华栋近期都市小说读解》;齐红的《苦难的超越与升华——论余华小说中的"苦难"主题》;杨新的《女性:无处逃遁的网中之鱼——读林白的〈说吧,房间〉》;邓经武的《解读克非〈无言的圣莽山〉》;张德明的《生活礼赞和思索的美学风范——论朱启渝的文学创作》;陈朝红的《作家的真诚和勇气——读崔桦杂文集〈人在网中〉》;肖松的《层层纱幕下的"真相"——辛其氏小说〈真相〉解读》。

《当代电影》第1期发表毛羽的《1998:走过电影的四季》;尹鸿的《'98中国电影备忘》。

《山花》第1期发表王一川的《倾听跨体文学潮》。

《上海文学》第1期发表西飑的《虚构之虚构》;许子东的《"感谢苦难"与"拒绝忏悔"——解读有关文革的当代小说》。

《西藏文学》第1期发表小海的《面孔与方式——关于当代诗歌的漫谈》;王韬、杨芸的《新生代批评引起关注》。

《学习与探索》第1期发表於可训的《论当代文学的历史整合》。

《雨花》第1期以"世纪末文学丛谈——诗歌"为总题,发表陈超的《观点——略谈近年诗歌走向兼为80年代诗歌一辩》,黄毓璜的《高处未必寒——〈新乱世佳人〉一面观》。

《南方文坛》第1期专栏"当代文学关键词"发表洪子诚的《"中国当代文学"》,南帆的《"两结合"》;同期,发表张新颖的《说出我要说的话》、《路翎晚年的"心脏"》;刘志荣的《审美批评的原则性:生存根基的畅现与心智的交流——关于张新颖的文学批评实践及其理想的通信》;丁帆的《不可忽视的官僚资产阶级形象描写——20世纪两次资本主义语境中的文学状况》;摩罗的《冷硬与荒寒:当代中国文学的根本特征》;海力洪的《写好"中国故事"》;洪治纲的《飞翔于现实与梦幻之间——海力洪小说论》;葛红兵的《居住在想象之中——海力洪的小说》;蒋述卓的《论史铁生作品的宗教意识》;庄伟杰(澳大利亚)的《从困惑中走向新世纪——世纪末国际华文诗歌思考》;孙玉石的《哗变中的追索——关于洪治纲的审美的哗变》;古远清的《香港文论二题》;于青的《回归的文学》;傅活的《'98中篇小说印象》;马津海的《关于好的小说——1998年下半年小说杂谈》。

16日,《文艺争鸣》第1期以"当代批评家论·孙中田专辑"为总题,发表王中忱的《在历史品衡与文本解读之间——孙中田先生的茅盾研究述评》,袁国兴的《文本中心与多元互补——谈孙中田先生的文学史理论与实践》;同期,发表谭桂林的《论20世纪中国小说的性爱叙事》;丁帆的《走出角色的怪圈——"知青文学"片论》;摩罗的《论中国文学的悲剧缺失》;孙先科的《"新历史小说"的叙事特征及其意识倾向》。

18日,《中国戏剧》第1期发表张先的《平静中的震荡——1998年小剧场戏剧回顾》。

19日,《文艺报》发表杨剑龙的《面对当下与书写自我》。

《文汇报》发表蒋子龙的《商情、世情、人情——序〈生命中的轻与重〉》。

20日,《儿童文学选刊》第1期发表梅子涵的《儿童的文学》。

《小说评论》第1期以"贾平凹《高老庄》评论小辑"为专题,发表於曼的《无奈的精神还乡——评贾平凹的长篇新作〈高老庄〉》,吴道毅的《高老庄——一个意蕴丰赡的意象——评〈高老庄〉》,叶立文的《开启文化寓言之门——评贾平凹新作〈高老庄〉》;同期,发表张清华的《死亡之象与迷幻之境——先锋小说中的存在/死亡主题研究》;孙颖的《消解的同时构建故事——浅析王安忆〈伤心太平洋〉插入叙述特色》;束学山的《诗性探寻与逻辑建构——读张清华〈中国当代先锋文学思潮论〉》;颜纯钧的《城市的精神脉搏——论香港现代派小说的一种形态》;赵稀方的《乡土的姿态——关于黄春明、海辛乡土小说的文本分析》;陈晓晖的《独自行走——再论陈世旭的小说近作》;李运抟的《危城悲史的浓墨图——长篇历史小说〈秋露危城〉论》;曹斌的《西部生命意识的诗意追寻——红柯小说论》;葛红兵、孙萍萍的《邓一光小说:审美与结构》;周政保的《影子是重要的——关于斯妤的长篇小说〈竖琴的影子〉》;牛玉秋的《〈沉雪〉与个人化叙述》;洪治纲、陈建新的《直面社会与人生的诘问》;张文珍的《冰下面是火——尤凤伟〈蛇会不会毒死自己〉印象》;[日]安本·实的《路遥文学中的关键词——交叉地带》。

《钟山》第1期发表王彬彬的《文学与小说》;林舟的《生命个体的存在:起点与归途》;王世城的《知识分子文化写作:危机与可能》。

《学海》第1期发表戴洁的《角色与卸妆:读廖辉英中篇小说集〈卸妆〉》。

《唐山师专学报(社会科学版)》第1期发表赵朕的《泰国华文新文学的历史扫描与前瞻》;袁良骏的《香港作家金依小说创作得失谈——〈香港小说史〉之一章》。

20—23日,全国宣传部长会议在京召开,江泽民总书记同与会代表座谈并作重要讲话。

21日,《文学报》发表周政保的《从收获说到缺憾——漫谈现阶段报告文学创作》;白烨的《文学的民间化趋向》;王宏图、杨扬、方克强等的《大众传媒时代的文学批评——上海部分文学批评家座谈会纪要》;雷达的《困境与出路》;木弓的《批评的本性永远不变》;王干的《传媒与批评》。

24日,《文学理论与批评》第1期发表尉天骢的《小市镇人物的困境与救赎——黄春明小说的简论》;周良沛的《在黄春明、陈映真作品研讨会上之随想随说》;周任雄的《风沙雁的精神家园》。

25日,《文艺理论研究》第1期发表摩罗、杨帆的《论汪曾祺九十年代的美学发展及其意义》;陆成的《"时态"与叙事——汪曾祺〈异秉〉的两个不同文本》。

《四川戏剧》第1期发表尹永华的《在主动与无奈之间——上海小剧场戏剧启示》;杨泽新的《意趣巧寓荒诞中——川剧〈拿虎〉赏析》。

《甘肃社会科学》第1期发表刘俐俐的《知识分子题材小说中悄悄变动着的历史观》。

《当代作家评论》第1期发表余华、杨绍斌的《"我只要写作,就是回家"》;徐中玉的《略谈个性·主体性·深入生活》;吴义勤的《"通俗的现代派"——论徐訏的当代意义》;柳珊的《阐释者的魅力——论严歌苓小说创作》;戴锦华的《自我缠绕的迷幻花园——阅读徐小斌》;谢有顺的《羽蛇的内心生活》;李敬泽的《〈羽蛇〉笔记》;李洁非的《陌生的都市,成长的人》;张捷鸿的《童话的天真——论顾城的诗歌创作》;敬文东的《饥饿的诗歌——对王家新〈谁在我们中间〉的误读》;朱向前的《突出重围的"文学推土机"——柳建伟创作道路的回溯与前瞻》;张钧的《理念的扩张与生命的荒原——关于邱华栋小说负值层面的思考》;乔迈的《众说纷纭张笑天》;老高的《关照苦难体验和敬畏生命的自定义——关于肖显志〈北方有热雪〉的阅读提要》。

《社会科学家》第1期发表陈丽虹的《海外华文女作家的写作选择》;钱超英的《海外华人华文文学研究的新进路——试谈澳大利亚"新华人文学"的崛起及其研究策略》。

《山东大学学报(哲学社会科学版)》第1期发表郑春的《试论台湾文学作品中的乡愁情结》。

《浙江学刊》第1期发表肖鹰的《欲望中的历史：90年代中国小说的历史化叙事》。

25—26日，北京市文联、北京老舍文艺基金会、北京市老舍研究会在京召开老舍百年诞辰理论研讨会，40多位学者、评论家、作家对老舍先生在中国文学史上的地位和创作成就给予充分肯定。

26日，由作家出版社、中国作协创研部、中国诗歌协会、诗刊社、《文艺报》社联合举办的朱子奇诗文集《心灵的回声》座谈会在京举行。

27日，中国作协、中央文史馆、中国现代文学馆和浙江文艺出版社在京联合举行"萧乾文学创作70年暨《萧乾文集》首发式座谈会"，与会者回顾了萧乾几十年来的创作道路和著述成就。

28日，《文艺报》发表张日凯的《新时期民族艺术风格小说的审美意蕴》。

《兰州大学学报（社会科学版）》第1期发表孙希娟的《丰子恺散文创作简论》。

《光明日报》发表路侃的《九十年代的经济小说》；古远清的《礼赞历史的真实和生命的美》；汪守德的《柔软比坚硬更强大》。

《名作欣赏》第1期发表古继堂的《台湾现代诗欣赏——读陈黎的〈岛屿的边缘〉》。

《剧本》第1期发表刘忠诚的《当代戏剧文学的现实主义手法一瞥》。

30日，《中国文学研究》第1期发表刘昕华的《逃离与皈依——"五·四"时期与新时期乡土小说创作主体考察》。

《西北师大学报（社会科学版）》第1期发表马超的《王安忆小说的叙事策略》。

本月，《小说家》第1期发表孔范今、施战军的《重听喧浪：20世纪中国的文化与文学论争启示录》。

《青春》第1期发表包忠文的《善恶的"共生"和"分享"》。

《文学自由谈》第1期发表叶燕钧的《李敖的启示：大陆无李敖》。

花城出版社、中国作协创研部、小说选刊杂志社、花城杂志社等单位，在京共同主办阎连科长篇小说《日光流年》研讨会。

中共中央在北京召开纪念瞿秋白诞辰100周年座谈会，尉健行出席大会并发表讲话。

本月,广东人民出版社出版孟繁华的《梦幻与宿命:中国当代文学的精神历程》。

河北教育出版社出版王绯的《自己的一张桌:二十世纪末中国当代女小说家典范论》,王利芬的《变化中的恒定》。

中山大学出版社出版邓志远编著的《马克思恩格斯文艺理论史简说》。

北京大学出版社出版严家炎的《金庸小说论稿》,乐黛云、张辉主编的《文化传递与文学形象》,张京媛主编的《后殖民理论与文化批评》。

四川人民出版社出版唐正序等著的《马克思主义文艺批评学》。

安徽文艺出版社出版刘再复的《性格组合论》。

社会科学文献出版社出版[法]利奥塔等著,赵一凡等译的《后现代主义》。

中国文联出版公司出版广东社科院文学所编的《文传碧海——曾敏之文学创作六十年》。

南方出版社出版王海鸿、张晓燕的《破解金庸寓言》。

2月

1日,《山东文学》第2期发表章亚昕的《文化错位与纯诗追求》;冯锦芳的《半江瑟瑟半江红》(讨论白先勇的创作);赵智海的《丁耀亢与〈丁耀亢全集〉》。

《草原》第2期发表朱秉龙的《〈大盛魁商号〉:近代民族商业文化的悲喜剧》。

《新疆大学学报(哲学社会科学版)》第1期发表安凌的《武侠神话的坍塌和传统文化的反讽:论金庸小说〈鹿鼎记〉》。

《瞭望》第5期发表范丽青的《台湾作家反省日据"皇民化运动"遗害》。

《解放军文艺》第2期发表朱向前的《90年代军旅小说的三个问题》;纪乐勤的《军营风景线》;王瑛的《青春年华》。

2日,《文汇报》发表黄发有的《激素催生的写作》;施战军的《正在生长的力量》。

《贵州师范大学学报(社会科学版)》第 1 期发表孙悦的《简论路遥的现实主义创作观》。

3 日,《人民文学》第 2 期发表谢冕的《率性而为　发自真心》。

为纪念老舍诞辰 100 周年,文化部、中国文联、中国作协、北京市人民政府在人民大会堂共同主办"老舍诞辰 100 周年座谈会",李岚清、舒乙、邓友梅等出席并讲话。中国作协、中国老舍研究会、北京语言文化大学、北京市文联还联合主办了"'99 纪念老舍先生诞辰 100 周年国际学术研讨会"。北京市戏剧家协会与《新剧本》编辑部联合举办了老舍与现实主义戏剧创作座谈会。

《传记文学》第 2 期发表刘小清的《许地山晚年在香港》。

5 日,《人民日报》发表张学昕的《小说创作中的文体问题》。

《飞天》第 2 期发表杨鼎川的《迷惘地观察　胆怯地表达——后新时期小说的共同精神特质》;张存学的《断裂的断想——一个编辑对新生代文学的认识与理解》;刘俐俐的《仰望高地的思绪》(讨论《甘肃小说新人专号》)。

《文汇报》发表赵瑞蕻的《读巴金先生的一封信》。

《北方文学》第 2 期发表李骏虎的《亦成亦败说余华》。

《学术界》第 1 期发表黄立华的《写意、虚拟及幻想:从金庸作品看武侠小说的特征》。

《朔方》第 2 期发表郎伟的《"寻找"的意义》(讨论小说《白狐》)。

6 日,《文汇报》发表章培恒的《不应存在的鸿沟——中国文学研究中的一个问题》。

7 日,《小说选刊》第 2 期发表何镇邦的《短篇小说创作振兴在望——1998 年短篇小说创作漫评》。

《天津文学》第 2 期发表张同吾的《世纪之约和灵魂坚守》;冯岑植的《一首流淌的诗》。

10 日,《中国西部文学》第 2 期发表沈苇的《新闻与文学:交织的人性目光》。

《电视研究》第 2 期发表孟凡鲁、苏咏鸿的《略论有中国特色电视文化的形成与发展》;郑超然、祁景莹的《电视对人的社会化影响》。

《山东社会科学》第 1 期发表章亚昕的《论台湾创世纪诗社的"大中国诗观"》;颜敏、梅琼林的《晦暗的人性与不定的命运——论新历史主义小说》。

《电影文学》第 2 期发表尹鸿的《世纪末的辉煌:新时期中国电影回眸

(1978—1998)》。

《戏剧文学》第 2 期发表张兰阁的《寻找价值的"金牧场"》。

《松辽学刊(社会科学版)》第 1 期发表何青志的《白山黑水之韵——新时期东北小说的创作回眸》。

《读书》第 2 期发表孙顺林的《历史的见证》；瓦当的《为了生命中最软弱的部分》。

《福建文学》第 2 期发表萧成的《南帆文学批评一瞥》；叶公觉的《人在灯火阑珊处》。

11 日，《世界华文文学》第 2 期发表古继堂的《永不减光芒的艺术形象——尹雪艳——评介白先勇小说〈永远的尹雪艳〉》；未名的《北美华文作家协会第四届学术研讨会在洛杉矶召开》。

12 日，《文汇报》发表许觉民的《何其芳之言与不言》。

15 日，《山花》第 2 期发表李大卫、李洱、李冯等的《日常生活——对话之二》。

《广州文艺》第 2 期发表张柠的《张生的小说》；鲍风的《视听一代的文学阅读》。

《上海文学》第 2 期发表韩毓海的《呼唤一种有活力的文学思想》。

《中国现代文学研究丛刊》第 1 期发表刘绍铭的《写作以疗伤的"小女子"——读黄碧云小说〈失城〉》。

《雨花》第 2 期以"世纪末文学丛谈——诗歌"为总题，发表胡宗健的《实验批评》。

《中国图书评论》第 2 期发表武嘉路的《以史著文　以文立史——谈长篇历史小说〈雍正皇帝〉的现实价值》；林边的《〈雍正皇帝〉与"特异功能"》。

《江汉论坛》第 2 期发表赵俊贤的《论中国当代文学的悲剧特质》。

《唯实》第 2 期发表《陈辽学术简介》。

《华文文学》第 1 期发表吴海燕的《论陈映真的创作特质(下)》；朱宁嘉的《金庸武侠小说文学定位的思考》；钟晓毅的《多年大道走成河——曾敏之创作散思》；[日]荒井茂夫的《马来亚华文文学马华化的心路历程(上)》；翁奕波的《微尘中见大千——论马华作家年红的微型小说》；钦鸿的《浓得化不开的中国情——读菲华作家柯清淡的诗与散文》。

《江苏社会科学》第 1 期发表李勇的《后殖民语境中汉语写作的可能性及其

意义》。

《台湾研究集刊》第 1 期发表朱双一的《1998 年台湾文坛关于"皇民文学"的论争》；王宗法的《黄春明小说的时代特征》；曾健民的《台湾现实主义文学精神的继承和丰富——读吕赫若的早期作品》。

《戏剧艺术》第 1 期发表荣广润的《都市文化格局中的小剧场戏剧》；丁罗男的《"后新时期"和小剧场戏剧》；林荫宇的《'98 北京上海小剧场戏剧述评》；马森的《台湾小剧场的回顾与前瞻》；汤逸佩的《新时期话剧片段组合式结构的形态描述》；厉震林的《新时期电影的人文模式及其对话效应》；黄会林的《影视编剧艺术谈》；潘秀通的《关于影视"连枝而同本"的理论思索》。

《诗探索》第 1 期发表谢有顺的《诗歌与什么相关》；孙绍振的《关于所谓"脱离人民"的理论基础》；沈奇的《秋后算账——1998：中国诗坛备忘录》；李霞的《汉诗新世纪：诗人写作或"我"的写作》；王珂的《为何出现"萧条论"——为 90 年代诗歌一辩》；周晓风的《90 年代的诗歌生态》；小海的《我观当代诗坛》；张柠的《飞翔的蝙蝠——翟永明论》；钟鸣的《翟永明诗二首点评》；刘士杰的《深层的乡土情结 深刻的生命体验——评王耀东的乡土诗》。

《唐山师专学报》第 1 期发表赵朕的《泰国华文新文学的历史扫描与前瞻》；袁良骏的《香港作家金依小说创作得失谈：〈香港小说史〉之一章》。

《铜陵财经专科学校学报》第 1 期发表陈发玉的《滴水看世界，微尘见大千——台湾著名诗人林焕彰小诗选评》。

17 日，《文汇报》发表昌耀的《将诗艺看作一种素质》。

《作品与争鸣》第 2 期发表司幼芸的《令人心忧的世风流俗》；田义垒的《走火入魔的"娜拉"突围》；浩宇的《经历"酷夏"》；谈歌的《〈酷夏〉的不足》。

18 日，《中国戏剧》第 2 期发表刘连群的《期待已久的突破——评京剧现代戏〈骆驼祥子〉》；余恩的《京派大戏——〈风雨同仁堂〉》。

20 日，《学术研究》第 2 期发表肖松的《写作姿态与都市意识》。

《福建论坛》第 1 期发表唐琰的《九十年代知识分子角色：被解构的"精英"——评徐坤创作》。

25 日，《文学报》发表陶东风的《读这样的小说有什么劲？》；洪治纲的《期待视野中的真实叙事》；鲁枢元的《价值的尺度》。

《江汉大学学报》第 1 期发表闵晔的《中国当代文学理论的世纪末状况》；吕

幼安的《想象的延展与限制——论想象在报告文学写作中的作用》，蔡家园的《池莉创作心理试探》。

《光明日报》发表周政保的《〈高老庄〉："现实"的缩影》。

27日，《文汇报》发表张新颖的《这一代的经验和记忆——两篇小说引出的话题》；周百义的《二月河与〈雍正皇帝〉》。

28日，《剧本》第2期发表汪成基的《歌剧思维与情感导向的关系传动》。

《浙江大学学报（人文社会科学版）》第1期发表徐岱的《论金庸小说中的信仰之维（上）》。

30日，《戏剧》第1期发表方梓勋的《近二十年香港话剧的发展（1977—1997）》。

本月，《青春》第2期发表常小鸣的《晚生代：游走的先锋》。

《创作评谭》第1期发表刘华的《跃上葱茏四百旋——江西文学五十年巡礼》；季晓燕的《驻足一九九九：当代江西影视文学述评》；李敬泽的《"新生代"的故事——〈新生代作家小说精品〉序》；易晖的《没有听众的90年代与知识分子身份再确认》；朱向前的《从"张勋"到"吴有训"的文学跨度——读聂冷的两部长篇传记文学》；马相武的《漫评严丽霞的"新丽人小说"》。

本月，中央编译出版社出版［美］贝斯特、［法］凯尔纳著，张志斌译的《后现代理论：批判性的质疑》。

云南人民出版社出版怒江州文联编的《怒江文艺评论选集》。

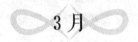

3月

1日，《山东文学》第3期发表王光明、荒林的《两性对话：城市中的女性》；盛英的《九十年代女作家笔下的女性形象》。

《长江文艺》第3期发表鲍风的《文学向我们提供什么？——1998年〈长江文艺〉中篇小说述评》。

《电影评介》第2期发表蔡长宁的《国产剧港台化现象浅析》。

《作品》第3期发表游焜炳的《精品创作与超拔之气》。

《芳草》第3期发表王美艳的《现代悲剧的双重品格：消解与建构——兼谈方方、池莉、刘醒龙、邓一光》。

《延河》第3期发表张建建的《有一种理想话语吗？》。

《作家》第3期发表李大卫、李冯、李洱等的《个人写作与宏大叙事》。

《草原》第3期发表张贺琴的《一曲动听的草原奏鸣曲》；贺利的《散文创作真实性刍议》。

《海燕》第3期发表广林的《化实为虚 虚实相生——〈都市丛林〉编后》。

《滇池》第3期发表李骞的《批评的真性和真性的批评》；周华的《诗歌解读的可能性》。

《解放军文艺》第3期发表陆柱国的《为什么战旗美如画》；姜凡振的《真实地去写》；人庐马的《天空的高度》。

《新疆大学学报（哲学社会科学版）》第1期发表安凌的《武侠神话的坍塌和传统文化的反讽——论金庸小说〈鹿鼎记〉》；谢玉娥的《对心灵与文本的双重探索——评夏冠洲〈用笔思想的作家——王蒙〉》。

2日，《文艺报》发表朱向前的《长篇小说：新的文学风向标——'98长篇小说阅读札记》。

《文汇报》发表温儒敏的《孤单的蝴蝶》。

由中国文联与花山文艺出版社联合举办的《新时期文学艺术成就总论》出版座谈会在京举行。

3日，《人民文学》第3期发表程绍武的《关于刘庆邦及短篇小说的一次闲谈》。

5日，《大家》第2期发表谢有顺的《文体革命的界限》；李敬泽的《凸凹三记》；王一川的《我所期待的跨体文学》；吴义勒的《可疑的文体》。

《北方文学》第3期发表章德益的《少谈技巧，多谈灵魂》。

《芙蓉》第2期发表朱大可的《先知之门——海子与骆一禾论纲》。

《青海湖》第3期发表陈玺的《致程枫——〈维纳斯的手〉读后》；阿纪的《治国小说印象》。

《朔方》第3期发表郎伟的《人生困境的发现者》（讨论陈继明的小说）。

6日,《文艺报》发表刘富道的《黑色幽默之星》。

7日,《天津文学》第3期发表子干的《狼与海的合奏——〈百年海狼〉漫议》。

8日,《文学世界》第2期发表张新颖的《青春与梦想》;苏保华的《墙角里开放的花朵——略谈98年现实主义小说创作》;毕磊菁的《穿越欲望的障碍——浅谈新生代小说的文本意识》;徐雁的《"私人化"写作孕育的可能与局限》;张雅秋的《诗意的失落——论"新生代"小说在九十年代》。

9日,《民族文学》第3期发表晓雪的《让全世界都听见我们的歌唱——新中国五十年的少数民族诗歌创作》。

10日,《中国西部文学》第3期发表朱向前的《在西部坚守》。

《电影文学》第3期发表陈洪均的《对爱与生命意识的张扬——〈一代天骄成吉思汗〉的人格阐释》。

《电影艺术》第2期发表贾磊磊的《风行水上　激动波涛——中国类型影片(1977—1997)述评》;张卫的《新时期大众观影心理变迁(1979—1989)》;刘诗兵的《广阔的现实主义创作道路——新时期电影表演美学的发展与变迁》。

《福建文学》第3期发表郑波光的《通俗其表　沧桑其里——读陈存诚〈A女囚秘闻录〉》;郝雨的《让"真实"在"小说"中触目惊心》(讨论陈垦的中篇小说《未经解密的渎职报告》)。

《读书》第3期发表王德威的《千言万语　何若莫言》。

《诗潮》第4期发表吴开晋的《燥秋诗语:读张默手抄本诗集〈远近高低〉》。

11日,《文学报》发表李恒昌的《君子有道　托之于梦——读长篇小说〈君子梦〉》;雷达的《追寻藏在人性深处的爱》。

《文汇报》发表焦国标的《杂文当然有原创性》。

《青年文学》第3期发表丹娅的《看他一个人:读汪曾祺文》;葛红兵的《后先锋时代文学的可能性》。

12日,《中流》第3期发表刘贻清的《爱"资"病患者的自白——读〈小说中国〉》。

《文艺评论》第2期发表丁晓原的《力度:报告文学的文体品格》;孙兰的《艺术品格与艺术功能的消退:再评10年"文革"文学的审美价值体系》;徐珊的《娜拉:何处是归程》;王侃的《概念·方法·个案》;采薇的《女性文学研究与大文化视野》;朱青的《当代爱情小说的历时性研究》;鲁峡的《当代小说的情节间离

效果》。

15日,《文学评论》第2期发表敏泽的《诗之于史——〈白门柳〉三题》;张书恒的《评二月河"清代帝王系列"小说》;昌切的《无力而必须承受的生存之重——刘恒的启蒙叙述》;张红萍的《论迟子建的小说创作》。

《山花》第3期发表张柠的《衰老人群中的一位年轻作家》。

《上海文学》第3期发表张生的《成为另外一个人》;许纪霖、刘擎等的《寻求"第三条道路"——关于"自由主义"与"新左翼"的对话》。

《中国图书评论》第5期发表姜华的《当代城市儿童生活的真实写照——评长篇儿童小说〈双筒望远镜〉》;李虹的《写作:一种神圣而无以取代的选择——〈竖琴的影子〉及其他》。

《天涯》第2期发表周国平的《读〈务虚笔记〉的笔记》。

《北方论丛》第2期发表张学昕的《邱华栋小说创作论》。

《当代文坛》第2期发表何平的《世界的创建和坚守——王小妮写作描述》;十品的《沉默的村庄——小海90年代诗歌创作简论》;古耜的《用生命感悟白山黑水的魂脉——说素素和她的"独语东北"系列散文》;毛克强的《当代小说文化溯源》;朱青的《爱情的形态学研究——张欣小说谈片》;韩梅村的《崇高美的执意追求——读安黎散文集〈丑陋的牙齿〉》;袁基亮的《贺享雍短篇小说谈》;冉云飞的《批判能手与游戏过客》;韩鲁华的《探寻精神家园的心路——邢小利散文创作谈》;周书浩的《人生况味和浮世情怀——读向秋散文集〈浮生片羽〉》;徐治平的《澳门当代散文概论》;赵勇的《文化批评:为何存在和如何存在:兼论80年代以来文学批评的三次转型》。

《西藏文学》第2期发表尼玛扎西的《浮面歌吟——关于当代西藏文学生存与发展的一些断想》;赵薪至的《走出低谷 开拓进取》。

《学习与探索》第2期发表杨剑龙的《描绘现代市民社会的世俗人生——新市民小说论》。

《台声》第3期发表何标的《黄春明小说的时代特色》;傅宁军的《无名氏:故地重游的台湾名作家》。

《南方文坛》第2期专栏"当代文学关键词",发表陈美兰的《"正面人物"》、孟繁华的《"社会主义现实主义"》、陶东风的《"主体性"》;同期,发表旷新年的《批评如何成为可能?》、《"历史终结"与自由主义》、《诗可以怨》;陈福民的《"伟大时代"

与"小丑之见"——我看旷新年的批评文字》；曾维浩的《边缘与处境》；谢有顺的《集体话语的限度》；施战军的《〈弑父〉论》；王绯的《社会经济转型中的女性小说》；杨扬的《上海批评五十年》。

《复旦学报（社会科学版）》第2期发表张海华的《丰子恺"直视"审美观解读》。

《浙江社会科学》第3期发表范裕华的《试论陈映真小说中的"无意识"》。

《雨花》第3期以"世纪末文学丛谈——诗歌"为总题，发表晓华、汪政的《关于诗歌岁月的感慨》，徐应佩的《血泪斑驳的历史壮丽画卷》。

《特区文学》第2期发表梁衡的《关于山水散文的两点意见》；张锲的《声声入耳　事事关心》；朱青的《爱情的形态学研究——张欣小说谈片》；戴承元的《时代酿造的悲喜剧》。

《徐州师范大学学报（哲学社会科学版）》第1期发表张卫中的《论新时期历史小说的突破与发展》。

16日，《文艺争鸣》第2期发表王世诚的《现代性的溃败》；南帆的《民间的意义》；李继凯的《论秦地小说作家的废土废都心态》；黄科安的《喜剧精神与杨绛散文》；易光的《诗性写作：叙事的窘迫和叙事传统的叛离》。

《文艺报》发表盛英的《90年代：中国女性文学新话题》。

16—17日，中国作协第五届主席团第六次会议在京召开，与会者对当前文学形势作了分析，并审议通过了一些议案。

18日，《中国戏剧》第3期发表穆欣欣的《澳门戏剧亮相华文戏剧节》。

18—20日，中国文联第六届四次全委会、中国作协五届四次全委会在北京召开。丁关根、张锲等在会上讲话。

20日，《儿童文学选刊》第2期发表吴其南的《谈诗性体验》。

《小说评论》第2期以"《大盛魁商号》评论小辑"为总题，发表周政保的《命定的倾覆》，管卫中的《史笔著文　文笔立史》；专栏"雷达专栏：长篇小说笔记之一"发表《阎连科的〈日光流年〉》，《严歌苓的〈扶桑〉》，《贾平凹的〈高老庄〉》，《南台的〈一朝县令〉》；同期，发表段崇轩的《地域性：乡村小说创作的盲点》；陶东风的《距离与介入——论文学反映社会现实的方式：兼论文学的现实主义问题》；朱向前的《在西部坚守——关于韩子勇的〈西部：偏远省份的文学写作〉》；牛玉秋的《〈白门柳〉与中国文化的内在矛盾》；李林荣的《〈务虚笔记〉：讲述人生的真实》；张鹰的《第二十幕〉：二十世纪中国的史诗》；陈纯洁的《开给人类心灵弱点的处方——评长篇小说〈红处方〉》；刘建军的《人生若戏——读长篇小说〈大戏楼〉》；吴道毅、於可训的《怪诞校园的讽刺画——读晓苏长篇新作〈大学故事〉》；饶先来的《嬗变与超越——评范小青近期小说创作》；林宋瑜的《带着词语飞翔——关于海男近期小说叙事风格的转型》；杨振喜的《阿宁小说创作一得》；燧石的《渭水悲歌——读〈渭水悠悠〉》；孟繁华的《民间传统与中国的现代性》。

《文艺报》发表孙伟科的《当前现实主义文学的深化》。

《北京大学学报(哲学社会科学版)》第2期发表李宪瑜的《中国新诗发展的一个重要环节——"白洋淀诗群"研究》。

《台湾研究》第1期发表方忠的《繁复人性的多维凸现——古龙武侠小说的主题意蕴》；古继堂的《婚恋关系的悲剧况味：萧飒〈深巷斜阳〉的美丽与凄婉》。

《暨南学报(哲学社会科学版)》第2期发表王列耀的《挥之不去的宗教情结——论香港作家梁锡华的长篇小说》；汤重芬的《从新加坡微型小说看中西文化碰撞》。

21日，《文艺研究》第2期发表杨匡汉的《文化的驿站：香港与内地艺文关联的一个侧面》。

23日，《天津社会科学》第2期发表王爱英的《演进中的知青文学》；陈慧娟的《论后新时期小说叙述者的凸现》。

24日，《文艺理论与批评》第2期发表朱子奇的《谈谈我的诗学主张与实践》；陈涌的《关于政治抒情诗》；曾健民的《从台湾社会的现实中一路走来——论黄春明小说的时代开创性、启蒙性和艺术性》；陈映真的《七十年代黄春明小说的新殖民主义批判意识——以〈莎呦娜拉·再见〉、〈小寡妇〉和〈我爱玛莉〉为中心》。

25日，《山东师大学报(社会科学版)》第2期发表李斌的《后现代文学与中国当代先锋文学》；刘传霞的《爱情的解构与重建——两个"庐山恋"文本的比较》；刘强的《试论张艺谋电影的表意策略》。

《华侨大学学报(哲学社会科学版)》第1期发表龚桂明的《北美华文作家作品研讨会综述》；小新的《台湾的大陆当代文学研究略述》；黄红娟的《漂泊与还乡：析东瑞极短篇集〈留在记忆里〉》。

《河北大学学报(哲学社会科学版)》第1期发表杨乃乔的《从现代主义文学思潮向后现代主义文学思潮的退却：在疯狂和自虐中崛起的大陆学院派文学

(下)》。

《世界华文文学论坛》第 1 期发表曾敏之的《"亚洲文化艺术中心"刍议》;尹雪曼的《我看〈世界华文文学论坛〉》;赵稀方的《言情的特定时空——香港言情小说论》;卞新国、许光萍的《如何看待林清玄散文中的佛学世界》;方爱武的《"文化工业"与金庸小说》;马阳的《三声精啸醒文苑》(讨论新加坡的努山塔拉、风沙雁、流军等几位作家);翁奕波的《传统在活活泼泼地发展着——论方然的诗》;李献文的《灵动飘逸　四海皆友——白舒荣写真》;《学人档案——白舒荣》;彭沁阳的《含雄奇于淡远之中——李黎成名作赏析》;孙健江的《传承与超越：论台湾新生代作家童话创作》;张文彦的《台湾儿童文学发展概述》;冯亦同的《"浪子回头"以后——余光中晚近期诗作简评》;严晓星的《侠客行程域外风——"新派武侠"化用的外国文艺典故》;莫嘉丽的《对话与复调：黄碧云〈突然我记起你的脸〉的复调艺术》;彭耀春的《悄然反拨：论台湾前期小剧场》;李欧的《夜读武侠（二）》;张桃洲的《略论台湾现代派诗的早期形态》;张奥列的《澳华书评四章》。

《文学报》发表夏一鸣的《刻划生动活泼的上海人性格——评史中兴的长篇〈暂憩园〉》。

《当代作家评论》第 2 期发表尤凤伟、何向阳的《文学与人的境遇》;谢有顺的《贾平凹的实与虚》;周政保的《〈高老庄〉：超越叙述对象》;肖云儒的《贾平凹长篇系列中的〈高老庄〉》;郭春林的《在批判的困境中选择——贾平凹文化批判的观点分析》;穆涛的《距商州最近的一间房子——贾平凹的写作间》;沈奇的《飞行的高度——论于坚从〈0 档案〉到〈飞行〉的诗学价值》、《提前到站——评麦城的诗》;吴俊的《陈村：为谋生写作，或为理想而写作的挣扎》;孟繁华、张理明的《重现消失的河流——评左建明的小说创作》;刘元举的《梁衡的意义》;夏中义的《诗性质感与生命存根》;董瑾的《痛与快——现代性与女性写作——兼论陈染的小说》;陈菡蓉的《倾听自我——陈染论》;艾云的《寻找世界的彻底性而非通俗性——关于筱敏的写作》;陈志红的《他人的酒杯——中国当代女性文学批评阅读札记》;刘恩波的《悠悠一个世纪的精神巡礼——关于〈百年苦梦〉》;郝雨的《寻求更其精微透辟的理论洞析——评〈中国当代文学艺术主潮〉》;涂险峰的《"境遇"、"策略"与当代文学的文化逻辑——评〈中国当代先锋文学思潮论〉》。

《贵州大学学报（社会科学版）》第 2 期发表熊竹沅的《金庸小说的政治文化批判》。

《浙江学刊》第2期发表梁刚的《文化启蒙冲动的审美置换——从修辞论美学直读铁凝的〈哦,香雪〉》;张俊苹的《时空漩涡中的零散诗意——从修辞论美学看刘恪〈蓝雨徘徊〉语言探索的先锋意义》。

27日,《文汇报》发表杨扬的《面向市场的写作》;殷丽玉《受制于"魔棒"的舞蹈》。

《名作欣赏》第2期发表孙希娟的《揭开神秘的面纱——白先勇小说〈永远的尹雪艳〉》。

30日,《文艺报》发表曾健民、陈映真等的《评台湾乡土文学作家黄春明》。

《西北师大学报(社会科学版)》第2期发表吴小钢的《两种文化形态下的女性形象》。

《戏剧》第1期发表方梓勋的《近二十年香港话剧的发展》;陈哲民的《展望戏剧与流行文化的互动发展》。

《扬州大学学报(人文社会科学版)》第2期发表王向东的《孤独城堡的构建与冲决——论王安忆小说的孤独主题》。

《海南师院学报》第1期发表杨迎平的《在白嘉轩"仁义"招牌的背后》;翁奕波的《五六十年代泰华社会的历史画卷——论〈破毕舍歪传〉和〈风雨耀华力〉》。

本月,《文学自由谈》第2期发表段崇轩的《人物退隐的九十年代小说》;王培元的《充满批评精神的批评》;王岳川的《香港文化的后殖民身份》。

《小说家》第2期发表孔范今、施战军的《东与西、新与旧:潜对话与针锋不接-重听喧浪:二十世纪中国的文化与文学论争启示录(二)》。

《百花洲》第2期发表熊元义的《学术发现与人生体验相结合》。

《青春》第3期发表鲁文咏的《贫血而软骨的中国当代文学》。

《剧本》第3期发表沈达人的《〈沉浮记〉读后》。

《剧影月报》第2期发表李伟的《戏曲现代戏的新探索——现代京剧〈骆驼祥子〉评析》;祝尔廉的《轻松活泼 娱人耳目——为淮海戏〈豆腐宴〉叫好》。

《新马华族文史论丛》第5期发表李志的《新思潮与新文学——1919至1924〈新国日报〉小说研究》。

中国文联出版社、中国作协创研部、中国报告文学学会、总后政治部宣传部等单位,在京联合召开孙晶岩长篇报告文学《山脊——中国扶贫行动》讨论会。

全国文学创作中心工作座谈会在北京召开。

北京大学、清华大学等院校举办纪念海子逝世10周年朗诵会活动。

本月,山西教育出版社出版徐坤的《双调夜行船:九十年代的女性写作》,李洁非的《城市像框》,刘士杰的《走向边缘的诗神》,贺桂梅的《批评的增长与危机》,陈晓明的《仿真的年代——超现实主义文学流变与文化想象》,张志忠的《九十年代的文学地图》,王绯的《画在沙滩的面孔——九十年代—世纪末文学的报告》。

云南人民出版社出版蔡毅的《文艺沉思录》。

春风文艺出版社出版毕馥华的《小说的故事:一个文学编辑的手记》。

海天出版社出版袁良骏的《香港小说史(第1卷)》。

本季,《中外诗歌研究》第1期发表《台湾诗人薛林致吕进》。

4月

1日,《山东文学》第4期发表宋明炜的《个人立场与文学创作》;苏保明的《还乡与朝圣:实践本体论与九十年代文学的二元价值取向》。

《广西民族学院学报(哲学社会科学版)》第2期发表陆卓宁的《再论海峡两岸当代文学发展流变的殊途同归:同一的民族情结与民族审美思维》。

《作品》第4期发表郝雨的《"性"与不幸》。

《芳草》第4期发表陈晓明的《随意或浮躁的文学批评》;戈雪的《试论"武汉作家群"及武汉评论界话语权——兼与陈晓明先生商榷》。

《草原》第4期发表黄薇的《关于描述文学历史之我见》。

《滇池》第4期发表傅宗洪的《张新泉及其九十年代诗歌》。

《解放军文艺》第4期发表韩瑞亭的《50年军旅长篇小说回眸》;李镜的《寻觅高台》;王瑛的《穿越时空》;张玉华的《热血壮绘三军》。

5日,《飞天》第4期发表毕光明的《偏离与追逐:中国大陆的新时期纯文学》;翟雄的《〈都市牧歌〉读感》;高和的《严肃文学质疑》。

《北方文学》第 4 期发表赵振鹏的《"才女"海男》。

《东海》第 4 期发表龙彼德的《古典与现代的结合，自然与人生的交融——论马雪的山水散文诗》；王群的《尊重艺术规律　加强自身修养——浅谈影视导演"再创作"中的文学建构》。

《青海湖》第 4 期发表梁新俊的《丰富多彩的西部世界》。

《朔方》第 4 期发表白草的《论张承志散文作品中的文化批判思想》；黄燕尤的《浅谈西方诗歌史上的"及时行乐"主题》。

6 日，《文艺报》发表李敬泽的《阅读的记忆——'98 短篇小说随笔》；潘凯雄的《为了"活过 40 岁"——读阎连科的长篇小说〈日光流年〉》。

《台港文学选刊》第 4 期发表陈丽民的《1998〈台港文学选刊〉台湾文学述评》。

7 日，《文艺报》和福建教育出版社在京举行"《20 世纪中国杂文史》暨文体史座谈会"，与会专家、学者和杂文家就该书的学术价值以及有关杂文美学、文体史写作等理论问题展开讨论。

《纵横》第 4 期发表陈漱渝的《我眼中的李敖："望之俨然，即之也温"》。

《天津文学》第 4 期发表王爱英的《〈沉雪〉与知青文学》；杨匡汉等的《百年反思：现代性与中国现当代文学》。

8 日，《文学报》发表雷达的《走向日常性和思考性的文学》。

《文汇报》发表万润龙、徐有智的《金庸访谈》。

《光明日报》发表朱向前的《九十年代军旅小说的英雄主义旋律》；李敬泽的《发现未来——〈21 世纪文学之星〉丛书》。

10 日，《中国西部文学》第 4 期发表管卫中的《一位默默无闻的作家——读虞翔鸣小说有感》。

《文汇报》发表钱谷融的《反思白话文运动》。

《电视研究》第 4 期发表魏润身的《钩连缠绕　摇曳多姿——评电视剧〈骆驼祥子〉在情节上的生发创作》；刘扬体的《历史题材的深层开掘与审美表达的当代性问题——关于〈雍正王朝〉的对话》。

《宁夏大学学报(哲学社会科学版)》第 2 期发表马丽蓉的《"在路上"的张承志》；李明、王勇的《理解与感悟——读张承志散文》。

《电影文学》第 4 期发表桂青山的《当代喜剧创作的历史性反思》。

《戏剧文学》第 4 期发表安葵的《戏曲创作的文化视角——新时期二十年戏剧创作回顾》。

《福建文学》第 4 期发表林焱的《艰难的努力》。

上旬，刘白羽长篇小说《风风雨雨太平洋》研讨会在京举行，与会者就作者现实主义创作态度等问题进行讨论。研讨会由华艺出版社主办。

11 日，《文汇报》发表黄宗江的《人学为上——给责编的信》；欧阳忠的《时代的信息时代精神——读〈中国新时期优秀报告文学大系〉》。

《青年文学》第 4 期发表林舟的《先锋的困难》。

《世界华文文学》第 4 期发表吴宗蕙的《女性文学专访之旅——台湾女作家访谈印象》；陈辽的《费心尽力为交流——记台湾诗人张默先生》；陈浩泉的《"白先勇旋风"》。

12 日，《文汇报》发表郎基中的《一位摹写人生的真正小说家》。

13 日，《文汇报》发表江曾培的《红情绿意》。

15 日，《中国图书评论》第 4 期发表刘恩波的《站在潮头看风景——品味张炜的〈心仪〉》。

《文教资料》第 2 期发表古远清编的《内地出版有关研究香港文学的论著目录》。

《当代外国文学》第 2 期发表殷企平的《不再新的小说和伯贡齐的叙事理论》。

《上海文学》第 4 期专栏"批评家俱乐部"以"当下中国的'市场意识形态'（一）"为专题，发表王晓明的《半张脸的神话》，陈思和的《"成功人士"与"失败人士"》，薛毅的《关于个人主义话语》，倪伟的《虚假主体的神话及其潜台词》；同期，发表李冯的《写作与资源》。

《小说界》第 2 期发表江曾培的《一株风姿独具的乔木——读扎拉嘎胡〈黄金家族的毁灭〉》。

《广东社会科学》第 2 期发表王剑丛的《中国新文学中的现代主义发展轨迹探寻》。

16 日，《文汇报》发表石湾的《长篇小说"高产之忧"》。

16—18 日，中国社科院文学研究所、北京市作协、《诗探索》、《北京文学》在北京平谷县联合召开"世纪之交：中国诗歌创作态势与理论建设研讨会"。

17日,《作品与争鸣》第4期发表阎延文的《精神守望者的悲哀》。

中旬,由中国作协创联部和《散文选刊》杂志社联合举办的'99中国当代散文创作研讨会在江苏苏州周庄举行,会议对本世纪中国散文创作作了回顾,同时对即将来临的新世纪散文的走向与趋势进行了探索性的研讨。

20日,《当代》第2期发表朱向前的《是大作,但不是精品——三谈〈北方城郭〉及其它》。

22日,《文学报》发表黄伟林的《边缘的崛起——跨世纪的文坛新桂军》;刘华的《姹紫嫣红的个性张扬——江西中青年作家群的今天》;屠长吟、刘起林的《文学湘军的后继力量——湖南青年作家群扫描》。

《光明日报》发表何西来的《改革者的奋斗与艰辛》。

23日,《文汇报》发表金开诚的《重读还珠楼主》。

24日,《文汇报》发表邹平的《忠诚到永远——读长篇小说〈中国制造〉》;叶中强的《沉沦与逃离的都市——当代文学中的都市情愫》;陈惠芬的《有利而便捷的入口——"女性"与都市文化》。

25日,《上海大学学报(社会科学版)》第2期发表杨剑龙的《"将笔锋探入社会的深层和人性的本质中去"——论王晓玉小说创作的主题意蕴》。

《北京师范大学学报(社会科学版)》第2期发表王永洪的《朦胧的群像——20世纪中国儿童文学人物形象论》。

《南京师大学报(社会科学版)》第2期发表周成平的《论新时期文学审美意识的嬗变》。

27日,《文艺报》发表王宁的《大众文化挑战下的世纪末文学》。

28日,《厦门大学学报(哲学社会科学版)》第2期发表高波的《20世纪中国文坛的"现实主义"流变》。

30日,《中国文学研究》第2期发表黄发有的《游牧灵魂——张承志与草原文化》;杨迎平的《从忏悔到辩护 从超越到堕落——张贤亮的知识分子形象追踪》。

本月,《山花》第4期发表陈骏涛的《关于女性写作悖论的话题》。

《广州文艺》第4期发表金岱的《面向新世纪的文化向度选择》;路侃的《长篇小说的变化与思考》;杨克的《诗歌新的生长点》。

《文学自由谈》四月号发表陈捷的《说给金庸听》。

《中国现代文学研究丛刊》第2期发表黎湘萍的《从吕赫若小说透视日据时

期的台湾文学》。

《创作评谭》第 2 期发表吴松亭的《江西小说创作五十年》；邹忠民的《长歌短吟苍茫尘寰——陈世旭小说的意义》；段崇轩的《不朽的乡村小说》；郝雨的《文学：从人的命运和心灵深层关注下岗》；南翔的《市场经济中的文学》；杨剑龙的《"为小镇写一部风俗史"——评陈世旭的长篇新作〈将军镇〉》。

《华文文学》第 2 期发表[日]荒井茂夫的《马来亚华文文学马华化的心路历程（下）》；王泉的《"乡愁"的嬗变与家园意识——关于台湾同题"乡愁诗"的思考》。

《雨花》第 4 期以"世纪末文学丛谈——小说"为总题，发表王彬彬的《小说还剩下什么》。

《剧本》第 4 期发表李祥林的《"士"的情怀和"士"的精神——看京剧〈千古一人〉》。

由香港艺术发展局和香港中文大学新亚书院合办的"香港文学国际研讨会"在港举行。

本月，中国社会科学出版社出版罗钢、刘象愚主编的《后殖民主义文化理论》。

大众文艺出版社出版李树声的《诗化的记忆：关于历史与文学的思考》。

山东教育出版社出版方珊的《形式主义文论》，王岳川的《现象学与解释学文论》，艾斐的《时代精神与文学的价值导向》，方生的《后结构主义文论》。

广西师范大学出版社出版广西师范大学中文系学术委员会主编的《求实集：语言文学学术论文选》。

人民文学出版社出版刘登翰主编的《香港文学史》。

作家出版社出版古继堂的《柏杨传》。

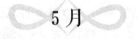

5 月

1 日，《山东文学》第 5 期发表朱多锦的《发现"中国现代叙事诗"》；苗雨时的

《构筑乡土的现代神话》;罗晓非、詹七一的《严肃而悲伤的幻想》;高宏非的《朦胧诗对诗歌语言复归的意义》。

《长江文艺》第5期发表倪立秋的《审丑的小说——评晓苏的新著〈大学故事〉》;张钧的《走向自觉的精神哗变——关于"断裂"行为的思考笔记》;吴建波的《人与自然的现代史诗——读李寿和的〈荆江分洪大特写〉》;黎山峣的《本然人性的艰难返归——评阎志长诗〈挽歌与纪念〉》。

《电影评介》第3期发表李建强的《影视肖像造型的模式化和个性化》。

《芳草》第5期发表储昭华、李鲁平的《文化反思与文化忧歌——对"寻根文学"的询问》。

《侨园》第3期发表赵健的《南洋一支笔周颖南》。

《相知》第5期发表王欣的《香港小说面面观》。

《延河》第5期发表王干的《智力游戏与知识分子自省》。

《作家》第5期以"自由交流·后先锋文论"为总题,发表夏商的《先锋是特立独行的姿态》,李洱的《有关写作的闲言碎语》,张生的《作家的另一面》,李冯的《我们因何寻找相声演员姜昆》,海力洪的《小说是怎样变得无趣的》。

《滇池》第5期发表朱曦、周华的《'97、'98〈滇池〉中国短篇小说精品回眸》;王定明的《文学之根》。

《解放军文艺》第5期发表周政保、江宛柳的《非虚构·讴歌型创作·叙述方式》;张卫明的《城门写我》;汪守德的《我看〈城门〉》;张同吾的《发掘华夏文明的魂骨》。

4日,《传记文学》第5期发表唐傲的《聂华苓:一个饮誉世界文坛的中国女人》。

5日,《飞天》第5期发表路文彬的《现实主义的理想品格——关于现实主义命题的再思考》;王喜绒、李大为的《艰辛的守望者——〈飞天〉一九九八年小说作品述评》;邓军海的《真诚是一种勇气——高平的〈讽刺诗四首〉刍议》。

《大家》第3期发表王干的《边缘与暧昧:诗性的剩余与溢涨》;张新颖的《浅显的想法》;杨少波的《何时我们才会有准确的表达——读〈旅馆〉的二十二条札记》。

《辽宁大学学报(社会科学版)》第3期发表王春荣的《现代女性文学批评的独特价值及审美衍进》;王向阳的《关于"姐妹情谊——姐妹之邦"的书写》。

《东海》第 5 期专栏"喧哗与沉思"以"作家的边缘立场和文学的批评功能"为总题,发表张颐武的《批评与伦理》,邱华栋的《应该站在哪里,应该怎样发言》,童庆炳、陶东风的《边缘的意义》。

《朔方》第 5 期发表荆竹的《价值意象或生存根基——读冯剑华散文〈鹊雀为邻〉》。

6 日,《文艺报》发表郝雨的《'98 散文回望》。

《文学报》发表吕进的《女性诗歌的三种文本》;戴云波的《我们需要什么样的文学——给当代作家一个建议》;陶东风的《看上去不美,但也不烦——评王朔新作〈看上去很美〉》。

《光明日报》发表张韧的《"环境文学"谈》。

《台港文学选刊》第 5 期发表黄梁的《台湾当代诗的新版块》。

7 日,《天津文学》第 5 期发表王全聚的《慷慨生命构筑的文学世界——柳溪小说蠡评》。

为纪念真理标准讨论 20 周年及中共十一届三中全会召开 20 周年,中国社科院文学研究所邀请有关学者、专家召开专题研讨会。

《中华武术》第 5 期发表杨澜的《金庸其实是个普通人》。

8 日,《文汇报》发表陈骏涛的《追溯留学生文学的发展轨迹》。

《文学世界》第 3 期发表施战军的《小说的微凉》;杨剑龙的《面对当下人生碎片的写实性叙写——论新生代小说的得与失》;贺绍俊的《变异中的文学观——看文学期刊的泛文学化》;陈平的《"断裂"与抉择——从一个角度看九十年代中国文学》;张清华、佘艳春的《批评为何速朽——当下文学批评片议》;孙冰的《批评的误区》。

10 日,《边疆文学》第 5 期发表李丛中的《一部深沉而凝重的佳作——评〈孤城落日〉》。

《电影文学》第 5 期发表姚小鸥的《配角的启示——漫谈电视连续剧〈水浒〉的人物塑造》;何春耕的《当代影视文化启示录——读〈镜像阅读——九十年代影视文化随想〉》。

《电影艺术》第 3 期发表吕晓明的《90 年代中国电影景观之一:"第六代"及其质疑》;张颐武的《电影批评的伦理问题》;程青松的《批评的喧哗与独语》;张同道的《1998 年中国电视纪录片略论》。

《四川日报》发表徐春萍的《世纪之交的写作：近访龙应台》。

《沈阳师范学院学报(社会科学版)》第3期发表王启凡的《高晓声乡土小说创作的文化反思》；金红的《生命，在历史的长河中闪烁——论〈穆斯林的葬礼〉的生命意识兼谈霍达长篇小说的创作主旨》。

《写作》第5期发表古远清的《黄春明的文学观念》；阮温凌的《作家：诞生环境与悲悼主题：白先勇女性小说初探之一》。

《花城》第3期发表戴锦华的《冰海沉船》；何向阳的《缘纸而上或沿图旅行——1998年〈花城〉小说素描》。

《读书》第5期发表欧阳江河的《站在虚构这一边》(讨论张枣的诗《悠悠》)。

11日，《文艺报》发表张炯的《当世乡镇众生风云录》。

《文汇报》发表程乃珊的《写不尽的上海故事——写在长篇小说〈山水有相逢〉之前》；张弘的《巴金的书和我》。

《语文世界》第5期发表《几多英雄豪杰谱成壮歌一阕——金庸、池田大作谈》。

12日，《文艺评论》第3期发表樊星的《女权之思》；袁勇麟的《反思与变革——'98散文一瞥》；张文飞的《苦涩的丰收——对我国新时期以来传记文学"热潮"的粗略考察》；刘思谦的《爱是什么？——兼谈90年代女性散文中的两性之爱》；王侃的《概念·方法·个案——"女性文学"三题》；孙兰的《反思·启示·超越：三评10年"文革"文学的教训》；钱秀银的《论中国当代先锋小说的叙述策略及文化底蕴》；张岚的《地域·历史·自我——张抗抗小说审美形态论》。

13日，《文学报》发表牛玉秋的《小说家笔下的纪实文学》。

15日，《文学评论》第3期发表南帆的《历史叙事：长篇小说的坐标》；於可训的《当代文学史的逻辑建构——兼评当代文学研究的一种思路》；黎湘萍的《现代消费社会的另类叙事——论黄春明小说的现实主义价值》；韩瑞亭的《家族小说的新变——读周大新的〈第二十幕〉》。

《文艺报》发表赵秋立的《李敖登陆记略》。

《上海文学》第5期专栏"批评家俱乐部"以"当下中国的'市场意识形态'(二)"为总题，发表吴亮的《城市虚像》，罗岗的《谁之公共性》，季桂保的《传媒主宰下的神话》；同期，发表王安忆的《生活的形式》。

《中州学刊》第3期发表樊洛平的《十七年工业文学形态论》；杨剑龙的《在对

传统的颠覆中走向虚无——新生代小说批判》。

《中国图书评论》第5期发表曾镇南的《活的中国,好的故事——长篇小说〈好风好雨〉简评》;程镇海的《女儿河流出的故事——读长篇少年小说〈漂过女儿河〉》。

《长城》第3期发表王光东、施战军、吴义勤的《跨文体写作:最后的乌托邦》;封秋昌的《文学想象与作品的生命力》。

《北京社会科学》第2期发表吕智敏的《在传统与现代的文化变奏中开拓新的审美空间——转型期陈建功的京味小说》;王柏华的《沿着沙漏寻觅"陈染"》。

《当代文坛》第3期发表黄书泉的《现实主义的当代命运——漫议建国以来农村现实题材小说的嬗变》;郝志诚、王慎方的《意趣猛跃 活我心灵——谈谈〈名山大川感思录〉的动态美》;冯源的《石英散文创作散论》;吴培显的《乡村悲喜剧与时代精神蕴涵——彭瑞高小说简论》;喻滨的《诗歌:寻找失落的家园——兼论新现实主义小说的道德意识表现》;何开四的《独特的视角 深刻的意蕴——简评李林樱的报告文学〈雅砻江的太阳〉》;刘中桥的《一片文学的白桦林——巴金文学院近年长篇创作概说》;沈嘉达的《论刘醒龙小说的文化品格》;吴野的《胸襟与文笔——读松乔散文集〈随遇而乐〉》。

《当代电影》第3期发表李崇训的《民族振兴史 世纪交响诗——评〈世纪之梦〉的意蕴与美学风格》。

《雨花》第5期以"世纪末文学丛谈"为总题,发表蒋小波的《伦理困境与性爱危机》。

《江汉论坛》第5期发表李琳的《放逐与拯救——论池莉小说的婚恋观》;方忠的《以小说重现历史:论高阳的历史小说》。

《台声》第5期发表陈映真的《同一个民族共同的命运,共同的斗争:台湾新文学运动和"五四"新文学运动的联系》。

《华东师范大学学报(哲学社会科学版)》第3期发表方克强的《迷宫:格非的小说世界》。

《西藏文学》第3期发表刘志群的《西藏文学的走向》。

《学习与探索》第3期发表谢冕的《中国文学的当代转型——中国当代文学五十年纪念之一》。

《南方文坛》第3期专栏"当代文学关键词"发表鲁枢元的《"向内转"》,张清华的《"朦胧诗""新诗潮"》、王光明的《"后新诗潮"》;同期,发表李敬泽的《我的批评观》、《通往故乡的路——刘震云〈故乡面和花朵〉》;施战军的《李敬泽:绿色批评家》;李大卫的《以常识为限——我看作为批评家的李敬泽》;王静怡的《生活与写作》;张新颖的《追怀失去的时间》;董瑾的《成长目标的偏离与修正——论王静怡的小说》;陈晓明的《绝对的女性历史——评徐小斌的〈羽蛇〉》;蒋登科、姚尧的《且听狐声悠悠来——凌渡的〈听狐〉及其美学特征》;唐韧的《长篇小说:用文字建筑的交响乐——兼论陈爱萍新作〈活下去〉》;臧棣的《在诗歌或镜子的深处》;马相武的《陈映真的创作与政治理念》。

《诗探索》第 2 期发表陈仲义的《日常主义诗歌——论 90 年代先锋诗歌走势》;王光明的《个体承担的诗歌》;徐江的《俗人的诗歌权利》;孙文波的《我理解的 90 年代:个人写作、叙事及其他》;王家新的《知识分子写作,或曰"献给无限的少数人"》;西渡的《对几个问题的思考》;张同道的《动物、植物与空旷:牛汉诗的灵魂之旅》;子张的《让历史在历史的视野中显现真实》;耿建华的《抒情史诗的新收获》。

《复旦学报(社会科学版)》第 3 期发表杨剑龙的《论新现实主义小说的审美风格》。

16 日,《文艺争鸣》第 3 期以"当代批评家论·钱理群专辑"为总题,发表吴晓东的《钱理群的文学史观》,孔庆东的《我看钱理群》;同期,发表王世诚的《走出迷雾:从"后现代"到"现代"》;张光芒的《中国文化:是否需要"第四次觉醒"?——兼谈 20 世纪中国文学史的重建》;龚刚的《"全球化"语境下的文化抵抗:张承志个案》;李新宇的《泥沼面前的误导》(讨论"民间"与"知识分子"问题);陈伟军的《90 年代现实主义:"命名"的尴尬》;荒林的《性别虚构·对话与潜对话·女性书写的现实激情》;郑雪来的《外国电影理论研究与改革开放后的中国电影》。

17 日,《作品与争鸣》第 5 期发表段崇轩的《一个卑微而坚韧的人物》。

17—21 日,由中国中外文艺理论学会和南京师范大学文学院联合举办的"1999 世纪之交:文论、文化与社会研讨会"在江苏南京召开,来自全国各地的 100 余位学者就文学理论、文化与社会的相互关系问题展开讨论。

18 日,《中国戏剧》第 5 期发表薛晓金的《世纪末的重塑——曲剧〈茶馆〉观后》。

20 日,《小说评论》第 3 期以"刘玉堂《乡村温柔》评论小辑"为总题,发表蔡葵的《变调的乡村喜剧——〈乡村温柔〉的叙事模式》,李敬泽的《乡村何以温柔》,张清华的《大地上的喜剧——乡村温柔与刘玉堂新乡村小说的意义诠释》;同期,发表周燕芬的《当代文学中的崇高风格》;王晖的《个性化的当代文学史研究——读於可训著〈中国当代文学概论〉》;曾镇南的《所向无空阔,真堪托死生——对一部中篇小说集的评论》;王春林的《政治、人性与苦难记忆——王蒙"季节"系列的写作意义》;袁楠的《法则重构:历史话语的新生——试论邓一光的历史小说》;王泉根、陈晓秋的《激扬少儿世界的生命正道——李凤杰少儿文学创作片论》;刘俐俐的《在理性与感觉的边缘写作——汤吉夫小说创作论》;管卫中的《被遗漏的作家——读虞翔鸣小说有感》;郝雨的《"荒漠体验"与灵魂了悟——曾明了小说论》。

《辽宁师范大学学报(社会科学版)》第3期发表张学昕的《灵魂的还乡》;孙莉的《试论王朔小说的艺术特色及其他》;李蔚松的《新时期杂文的征象》。

《光明日报》发表段崇轩的《长篇小说的虚弱症》;黄国杜的《〈英雄无语〉中的"神圣事业"》;张志忠的《质朴而厚重》。

《钟山》第3期发表汪政的《命名和理想》;吴义勤的《史诗的尴尬与技术的无奈》。

《清明》第3期发表王列生的《话说先锋批评》;侯继伟的《以特有的方式逼近生命的真实——马钢作家群创作漫评》;伍美珍的《抬起沉重的眼皮——评〈扭曲〉》。

《暨南学报(哲学社会科学版)》第3期发表饶芃子的《澳门文化的历史坐标与未来意义》。

《现代台湾研究》第2期发表包恒新的《原乡人的血必须流回原乡:台湾乡情文学鉴赏之七》。

下旬,江苏省台港海外华文文学研究会主办,苏州大学文学院世界华文文学研究中心承办的"两岸四地文学比较研讨会"在苏州大学东苑宾馆举行。会议的中心议题是"两岸四地文学比较"。与这次研讨会同时召开的江苏省台港暨海外华文文学研究会年会上,苏州大学文学院台港文学研究中心主任曹惠民教授和江南大学中文系副主任庄若江副教授被增选为副会长。

21日,《文艺研究》第3期发表何西来的《文学鉴赏中的地域文化因素》。

22日,《文汇报》发表潘旭澜的《上海的文化名片》;鲁白的《精品为什么搁浅?——戏剧批评的误区》。

24日,《文艺理论与批评》第3期发表李瑞腾的《乡野的神秘经验——略论黄春明最近的三个短篇》;吕正惠的《殖民地的伤痕:"脱亚入欧"论、皇民化教育与台湾文学中的认同危机》;金烇旭的《1930年代朝鲜和台湾的劳动者题材小说初探——以人物形象与矛盾之性质为中心》。

25日,《文艺理论研究》第3期发表[韩]全炯俊的《"二十世纪中国文学论"批判》。

《当代作家评论》第3期发表于坚、陶乃侃的《"抱着一块石头沉到底"》(对话录);吴俊的《九十年代诞生的新一代作家——关于六十年代中后期出生的作家现象分析》、《希望是不可言说的——从竹内好的〈鲁迅〉谈鲁迅的文学精神(札记)》;高恒文的《缺席的对话——关于吴俊的鲁迅研究》;汪晖的《无边的写作——〈我能否相信自己——余华随笔选〉序》;钱理群的《"精神界战士"谱系的自觉承续——摩罗思想随笔序》;刘志荣的《如水的旅程——论1958—1976年唐湜的"潜在写作"》、《地火在运行——张中晓与〈无梦楼随笔〉》;钟鸣的《笼子里的鸟儿和外面的俄耳甫斯》;范家进的《乡村整合中的心理蜕变——〈春回地暖〉的一种解读》;雷颐的《补史之阙——〈沉雪〉的历史学意义》;何西来的《竹情叶梦忆华年——读郑荣来、王肇英的〈绿竹情红叶梦〉》;周雯婕的《爱欲涅槃:承受、背叛与游离》;彭定安的《刘兆林论——诠释他创作心理的特质与作品艺术的成就》;李子云、陈惠芬的《上海小说创作五十年》。

《文艺报》发表吴宗蕙的《台湾女作家苏伟贞一席谈》。

《贵州大学学报(社会科学版)》第3期发表杨书的《血腥的"厌女结"——对苏童"红粉意象群"颂莲形象的析解》。

27日,《华中师范大学学报(人文社会科学版)》第3期发表张健的《论杨绛的喜剧——兼谈中国现代幽默喜剧的世态化》。

28日,《名作欣赏》第3期发表灵剑的《非自主人格者的悲哀——读铁凝短篇小说〈安德烈的晚上〉》;何希凡的《文化的整合与心灵的挣扎——铁凝小说〈安德烈的晚上〉解读》。

29日,《文艺报》发表郝亦民的《精神的独处与巡游——贾兴安与他的创作》。

30日,《西北师大学报(社会科学版)》第3期发表赵海彦的《梁实秋与中国现代文学"艺术至上主义"观念的流变——由梁实秋引起的三次文学论争说起》。

《扬州大学学报(人文社会科学版)》第3期发表丁玲的《丁玲与周颖南的通信》。

本月,《广州文艺》第5期发表谢大光的《读〈生命如花〉》。

《文学评论丛刊》第2卷第1期发表董之林的《在历史与现实之间——关于当代小说史研究断想》;贺仲明的《绝望而困惑的乡村挽曲作者——论新时期部分青年农裔作家文化心态》;张清华的《复活的女娲和她洞穿黑夜的长歌当哭——当代中国女性主义的诞生与女性主义诗歌》;韦丽华的《通过布雷区的舞蹈——徐坤小说的女权主义解读》。

《当代》第3期发表蔡葵的《历史·命运·人性》;杨子彦的《重构新的艺术世界》。

《瞭望》第5期发表范丽青的《台湾作家反省日据"皇民化运动"遗害》。

《红岩》第3期发表白桦的《值得玩味的〈咆哮〉》。

《剧本》第5期发表黄心武的《掠影与反思 ——谈广东现代戏创作》;舒乙的《话说京剧〈骆驼祥子〉》;宋存学的《黑土地悲壮的呐喊——新时期以来东北话剧作家的艺术扫描》。

《海峡》第3期发表曾焕鹏的《用心感受的文字——楚楚散文的艺术个性》。

中国作协创研部、吉林省作家协会和漓江出版社在京联合举行长篇小说《太平天国》研讨会。

本月,中南工业大学出版社出版张恒学的《悲剧美学:历史的回顾与中国新时期小说的悲剧意识》。

6月

1日,《山东文学》第6期发表周海波的《世纪的夕阳:90年代小说潮流的散点透视》;郑春的《玩闹深深深几许——对王朔作品的另一种解读》。

《文艺报》发表樊发稼的《纯粹的少儿视角:我读〈男生贾里全传〉》;朱双一的

《历史、时政和"八卦"——90年代台湾政治文学的发展轨迹》。

《芳草》第6期发表李鲁平的《翁新华的"三部曲"》;余宗其的《刘醒龙〈浪漫挣扎〉的艺术特色》;徐世立的《领略恢宏与精妙》;陈胜乐的《以状写风景为叙述方式》。

《延河》第6期发表郎伟的《写实的魅力》。

《草原》第6期发表江曾培的《一株风姿独具的乔木》;宋生贵的《在曲折而凝重的长河中》。

《作品》第6期发表王志清的《清纯淡雅的灵魂气息:香港作家王彤散文印象》。

《滇池》第6期发表胡彦的《论当代人本诗歌中的超验主体》。

《解放军文艺》第6期发表杨闻宇的《灿烂的星空》;绿原的《李瑛的"秘密"》;于晓敏的《倾听热血流淌》;人庐马的《仰望与诉说》。

2日,由百花洲文艺出版社、中国诗歌学会、中国作协创研部联合主办的李瑛长诗《我的中国》出版座谈会在京举行,首都诗歌界、文学界40余人出席。

3日,《人民文学》发表于坚的《棕皮手记:关于写作等等》。

《文学报》发表王晓峰的《为媒体批评一辩》;颜敏的《执着与变换——从〈将军镇〉看作家的底蕴》;叶延滨、郦国义的《乡愁、网络、现代诗:余光中访谈录》。

中国作家协会主办"绿蒂诗集《沉淀的潮声》研讨会"在中国作家协会会议厅举行。

《文艺报》发表朱双一的《90年代台湾政治文学发展轨迹》。

5日,《飞天》第6期发表吕进的《百年话题:新诗,诗体的重建》;杞伯的《人在西部》。

《文汇报》发表安德明的《民间文学的现状与未来》。

《东海》第6期专栏"喧哗与沉思"以"大众传媒时代的文学写作"为总题,发表谢有顺的《整体的与个人的文学》,王德胜的《"仪式化"的写作》,马相武的《电视时代的文学定位》。

《青海湖》第6期发表马海轶的《漫游者的证言——风马长篇小说〈生灵境界〉印象》。

《朔方》第6期发表郎伟的《有味道的小说——读石舒清短篇新作〈节日〉》。

《绿洲》第3期发表郭晓力的《平民化、世俗化与庸俗化》;钱明辉的《人间自有真情在》;王正的《主旋律再思考》;孟丁山的《从阿坤的人格魅力看〈重〉剧的时代风采》。

6日,《台港文学选刊》第6期发表陈映真的《"客观公正"乎?》;颜纯钩的《歌声远去》;刘登翰的《他活在他的作品之中》。

7日,《天津文学》第6期发表王国缓的《透视人生和心灵的窗口——评吴若增的杂文随笔》。

8日,《文艺报》发表刘维荣的《海外张爱玲研究扫描》。

《世界华文文学》第6期发表古远清的《"落地生根"与"叶落归根"——新春答客问》;陈瑞琳的《横看成岭侧成峰——海外新移民文学纵览》。

《阅读与写作》第6期发表雷巧旋的《浅谈余光中诗歌的民族风格》。

9—10日,福建召开跨世纪的台湾暨海外华文文学研讨会,与会者围绕近年来台港澳和北美、东南亚等地华文文学的现状及走向展开研讨。

10日,《边疆文学》第6期发表胡彦的《对民族文学的另一种理解》。

《电影文学》第6期发表陈洪均的《影视文化与大众思维》;峻冰的《都市浮躁与荒诞的营建——实验电影〈有话好好说〉的解读与批评》。

《写作》第6期发表李运抟的《为"小人物"立传——香港都市小说片论》。

《戏剧文学》第6期发表高鉴的《话剧的性障碍》。

《松辽学刊(社会科学版)》第3期发表石恢的《"文学治疗"、"文学住院"及"闯入者"等——读几篇文章有感》;黄浩的《当代批评的"角色错位"——90年代批评状态分析》;焦明甲的《试论先锋小说的叙事策略及其现实意义》。

上旬,中国解放区文学研究会第九届学术研讨会在京举行,与会者研讨了新中国成立50年以来解放区文学研究的成果和经验,总结了解放区文学在20世纪中国现代文学发展过程中的地位、作用,还就中国解放区文学的研究工作在新世纪如何发挥其作用等问题进行讨论。

11日,《青年文学》第6期发表沈梦瀛的《中国当代自然主义小说论纲》。

《语文世界》第6期发表韩守宏、梁宝铭的《林语堂是反动文人吗?》。

13日,《文汇报》发表许觉民的《笔耕不辍的艾芜》。

13—15日,中国小说学会第四届年会在江西南昌举行,会议以"回顾展望当代小说创作"为主题,来自全国各省市20余位专家、学者参加了研讨会。(据《文学报》7月8日消息)

15日,《中国图书评论》第 6 期发表曾镇南的《别具一格的儿童诗——读〈鸽子树的传说〉》;刘清海的《一股清新的风——评〈自然设计师〉》;张秋林的《儿童幻想文学:新世纪的世界潮流》。

《台湾研究集刊》第 2 期发表朱双一的《光复初期台湾文坛的"鲁迅风潮":以〈前锋〉、〈和平日报〉、〈台湾文化〉等为例》;彭耀春的《论台湾当代小剧场的前卫剧》。

《广东社会科学》第 3 期发表吴秀明、陈林侠的《历史重构与作家的现代文化立场——评长篇历史小说〈白门柳〉》;吕幼筠的《试论王安忆小说中的性别关系》。

《台声》第 5 期发表吴然的《朴素之美——读台湾作家冯辉岳的散文集〈岗背的孩子〉》。

《徐州师范大学学报(哲学社会科学版)》第 2 期发表周成平的《论新时期文学的发展走向》;于东晔的《从与世俗接轨到与世俗同流——池莉小说解读》。

17日,《文艺报》发表屠岸的《吴钧陶诗歌的视野》;段崇轩的《变革时期的社会画卷——评晋原平的长篇小说〈生死门〉》。

《文学报》发表洪治纲的《用生命激活历史的灵魂》;吴欢章的《五十年来的上海诗歌一瞥》;周晓的《九十年代的上海儿童文学创作》。

18日,《中国戏剧》第 6 期发表刘明厚的《举重若轻的〈办公室密闻〉》;郭启宏的《台湾版〈白雪公主〉——京剧〈森林七矮人〉观后》。

19日,《文艺报》发表傅书华的《"两结合"的〈抉择〉》。

《文汇报》发表夏泽奎的《行走的阿城》。

20日,《文汇报》发表许觉民的《沙汀的忧闷》。

《当代》第 3 期发表蔡葵的《历史·命运·人性》;杨子彦的《重构新的艺术世界》。

《福建论坛》第 3 期发表陈思和的《来自民间的土地之歌——评 50 年代农村题材的文学创作》;陈辽的《论台湾文学五"性"》;孙绍振的《什么是艺术的文化价值——关于《白鹿原》的个案考察》。

《鲁迅研究月刊》第 6 期发表范隐铭的《同声相应,同气相求——五四新文化运动在台湾》;袁良骏的《关于鲁迅的历史评价:台港作家的鲁迅论之一》。

24日,《文艺报》发表秦风的《拿自己开涮实是出于无奈——从〈看上去很美〉

看王朔现象的社会文化动因》;高小立的《不会沉默的笔——访台湾小说家苏伟贞》。

《文学报》发表李敬泽的《文学资源的焦虑》;葛红兵的《九十年代的写作资源》;洪治纲的《从无边的追索到经验的依恋》;李冯的《先资源,后方法》;闻树国的《何处是乡关》。

25日,《湖南大学学报(社会科学版)》第2期发表朱小平的《论残雪小说中的对话表演》。

《世界华文文学论坛》第2期发表陈辽的《"干"同而"枝"异——两岸三地百年文学比较》;曹惠民的《三度空间中的中华文学》;王力的《塑造与批判:理想人格的炼狱》;计红芳的《雅俗互渗:文学发展的动力和趋势》;岳玉杰的《新马来作家群小说模式演变的历史进程和意义》;董桃福的《开怀纵笔 难尽乡愁——余光中阅读札记》;贾梦玮的《论余光中散文的情感世界》;一凡、赵朕的《路漫漫而修远的"文华文学"——文莱华文文学概观》;朱邦蔚的《从根的失落到根的回归——从〈桑青与桃红〉和〈千山外·水长流〉看聂华苓小说寻根意识的发展》;彭志恒的《生活化、真与同情心——谈伊犁的创作》;杜霞的《冥想的力量——读陶然散文集〈秋天的约会〉》;张雪梅的《论新派武侠小说文化内涵的模糊性》;阮温凌的《诗心·画魂·乡情——读陈若曦散文〈我为楚戈描山水〉》;刘俊峰的《欲望人生——陈博文小说的文本内外》;白舒荣的《台湾文学研究在大陆》;艾晓明的《欲望的故事》;黄永健的《一国两制,诗心相连——深港散文诗合集〈合浦还珠〉评介》;朱尧耿的《俏也不争春 只有香如故——谢冰莹创作漫评》;林士的《香港文学研究渐入佳境——'99香港文学国际研讨会小记》。

《华侨大学学报(哲学社会科学版)》第2期发表陈旋波的《林语堂对美国华文文学的启示》;朱立立的《边缘人生和历史症结——简评严歌苓〈海那边〉和〈人寰〉》。

26日,山西省文联、山西省作协等单位联合举办的"张平作品研讨会暨《十面埋伏》首发式"在太原举行,与会者就作者的创作风格、作品的现实主义精神和人民性等话题展开讨论。

27日,《文汇报》发表陈梦熊的《郁达夫致邵洵美遗札》。

28日,《剧本》第6期发表程式如的《阳光灿烂的世界——读〈小宝贝儿〉札记》;胡小云的《"惶惑"的力量——许雁剧作的艺术支点》。

30日,《海南师院学报》第 2 期发表吴秀明的《文学转型中的三个"主义"及其基本流变》;陈道谆的《文学作品解读障碍的辩证认识》。

《同济大学学报(社会科学版)》第 2 期发表《"儒商精神与市场经济暨蓝海文诗歌学术研讨会"在上海召开》。

《阴山学刊》第 3 期发表李铁军的《乡情寻脉 台岛诗潮——台湾当代乡情诗走向》。

本月,《创作评谭》第 3 期发表吴培显的《不理解现在就不懂得过去——也谈当代文学批评的"失语"问题》;陈映实的《是作家的视点决定了作品的面貌——品味池莉的一句话》;陈金泉的《审美价值艺术回归的精神跋涉——俞林、杨佩瑾、罗旋革命历史题材小说漫评》;周平远的《从"将军"到〈将军镇〉——陈世旭长篇小说〈将军镇〉读后》;吴松亭的《一部工业战线的时代奏鸣曲——长篇小说〈飞升的诱惑〉思想艺术谈》。

《广州文艺》第 6 期发表张钧的《关于新生代的问答录》。

本月,人民文学出版社出版胡德培的《瞩望星河:近二十年中国长篇小说艺术》。

人民出版社出版《胡乔木传》编写组编的《胡乔木谈文学艺术》。

敦煌文艺出版社出版徐亮的《意义阐释》。

本季,《中外诗歌研究》第 2 期发表杨光治的《两片凄美的"枫红"——台湾著名诗人绿蒂的两首悼诗》。

北京大学英语系、北京大学世界传记中心、中外传记文学研究会等单位,在京联合召开首届传记文学国际研讨会,与会代表共同探讨了传记作品的创作理论、不同作家传记作品的特色,并就 20 世纪中外传记文学的历史位置、基本走向及其意义进行了交流。

中国诗歌界爆发"年鉴之争",即于坚主编的《1998 中国新诗年鉴》与唐晓渡主编的《1998 现代汉诗年鉴》之争。继《中华读书报》发表西渡的《书商立场与艺术原则:评〈1998 中国新诗年鉴〉》之后,《中国图书商报》(6 月 15 日)又刊出程光炜的《令谁痛心的表演》、西渡的《民间立场的真相》、伊沙的《两本年鉴的背后》等文章,就两本不同的诗歌年鉴发表不同看法。两书的编者都在媒体上激烈质疑对方的编书动机和诗学立场,这成为后来两派诗人论争的导火线。

7月

1日,《山东文学》第7期发表王光东、张清华、吴义勤等的《历史·现状·新的增长点》。

《作家》第7期发表吴俊的《民间性的传统》;胡彦的《没落 还是新生?——一份关于当代汉语诗歌命运的提纲》;王朔、刘震云、邱华栋、张英的《从〈看上去很美〉谈起》;从维熙的《百年惊回首——写在中国文学的世纪之交》。

《芳草》第7期发表周雨的《文化中的"神秘"与20年来文学中的"神秘"》。

《广西民族学院学报(哲学社会科学版)》第3期发表鲁西的《海外华文文学论》;陆卓宁的《三论海峡两岸当代文学发展流变的殊途同归——同一的民族文化根性和心理态势》。

《解放军文艺》第7期发表骆飞的《在瞬间展开翅膀》;齐忠亮的《向梦想致敬》;裘山山的《追忆美丽年华》;殷实的《历史中的人性》。

3日,《文艺报》发表王春林的《〈栎树的囚徒〉的原创性》;李雪梅的《喧哗、激情与沉静》。

5日,《飞天》第7期发表薛林荣的《向死而生——史铁生小说的母题解读》;胡宗健的《小说的一个秘密:叙述形式》;邵建的《小叙事的"个人话语"》。

《大家》第4期发表张闳的《关于〈遗忘〉的学术讨论会》;陈晓明的《后历史的焦虑——李洱的〈遗忘〉读解》;洪治纲的《整合的可能与局限》(讨论《大家》的"凸凹文本");汪政的《我们能不能"遗忘"文体》。

《东海》第7期专栏"喧哗与沉思"以"大众传媒时代的文学写作"为总题,发表王毅的《互联网文学第三文化》,蒋原伦的《书评:大众传媒时代的文化选择》,魏家川的《天空的洞口》。

《星星》第7期发表古远清的《让学生读点台港澳新诗》。

《芙蓉》第4期发表文能的《开放性的写作与阅读如何成为可能——读〈今天下午停水〉》;李安的《重塑"七十年代以后"》;林舟的《别样的写作》;韩东的《现实、立场、"纸样儿"和王小波——〈我们选择什么?我们承担什么?〉读后》。

《青海湖》第7期发表胡芳的《女性世界的人文解读——简析肖黛的散文创

作》;杨竞的《响云裂帛的声音——评老村长篇小说〈一个作家的德行〉》。

《朔方》第7期发表荆竹的《世纪末文学:原创力的匮乏与艺术的解构》。

6日,《文艺报》发表郝全梅的《关注现实与做"时代的良心"》;徐兆淮的《市场化·世俗化·边缘化——90年代中国文学走向的一种描述》。

《台港文学选刊》第7期发表古远清的《"是谁之经?"、"何人之典?"》。

7日,《天津文学》第7期发表陈瑞琳的《横看成岭侧成峰——海外新移民文学纵览》;李方晴的《爱心在自然的怀抱中游弋——评伊文领的〈爱之舟〉》。

8日,《文艺报》发表束沛德的《题材人物艺术特色》;吴秉杰的《拓宽儿童读物的创作领域》;高洪波的《重读黄同甫》;樊发稼的《感受一颗高尚慈厚的爱心》;牛玉秋的《儿童文学与民族文化》。

《文学世界》第4期发表李振声的《跨文体写作:对文学整体说话》;张新颖的《是真"突围"还是假"革命"——我看跨文体写作》;王颖的《卫慧小说印象》;赵月斌的《文明与现代的迷乱——读毕四海近期小说》;朱德发的《维护传统与突破传统》。

《文学报》发表陶东风的《文学与现实:有距离的介入》;周大新的《散文中的生活美——浅评周熠散文创作》;谢锦的《沧桑情怀,人性光辉:读白先勇作品自选集》。

《世界华文文学》第7期发表司马攻的《泰华文学的定位(补)》;黎毅的《华文文学的"断层"》;陈贤茂的《海外华文文学不是中华文学的组成部分》;曾敏之的《〈香港文学史〉序》;黄维梁的《〈香港小说史〉序》;陈国阵、王凤等的《访"超新派武侠"小说温瑞安》。

10日,《文艺报》发表冉云飞的《通往可能之路——与作家阿来谈话录》;曹增书的《郁葱的意义》;刘润为的《平实的〈潇潇雨歇〉》。

《文汇报》发表骆玉明的《金庸和他的韦小宝》;彭懿、张品成的《英雄主义并未"老"去——与张品成谈〈赤色小子三部曲〉》。

《当代电影》第4期发表余纪的《面对国际竞争的中国电影的市场资源问题》;张寅的《当前电影电视剧的投资价值》。

《西南民族学院学报(哲学社会科学版)》第4期发表徐其超的《春风吹遍盆周山区——论四川新时期少数民族文学的发展》;罗庆春的《新时期四川少数民族诗歌创作论》;徐新建的《权利、族别、时间:小说虚构中的历史与文化——阿来和他的〈尘埃落定〉》；马德清的《当代彝族作家简论》；黎风的《重评"边塞诗旅"与"郭、贺诗风"——关于中国当代诗潮的反思》；吴晓川的《关于女性的话题——海峡两岸女性诗歌比较》。

《江海学刊》第 4 期发表陈辽的《谈澳门文学的"特"》。

《戏剧文学》第 7 期发表袁联波的《论新时期探索戏剧中的形而上空间》；焦尚志的《"东方明珠"文化的新景观——香港话剧的崛起》。

《山东社会科学》第 4 期发表刘新生的《对一种现实主义的重新解读——路遥小说创作新论》。

《读书》第 7 期以"短篇小说四人谈"为专题，发表苏童的《短篇小说，一些元素》，莫言的《独特的腔调》，王朔的《他们曾使我空虚》，余华的《温暖和百感交集的旅程》；同期，发表欧阳江河的《命名的分裂》（讨论商禽的散文诗《鸡》）。

《福建文学》第 7 期发表孙绍振的《评徐南鹏诗集〈城市桃花〉》。

11 日，《文汇报》发表陈思和的《美文与谈吃》。

12 日，《文艺评论》第 4 期发表赵德利的《忧患与焦虑：作家的审美心理苦结》；王轻鸿的《"浪漫"之再生》；郑建明的《依托与超越》；苏保华的《角落里的现实主义及其审美价值趋向》；王洁的《断裂与叙事》；王侃的《概念·方法·个案》；李林荣的《告别散文热》；张春宁的《关于"形散神不散"的是是非非》；高占伟的《金庸小说中的儒道佛》。

13 日，《文艺报》发表何开四的《外谐内庄　别具一格——读冰凌幽默小说〈嘻嘻哈哈〉》；赵遐秋的《写作——给妈妈看——我读宋晓亮的小说》；肖鹰的《先锋之后，或 90 年代中国文化》；吴海的《在神秘与神圣的空间探索——评长篇小说〈飞升的诱惑〉》；危辰的《与汉语的一次美妙的遭遇——读〈人间笔记〉》；刘绪义的《"大众写作"，未来史迹》；周林的《福建召开"跨世纪的台港澳暨海外华文文学研讨会"》。

《羊城晚报》发表王剑丛的《澳门文学发展历史一瞥》。

中国文联诞生 50 周年纪念大会在北京举行，中宣部部长丁关根委托中宣部副部长转达他对中国文联的祝贺，中国文联党组书记高占祥在会上发言。

15 日，《文艺报》发表林丹娅的《女性人文主义的言说》；李作祥的《反叛的代价——读革非的小说》；童庆炳的《历史——人文之间的张力》。

《文学评论》第 4 期发表谢冕的《文学的纪念（1949—1999）》；王一川的《近五

十年文学语言研究札记》；王庆生、樊星的《新中国文学民族性的回顾与思考》；陈坚、盘剑的《二十世纪中国文化转型与话剧兴衰》；冯金红的《评王德威〈想象中国的方法〉》。

《山花》第7期发表西渡的《对于坚几个诗学命题的质疑》。

《上海文学》第7期发表商河的《在缄默与诉说之间》；汪政的《先锋小说·新写实·新生代》。

《长城》第4期发表张清华、佘艳春的《批评为何速朽？》。

《当代文坛》第4期发表李运抟的《论当代"大散文"的特征与分类》；王璇、葛红兵的《荒芜中凝视——读张执浩散文集〈时光练习簿〉》；胡彦的《地域性中的现代审美精神——解读四个文学文本》；王轻鸿的《关于当前现实主义小说的价值评判》；宋小明的《蝴蝶的尖叫与低徊——略论七十年代生作家》；傅书华的《〈龙族〉带给长篇小说的启示》；孙静轩的《晚开的黑月季》；吴野的《笑写尴尬人生——王跃小说意境心解》；黄剑国的《唐毅散文解读》；林青的《对世界的一种奇异注视——论台湾文学中的疯人艺术形象》。

《当代电影》第4期发表马宁的《新主流电影：对国产电影的一个建议》。

《西藏文学》第4期发表周政保的《〈西藏,1951年〉：精神的怀念》。

《南方文坛》第4期专栏"当代文学关键词"发表丁帆、朱丽丽的《新时期文学》；同期，发表洪治纲的《批评：自我的发现与确认》、《宿命的体恤——鬼子小说论》；李咏吟的《个人的声音及其批评智慧——我对洪治纲文学批评的一种理解》；张生的《梅休》；李敬泽的《张生研究钩沉》；张柠的《五角场的一只凤凰——当代新作家个案分析之五：张生》；陈旭光的《诗的临界：小叶秀子近作印象》；丘振声的《拓荒者的奉献——评江建文的〈文艺美的拓展与超越〉》。

《特区文学》第4期发表林雨纯、郭洪义的《以改革开放为轴心的激情年代》；钟晓毅的《一面猎猎飞扬的旗帜》；李运抟的《为"小人物"立传：香港现代都市小说平民意识论》。

16日，《文艺争鸣》第4期发表王世诚的《介入当下：现代性批判的尝试》；孔庆东的《通俗文学与中国现代化进程》；石恢的《选择中的困境：中国当代文学》；黄浩的《"简单批评"的意义——我的"第四种批评观"》；钱理群的《说"食人"——周氏兄弟"改造国民性"思想之一》；路文彬的《国家的文学——对于1949—1976年中国文学的一种理解》；张颐武的《全球化的文化挑战》。

17日,《文艺报》发表丘峰的《金钱圈子与"批评界的火力"》;刘颖南的《在这里,我们流下了青春的血与泪——读张宝玺长篇小说〈沧桑〉》;张德祥的《人性的正面和反面》。

《文汇报》发表潘涌的《诗魂与"失魂"》;郝月梅的《儿童文学忧思录》;许觉民的《秦牧的文与心》。

《作品与争鸣》第7期发表欧阳明的《戏剧视角下的政治冲突》;周玉宁的《一个值得注意的新文本》。

18日,《中国戏剧》第7期发表荆桦的《质朴无华 生动感人——评越调现代戏〈申凤梅〉》;薛中锐的《玲珑剔透 悦目赏心——看儿童剧〈宝贝儿〉》。

20日,《小说评论》第4期以"贾平凹长篇小说评论小辑"为总题,发表钟本康的《面对新世纪:沉重的俗众世界——〈高老庄〉的民间意识》,杨胜刚的《对贾平凹九十年代四部长篇小说的整体阅读》;专栏"雷达专栏:长篇小说笔记之二"发表《张笑天〈太平天国〉》、《曹文轩〈草房子〉和〈红瓦〉》、《余松岩〈虹霓〉》;同期,发表葛红兵的《世纪末中国的审美处境——晚生代写作论纲(上)》;阎连科、侯丽艳的《关于〈日光流年〉的对话》;李若岚的《多元共生 和而不同——从澳门文化看澳门小说》;梅蕙兰的《母亲:永恒的生命底色——田中禾创作论》;朱青的《生命的动感——池莉近作扫描》;何振邦的《与瀛泳夜论〈西风瘦马〉》;陈光宇的《"都市神话"的破灭——读长篇小说〈白楼梦〉》;费秉勋的《〈流浪家族〉:西部史诗》;吴三冬的《孙少平的人格悲剧》;邰尚贤的《人生宇宙的解析——读〈水焚〉》。

《文艺报》发表胡辛的《虚构是传记的灵性所在》;马龙潜的《高校改革的艰难与企盼——简论〈感受四季〉》;杨政的《光彩熠熠铁匠魂——读张法贵长篇小说〈铁魂曲〉》;郭宝亮的《跨文体写作:文学的贫困与表达》;俏梅的《写在纸上的生命——广东江门三女性的散文创作》。

《北京大学学报(哲学社会科学版)》第4期发表隋岩的《世纪之交平民化文学创作的特质》。

《青海师范大学学报(哲学社会科学版)》第3期发表侯学智的《女性话语与女性文化重建——世纪末女性散文的文化省察》。

《钟山》第4期发表南帆的《人物观念的理论跨度》。

中旬,人民文学出版社和山东省作家协会在济南联合召开赵德发长篇小说《君子梦》研讨会,与会者就小说的意象等问题进行讨论。

22日,《文学报》发表《对现实生活的深邃透视——李佩甫新作〈羊的门〉研讨会发言纪要》,参加者为谢冕、王富仁、何西来、李洁非等。

《啄木鸟》第4期发表李炳银的《检察官为什么流泪?——评阿宁长篇小说〈天平谣〉》;曹大良的《执法的艰难——兼评〈天平谣〉的艺术技巧》。

23日,《天津社会科学》第4期发表刘日红的《文学启蒙与性别困境:对十七年文学女性形象的背景分析》。

《文汇报》发表何满子的《为武侠小说亮底》。

上海私立邦德学院海外华文暨台港澳文学研究所在上海成立。

24日,《文艺理论与批评》第4期发表胡可的《建国五十年话剧历程的回顾》;郝雨的《在历史与现实的精神契合点上——论"三驾马车"与"现实主义冲击波"》。

25日,《文艺理论研究》第4期发表刘峰杰的《人的文学与二十世纪中国批评的话语权》;方克强的《孙甘露与小说文体实验》;许子东的《契合大众审美趣味与宣泄需求的"灾难故事"——"文革小说"叙事研究之一》;王铁仙的《从回归走向辉煌:略论新时期文学二十年》;林瑞明的《试论黄春明与陈映真》;陈映真的《论吕赫若的〈冬夜〉——〈冬夜〉的时代背景、审美上的成就和吕赫若的思想与实践》。

《四川戏剧》第4期发表廖全京的《"这一个"的个体生命感觉——新时期川剧文学谈片》;申列荣的《改编的艺术魅力在于再创造——川剧〈金子〉的艺术特色》。

《甘肃社会科学》第4期发表许文郁的《人文精神与大众文化批评》;张巍的《从中西文化融合看新武侠小说》。

《当代作家评论》第4期发表[韩]李喜卿的《〈随想录〉——寻找、恢复自我形象的过程》;周立民的《〈随想录〉的另一个文本——关于〈〈随想录〉手稿本〉》;王一川的《在口语与杂语之间——略谈于坚的语言历险》;汪政、晓华的《词与物——有关于坚写作的讨论》;谢有顺的《回到事物与存在的现场——于坚的诗与诗学》;黄梁的《文化与自然的本质对诘——综论于坚诗篇的朴质理想》;王晓明等的《十篇小说 七嘴八舌——漫谈最近的小说创作》;南帆的《反抗与悲剧——读阎连科的〈日光流年〉》;周海波的《津味,一种民俗的文化阐释——林希小说读札》;胡山林的《对人本困境的思考——史铁生创作的中心主题》;韩元的

《史铁生：边走边唱——走出美的距离》；林舟的《形式的意味——〈私人档案〉的一份阅读笔记》；束学山的《认同与抉择：民间话语的价值取向》。

《南京师大学报(社会科学版)》第3期发表顾建美的《略论儿童文学中的浪漫主义创作方法》。

《浙江学刊》第4期发表杜悦的《富于独特美感的语音形象——汪曾祺小说探微》。

27日，《文艺报》发表陈厚诚的《后殖民批评与"失语症"焦虑》；孙绍振的《智性与幽默统一：学者散文的一条出路——从王小波散文谈起》；关纪新的《长相知，不相疑——读〈牛街故事〉》。

28日，《兰州大学学报(社会科学版)》第3期发表刘俐俐的《弥散于文学创作中的历史精神》。

《名作欣赏》第4期发表段崇轩的《世俗背景下的一点精神——读铁凝的〈树下〉》；杨从荣的《传统文化"情结"与现代生存意识——读铁凝的〈树下〉》；秦林芳的《"树下"：一种境况和心态——铁凝〈树下〉解读》。

29日，《文艺报》发表何西来的《"两面人"及其他》；李敬敏的《一部展示人性多面性的精心之作》；林亚光的《民情、民意、"民性"的写真》。

30日，《中国文学研究》第3期发表岳凯华、黄立平的《模式化艺术规范的形成及其对文学创作的制约——对建国的十七年文学创作的透视》；胡良桂的《现代史诗的思维空间》。

《西北师大学报(社会科学版)》第4期发表徐肖楠的《20世纪中国启蒙文学的困境》。

《浙江师大学报(社会科学版)》第4期发表谢武彰的《近十年台湾儿童文学现况》；林焕彰的《台湾儿童文学作家群体的生态简析》；孙建江的《从海峡两岸儿童文学整体格局的消长演变看中国儿童文学的未来可能》；杜荣琛的《海峡两岸儿童散文初探》。

31日，《文汇报》发表戴翊的《追求长篇小说的史诗品格——读长篇新作〈汽车城〉》。

《宁夏大学学报(哲学社会科学版)》第3期发表王岩森的《游弋于历史与现实之间——1998年杂文创作平议》；哈若蕙的《走在"这一个位置"上——青年作家陈继明创作述评》。

本月,《广州文艺》第 7 期发表赵丽宏的《思想者的足迹》;张念的《真正的文学在沉默》。

《青春》第 7 期发表陈辽的《文学现状的估计和 21 世纪文学的预测》;屹立的《用真实的故事包装小说》。

《北京文学》第 7 期发表唐晓渡的《致谢有顺君的公开信》;谢有顺的《谁在伤害真正的诗歌》;韩东的《附庸风雅的时代》;西川的《思考比谩骂更重要》。

《文学自由谈》第 4 期发表麦琪的《我爱严歌苓》。

《剧本》第 7 期发表一峰的《魏明伦和他的〈变脸〉》;刘永来的《从探索、实验走向市场——关于上海小剧场戏剧运动的思考》。

《红岩》第 4 期发表杨鼎川的《迷惘地观察,胆怯地表达——后新时期小说的共同精神特质》。

本月,山东教育出版社出版陈思和的《新文学传统与当代立场》,南帆的《敞开与囚禁》。

8 月

1 日,《山东作家》第 8 期发表崔苇、张清华、施战军等的《重读王润滋的意义》。

《芒种》第 8 期发表张德明的《在文学精神与时代潮流中漫游》。

《作家》第 8 期发表林宋瑜的《危机四伏的世界·陈家桥作品解读》;葛红兵的《小说的现象学高度·关于陈家桥的〈别动〉》;吴俊的《文学杂志:从中介到中心》。

《滇池》第 8 期发表罗晓非的《脆弱而美丽的当代神话》。

《解放军文艺》第 8 期发表周政保的《英雄无语:"无语"的意义》;陆柱国的《精才能出彩》;王伏焱的《士兵最认真》;刘立云的《羡慕这力量》。

5 日,《飞天》第 8 期发表毛志成的《反刍"中国式"》;罗勇成的《精湛厚重的抒情丰碑——读李瑛的长诗〈我的中国〉》；汪孝宗的《时代的礼赞　生活的颂歌——评陈德宏的报告文学》。

《北方文学》第8期发表吴培显的《长篇小说：繁而不荣》。

《四川文学》第8期发表流沙河的《〈台湾现代诗选〉序》。

《东海》第8期专栏"喧哗与沉思"以"大众传媒时代的文学写作"为总题，发表傅谨的《快乐的权利》，徐秀的《消费诗意》，林舟的《也谈大众传播与文学》。

《光明日报》发表朱向前的《"军事文学"与"军旅文学"辨——兼论当代军旅文学的三个阶段》。

《星星》第8期发表吕进的《自由诗的清洗——余光中〈今生今世〉解读》。

《朔方》第8期发表郎伟的《另一种叙事方式》（讨论金瓯的小说《前面的路》）。

《绿洲》第4期发表李光武的《诗人眼中的女人》；张继芳的《得势的西风》。

7日，《天津文学》第8期发表顾传菁的《谷应印象》；张春生的《读"精卫鸟丛书"》断想。

《文汇读书周报》发表古远清的《谁最有资格写〈香港文学史〉》。

8日，《文汇报》发表丁亚平的《萧乾的文学语言》。

《世界华文文学》第8期发表方忠的《台港文学研究需要走向经典化》；古远清的《从张爱玲是否"台湾作家"说到"经典"的确认》；曾立平的《对"大中华文学史"的几点思考》；庄若江的《余光中、余秋雨：超越了平庸后还能否超越自我？》；陈小明的《整合性研究的新推进——苏州"两岸四地文学比较研讨会"述评》；邓美华的《并非延伸，也非组成部分》；黄维梁的《包容与圈选——会终人散，苍茫独沉思》；曜亭的《绿蒂诗集〈沉淀的潮声〉研讨会综述》。

8—11日，吉林大学文学院、中国社会科学杂志社和延边大学共同举办的"20世纪中国文学现代性问题"中青年学者学术研讨会在长春召开。

9日，《文汇报》发表俞黑子的《吟罢低眉无写处》。

《民族文学》第8期发表李佳俊的《写在世界屋脊的壮丽画卷——回眸当代藏族文学发展轨迹》。

10日，《文艺报》发表冯宪光的《体验历史的诗性叙事话语——简论王火〈战争和人〉的诗意语言》；李敬泽的《让时间倒流——阎连科的〈日光流年〉》。

《中国西部文学》第8期发表王正的《由苦难向精神资源的转化》。

《上海社会科学院学术季刊》第 3 期发表丘峰、汪义生的《试论澳门过渡期散文创作》。

《电影文学》第 8 期发表王广宣的《高屋建瓴　大气磅礴——电影〈世纪之梦〉的艺术特色》。

《戏剧文学》第 8 期发表康洪兴的《我国九十年代的实验戏剧与戏剧实验》。

《福建文学》第 8 期发表郝雨的《〈名丑〉的意义》(讨论聂鑫森的小说);庄伟杰的《张烨散文集〈孤独是一支天籁〉漫评》;杨雪帆的《读程剑平诗集〈超度语言〉》。

《诗刊》第 8 期发表古继堂的《象征穿越题材:兼论台湾诗人鲁澈新作〈西瓜安诗辑〉》。

11 日,《文汇报》发表王雪瑛的《心灵的力量——读李子云〈往事与今事〉》;谢云的《重读〈"老爷"说的准没错〉》。

12 日,《文艺报》发表马阳的《它必有辉煌的未来——读东南亚华人诗歌》;杨怡的《他为海外印尼华人文学作出了贡献——黄东平短篇小说的风采》。

12—13 日,郭小川 80 诞辰学术研讨会在河北丰宁满族自治县召开,与会者就郭小川的人生道路和诗歌创作问题进行讨论。研讨活动由中共丰宁县委、丰宁县人民政府和承德市郭小川研究会共同主办。

13 日,《中国艺术报》发表张同吾的《文化同源与母语熔铸:关于台湾诗歌的随想》。

12—15 日,内蒙古作家协会、锡林郭勒盟文联、《草原》文学月刊编辑部在锡林浩特市举行里快作品研讨会,与会 80 余位作家、评论家对作者两部长篇小说《雾满长河》、《老泉井风情》的得失展开讨论。

14 日,《文艺报》发表王永福的《靠艺术形象感染人——读小说〈牵手〉》。

15 日,《江汉论坛》第 8 期发表龚举善的《新时期报告文学论纲》。

《文教资料》第 4 期发表古远清的《内地研究香港文学 20 年大事记》;钦鸿的《谈马华作家吴天才对中国现代文学的研究》。

《山花》第 8 期发表陈晓明的《女性白日梦与历史寓言——虹影的小说叙事》;葛红兵的《第三种写作:面向 21 世纪的文学可能性》。

《上海文学》第 8 期发表肖克凡的《因为太远》;杨扬的《90 年代文学关系的变化》;吴炫的《批评与创造的统一》。

《雨花》第 8 期以"世纪末文学丛谈——文体"为总题,发表艾煊的《形式比较学》。

《四川文学》第 8 期发表流沙河的《〈台湾现代诗选〉序》。

《华文文学》第 3 期发表辛金顺的《历史旷野上的星光——论陈大为的诗》;李婷的《给个体生命命名的权利——关于罗门的麦坚利堡》;周雨的《风清骨峻 篇体光华——浅析〈阔别〉之美学特色》;费勇的《笑看无限往来人——黄仲鸣小小说表达策略》。

《戏剧艺术》第 4 期发表胡星亮的《融汇贯通:话剧与戏曲的艺术整合——论新时期中国话剧的发展趋势》。

《台湾研究集刊》第 3 期发表黄万华的《"从台湾文学经典"看台湾文学精神》;李仕芬的《情深苦果——读苏伟贞的〈老爸关云短〉》;巫汉祥的《自然主义文化的写真——评郝誉翔的短篇小说〈洗〉》。

《文史春秋》第 4 期发表张慕飞的《林湄:享誉海内外的华人女作家》。

《台州师专学报》第 4 期发表阮冬初的《〈婚姻〉:一个观照人生和历史的聚焦》。

《山西青年管理干部学院学报》第 3 期发表覃玫的《漫论张秀亚散文"诗化"的艺术》。

《探求》第 4 期发表池志雄的《20 世纪中国留学生文学与中西文化交流》。

《唐山师专学报(社会科学版)》第 4 期发表林承璜的《让生命走向辉煌:论陈娟的散文》。

《诗探索》第 3 期发表西渡的《诗歌的校园》;胡续冬的《北大诗歌在 90 年代》;马俊华的《北大诗、海子的诗及其他》;于坚的《真相——关于"知识分子写作"和新潮诗歌批评》;张曙光的《90 年代诗歌及我的诗学立场》;姜涛的《可疑的反思及反思话语的可能性》;张清华的《90 年代诗坛的三大矛盾》;邹建军的《中国"第三代"诗歌纵横论——从杨克主编〈1998 年中国新诗年鉴〉谈起》;胡洪涛的《读绿原》;叶橹的《睿智融入深情——绿原〈忆昙花一现前后〉赏评》;阿羊的《暗夜歌者——评灰娃的诗》;陈望衡的《风清骨峻 篇体光华——刘向东诗歌的美学特色》。

《镇江师专学报(社会科学版)》第 3 期发表卞新国的《略谈台湾当代散文中的生命意识》;刘小新的《洛夫诗中的思致和情趣》。

17日,《文艺报》发表杨匡汉的《感受文学中国——〈共和国文学五十年〉研究余墨》;彭图的《堕大欲壑入生死门》;王海燕的《国破岂是红颜罪　兵败终非偶然因——评长篇历史小说〈陈圆圆·红颜恨〉》;吴义勤的《追问"现代性"》;王光东的《一个富有艺术探索精神的作家》;施战军的《剥出社会结构的内核》。

《文汇报》发表赵丽宏的《我为什么写作》。

18日,《中国戏剧》第8期发表韦明的《经典歌剧　再创辉煌——赞新版歌剧〈洪湖赤卫队〉》;侯丽艳的《浩荡的情感力量——观话剧〈洗礼〉》。

19日,《文学报》发表马相武的《社会关怀与终极关怀——东西近作评论》;黄钢的《不懈艺术追求的轨迹——读龙彼德诗集〈与鹰对视〉》;翟泰丰的《赋予儿童文学新生命——读张品成〈赤色小子〉》。

《光明日报》发表牛玉秋的《对人生价值与生命意义的追问——1998年中篇小说综观》;张德祥的《"历史题材"文艺创作漫议》。

20日,《文汇报》发表许觉民的《艾青与爱情》。

《学术研究》第8期发表赖伯疆的《当代澳门话剧——主体化和多元化》。

《福建论坛》第4期发表倪宗武的《"十七年文学"是非得失谈》。

中旬,中国作家协会儿童文学委员会、安徽省新闻出版局、安徽少年儿童出版社在京联合举行《秦文君文集》出版创作研讨会。

21—22日,由安徽大学与台湾成功大学联合主办的"海峡两岸苏雪林教授学术研讨会"在安徽黄山召开。

24日,《文艺报》发表何开西、邓经武的《作家演绎"二滩机制"——评李林樱的报告文学〈雅砻江的太阳〉》。

25日,《上海大学学报(社会科学版)》第4期发表潘秀通的《论改革开放20年中国电影美学走向》。

《江汉大学学报》第4期发表吴艳的《览望"新时期"文学》;李强的《黄土地的呼唤——从路遥作品人物探其创作观》。

《西南民族学院学报(哲学社会科学版)》第4期发表吴晓川的《关于女性的话题:海峡两岸女性诗歌比较》。

《华南师范大学学报(社会科学版)》第4期发表陈少华的《写作之途的变迁:作家余华精神现象试读》。

《语文学刊》第4期发表贾丽萍的《金庸武侠小说的现代意识》。

26日,《文艺报》发表张哲俊的《二十世纪:地域研究与东亚文学研究》;侯耀忠的《一种发自灵魂的声音——李佩甫与他的〈羊的门〉》;李元洛的《花开三蕊——读朱蕊的散文》。

《文汇报》发表陈世旭的《作家还是实在些好》。

《文学报》发表《文学的传统和资源》,参与者为李洱、李冯、李大卫、李敬泽、邱华栋、杨剑龙、李浩、周文姬等的《新生代小说创作谈》。

27日,《文汇报》发表余光中的《我的文学写作空间》。

28日,《文艺报》发表韩石山的《凄风苦雨 茂林修竹——读竹林的小说》;周冰心的《教我如何说它——从〈看上去很美〉看王朔现象后效应》。

《上饶师专学报》第4期发表刘孝学的《蓝海文的忧国忧民情怀》。

30日,《殷都学刊》第3期发表陈才生的《"以俗为雅":李敖杂文语言的审美特征》。

《中国图书评论》第8期发表陈墨的《金庸是经典吗?》。

31日,《文艺报》发表李国文的《大树这样长成——五十年短篇小说回望》;周平远的《从政治抒情到文化批判——陈世旭长篇小说〈将军镇〉读后》;周宪的《没有赢家的"实验"——读沈乔生的长篇小说〈白楼梦〉》。

本月,《广州文艺》第8期发表谢冕的《可贵的实践》;张闳的《批评的傲慢与偏见》。

《创作评谭》第4期发表郭韦求的《芳林新叶催陈叶——江西新诗创作五十年》;舒信波的《回眸历史话评论——江西文学评论五十年》;黄文锡的《始于辉煌 再创辉煌——江西戏剧五十年》;汪木兰的《江西史传文学五十年》。

《北京文学》第8期专栏"百家诤言"以"关于诗歌及批评的争论(之二)"为总题,发表于坚的《真相——关于"知识分子写作"和新潮诗歌批评》,臧棣的《诗歌:作为一种特殊的知识》,西渡的《为写作的权利声辩》,孙文波的《关于"西方的语言资源"》,王家新的《关于"知识分子写作"》。

《中国文艺家》第4期发表余光中、叶延滨、那国义等的《余光中的华夏情结》。

中国新文学学会第16届年会在海拉尔市召开,100多名会员参加了本届年会。

本月,中国社会科学出版社出版[美]詹姆逊著,王逢振、陈永国译的《政治无意识：作为社会象征行为的叙事》，[英]伊格尔顿著，马海良译的《历史中的政治、哲学、爱欲》，[加拿大]谢少波著，陈永国、汪民安译的《抵抗的文化政治学》。

广东高等教育出版社出版黄天骥、陈寿楠编的《董每戡文集》（上、中、下卷）。

大众文艺出版社出版孙铭有的《马列文论新探》。

山东文艺出版社出版黄万华的《新马百年华文小说史》。

厦门大学出版社出版庄钟庆、陈育伦、庄明萱、郑楚主编的《世纪之交的东南亚华文文学探视（上下卷）》，朱双一的《近20年台湾文学流脉——"战后新世代"文学论》。

鹭江出版社出版陈贤茂主编的《海外华文文学史》。

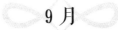

9 月

1日，《山东文学》第9期发表边维的《辉煌成就的集中展示——〈山东新文学大系〉导言》；吴义勤、施战军、张清华等的《个人、民间与小说本体——关于尤凤伟九十年代的小说创作》。

《作家》第9期发表张柠的《〈0档案〉词语集中营》。

《芳草》第9期发表李鲁平的《现代主义语境下的后现代情怀——读鲁西西的诗歌》。

《海燕》第9期发表古耜的《为健美的人生喝彩》。

《滇池》第9期发表李丽芳的《需要精神超越的云南文学》；周华的《守望者悲歌——蔡金华诗选集〈情感地带〉批判》；张胖冰的《批评家的自卑感》；马宏的《话语突围：试论后朦胧诗的个人化写作》；毛翰的《魏晋玄言诗与新诗现代派》。

《解放军文艺》第9期发表甘耀稷的《读徐怀中新作》。

2日，《文学报》发表杨扬的《论文学批评的广度》。

《光明日报》发表黄毓璜的《批评在何处陷入困境》。

4日，《文艺报》发表张东焱的《直待凌云始道高——评云江的小说》；金秋的

《漫谈后现代写作的几种文化模式》。

5日,《飞天》第9期发表路文彬的《反顾与批判——中国当代小说五十年论》;陈春文的《艺术的晚霞》;刘蓓蓓的《幽默家非台》。

《文汇报》发表许觉民的《漫说荒煤》。

《北方文学》第9期发表李骏虎的《别干捧杀的勾当》。

《东海》第9期专栏"喧哗与沉思"以"批评话语空间的边界"为总题,发表张柠的《批判的批评还是意识形态的批评》,王世诚的《消失了的文学批评》,谢有顺的《批评与什么相关》。

《芙蓉》第5期发表朱文的《狗眼看人》。

《青海湖》第9期发表毛宗胜的《马丁和他的艺术家园》。

《朔方》第9期发表郎伟的《依旧动人的乡土故事》。

《湖南文学》第9期发表谭桂林的《民本主义:中国文学现代性的时空规定与历史使命》。

6日,《文学报》发表张新颖的《"我们"的叙事——王安忆在九十年代后半期的写作》。

7日,《小说选刊》第9期发表冯敏、东西的《关于语言的对话》。

《天津文学》第9期发表王岳川的《90年代女性写作与身份意识》;郭临瑜的《负载着困惑与追寻的沉思》。

《文艺报》发表王景山的《台湾文学与鲁迅文学传统》。

8日,《文学世界》第5期发表吴义勤的《忧患意识与"真实性幻觉"——陈中华小说简论》;李掖评的《自我剖白与民间叙事——九十年代女性小说的两大类型》;张东莉的《九十年代文学:在生活的平面滑翔》。

9日,《文艺报》发表朱向前的《军旅散文:迟开的花朵——军旅散文五十年述略》;汪守德的《多重意义的突围——读柳建伟的长篇小说〈突出重围〉》。

10日,《中国西部文学》第9期发表郑颖的《解读周涛》。

《电影文学》第9期发表汪方华的《第六代:一个遮蔽的话题》。

《电影艺术》第5期发表曹保平、亦然的《从〈一个都不能少〉看电影叙事》;邓厂的《纪实抑或大众传媒的文化想象——〈一个都不能少〉观后》。

《西南民族学院学报(哲学社会科学版)》第5期发表徐其超的《"文化混血"——新时期四川少数民族作家素质论》;冉云飞、阿来的《通往可能之路——

与藏族作家阿来谈话录》；罗庆春的《"会飞的蚕"：冲出历史网茧的诗歌精灵——木斧论》；徐希平的《走出羌寨神山　走向现代文明——论叶星光的小说》；邓经武的《周辉枝创作论》。

《电影创作》第5期发表少舟的《论中国"第四代"电影导演群体的历史地位》；阳贻禄的《安慰人类本能　转移民众趋向——论史东山电影〈儿孙福〉的艺术追求》。

《戏剧文学》第9期发表简夕的《从营建圣殿到走出圣殿(上篇)——也看话剧五十年》；黄振林的《论世纪之交话剧生存的文化环境》；刘爱华的《尴尬的存在——〈韩家娘们儿〉女性形象的文化启示》。

《花城》第5期专栏"花城论坛"以"关于新生代,我们如是说"为总题,发表汪政的《个人化写作及写作的意义》,张钧的《时间链条之外的另一空间的写作》,葛红兵的《关于新生代创作的十五条札记》。

《理论与创作》第5期发表杨厚均的《沉醉边缘——关于60年代出生的作家的断想》；刘起林的《官本位生态的市俗化长卷——论〈国画〉的价值包容度》。

《诗潮》第9—10月号发表吴开晋的《燥秋诗语：读张默手抄本诗集〈远近高低〉》。

《铁道师院学报》第5期发表黄万华的《变动不居：20世纪华文文学的文化态势》。

《读书》第9期发表许子东的《叙述文革》。

11日,《文艺报》发表郝雨的《韩小蕙散文的境界与情感》。

《世界华文文学》第9期发表陈子善的《香港"后青年"散文风姿》；杨四平《张诗剑：香港吹笛者》；潘亚暾的《香港作家的疏离论：赏读曾敏之的〈魅力与疏离〉》。

《青年文学》第9期发表谢有顺的《先锋就是自由》、《尊严及其障碍》；阎连科的《军旅小说：第二形式与第三主题》。

12日,《文艺评论》第5期发表徐肖楠的《新市民社会小说：繁华与浅薄、欲望与平淡中的人生》；隋岩的《世纪之交的平民化文学创作倾向》；吴义勤、原宝国的《远逝的亡灵》；张卫中的《后现代主义对近年小说创作影响的方式与限度》；沈梦瀛的《当代自然主义小说的审美特性》。

13日,《中国社会科学院研究生院学报》第5期发表袁良骏的《"奇"从何来？》

白先勇小说艺术》。

14日,《文艺报》发表陈建功的《共和国五十年中篇小说一瞥》。

15日,《文学评论》第5期发表杨匡汉的《沧桑共斟酌——关于共和国文学》;陈晓明的《"历史终结"之后:九十年代文学虚构的危机》;王晓明、薛毅的《九十年代的女性——个人写作(笔谈)》;程光炜的《在故乡的神话坍塌之后——论刘震云九十年代的小说创作》;宋剑华的《二十世纪中国现实主义文学运动之反省》。

《上海文学》第9期发表刁斗的《履历表》;宋明炜的《终止焦虑与长大成人——关于七十年代出生作家的笔记》。

《山花》第9期发表吴义勤的《诗性的悬疑——李洱论》。

《中山大学学报(社会科学版)》第5期发表陈思和、何清的《理想主义与民间立场》。

《中州学刊》第5期发表胡山林的《置身神界看人界——史铁生创作视点分析》;毕新伟的《论新历史小说的哲学精神》。

《长城》第5期发表丁帆的《警惕当下现实主义写作的异化》;金文兵的《现实主义之旅与当代处境》。

《内蒙古大学学报(人文·社会科学版)》第5期发表托娅的《试论崛起于新时期的内蒙古女性文学》。

《北方论丛》第5期发表张学昕的《论当代小说创作中的唯美主义倾向》;彭叶梅的《阿成小说的情思空间与审美意蕴》。

《当代文坛》第5期发表吕进的《女性诗歌的三种文本》;翟雅丽的《新时期女性散文的魅力》;何大草的《世界的两个春天——我眼中的新生代女性散文》;朱青的《池莉近作的深刻化趋势》;焦会生的《迟子建短篇小说论》;夏一鸣的《〈暂憩园〉:建筑人性的神庙》;王毅的《救救母亲——〈老海失踪〉对现代文明的警示》;贾蔓的《从革命口号到花季文学——简析三部中学生题材作品》;于淼、牛殿庆的《走出神圣的光环——浅析几篇新写实小说的生存本象》;李林荣的《两个被误置的文本——重读〈随想录〉和〈心灵史〉》;黄辛力的《在蓝与绿的掩映下——黄宏地散文的文化植被及其它》;周晓风的《大地的歌谣——读叶玉琳的诗集〈大地的女儿〉》;祁人的《爱情的高度——读张况诗集〈爱情颂辞〉》;林慧美的《充满爱意和温情的生命之旅——浅谈琦君散文的艺术风格》;梁艳萍的《"后先锋"的理论追求及其创作探索》。

《当代电影》第5期发表郦苏元的《当代中国电影创作主题的转移》；黄会林的《新中国"十七年电影"美学探论》；王群的《面对现代文明的思考——新时期都市电影创作探讨》；李二仕的《作为艺术探索的"十七年"少数民族题材电影》；喻群芳的《"九七"回归后的香港电影》。

《当代戏剧》第5期发表叶志良的《当代话剧：模糊的时空观》。

《雨花》第9期以"世纪末文学丛谈——散文"为总题，发表杨守松的《散文可以虚构吗？》。

《华东师范大学学报（哲学社会科学版）》第5期发表杨剑龙的《论新写实小说的审美风格》。

《学术论坛》第5期发表兰兰的《"夜行""山路"的跋涉者——论台湾作家陈映真》。

《南方文坛》第5期专栏"当代文学关键词"发表谢泳的《思想改造》，王彬彬的《文艺战线》；同期，发表谢有顺的《批评对什么有效》、《奢侈的话语——"文学新人类"丛书序》；孙绍振的《奇迹似的谢有顺》；朱必圣的《批评即良心——谢有顺的批评理念》；徐肖楠的《在历史中寻求地位的形式主义小说》；封世辉的《沦陷区作家的生存环境——〈评论卷〉导言》；范智红的《各具特色的小说家——〈新文艺小说卷〉导言》；谢茂松等的《两种散文体式——〈散文卷〉导言》；吴晓东的《校园诗人创作的勃兴——〈诗歌卷〉导言》；孔庆东的《通俗小说艺术的发展——〈通俗小说卷〉导言》；朱伟华的《上海剧坛的繁荣景象——〈戏剧卷〉导言》；艾伟的《黑暗叙事中的光亮》（创作谈）；盛子潮的《艾伟小说的一种读法》；李敬泽的《"标本"以及重重光影——关于艾伟》；石平的《说不尽的〈人杰鬼雄〉——读梁衡的近期散文》。

《特区文学》第6期发表张俊彪的《文艺企冀超越民族与世界是遥远又遥远的事情》。

《徐州师范大学学报（哲学社会科学版）》第3期发表于为苍的《贾平凹早期散文的写作艺术》。

16日，《文艺争鸣》第5期专栏"小说与90年代精神"发表陈思和、张新颖等的《知识分子精神的自我救赎》，宋明炜的《〈叔叔的故事〉与小说艺术》；同期，发表钱理群的《谈"做梦"——周氏兄弟"改造国民性"思想之二》；金燕玉的《"罗衣"与"诗句"——新时期女性文学之价值》；葛红兵的《新生代小说论纲》；张永清的

《真实的碎片——90年代小说真实观透视》；黄伟林的《论晚生代》；李书磊的《夜读偶评："修辞之墙"及其他》；王岳川的《90年代中国先锋艺术的拓展与困境》。

《文艺报》发表牛玉秋的《军人为战争而生——小议〈我不是太阳〉》。

《光明日报》发表雷达的《浪漫的心灵——谈谈〈男生贾里全传〉的创新特点》。

18日，《文艺报》发表蔡蔡的《春雨洗出神州青——岳宣义的诗》。

《中国戏剧》第9期发表孙浩的《走进生活——评话剧〈父亲〉》；桂荣华的《太阳神之死——淮剧〈西楚霸王〉的一种注释》；麻国钧的《南国吹来清新的风——话剧〈窗前有片红树林〉》。

19—24日，为纪念闻一多诞辰100周年，中国闻一多研究会、闻一多基金会、武汉大学等单位在武汉联合举办"'99闻一多国际学术研讨会"。

20日，《儿童文学选刊》第5期发表王泉根的《世纪之交中国儿童文学的十大现象》。

《小说评论》第5期以"迟子建近作评论小辑"为总题，发表崔荃的《民间理想与温情营造——迟子建近作述评》，唐韵的《色彩之美和距离之美》；同期，发表张鹰的《论九十年代的军旅小说》；葛红兵的《世纪末中国的审美处境——晚生代写作论纲（中）》；李敬泽、陈晓明等的《回眸西部的阳光草原——红柯作品研讨会纪要》；盛英的《亲吻"神秘"——谈徐小斌小说和神秘文化》；刘起林的《论〈杨度〉的精神视野和美学内蕴》；谢永旺的《谈马瑞芳的〈感受四季〉——兼及她的"新儒林"长篇系列》；冯敏的《死亡与时间——长篇小说〈日光流年〉主题揭示及其他》；崔道怡的《喜看〈选举〉度新春——毕四海的"抽样分析"》；张贺琴的《描绘改革视角不凡——读长篇小说〈龙族〉》。

《辽宁师范大学学报（社会科学版）》第5期发表荆溪、李玉华的《"新写实"小说研究述评》。

《北京大学学报（哲学社会科学版）》第5期发表孙玉石、张菊玲的《〈正红旗下〉悲剧的心理探寻》。

《河北学刊》第5期发表金惠俊的《新时期中国散文的流变述评》；赵稀方的《市场经济和文化格局——从香港文化谈起》；黎湘萍的《从边缘返回中心》。

《钟山》第5期发表杨扬的《文化空间与文学类型》。

《山西青年管理干部学院学报》第3期发表覃玫的《漫论张秀亚散文"诗化"

的艺术》。

《阴山学刊》第3期发表李铁军的《乡情寻脉　台岛诗潮:台湾当代乡情诗走向》。

《徐州师范大学学报(哲学社会科学版)》第3期发表廖礼平的《台湾小说单音形容词的重叠形式——海峡两岸词的重叠形式的对比研究》。

21日,《文艺报》发表张韧的《"人学"求索五十年》;朱向前的《一曲充满悲悯精神的美艳挽歌——读曹文轩长篇小说〈草房子〉》;刘俐俐的《文艺理论:应答当代文学的挑战与出路》;张学军的《当代文学中的世情传奇》。

《文艺研究》第5期发表杨义的《新文学开创史的自我证明——为〈中国新文学大系导言集〉所作序言》。

22日,《啄木鸟》第5期发表程盘铭的《侦探小说的定型、定位及定义》。

23日,《文汇报》发表赵丽宏的《心灵的咏叹——序〈徐开垒散文自选集〉》;邓刚的《小说放到秤盘上》。

《天津社会科学》第5期发表蒋原伦的《主义批评的式微:关于90年代批评的一种描述》。

24日,《文艺理论与批评》第5期发表郑伯农的《论张平》;严昭柱的《阴电和阳电的握手——评张平长篇新作〈十面埋伏〉》。

《吉林大学社会科学学报》第5期发表黄浩的《对文学批评所作的批评:谈文学批评在90年代里的三个错误倾向》;王学谦、张福贵的《回归自然:20世纪中国意境小说的思想流脉》。

25日,《文艺理论研究》第5期发表陈思和、刘志荣的《关于六十年代文学创作的重新思考》;王尧的《关于"文革文学"的释义与研究》;王世诚的《人文知识分子如何说话、该说什么话》;梅朵的《新中国电影50年》。

《文汇报》发表张志忠的《永远燃烧的太阳——读邓一光的长篇小说〈我是太阳〉》;路侃的《英雄主义的深化和扩展——从部分献礼长篇小说谈起》;马相武的《从头收拾旧山河——评霍达的长篇小说〈补天裂〉》;吴秉杰的《为谁写作——读张平的长篇小说〈抉择〉》。

《四川师范学院学报(哲学社会科学版)》第5期发表吴晓川的《如花自放如水自溢的民间觉悟——谈张新泉的诗集〈鸟落民间〉》。

《海南大学学报(社会科学版)》第3期发表胡胜的《论文化心理机制对神魔

小说生成的影响》。

《四川戏剧》第5期发表曹树钧的《一朵艳丽的野玫瑰——评川剧〈金子〉》；徐丽桥的《深圳的夸父们看舞剧〈深圳故事〉》；丁波的《市场意识与小剧场戏剧》；晓舟的《戏剧、时代、主旋律——当代戏剧创作断想》；钟韬的《面向观众　走向市场——对戏剧危机的再认识》。

《内蒙古社会科学》第5期发表冯军胜的《走向新世纪的中国少数民族文学》；高红樱的《论市场经济下的文艺功能及文化产业》。

《当代作家评论》第5期发表陈思和、刘志荣的《寻找历史与现实的呼应——试论五六十年代的历史题材创作》；董之林的《"新"英雄与"老"故事——关于五十年代革命传奇小说》；余秋雨的《海边那座麦城》；吴俊的《另一种门：麦城事件的发生场合——我对诗人麦城的回忆和想象》；钟鸣的《超越悲剧，胜走麦城——从门外进去的是王强，从门里走出来的是麦城》；雷鸥的《语言的梦幻广场》（讨论麦城）；薛毅的《黑夜里不死的激情》（讨论蔡翔的文学批评）；倪伟的《守护神圣——读〈神圣回忆〉》；张志忠的《贾平凹创作中的几个矛盾》；张闳的《莫言小说的基本主题与文体特征》；乔通的《学术脉络与思想眼光——〈二十世纪中国文学史论〉的启示》；耿传明的《"大理论"的转换——评〈批评空间的开创〉》；汤惟杰的《如何与"现代性"周旋——从〈批评空间的开创〉谈中国现代文学研究》；洪治纲的《无边的质疑——关于历届"茅盾文学奖"的二十二个设问和一个设想》。

《世界华文文学论坛》第3期发表饶芃子的《中国文学在东南亚》；杨匡汉的《澳门的文化价值与建设运作》；刘登翰的《走进这方风景——澳门文学的历史剖视》；古远清的《澳门文学的发展脉络》；朱文华的《失踪少女回家之后——对澳门文学的前景的展望》；丘峰、汪义生的《过渡期的澳门小说初探》；李若岚的《多元共失　和而不同——从澳门文化看澳门小说》；翁奕波的《诗性的回归：从高戈、苇鸣的诗看澳门诗歌》；何香萍的《浅论〈白狼〉》；周文彬的《论林中英的文学创作》；杨新敏的《林中英：眼色朦胧——林中英散文臆评》；张宁的《我看凌钝——浅析凌钝散文的艺术特色》；方小壮的《接近陶里——〈石卵之恋〉解读》；李远常的《爱的交错　文化的兼容——对周桐〈错爱〉的一种解读》；崔勇的《聆听远古与现代的呻吟——读陶里〈过澳门历史档案馆〉》；计红芳的《新的视野　新的开拓——评刘登翰主编的〈澳门文学概观〉》；《学人档案——王宗法》；汤尧的《理智的选择——王宗法与台港文学研究》；傅宁军的《张晓风和她的"写作小屋"》；戴洁的《两岸四地文学比较研讨会综述》；周林的《研讨台港澳暨海外华文文学发展新动向》；江少川的《香港作协主席黄维梁教授访问华中师大》。

《贵州大学学报（社会科学版）》第 5 期发表徐成淼的《当前文学的"非虚构"倾向》。

25—29 日，由《文学评论》编辑部、武汉大学人文学院中文系等单位联合举办的"全球化趋势中的文学与人"学术研讨会在武汉举行。

28 日，《文艺报》发表蒋巍的《不能遗忘的痛区——读长篇小说〈永久保留地〉》；康启昌的《永久的对话——读王充闾〈沧桑无语〉》。

《名作欣赏》第 5 期发表阮温凌《作家：诞生环境与悲悼主题——白先勇女性小说初探之一》；王轻鸿的《〈丑石〉：意象营构的能动范型》。

《剧本》第 9 期发表石奎任的《简论人物塑造的文化开掘》；黄心武的《打开我们的窗户——评〈窗外有片红树林〉》。

《四川图书馆学报》第 5 期发表王慧娟的《确立海外华文文学在〈中国图书馆图书分类法〉中的地位》。

30 日，《文艺报》发表杨经建的《九十年代长篇小说创作现象点评》；李鸿祥的《批评的批评》；岳洪治的《生命的图画——读诗集〈芽与根的和弦〉》。

《文学报》以"'何老师'与'草根阶级'孰是孰非"为总题，发表蔡翔的《批评家对大众生活太隔膜》，王纪人的《不要封住批评的嘴》，徐俊西的《重视对大众文化的研究》；同期，发表发表汪守德的《太阳照样升起——读邓一光的长篇小说〈我是太阳〉》；张志忠的《和平时期的"战争"——读柳建伟长篇新作〈突出重围〉》。

《西北师大学报（社会科学版）》第 5 期发表邵宁宁的《牢笼抑或舟船——20 世纪中国文学中"家"的形象演变》。

《同济大学学报（社会科学版）》第 10 卷第 3 期发表施建伟的《世界华文文学中的香港文学》。

《海南师院学报》第 3 期发表黄万华的《澳洲华文文学论》。

《唐山高等专科学校学报》第 21 卷第 3 期发表成秀萍的《一棵树上的两朵奇葩——海峡两岸现代派文学比较》。

本月，《百花洲》第 5 期发表吴晓敏的《偏见比无知离真理更远——读〈关于知识分子的一些感想〉的感想》。

《红岩》第 5 期发表朱向前、张志忠的《一棵长疯了的大树——关于〈北方城郭〉的对话兼谈当前长篇小说创作若干问题》。

《北京文学》第 9 期发表解玺璋的《写自己最重要的——王朔访谈录》。

《青春》第 9 期发表钟锐的《文学批评的批评》。

《文学自由谈》第 5 期发表贺绍俊的《历史叙述中的个人化》。

由中国散文学会、山东和兴集团、《鸭绿江》杂志社、《胶东文学》杂志社联合主办的中国著名散文家新世纪展望和兴笔会在烟台市举行,笔会就下世纪中国散文走向进行探讨。

本月,广东人民出版社出版王一川的《汉语形象美学引导:20 世纪 80—90 年代中国文学新潮语言阐释》,尹昌龙的《重返自身的文学:当代中国文学思潮中的话语类型考察》,谢冕的《浪漫星云:中国当代诗歌札记》,奚密的《从边缘出发》。

北京师范大学出版社出版李复威的《世纪之交文论》。

解放军出版社出版周政保的《"非虚构"叙述形态:九十年代报告文学批评》。

书目文献出版社出版王蒙的《从实招来》。

百花文艺出版社出版[德]本雅明著、王炳钧译的《经验与贫乏》。

海天出版社出版朱栋霖编著的《情感的憧憬与发酵》。

福建教育出版社出版南帆的《隐蔽的成规》。

解放军文艺出版社出版王愿坚的《艺海双桨:王愿坚谈短篇小说创作》。

山东文艺出版社出版施战军的《世纪末夜晚的手写》。

泰山出版社出版季广茂的《情感的天空:20 世纪文学艺术概说》。

华东师范大学出版社出版陈辽、曹惠民主编的《1898—1999 百年中华文学史论》。

江苏人民出版社出版宋伟杰的《从娱乐行为到乌托邦冲动——金庸小说再解读》。

10 月

1日,《山东文学》第10期发表施战军、崔苇、王光东等的《左建明:生命与审美》。

《广西民族学院学报(哲学社会科学版)》第4期发表陆卓宁的《四论海峡两岸当代文学发展流变的殊途同归——整合:一个中国的视野》。

5日,《飞天》第10期发表吕进的《五十年,新诗,与新中国同行》;宁秀丽的《表象的背后——谈"现实主义冲击波"》。

《文艺报》以"《新疆新时期少数民族文学作品选》七人谈"为总题,发表翟泰丰的《蓬勃发展的新疆少数民族文学》,王蒙的《美丽的新疆 多彩的文学》,周政保的《走向新世纪的新疆少数民族文学》,韩子勇的《打开的文学风景》,段桐华的《为少数民族文学事业的发展添砖加瓦》;同期,发表何龙的《为了孩子的感动——读蒋韵的儿童小说〈闪烁在你的枝头〉》。

《东海》第10期专栏"喧哗与沉思"以"文化批评向何处去"为总题,发表孟繁华的《文化批评的兴起与未来》,解玺璋的《文化批评的文化偏见》,程光炜的《在愤怒与怀旧之间》。

《青海湖》第10期发表陈祖君的《昌耀论》。

《朔方》第10期发表耿林莽的《〈红石竹花〉的风景美》。

《绿洲》第5期发表孟丁山的《新疆"兵团文化"的存在和发展》。

冰心研究会与冰心文学馆举办冰心百年诞辰系列活动。

6日,《台港文学选刊》第10期发表朱双一的《黄山夜话》;余禺的《形塑文学新视野》。

7日,《小说选刊》第10期发表张韧的《"人学"求索五十年》。

《文艺报》发表刘润为的《历史与人文之辩》;周小仪、童庆生的《漫谈文学研究中的"宏伟叙事"与"小学"》;钱振纲的《民族主义与20世纪中国新文学》。

《天津文学》第10期发表刘保昌的《倡欲、逃避、自恋、顺世:当下小说的四种情爱态度》;赵宝山的《谈许向诚的诗》。

8日,《文汇报》发表周政保的《传记写作拒绝虚构》。

9日,《文艺报》发表许亚洲的《吴浊流和〈亚细亚的孤儿〉》。

10日,《边疆文学》第10期发表何真的《试论"'98力作"走向》;李丛中的《评长篇小说〈省委大院〉》;云生的《读〈故乡在远方〉》。

《电影文学》第10期发表胡智峰的《"转型期"中国影视文化建设的第四个浪潮》。

《戏剧文学》第10期发表简兮的《从营建圣殿到走出圣殿(下篇)——也看话剧五十年》;洪忠煌的《话剧文学中现代主义的意象表现》。

《松辽学刊(社会科学版)》第5期发表李鸿的《从一元走向开放——论当代文学中地主形象的塑造》;安淑荣的《洪峰小说论——兼对新潮文学的引申》;张德文的《出意料之外,入情理之中——谈小说〈觉醒〉的结局》。

《信阳师范学院学报(哲学社会科学版)》第4期发表樊洛平的《三毛的创作姿态与文体选择》。

《福建文学》第10期发表胡宗健的《个人化与社会性》(讨论朱文的小说《我爱美元》)。

11日,《青年文学》第10期发表何向阳的《风云变,或曰三代人》。

《世界华文文学》第10期发表潘真的《"落地生根"与"叶落归根"应加区别的理由》;古远清的《要不要"重写"〈香港文学史〉?》;向明的《真空妙有——赏析萧萧的〈空与有〉(第一首)》;艾飞儿的《在基因"双螺旋结构"下解读移民文化》;江伟民的《今日海外的中华文化》。

12日,《文艺报》发表陈骏涛的《漫说留学生文学的发展轨迹》;曾镇南的《踏遍青山人未老——评长篇小说〈苍山如海〉》。

《文汇报》发表全一毛的《林放杂文的命根——〈赵超构传〉读后》。

12—14日,中国世界华文文学学会筹委会和华侨大学主办的"第十届世界华文文学国际研讨会"在华侨大学举行,本次研讨会既有对某个国家或地区华文文学的某一体裁、特点等的个案研究,也有对整个华文文学的总体评价;既有对20世纪世界华文文学的总结和归纳,也有对21世界华文文学的憧憬与展望。

14日,《文艺报》发表江湖的《为民族为文学尽自己的心力——国庆走访台湾作家陈映真》。

15日,《当代外国文学》第4期发表杨金才的《后殖民主义理论的激进与缺失》。

《广东社会科学》第 5 期发表赖伯疆的《澳门话剧百年演进的轨迹》；王斌的《都市文学的困境与出路》。

《上海文学》第 10 期发表海力洪的《"药片"是什么?》(讨论小说《药片的精神》)；黄发有的《日常叙事：九十年代小说的潜性主调》。

《台声》第 10 期发表李传玺的《一身是骨——读台湾作家大荒的诗集〈剪取富春半江水〉》。

《广东社会科学》第 5 期发表王斌的《都市文学的困境与出路》。

《雨花》第 10 期以"世纪末文学丛谈——话剧"为总题，发表董健、朱卫兵、苏琼等的《旧观念在悄悄地复萌——关于江苏省几部最新话剧的对话》。

中国社科院文学所当代室在京召开"五十年的文学世界"学术讨论会，会议围绕 50 年文学的本质与特征、50 年文学经验与问题、对新世纪文学的展望等议题展开。

17 日，《文汇报》发表高蓓的《生命中的回眸——读张炜新作〈凝眸〉》。

《作品与争鸣》第 10 期发表白玄的《破墨晕染的厚度》。

18 日，《中国戏剧》第 10 期发表田文俊的《托起新疆多民族戏剧艺术的彩虹——关于新疆戏剧五十年的回顾与展望》；黄莉莉的《闪耀生命灵光的湖——话剧〈北方的湖〉价值与领悟》；骆山的《不尽关东儿女情——评剧〈关东腊月雪〉观后》。

19 日，《文艺报》发表陶东风的《从现代性的视角谈文艺的精神价值取向》；樊洛平的《永远的青鸟：台湾著名诗人蓉子访谈》。

20 日，《学术月刊》第 10 期发表古远清的《五十年来的中国当代文学史研究》。

《首都师范大学学报(社会科学版)》第 5 期发表张志忠的《贾平凹创作中的几个矛盾——以〈高老庄〉和〈废都〉为例》；冉红的《海峡两岸童话创作比较研究》。

《福建论坛》第 5 期发表张默芸的《形象细腻质朴自然——评陈漱意长篇小说〈蝴蝶飞〉》。

《新疆师范大学学报(哲学社会科学版)》第 4 期发表王科的《"新写实"：通向浮躁的界碑——世纪末中国小说现状研究之一》。

21 日，《文艺报》发表贺绍俊的《幻想旅程中的自我陶醉——读钟鸣〈太少的人生经历和太多的幻想〉》;季宇的《为历史存照——评〈小岗纪事〉》;马振方的《小说·虚构·纪实文学——"纪实小说"质疑》。

24日,《文艺理论与批评》第5期发表申正浩的《文本的文学想象与历史想象——重读黄春明作〈莎呦娜拉·再见〉》;李瑞腾的《黄春明小说中的"广告"分析》。

25日,《文汇报》发表陈世旭的《认识自己——关于作家》。

《江汉大学学报》第5期发表熊忠武的《新时期小说创作中的白描手法运用考》;李红兵的《试论纪录片的审美价值》。

《社会科学家》第5期发表刘维荣的《海外张爱玲研究述评》。

26日,《文艺报》发表孙绍振的《在现代文明与传统文化之间——读谢宜兴诗集〈留在村庄的名字〉》;顾骧的《谈言微中——读〈中国女性文学新探〉》;邹平的《现代史诗与个体生命的融合——评长篇小说〈汽车城〉》。

27日,中国毛泽东诗词研究会、中央文献研究室第一编辑部在京举办"开国元勋诗词研讨会",与会专家学者就毛泽东、周恩来、朱德等人创作的诗词展开研讨。

28日,《文艺报》发表刘士林的《南京的伤感与快乐——读庄锡华〈斜阳旧影〉》。

《文汇报》发表陈世旭的《角色错位——关于作家》。

《光明日报》发表胡平的《读罢长篇读短篇》;周政保的《智性的叙述》。

《剧本》第10期发表温大勇的《亲切诙谐的抗洪小插曲——小品〈牛班长的婚事〉赏析》;谢成驹的《载酒劝学千古扬——看琼剧〈苏东坡在海南〉有感》。

由中国中外文艺理论学会和安徽大学中文系联合主办的"新中国文学理论五十年"学术研讨会在安徽大学召开。

29日,《文汇报》发表陈世旭的《不争——关于作家》。

30日,《人民日报》发表梁光弟的《追今迫近 钩深致远——读长篇小说〈中国制造〉》。

《文汇报》发表陈世旭的《放下架子——关于作家》;雷电的《农民的儿子——小记陈忠实》。

《中国文学研究》第4期发表谭桂林的《情性所铄 陶染所凝——读何西来〈文格与人格〉》。

《浙江大学学报(人文社会科学版)》第5期发表陈浩的《金庸古龙武侠小说比较论》。

31日,《宁夏大学学报(哲学社会科学版)》第4期发表刘传霞的《镜城突围:王安忆创作中的女性意识追寻》;冯凌云的《现代、后现代与女性主义》。

本月,《广州文艺》第10期发表杨光治的《恢宏而生动的历史画卷》。

《创作评谭》第5期发表熊述隆的《鸣响不绝的缪斯之箭——李耕散文诗创作鸟瞰》;王干的《野风浩荡——叶绍荣和他的〈苍生野史〉》。

中国作协、《诗刊》社和《太原日报》社联合举办的"太行诗会"在太原市召开。

本月,山东文艺出版社出版高小康的《游戏与崇高:文艺的城市化与价值诉求的演变》。

浙江大学出版社出版徐岱的《体验自由》。

21世纪出版社出版文志强的《我的编辑生涯》。

中国文联出版公司出版傅东华的《山西作家群论》。

中国社会科学出版社出版黄万华的《文化转换中的世界华文文学》。

同济大学出版社出版施建伟、应宇力、汪义生合著的《香港文学简史》。

暨南大学出版社出版顾圣皓、钱建军主编的《北美华文创作的历史与现状》。

11月

1日,《山东文学》第11期以"张炜专论"为总题,发表张清华的《张炜的意义》,王光东的《重读张炜》,崔苇的《从〈古船〉到〈九月寓言〉》,周海波的《家园守望者的文学意义》。

《长江文艺》第11期发表金秋的《重设虚无的寓言——小议后现代主义文学写作价值取向》;李传锋的《鄂西好风情——读〈鄂西风情录〉》;刘不朽的《坝也风流　文也风流——简评长篇纪实文学〈世纪之坝〉》。

《芳草》第11期发表江岳的《赤子心写时代潮——读〈李德复文集〉》;阳燕的

《世纪末的人文情怀——〈商业原则〉的一种读解》。

《延河》第 11 期发表屈雅君的《雅俗之间叶广芩》。

《作家》第 11 期发表"九十年代：诗歌的作者与读者"研讨会记录，参加者谢冕、刘登翰、南帆等；同期，发表吴俊的《末路上的文学批评》。

《海燕》第 11 期发表王晓峰的《近读邵默夏》。

《中国青年报》刊登王朔的《我看金庸》一文向金庸叫阵，并把金庸小说、"四大天王"、成龙电影和琼瑶电视剧并称为"四大俗"。随后，金庸在《文汇报》发表《不虞之誉和求全之毁》一文予以反击，各家报刊对此纷纷转载，学界也就此发表意见，一场围绕金庸作品的文学价值的论争由此展开。

《澳门戏剧史稿》出版座谈会在北京召开。

2 日，《文艺报》发表李万武的《心底阳光 笔端亮色——读孙春平的〈下岗小说〉》；杨剑龙的《大众文化与文学的世俗化》；楚春秋的《破译一段历史的密码——读纪实文学风云"九·一三"》；阎连科的《激情的历史——读李宏长篇小说激情》；刘强的《象现艺术的大调侃——新乡土派诗人彭国梁一瞥》。

5 日，《飞天》第 11 期发表李新彬的《消弭感悟式的鉴赏与理性批评的疏离》；高平的《敦煌文学管窥》；李拜天的《商业文学：跨世纪的文化垃圾箱》。

《文汇报》发表本报记者的《金庸研究专家陈默接受本报独家采访时说：金庸小说长盛不衰值得研究》；金庸的《不虞之誉和求全之毁》。

《北方文学》第 11 期发表石钟山的《文学的模样》。

《辽宁大学学报（哲学社会科学版）》第 6 期发表刘爱华的《冲突着的女性世界——从白朗的小说创作谈起》；林淑红的《〈白鹿原〉对传统现实主义的超越与继承》。

《东海》第 11 期专栏"喧哗与沉思"以"文化批评向何处去"为总题，发表邵建的《90 年代文化批评的一种症候》，葛红兵的《走向更高的综合——也谈"文化批评向何处去？"》。

《河北师范大学学报（哲学社会科学版）》第 4 期发表吴澧波、曹书文的《论王蒙的政事小说及其变化》；郝雨的《对宇宙无序性的一种领悟与艺术表述——评铁凝的〈木樨地〉》。

《芙蓉》第 6 期发表葛红兵的《为二十世纪中国文学写一份悼词》，该文认为二十世纪中国文学不足为观。随后，秦弓发表《学术批评要有历史主义态度》

(《人民政协报》2000年1月4日),红孩发表《为炮制悼词者出示红牌》(《文艺报》2000年3月21日),吴中杰发表《评一种批评逻辑》(《文学报》第1 134期)对葛文进行批驳。

6日,《人民日报》发表小海的《诗歌的民族化和民族精神》;雷抒雁的《漂泊者的饮料——读张子扬的诗集——〈提灯女神〉、〈半敞的门〉》。

《文艺报》发表陈晓云的《批判精神的丧失与电影批评的缺席》。

《文汇报》发表梁永安的《空转的文学,你缺什么?》;王宁的《第三种批评的力量》。

《台港文学选刊》第11期发表萧成的《多元共生　继往开来》。

7日,《小说选刊》第11期发表李国文的《不竭的河——五十年短篇小说巡礼》;陈建功的《五十年短篇小说一瞥》。

《天津文学》第11期发表张宝树的《壮阔　曲折　严谨——试论柳溪〈战争启示录〉的结构美》。

8日,《文学世界》第6期发表崔苇的《人与非人——读〈这一个夏天〉》;王丽霞、王志华的《体察现实与拯救自我——1999年中篇小说主题考察》。

8—11日,由中国社会科学院文学研究所主办的"新世纪中国文学学术战略名家论坛"在京举行,60余位知名学者出席会议,文研所所长杨义作了题为《文学研究走进21世纪》的主题报告》。

9日,《文艺报》以"《羞涩》五人谈"为总题,发表高洪波的《朴素与羞涩是一种美》,韩作荣的《"羞涩"的歌者》,吴思敬的《诗的宿命》,於可训的《知其不可而为之》;同期,发表吴奔星的《从台湾〈人间〉派对"'皇民文学'合理论"的批判:看台独谬论的汉奸嘴脸》。

10日,《中国西部文学》第11期发表郑兴富的《桀傲不驯精神品格与诗的创造》。

《电影艺术》第6期发表祁海的《"主旋律"与"多样化"如何携手?——对五六十年代卖座国产片的新认识》。

《西南民族学院学报(哲学社会科学版)》第6期发表罗布江村、徐其超的《和而不同——新时期四川少数民族文学与汉文化》;黎风的《民族历史情结与民间文化立场——李昌旭剧作文学创作论稿》;罗庆春的《灵与灵的对话——倮伍拉且诗歌创作述论》;杨兴慧、邓经武的《雪域风情　民族魂魄——蒋永志创作论》。

《西南师范大学学报(哲学社会科学版)》第 6 期发表王泉根的《八九十年代中国儿童文学的新潮与传统》。

《电影创作》第 6 期发表唐家仁的《灵魂的失落——想起电影评论》；李少白的《欣赏的学问——王朝文电影美学思想随谈》。

《戏剧文学》第 11 期发表周星的《中国话剧 20 年变化的价值分析》；李祥林的《世纪末戏剧评论：边缘化和两极化》。

《读书》第 11 期发表李陀的《破碎的激情与启蒙者的命运》(讨论长篇小说《破碎的激情》)。

《福建文学》第 11 期发表孙绍振的《揭示当代诗艺探索的风险——介绍一种到位的当代诗歌批评》。

11 日，《文艺报》发表唐利群的《飞升与坠落：九十年代女性文学的文化悖论》；吴小美的《女神及女神之子的再生——读〈走出硝烟的女神〉》；赵本夫的《民族之魂——读王知十新著〈太行春秋〉》。

《文学报》发表张闳的《文学批评：傲慢与偏见》；林宋瑜的《女性叙事的转变》；乔丽华的《给一个位置》；刘雁的《不同年龄层的女性意识》；荒林的《行者妩媚》。

《光明日报》发表张志忠的《战争文学的出新之作——评姜安的〈走出硝烟的女神〉》；童庆炳的《精神·胸襟·素养——读钱中文〈文学理论：走向交往对话的时代〉》。

《世界华文文学》第 11 期发表彭沁阳的《视写作为生命——於梨华和她的近作》；毛克强的《海外华人文学及其属性》。

12 日，《文艺评论》第 6 期发表黄发有的《模糊审美：90 年代小说的叙事风格》；董小玉的《多元化文艺景观中的两道主潮：新现实主义与后现代主义》；丁晓原的《热效应及其泡沫化——1977～1989 报告文学理论批评之研究》；张景超的《关于小说及小说研究的断想》；刘萌的《80—90 年代：散文创作风景谈》；高玉的《"世纪末文学转型"的语言学质疑》。

13 日，《文艺报》发表李雪梅的《逃亡，或者绝望——戈尔巴托夫或人的生存悖论》；毛旺的《民族心灵史的拾起者》；粒子的《'99 文坛"后先锋"》。

15 日，《上海文学》第 11 期发表李洱的《尘世中的神话》(创作谈)；李冯、李敬泽等的《想象力与先锋》(谈话录)。

《山花》第11期发表谢冕的《20世纪中国新诗：1989—1999》；王宁的《再论先锋小说的后现代话语特征》。

《文学评论》第6期发表陈思和的《试论当代文学史(1949—1976)的"潜在写作"》；贺仲明的《"归去来"的困惑与彷徨——论八十年代知青作家的情感与文化困境》；刘登翰的《文化视野中的澳门文学》；饶芃子、费勇的《文学的澳门与澳门的文学》。

《社会科学》第11期发表葛红兵的《关于"当代"文学史学科建设的几点思考》。

《当代文坛》第6期发表吴野的《伴着历史的足迹，我们一道走来——五十年文学回顾》；路文彬的《从"国家关怀"到"浪漫回望"——中国当代小说五十年之我见》；叶凯的《谈当代都市文学的演变》；王涧的《另一种声音：90年代的乡村小说》；喻大翔的《知识分子·学者·学者散文》；王英琦的《用整体人格向世界说话》；曹纪祖的《评刘滨的诗歌创作》；顾凤威的《由家庭伦理向社会伦理的跨越——毕淑敏作品的社会导向》；张大愚的《探寻物质时代的精神家园——评王海玲的特区系列小说》；夏德勇的《怎一个"颓唐"了得——谈何立伟的中篇小说〈光和影子〉》；韩亚君的《〈海火〉的启示》；殷世江的《他从大山里走来——〈流失女人的村庄〉读后》；杨远宏的《在宿命中微笑——评首届鲁迅文学奖得主张新泉》。

《当代电影》第6期发表陈播的《不断探索、创新的50年——关于新中国电影的回顾与思考》；饶朔光的《论新时期后10年电影思潮的演进》；贾磊磊的《新中国农村电影的多维空间》；皇甫一川的《女性的成长——新中国电影中新农村女性形象的演变》；张文燕的《朝拜社会——从50年中国电影中看爱情观变迁》。

《当代戏剧》第6期发表谢艳春的《论戏曲现代戏的文化品格》；姚昌民的《强化秦腔的都市意识》。

《华文文学》第4期发表陶里的《澳门小说发展概略》；郑炜明的《澳门中文新诗史略》；钟晓毅的《从何处来，向何处去——略论澳门的小说创作》。

《西藏文学》第6期发表陈雪涛的《向茫茫远方丈量土地——吕雄文和他的诗集〈来自世界屋脊的太阳〉》；张世文的《文学与阅读失语》。

《南方文坛》第6期专栏"当代文学关键词"，发表吴义勤的《"写真实"与"真实性"》，王光东的《民间》；同期，发表陈晓明的《假想的胜利：个人性与多元化——关于九十年代中国文学主导倾向的思考》;杨扬的《从 90 年代中国文学看其发展的可能性》;王宏图的《透视 90 年代》;王彬彬的《"职业批评家"的消失》、《政治全能时代的文学——〈十七年文学:"人"与"自我"的失落〉论评》;汪政、晓华的《"守旧"的勇气——王彬彬的文学批评述评》;刘继明的《进入心灵的能力》(讨论辛格的小说);葛红兵的《与自己斗争到底——关于刘继明的三段札记》;魏朝勇的《科学主义和人文主义的嬗变——中国当代文学批评的冲突与避让》;张学昕的《世纪风景的沉重演绎——评长篇小说〈第二十幕〉》。

《诗探索》第 4 期发表王家新的《从一场蒙蒙细雨开始》(《中国新诗年鉴》序);孙文波的《论争中的思考》(讨论"知识分子写作"和"民间立场"问题);杨克的《并非回应——关于〈1998 中国新诗年鉴〉的多余的话》;沈浩波的《后口语写作在当下的可能性》;吕汉东的《多元无序与互渗互补——对 90 年代诗歌的一种观照》;孟繁华的《现代生存体验中的古典心性——读杨晓民的诗》;吕进的《女性诗歌的三种文本》。

《镇江师专学报(社会科学版)》第 4 期发表方忠的《20 世纪台湾文学思潮的演进》;刘登翰的《北美华文文学的文化主题》。

16 日,《文艺争鸣》第 6 期专栏"小说与 90 年代精神"发表陈思和、张新颖、王光东的《张炜:民间的天地带来了什么》,王光东的《民间的当代价值——重读〈九月寓言〉》;同期,发表何言宏的《胡风的牢狱写作及晚年心态》;钱理群的《论"演戏"——周氏兄弟"改造国民性"思想之三》;许子东的《"红卫兵—知青"视角的"文革记忆"》;臧棣的《筛子到底有多大?——1998 年中国诗歌综评》;杨扬的《变动着的 90 年代中国文学新秩序》;戚廷贵的《角色化与对话式——中国当代文艺批评的两种视界的演示及其评析》;张炯的《文学科学的大踏步前进——对新中国五十年文学研究的回顾》。

《文艺报》发表蔡葵的《〈天平谣〉:悠闲洒脱的吟唱》;曾镇南的《心之忧矣,我歌且谣》;缪俊杰的《荡气回肠〈太平谣〉》;郭宝亮的《雄浑壮丽的正气之歌》。

17 日,《作品与争鸣》第 11 期发表黄彩文的《"智"与"美"的和谐统一》。

18 日,《中国戏剧》第 11 期发表韦明的《中国歌剧正在创造辉煌——再看〈原野〉有感》;韩兵侠的《鞭挞卑俗 讴歌圣洁——话剧〈天上掉下个林妹妹〉观后》。

《文艺报》发表张同吾的《天风海韵的艺术融聚——读鸿翼的〈诗情旅顺口〉》;龙彼德的《诗意的拓展和延伸——评林杉的散文集〈雨中风铃〉》。

20日,《儿童文学选刊》第6期发表方卫平的《1998—1999:我的阅读印象》。

《小说评论》第6期以"西北小说研讨"为总题,发表刘建军的《阐释生存精神——小说〈风来水来〉漫笔》,杨焕亭的《撩开心灵的帘幕——浅谈王启儒小说中的人物心理刻划》;同期,发表葛红兵的《世纪末中国的审美处境——晚生代写作论纲(下)》;易晖的《世纪末的精神画像——论格非九十年代小说创作》;马景红的《直面生存 探寻超越——刘恒小说解读》;段建军的《创造奇美的话语世界——〈白鹿原〉的叙事艺术》;张雅秋的《都市时代的乡村记忆——从王安忆近作再看知青文学》;敬文东《金庸:剑可以义——读金札记之二》;赵祖谟的《油麻地的歌——〈草房子〉〈红瓦〉浅释》;韩石山的《这样的语言 这样的故事——祝贺〈竹林文集〉出版》;黄毓璜的《守望:在此岸与彼岸之间——张冀雪小说一面观》;张楠的《方方中篇小说解读》;杨燕的《从〈高老庄〉到〈城堡〉再到〈变形记〉》。

《文汇报》发表朱文华的《移民作家与上海现代作家》;袁进的《俗文学与纯文学的对话——中国现代纯文学和通俗文学》;周泽雄的《书评的串味》。

《天津师大学报(社会科学版)》第5期发表盛英的《漫议舒婷诗文》。

《西北大学学报(哲学社会科学版)》第4期发表杨燕的《自毁的人类文明——从《高老庄》到《城堡》再到《变形记》。

《钟山》第6期发表季进的《挥之不去的"他者"》。

《暨南学报(哲学社会科学版)》第6期发表李若岚的《双调变奏:从澳门文化看澳门小说》。

《清明》第6期发表丁帆的《在理论与批评之间言说——序〈新时期小说论〉》;王达敏的《瞧这个人——关于〈黄镇长〉的联想》。

21日,《文艺研究》第6期发表万素的《"千禧之交:两岸戏曲回顾与展望"学术研讨会综述》。

22日,《啄木鸟》第6期发表郑伯农的《雅俗共赏与现实主义深化——张平及其创作之我见》;何镇邦的《社会问题小说与侦破小说的结合——简论〈十面埋伏〉的思想艺术成就》。

23日,《文艺报》发表袁可嘉的《诗贵升华》。

24日,《文艺理论与批评》第6期发表周文彬的《论澳门文学的兼容性》;王志清的《辉煌颤栗的生命感动》;倪金华的《近十年台湾散文新观察》。

24—25日,由清华大学中文系和《文学评论》编辑部主办的纪念闻一多诞辰

100周年暨百年中国文学研究的现代化进程学术研讨会在京召开。

25日,《山东师大学报(社会科学版)》第6期发表楚卫华的《从情绪记忆到"应感之会"——中国写意乡土小说对题材的反刍处理》。

《文艺报》发表许子东的《香港小说的魅力之一:就像这个城市一样——我看近年香港短篇小说》;曾敏之的《一部展现香港百年来沧桑变化的力作:〈梅萼之歌〉》;李元洛的《诗美天地的导游——读曾敏之的〈古诗撷英〉》;李运抟的《为"小人物"立传——谈谈香港都市小说》。

《文学报》发表陈思和的《〈贞观盛事〉的魅力》;原宝国、施战军的《叙述的"谋杀"——读长篇小说〈别动〉》。

《四川师范学院学报(社会科学版)》第6期发表张霞的《女性宿命的演绎与突破——〈玫瑰门〉的女性世界及其在20世纪晚期中国女性文学史上的意义》。

《四川戏剧》第6期发表郭履刚的《现代军人生活的真实写照——看话剧〈有一个美丽的地方〉》;赵英的《一曲人民和民族精神的颂歌——观川剧〈天下一佛〉》;林琳的《川剧化的〈金子〉》。

《内蒙古社会科学》第6期发表李东雷的《论新历史小说的叙事角度》。

《当代作家评论》第6期发表吴俊的《走向终结:中国文学的世纪之交》;陈思和、张新颖的《关于中国当代文学史的几个问题》;吴义勤的《"重写文学史"的难度与希望》;施战军的《史识的独立与史构的更新》;钱亦蕉的《〈明朗的天〉的一种解读》;孙洁的《试述老舍新中国时期的文艺思想》;张柠的《于坚和"口语诗"》;王岳川的《重写文学史与新历史精神》;许子东的《先锋派小说中有关"文化大革命"的"荒诞叙述"——"文革小说"叙事研究》;王绯的《文学调侃:集体仿同与"反堂皇"仪式——关于九十年代—世纪末文学的报告》;贺仲明的《玄览者的高远和细察——论丁帆的批评特色兼评〈文学的玄览〉》;耿占春的《没有故事的生活——从王家新的〈回答〉看当代诗学的叙事问题》;沈奇的《诗性、诗形与非诗》;雷达的《对长篇〈太平天国〉的几点思考》;宗仁发的《永恒的母题:人性的崇高与卑劣——评张笑天的长篇小说〈太平天国〉》;郝雨的《心灵之羽,在大东北的苍凉历史与文化中放飞——评素素的"独语东北"系列散文》;严家炎的《金庸的"内功":新文学根柢》;段崇轩的《方寸之间的雕刻——评聂鑫森的短篇小说》;周政保的《命定的磨难与再生——关于长篇小说〈第二十幕〉》;潘凯雄的《超越性别读〈羽蛇〉》;丁帆的《"生活方式"改变了一切——〈白楼梦〉人物琐谈》;朱国华的《白楼人：被统治的统治者？》；何启治的《勇者和智者的选择——评陈桂棣报告文学集〈淮河的警告〉》；孙洁的《试述老舍新中国时期的文艺思想》。

《浙江学刊》第 6 期发表王立的《金庸小说的一个母题》。

26—28 日,澳门文学研讨会在南京举行,60 余名作家、学者从不同角度透视了澳门文学。研讨会由江苏省哲学社会科学界联合会中国作家协会台港澳与海外华文文学联络委员会、江苏省文化厅、江苏省台港澳暨海外华文文学研究会及澳门基金会共同主办。

28 日,《名作欣赏》第 6 期发表阮温凌的《人物:"鲍赛昂夫人"家族——白先勇女性小说初探之二》。

《中国文化研究》冬之卷以"海峡两岸苏雪林教授学术研讨会论文选"为总题,发表唐亦男的《非常"另类"的苏雪林〈日记卷〉》,吴雅文的《旧社会中一位女性知识分子内在的超越与困境:以〈棘心〉及〈浮生九四——苏雪林回忆录〉做主题分析》,徐志啸的《论苏雪林教授的中外文化比较》,沈晖的《论苏雪林与五四新文学》;同期,发表段宝林的《澳门文化的中西交融问题》。

29 日,《社会科学辑刊》第 6 期发表黄万华的《多棱的文化投影:20 世纪华文文学中的宗教影响》。

30 日,《南京大学学报(哲学·人文科学·社会科学版)》第 4 期发表陈寿富的《新时期以来我国报告文学的文体特征》。

本月,《广州文艺》第 11 期发表李星的《〈魔旦〉:精妙的叙述》;肖云儒的《贾平凹长篇系列中的〈高老庄〉》;游焜炳的《先抑后扬 披沙拣金——张欣小说的叙事模式》;敬文东的《我们的时代》;刘星的《读"听来的故事"》。

《文学自由谈》第 6 期,李国文的《文章得失不由天》;曾庆瑞、赵遐秋的《质疑"小说百强"》。

《百花洲》第 6 期发表徐春林的《倾听历史的声音——读谢泳〈关于知识分子的一些感想〉的一点感想》;柯雯的《现实主义:文学精神中的不死鸟——读谢泳〈关于知识分子的一些感想〉的一点感想》。

《红岩》第 6 期发表李丛中的《一部深沉而凝重的佳作——评〈孤城日落〉》;蒲卫平的《还会有爱情吗?——读〈桑间 濮上〉》。

《青春》第 11 期发表李华章的《为作家的"打井"精神叫好!》。

《剧本》第 11 期发表郭铁成的《戏剧评论:世纪末的思考》。

《海峡》第6期发表郝雨的《性与爱：人性自身的追逐与对抗——评航鹰中篇小说〈倘若再相逢〉》。

第三届世界华文微型小说研讨会在马来西亚吉隆坡举行，与会者就华文微型小说的特质、组织与结构，华文微型小说的文化策略与走向、前景等一系列问题共进行了六场研讨。

本月，中国文联出版社出版李鹏翥的《濠江文潭新编》；廖子馨的《我看澳门文学(澳门文学丛书)》。

江苏教育出版社出版田本相等主编的《澳门戏剧史稿》。

12月

1日，《山东文学》第12期以"矫健专论"为总题，发表吴义勤的《关于矫健的三言两语》，崔苇的《重温乡土》，刘明的《矫健的"三级跳跃"》，林宇的《矫健小说语言的表现力》，王志华的《现实的历史性与生命的感知》。

《长江文艺》第12期发表张路的《动机的潜藏——文学创作之一景》；鲍风的《给现代爱情加点盐——评中篇小说〈别了，最后的香格里拉〉》；田禾的《长江歌手——李道林和他的诗》。

《芳草》第12期发表储昭华、曾晓祥的《不是抗拒是坚守》。

《延河》第12期发表韩梅村的《阅读楚田小说》。

《作家》第12期发表张柠的《我们内心的土拨鼠》(讨论胡宽的诗歌)。

《草原》第12期发表马明奎的《从故乡深情到普通礼赞》；刘凤的《顿悟与审美意识》。

《滇池》第12期发表吴励生、叶勤的《亵渎神圣》；饶先来的《对中国当代先锋小说表征和影响的再审视》；白岩的《"好故事"从何处来》。

《鸭绿江》第12期发表董萃的《史铁生小说的"残疾情结"》。

《解放军文艺》第12期发表铁梅的《愿得此身长报国》。

2日,《文艺报》发表李鸿祥的《商品·文艺·生活》;戴翙的《升华了的苦难记忆——读长篇小说〈暗香浮动〉》;向云驹的《一部为他人写的自传小说——读刘浩歌长篇传记〈土生土长〉》;赵坤的《湍急而平静的河流——读高凯明的〈静流则深〉》;《回归祖国必将促进澳门文学的繁荣发展:澳门文学研讨会在宁召开》;田本相的《濠江戏剧史,中华血脉情——编著〈澳门戏剧史稿〉感言》。

4日,《文汇报》发表本报记者的采访《再读"红色经典"——回眸五六十年代的文学与文化》。

4—6日,厦门市东南亚华文文学研究会、新加坡文艺协会、厦门大学东南亚华文文学研究中心、海外教育学院联合举办的第四届东南亚华文文学研讨会在厦门举行。

5日,《飞天》第12期发表雪潇的《诗歌的基本意义》;李仲凡的《甘肃诗歌的一面聚光镜》;翟雄的《失落的诗歌》。

《北方文学》第12期发表章德益的《另一种"人道主义灾难"》。

《东海》第12期专栏"喧哗与沉思"以"第三只眼看'盘峰论剑'"为总题,发表徐秀的《同室操戈,相煎何急》,谷艳丽的《诗:在危险的边缘》,王晓生的《一场虚构的论争》。

《青海湖》第12期发表崔道怡的《天干地支 雪冷风寒——读才旦的小说〈天干地支〉》;梁新俊的《军人,也是人——读张冠树的长篇小说〈雪域河源〉》。

《陕西师范大学学报(哲学社会科学版)》第4期发表童庆炳的《中国当代文学创作中的人文价值取向》。

《朔方》第12期发表郎伟的《小说的责任和力量》。

《绿洲》第6期发表户晓辉的《边缘思索——新疆部分作品阅读笔记》;艾光辉的《论朱定的小说创作——新疆当代小说研究之一》;王勇的《新疆现代汉文学的地域文化背景》;彭惊宇的《异彩纷呈 险象环生》。

6日,《文艺报》发表方忠的《璀璨夺目的澳门短篇小说》。

《台港文学选刊》第12期发表杨照的《台湾文学中的焦虑》。

9日,《光明日报》发表古远清的《澳门文学:昨天 今天 明天》。

10日,《边疆文学》第12期发表吴守华的《难忘的形象,感人的性格——谈谈〈15年大决战〉中的郭天明》。

《电影文学》第12期发表姚力的《影视艺术评论探微》。

《戏剧文学》第12期发表张兰阁的《闲人一族的审美人生及境界——谈〈鸟人〉、〈棋人〉、〈鱼人〉》；姜学君的《寻找精神家园——关东剧作家笔下关东人的精神世界》。

《诗刊》第11期发表熊国华的《世纪之交的澳门新诗：第三届澳门文学奖诗歌作品漫评》。

《汕头大学学报(人文社会科学版)》第6期发表古远清的《评〈海外华文文学史〉》。

11日,《文艺报》发表郑颖的《寻找家园的跋涉者——浅谈长篇小说〈家园笔记〉及其它》。

《文汇报》发表本报记者的《批评,有话好好说——沪上部分作家、批评家、学者座谈当前文学批评的若干现象》。

《青年文学》第12期发表耿占春的《没有终结的现时》(讨论诗歌创作问题)。

《世界华文文学》第12期发表袁良骏《温瑞安"狂妄"的背后》；刘登翰的《澳门文学研究的视角》。

14日,《文艺报》发表肖鹰的《当前中国诗歌缺少什么？》；朱秉龙的《亦悲亦喜的毁灭——评扎拉嘎胡〈黄金家族的毁灭〉》。

15日,《中国图书评论》第12期发表沈浩的《真实感人的生活画卷——读〈抉择〉》；刘国安、庞维天的《理想的抒写——浅谈〈神山之魂〉》。

《中华读书报》发表饶芃子的《澳门文学的历史和现状》。

《山花》第12期发表何光渝的《阅读跨度：贵州小说50年》；李寂荡的《读〈日落长安〉》。

《雨花》第12期以"世纪末文学丛谈——散文"为总题,发表陆泰的《散文既可写实也可虚构》。

《戏剧艺术》第6期发表董健的《20世纪中国戏剧：脸谱的消解与重构》；沈亮的《新时期中国电影批评方法的变革》；郭晨子的《论戏剧文本与演出的关系》。

《台湾研究集刊》第4期发表刘俊的《台湾文学研究在大陆：1979—1999——以"人大复印资料"为视角》。

《镇江师专学报(社会科学版)》第4期发表方忠的《20世纪台湾文学思潮的演进》；刘登翰的《北美华文文学的文化主题》。

《社会科学》第12期发表董丽敏的《误解：在认同与悖离之间——二十世纪

中国女性小说书写策略研究》。

《广东社会科学》第6期发表张振金的《如何评价建国后17年的散文》。

16日,《文艺报》发表古远清的《发展中的"岛形文化"——澳门文学的走向及其特征》;方忠的《璀璨夺目的澳门短篇小说》;赵遐秋的《我看澳门文学的文体格局》。

《文学报》发表刘登翰的《土生文学：文化融合的宁馨儿》;庄文永的《八十年代澳门新诗》。

17日,《作品与争鸣》第12期发表张培英的《对出逃与回归的双重阐释》。

18日,《中国戏剧》第12期发表林克欢的《当代戏剧批评的可能性》;刘诗嵘的《歌剧,你为何离观众越来越远?》;童道明的《两个有意义的突破——〈邓小平在江西〉观后》;袁厚春的《向深层的真实迈进一步——话剧〈阿夏拉雄的雪〉观后》;张东的《"红"与"绿"的碰撞——话剧〈绿荫里的红塑料桶〉观后》。

20日,《天津师大学报(社会科学版)》第6期发表洪武奇的《九十年代中国女性文学主题简论》。

《福建论坛》第6期发表孙晓燕的《返乡途中的文化抉择——贾平凹《高老庄》新解》;贾丽萍的《论毕淑敏小说的死亡观念与生命意识》。

《学术研究》第12期发表饶芃子《"根"的追寻——澳门土生文学中的一个难解的情结》。

《鲁迅研究月刊》第12期发表朱先泽的《与龙应台女士商榷》。

《社会科学情报资料》第6期发表古远清《香港传记文学的一次检阅：记香港传记文学研讨会》。

《烟台师范学院学报(哲学社会科学版)》第4期发表刘传霞的《商业化的两性游戏与古朴的人间情义——评王安忆的〈香港的情与爱〉》。

中旬,中国当代文学研究会纪念成立20周年座谈会在京举行,与会者就当代文学研究的成长过程和建设经验发表了各自的看法。

21日,《文艺报》发表曾镇南的《宛曲清奇的澳门儿女英雄传——读张黎明的〈濠镜是家〉》;沈庆利、王亚梅的《何必曰雅俗——九十年代的"文化明星"现象探析》;金汝平的《思想者的迷惘和怀疑——评韩少功的散文创作》。

22日,《文艺报》在京举办"九十年代文学潮流大会"研讨会,50余位与会者围绕此书的出版,就90年代的文学现象、出版现象进行讨论。

23日,《文艺报》发表诸葛师申的《不废江河万古流——评毛翰等有关"中国诗歌教材的讨论"文章》;齐红的《心灵的自我守护和祭奠——读王静怡的小说》。

25日,《上海大学学报(社会科学版)》第6期发表陆生的《更行更远更生:论90年代女性文学中性别意识的强化与超越》。

《华侨大学学报(哲学社会科学版)》第4期发表朱立立的《关于中国现代诗的对话与潜对话:秋日访洛夫》。

《世界华文文学论坛》第4期发表刘俊的《论百年中国文学的语言形态》;白舒荣的《台湾文学研究在大陆》;马相武的《华人文学的文化指归》;东瑞的《印华诗歌中的忧民意识、家国情结和文化乡愁》;萧成的《华文文学研究的现有格局与学术思维调整》;陈晓晖的《执着与超越——第十届世界华文文学国际研讨会综述》;汪应果的《无名氏谈〈无名书〉》;赵江滨的《移向"现代"的足迹——无名氏文学创作简论》;吕周聚的《现代主义与浪漫主义的合璧——论无名氏的创作风格》;《学人档案:公仲》;汪义生的《一位有真性情的学者——公仲剪影》;南翔的《抽象,错位,疏离:王璞短篇小说的倾向兼及香港小说的本土性》;哈迎飞的《现代家庭主妇的代言人——论美华女作家吴玲瑶的创作特色》;杨晓黎的《情动于中而形于言——〈桑青与桃红〉用词艺术谈片》;王庆华的《欲望之城——读蒋濮长篇小说〈东京有个绿太阳〉》;王韬的《寻梦与梦魇——评陈若曦小说集〈尹县长〉》;黄立华的《浪子的颂歌——令狐冲论》;周成平的《罗兰散文与台湾风情》;杨剑龙的《引传统为现代的诗学观念——评蓝海文的"新古典主义"诗歌主张》;韩克祥、徐萍的《男权社会中的理想女性:浅谈琼瑶笔下的女性形象》。

《文艺报》发表曾敏之的《一部展现香港百年来沧桑变化的力作:〈梅萼之歌〉》。

28日,《文艺报》发表朱水涌的《"滥造":对当前创作的提醒与批评》。

《剧本》第12期发表孙文辉的《以生命感受艺术——漫写盛和煜》;郭汉城的《〈陈中秋剧作选〉漫议》;汪丽娅的《小议沈虹光剧作中的"家"情结》。

30日,《文学报》发表周政保的《优势、局限及收获——近年来军事题材长篇小说的创作状态》;雷达的《现实主义长篇的一个突出特点——由〈大腕〉引发的思考》;马长征的《走向经典性——当前历史人物及家族小说漫议》。

《南昌大学学报(人文社会科学版)》第4期发表南翔的《当下小说意义悬置的审美倾向》。

《海南师范学院学报》第 4 期发表吴奔星的《艺术风格与文学流派的比较观——兼谈文学作品评奖的若干浅见》；韩捷进的《自觉选择　全面辐射——中国新时期文学与西方现代派》；张卫中的《诗性的叙事：漫论凌力的创作个性》；池志雄的《跨文化际遇中的体验——从〈陪读夫人〉看新时期留学生文学》。

《天津大学学报(社会科学版)》第 4 期发表李娜的《艰难的起步　可贵的拓展——台湾女性文学研究概观》。

本月,《广州文艺》第 12 期发表李敬泽的《当巴乔被选中时》。

《创作评谭》第 6 期发表陈世旭的《我观江西文学》；汪秀珍的《心,为童话燃烧——记童话作家郑允钦》；公仲的《九九回归　话澳门文学》。

《青春》第 12 期发表王成祥的《小说还能走多远》。

《湛江师范学院学报(哲学社会科学版)》第 4 期发表刘谷诚的《浪子与乡愁：台湾部分现代诗浅识(一)》。

本月,中国美术学院出版社出版[美]韦勒克著、张今言译的《批评的概念》。

东方出版社出版杜卫的《走出审美城：新时期文学审美论的批评与解读》。

敦煌文艺出版社出版陈晓兰的《女性主义批评与文学诠释》。

图书在版编目(CIP)数据

中国当代文学批评史料编年. 第八卷, 1996—1999/吴俊
总主编;刘春、木叶主编. —上海:华东师范大学出版社,
2016.5
ISBN 978-7-5675-5256-2

Ⅰ.①中… Ⅱ.①吴…②刘… Ⅲ.①中国文学—文学批
评史—1996—1999 Ⅳ.①I206.7

中国版本图书馆 CIP 数据核字(2016)第 114121 号

中国当代文学批评史料编年
第八卷:1996—1999

总 主 编　吴　俊
卷 主 编　刘　春　木　叶
本卷主编　刘　春　木　叶
策划编辑　王　焰
项目编辑　顾晓清
责任编辑　王　焰
装帧设计　雷　雷

出版发行　华东师范大学出版社
社　　址　上海市中山北路3663号 邮编 200062
网　　址　www.ecnupress.com.cn
电　　话　021-60821666 行政传真 021-62572105
客服电话　021-62865537 门市(邮购) 电话 021-62869887
地　　址　上海市中山北路3663号华东师范大学校内先锋路口
网　　店　http://hdsdcbs.tmall.com
印　刷　者　上海中华商务联合印刷有限公司
开　　本　787×1092　16开
印　　张　20.5
字　　数　333千字
版　　次　2017年12月第1版
印　　次　2017年12月第1次
书　　号　ISBN 978-7-5675-5256-2/I·1536
定　　价　98.00元

出 版 人　王　焰

(如发现本版图书有印订质量问题,请寄回本社客服中心调换或电话 021-62865537 联系)